長い道・同級会

Hyozo kashiwabara

柏原兵三

P+D BOOKS

小学館

目次

長い道

序章 … 5
第一章 … 7
第二章 … 17
第三章 … 49
第四章 … 77
第五章 … 105
第六章 … 127
第七章 … 167
第八章 … 205
第九章 … 243

長い道

序章

父の故郷である北陸の日本海沿いの半農半漁の舟原村を初めて訪れたのは、昭和十九年の六月末のことだった。父の次弟で前年の暮満州で戦病死した啓作叔父の村葬に参列するために、結婚して僅か一年足らずのうちに未亡人になってしまった年若い光子叔母と一緒に出かけたのだ。三人兄弟の中で末子の僕が兄弟の代表に選ばれたのは、いよいよ九月から始まる本格的な学童疎開に備えて、あらかじめ僕を疎開先に親しませておこうという父の配慮の結果だった。二人の兄たちはこれまでに何度か夏休みを父の故郷で過したことがあったが、僕はまだ訪れたことがなかったからである。父は僕が彼の故郷に縁故疎開することを強く希望し、それを決定ずみのように考えていたが、僕の気持はまだ本当に固まっていなかった。親しい友だちと別れないで済む集団疎開に参加したい気持を捨て切れないでいたからである。

村葬は着いた日の翌土曜日の午後一時から、村の国民学校の講堂で、叔父と時を前後して戦死した三柱の英霊との合同葬として行われた。村葬なので学校からも四年以上の生徒全員が参列した。遺族席の僕は、黒い喪服に身を包んだ美しい叔母と、前の晩最終の夜行で東京を発ち、その日昼近くに到着した父と並んで、式が終るまでずっと神妙に身動きもせずに大人用の椅子に坐っていた。本当をいえば、参列している先生や生徒たち、殊にいずれ同級生となるかも知れない五年男組の生徒たちの様子を窺いたかったのだが、式のあいだは亡くなった叔父のことだけを考えるように努めるのが、悲しみを新たにしている光子叔母の介添役をもって任じている僕の果すべき神聖な義務だと思われたからである。

多忙な父はその日の夜行でまた東京に帰ったが、僕は叔母と共に日曜日の夜まで滞在することになった。

日曜日の昼前に僕は海に出かけた。父の兄の辰男伯父が後を嗣いでいる父の生家から海までは走れば五分とかからなかった。前日に土地の子供たちがもう泳いでいるのを見たので、帰る前に一度泳いで行こうと心に決めていたのである。海辺では二、三人の小さな子供たちが真裸で水浴びをしているだけだった。海は波一つなかった。僕は持参した赤い褌《ふんどし》を締めると簡単な準備体操をしたのち、海の中に入って行った。水は少し冷たかったがすぐに慣れた。海はすぐに深くなった。僕ははるかかなたにぼんやりと見える能登半島に向って得意のクロールで泳いだ。もう大分泳いだからずい分沖に出たろうと思い、クロールを止めて、海辺を振り返ってみると、まだ精々百米位しか泳いでいないことが分った。僕はそれ以上沖に出るのを止め、水に身体を浮かして身体を休めては、海岸に平行に泳いだ。水に身体を浮かして空を仰ぎ見るのは気持がよかった。空は信じられない程青く澄んでいたし、自分だけが今世界中でたった一人海の中に漂っているような不思議な感情に襲われた。

三十分位そうやって泳いだのち、海から上って、浜の小石の上に寝そべって甲羅を乾しながら休憩をとっていたが、ふと気づくと、どこから現われたのか、僕と同年輩位の四人の男の子がそばに立っていた。僕は上半身を起して、よろしくというようにちょっと頭を下げてみせた。するとそれに答えるように、その中の一人が、微笑を浮べて話しかけて来た。

「いつ疎開して来るのや?」

僕は自分の疎開がもう知れ渡っているらしいのに驚きながら答えた。

「まだここに疎開して来ると決ったわけじゃないけれども、疎開するとしたら二学期の始まる九月からだね」

僕に質問した男の子の顔から微笑みが消えた。

「ここに疎開せん場合はどこへ行くんや?」

その時「潔ちゃーん」と僕の名前を呼ぶ光子叔母の声が堤防の上から聞えて来た。振向くと白いワンピース姿の叔母が手を振っている。

「お昼御飯よ」

僕は手を振って答え、すぐに服を着ようとしたが、まだ男の子の質問に答えていなかったのに気づいていった。

「集団疎開にしようかとも思っているからなんだよ。でも結局は縁故疎開にするかも知れないから、その時はよろしくね」

服を着終ると、僕は堤防の上で待っている叔母の方に急いで走り出したが、すぐそのあとで別れの挨拶をして来なかったことに気づいて、うしろを振向き、「さようなら」と大きな声でいった。しかし四人の男の子のうち誰一人として答えてくれる者はいなかった。

昼食を終って、光子叔母と二人で奥の部屋で荷物の整理をしていると、庭の方から口笛を吹く音が聞えて来た。初め気に留めないで聞き流していたが、いつまで経っても繰返されるので、しまいに叔母が不思議がって立って行った。

まもなく「潔ちゃん、お友だちよ」という叔母の声が聞えて来た。

腑に落ちないまま出てみると、庭先で叔母が赤ん坊をおぶった男の子に一生懸命入るようにと勧めている最中だった。よく見るとさっき浜辺で話しかけて来た男の子だった。

「何だ君か」といいながら僕も下駄をつっかけて庭先に出た。

男の子は叔母がはずかしいのか、含羞《はにか》んだような笑いを浮べて、要領を得ない返事をさっきから繰返しているらしかった。僕は叔母の傍らに立つと、

「ちょっと上れよ」と勢い込んで勧めた。

丁度そこへ畠に野菜を取りに行っていた芳江伯母が戻って来た。彼女は「進ちゃん、上らっしゃれよ」と遠くから声をかけて近づいて来た。

「さあ、遠慮せんと、進ちゃん、上らっしゃらんか。潔ちゃんが東京から見えたら、話したいといっておらすたというでないか。上って、潔ちゃんから東京の話を聞かしてもろうたり、またあんたからもここの話をして上げてくらっしゃれよ」

進と呼ばれた男の子はようやく心を決めたと見え、「じゃあ、家にボボをおいて、また出直して来るわ」といって帰って行った。

進がいなくなったあと、僕は芳江伯母の口から、進が縁故疎開をすれば僕の入ることになる五年男組の級長だと教えられて、ひどく驚いてしまった。僕が想像の中で描いていた田舎の国民学校の級長は、小倉の詰襟服を着た少年とか、久留米絣の着物姿の少年だった。そんなイメイジからまったく懸け離れた、裸に近い上半身に赤ん坊をおぶった今の子供が級長だといわれても、すぐには信じられないような気持がしたのだ。伯母は更に、彼が隣村の国民学校の教員をしている人の長男で、学校が出来る上に、大勢の弟妹たちの面倒をよく見、また農業と漁業を兼業している家業の手伝いを骨惜しみなくするので、村でも評判な子だと教えてくれた。

やがてカーキ色の半袖シャツを着込んで来た進が再び姿を現わした。彼は僕らの居間にあてられていた奥の部屋に通されて、しばらくの間固くなっていたが、光子叔母がお茶と東京からお土産に持参したもなかを運んで来て引きさがってしまうと、安心したように口を利き始めた。

浜辺で僕がもしかしたら集団疎開に行くかも知れないと答えたのが彼には気がかりらしかった。彼はすぐにその問題に触れた。——なぜ集団疎開なんかしようとするのか、集団疎開なんかしてもいいことは何もないではないか、見も知らぬ土地へ行って、どんな扱いを受けるか分らない、三度の食事だって満足にできないかも知れないではないか、ここなら知った者ばかりだし、魚は漁れるし、白い米の飯は腹一杯食べられるだろう、そんなことを時々口籠りながら、できるだけ標準語を使おうと努力しつつ、説得するように喋ったのである。

進の話に耳を傾けながら、僕がなぜ集団疎開を諦め切れないでいるのかを進が全然理解していないのに不満を覚えたが、僕が縁故疎開をしてこの土地へやって来るのを待ってくれているらしい進の気持には心を動かされないではいられなかった。——進はきっと僕を通じて未知の世界に触れたいのだろう。しかしその点では僕も同じだった。縁故疎開をすれば、集団疎開とは比較にならない位、田舎という未知の世界に融け込むことができるだろう。土地の子供たちと変りのない毎日を送り、そうした生活から、父が強調するように、都会では得られない数多くの貴重な体験を獲得できるに違いない。もし先生や親しい友だちと別れないですむ集団疎開を断念して縁故疎開に踏切ることになれば、きっと僕は間違いなくそうした意義の実現に努め、父の期待に応えるだろう……

進が話し終った時、僕は進を落胆させないためだけではなく、本当にその気持になってこう答えていた。

「もしかしたら集団疎開なんか止めて縁故疎開に決めるかも知れない。君という友だちも出来たし、今日海で泳いでいてとても楽しかったから」

僕はこの際進の口から色々なことを聞き出しておこうと思い立ち、それまで遠慮していたものなかを進が食べ終るのを待って、いくつかの質問を試みた。進は質問に答えて、要領のいい説明を与えてくれた。それによれば、村の国民学校の生徒の総数は五百人に満たない。一学年に男と女の組がそれぞれ一組ずつあって、一組の人数は三十四、五人位だが、高等科になると上級学校へ行く者や働きに出る者が抜けるので、一組二十人位になってしまう。中学を受ける者は毎年かならず二、三人いるが、ここ十年間一人以上受かったためしがない。それもここ数年間「浜見」の者ばかりが受かっている。舟原村は「浜見」、「野見」、「山見」の三つの字《あざ》から成り立っているが、どういうものか自分たち浜見の者がすぐれている（そう進は誇らしげに注釈を加えた）。今の六年は級長と副級長が揃って非常によく出来るので二人とも中学に合格するのではないかといわれているが、二人とも浜見の者だし、しかも級長の方は自分の従兄である。自分の組でも中学校進学志望が自分を入れて三人いる。担任の先生は今学期の初め、山の方の学校から転任して来た増田という人だが、優しくてしかも授業のうまいとてもよい先生だ……

ざっとそんな説明をしてもらった時、芳江伯母が入って来て、

「進ちゃん、家から呼びにいらすたぜ」と告げたので、僕らは会話を中断しなければならなかった。

進は含羞《はにか》んだような笑いを浮べて立上りながら僕に聞いた。

「いつ帰らあ？」

「今晩の夜行で」

「もう今晩帰らあ」と進は驚いたようにいった。

「だって学校があるから」と僕は答えて、光子叔母を呼んだ。

玄関に進の小さな弟が待っていた。下駄をはいた進は、送りに出て来た東京の光子叔母にまぶしそうな顔を向けてお辞儀をすると、僕の方を向いて、

「さようなら、また会わんか」といって行ってしまった。

夕食の前に、僕は光子叔母に誘われて、浜辺に散歩に出かけた。コンクリートの堤防を降りて、波打際を歩きながら、僕らは舟が出るのを見物に行った。網を打ちに行く時刻で、漁師たちが舟を出しているさなかだったのである。

舟の方に向って歩いているとうしろの方から突然「潔」と呼ぶ声がしたので、振向くと進だった。堤防の上の舟小屋から運んで来たらしい自分の身体の倍位ある網をかついでいる。進は白い歯を見せて笑っただけで、足早に僕らを追越すと舟の一つに近づいて行った。

そこではすでに進のお祖父《じい》さんらしい年寄の漁師が舟を出す準備を始めていた。進が網を舟の上に載せると、すぐにその年とった漁師は、進に命令を下して、舟を出し始めた。舟の下に二本のゴロをはませ、線路のように舟の両側に並べた丸太の上を、ゴロにいくつも開いている穴の中に梃子を入れて転がしながら、舟そのものを動かして行くのである。丸太の線路が切れると、もう用済みになった丸太を前方に移動させる。それはかなり危険な作業だった。下手をすれば手や足をゴロに潰されてしまいかねない。しかし進は老漁師の指図に従いながら、みごとにそれをやりこなした。

舟が海に押し出されると、素早く進は舟に跳びのって櫓を取った。お祖父さんの方は手早くゴロや線路に使った丸太を波にさらわれない安全な所まで引き上げると、ザブザブと胸までを水に浸けながら舟の後尾に追いつき、舟を一押し押すと同時に攀じ登った。舟が相当出てから初めて進は櫓を漕ぐ手をちょっと休めて僕らの方に手を振った。僕らもそれに答えた。そして僕らはそれから舟が小さくなって、櫓を漕いでいる進の姿が見分けられなくなるまで見送っていた。

第一章

それから二月余りたった九月に、僕はこの父の故郷に疎開して来た。集団疎開を止めたわけは、親しい友達の大半が結局縁故疎開をすることになってしまったせいもあるが、進と出逢ったことが決定的な影響を与えていた。父は僕が縁故疎開に踏み切ったのを喜んだ。伯父夫婦に子供がないために淋しい思いをしている祖母が僕の疎開して来ることを楽しみにしていたからである。父はお父さんに代ってお祖母さんを大事にして欲しいと僕に頼んだ。

東京を夜行で立ったので田舎の駅に着いたのは朝まだきだった。駅には辰男伯父と父の妹婿にあたる米蔵叔父が迎えに来てくれていた。母と僕は米蔵叔父に勧められて、駅から五分位のところにある彼の店で一休みして行くことになった。辰男伯父だけが自転車の荷台に僕たちの荷物を積んで一足先に帰った。

肥料問屋をしている米蔵叔父の店はひっそりかんとしていた。御商売の方はいかがでいらっしゃいますかという母の問いに、統制で何もかも上ったりですわ、と彼は少々やけっぱちな調子で答えた。

熱い昆布茶を御馳走になったのち、母と僕の二人は米蔵叔父に伴われて、父の生家のある舟原村字浜見に向った。

早稲米の産地らしく道の両側の稲田はもう三分の一位刈りとられたあとだった。人に会うとかならず米蔵叔父は挨拶を交した。そんな習慣が僕には珍しかった。

「潔君」と米蔵叔父は黙って歩いている僕にいった。

「ちょっと後ろを見てみなさい。日本アルプスの山が見えるでしょうが。冬になると雪をかぶってそれはみごとですぞ」

母と僕の二人は米蔵叔父にならって立止まって後ろを見た。そしてすでに頂上に雪を頂いている山々の偉容にしばらくの間じっと見入った。

「これで半分来ましたよ」

やがて道端に立てられた大きな石碑の前まで来た時米蔵叔父がいった。道よりも一米位高く築かれた墓所の上に建てられた碑には、「海軍特務大尉　勲六等功七級　出原行夫之墓」と彫られてあった。

その石碑の前を過ぎた頃から、朝靄のためにぼんやりと霞んでいた字浜見の部落がだんだんはっきり姿を見せ始めた。郡で一番大きいといわれる光徳寺の屋根も見えた。

浜見の集落に入ってからはもう道の単調さに苦しまないでもよかった。杉並木のうしろに軒を並べて建っている家々の前を通り過ぎると、右手に郵便ポストが現われる。そこを海の方へ折れてしばらく歩くと、父の生家が現われる。杉林に囲まれた茅葺屋根のこのあたりに見られる典型的な農家だ。門を入って右手に牛小屋と空の鶏小屋が、庭の奥に五坪ばかりの土蔵がある。玄関前には待ちかねたように祖母が立っていた。

「大変じゃったろう。お祖母さんももっと元気じゃったら駅まで迎えに出たんじゃが」

祖母は笑みを顔一杯に湛えて僕らにそう歓迎の言葉を述べた。

僕はその日のうちに学校に行きたかったが、母が疲れていたので翌日にすることにした。朝から天気が崩れていたが、午後になるとひどい雨になったので、進を家に訪ねることも断念した。進の方から訪ねて来はしまいかとひそかに待っていたが、それも期待外れに終った。

その夜僕は母と枕を並べて、僕の部屋に決った奥の六畳間に寝た。満州で戦病死した啓作叔父が満州に渡るまで使っていた勉強部屋で、彼の机と本棚もそのまま譲り渡されることになった。床に就いてからも僕はなかなか眠れなかった。明日に迫った最初の登校のことが念頭にあるために神経が昂ぶっているのか、夕方から降り始めた雨の音と、前を流れる小川を隔てて向うにある精米所の水車の音が気になってなかなか寝つかれない。

翌日も雨は降り止まなかった。雨は風を伴っていた。僕は父の妹のなみ叔母が持って来てくれた、隣県のK市に下宿して工専に通っている彼女の次男、つまり僕の従兄にあたる富次が小学校時代に使っていたというマントを着込んだ。母も芳江伯母のマントを借りた。雪の多いこの地方では雨にも、特に風を伴う雨には、傘を使わないでマントを着込むのである。

学校までは、農繁期で忙しい芳江伯母に代ってなみ叔母が送ってくれることになった。

町までの道とほぼ平行して、幅四米ばかりの県道が学校まで通じている。それは杉並木に縁どられた浜見の入口を過ぎると田圃の中を遮るものもなくまっすぐに伸びていた。二月前叔父の村葬に参列するために歩いた時は、それ程にも感じられなかったのに、その道は今ひどく退屈で涯しがないように思われた。空が重く覆いかぶさるようにどんよりと曇っていて、強い雨風がまともに吹きつけて行手を阻み、歩行が思うに任せなかったせいもあったかも知れない。

線路を越えると三粁近くある学校までの道のりの丁度三分の二来たことになる、となみ叔母が歩き悩んでいる母と僕を励ますようにいった。ようやくその線路を越えると同時に行手に目的の学校が見え、僕らは少し元気が出た。学校は田圃の中に日本アルプスと向い合って建っているので、海の方から来るとうしろ姿しか見えない。塀がないので講堂などは田圃にはみ出して建っているように見えた。強く降りしぶく雨の中に見える学校のたたずまいは、裏に樹木が少いせいか、校舎の色がくすんだ灰色のせいか、ひどく陰鬱で荒涼として見えた。

学校の近くの雑貨屋が知合いだから、そこで休んで待っているというなみ叔母と別れて、母と僕の二人は、塀の代りに小川が周りを流れている舟原村立舟原国民学校に入った。職員室を訪ねると、僕らが訪ねることはすでに連絡済みと見え、すぐに校長室へ案内された。鷹のようにきつい目をした痩せぎすの校長先生が僕らを迎えた。校長先生はその年の四月から運輸通信省の港湾局長になった「郷土の大先輩」である父の近況を訪ねたのち、少し不安げな表情をしている母に、御子息の転校については何も御心配は要りません、と断言するようにいった。

——学校としては疎開児童の受入れに関しては万全の態勢を整え、教員、生徒共に充分心を使っている、まだ実際に疎開して来た生徒は、五年女組の女子一名と、三年男組の男子一名に過ぎないが、今月一杯にはほとんどどの学級も一、二名の疎開児童を迎え入れる予定になっている。十月の末には東京の大森区から二百人程度集団疎開の学童が来る予定で、村にある三つの寺に分散収容することになっている。土地の子供たちも、元来変化に乏しい土地柄ゆえ、疎開児童の編入を非常に歓迎しており、すでに疎開児童を迎えた学級では、授業中の生徒の態度が活潑になるなど、種々好ましい変化が生れている。一方疎開児童にとってもこういう機会に田舎の生活に触れるのは非常に有意義なことであると思われる。

そんな説明をしたのち、校長先生は急に僕を怖い目でじっと見ていった。

「君もお父さんを育てた郷土の自然に親しんで、お父さんのように立派な人物となり、お国のために尽くさなくてはならない」

丁度その時授業の終りを報せる鐘が鳴って、あたりが騒がしくなった。校長先生は、僕が編入される学級の担任を呼んで来ると断わって席を立った。

やがて校長先生と共に現われた五年男組の担任は、校長先生とは対照的な、優しい目をした温和な顔だちの小柄な人だった。まだ三十代であろうと思われるのに、坊主頭も無精ひげも灰色を帯びている。

「増田です」

先生は僕らの前まで来ると、そう自己紹介をして丁寧にお辞儀をし、そして幾分固くなって校長先生に勧められた椅子に腰をおろした。

「転学の書類をもう一度見せてもらおうか」と校長先生はいった。増田先生が持参した転学書類を差し出すと、彼は老眼鏡をかけてそれをゆっくりと読み始めた。

「なかなかよくできるお子さんですね」

校長先生は書類から顔を上げると母を見て相変らず重々しい口調でいった。それからかたわらの増田先生をかえりみて、

「五年男組には竹下進がいたね」といった。

「はあ」と増田先生が答えた。

校長先生は母に説明するように、

「隣村の国民学校の教員をしている人の長男ですが、非常によく出来る子供でしてね、五年男組の級長をしています。家が同じ浜見ですから、御子息とはきっとよい友だちになるでしょう」

丁度その時授業の開始を報せる鐘が鳴ったので、僕がすでに進と知合いであることを断わる暇もなかった。「それでは早速教室に行きましょう」と増田先生が僕を見ていって立上ったからである。

教室は二階にあった。下の教室はすでに先生が来ていてみんな静かだったのに、二階はまだ騒がしかった。しかし僕らの跫音が聞えると急に静まった教室があった。それが五年男組の教室だった。

先生がガラス戸を開けると同時に、よく通る声で「起立」という号令が凛々しく掛った。そ

の号令に余り似合わない雑然さで組中が立上った。

「礼——着席」

僕は先生の横に立ってみんなの方を向き、悪びれずに先生の紹介を受けた。廊下側の一番後ろの席に進の顔を見つけ出して微笑を送ったが、進は緊張しているのかひどく真面目な顔をしたまま僕の微笑に答えてくれない。先生の話が終りに近づいた頃、校長先生と母が後ろの戸を開けて入って来た。五、六人が後ろを振向いたが、校長先生の厳めしい顔にぶつかると驚いたようにまた前を向いた。

母は僕にちょっと目で微笑を送った。それから増田先生に軽く礼をして校長先生についてまた出て行った。校長先生が校内を案内している途中らしい。お母さんは東京の学校の時と変らない僕の悠々とした態度に安心したことだろう、と僕は思った。

話が終ると増田先生は僕を窓側の列の一番後ろに空いている席に連れて行って坐らせた。

先生は教壇に戻るとふと気づいたように、

「杉村君、国語の教科書を持っている？」と聞いた。

「はい、教科書は全部用意して来ました」と僕は答えた。

授業が始まった。東京に比べると進み具合はずっと遅かった。東京では夏休みより大分前に済ました課に入るところだ。

「誰か読める人は？」と先生がいった。僕は最初の時間だけ遠慮することに決め手を挙げなかった。しかし手を挙げた者は進しかいなかった。

「ほかにいないのか」と先生が大きな声でいった。五、六人の顔が僕の方を振向いた。僕は決心して手を挙げた。最初の時間だからといって遠慮することはないだろう。

先生はちょっと思案したのち、

「じゃあ、杉村君に読んでもらおう」といった。

初め少しあがってしまったが、すぐに落着きを取戻して、僕はかなりうまく一課全部を読んだ。席に坐るとざわめきが起った。先生に叱られてすぐ止んだが、僕の読み方に感心して起ったざわめきであることは間違いなかった。

「もう一人誰か」と先生がいった。しかし手を挙げた者はやはり進一人だった。先生はすぐに進にあてないで別の何人かを指名して読ませようとしたが、できませんといって誰も立上ろうとしなかった。

「じゃあ、やっぱり竹下君に読んでもらおうか」と先生は諦めたようにいった。

進の読み方は予想以上にうまかった。少し訛りが入る点を除けば、完全といえた。僕は感心しないではいられなかった。

進が終って席に着くと、またざわめきが起ったが、先生が注意するとすぐに鎮まった。鎮まるのを見計らって先生はいった。

「いつも竹下君しか真面目に予習して来ない。東京から来た杉村君に恥ずかしくないようにもっと勉強して来んといかん」

授業の終りを告げる鐘が鳴り、進の号令で終業の挨拶が済むと、先生は教室を出る前にわざわざ僕のところまで来て、次の授業に使う習字の道具を持って来ていることを確かめたのち、進を呼んで引合せてくれた。みんなが周りに集まったので、進も僕も照れたようにお辞儀をしあっただけで、どちらからも先生に、すでに二人が知合いだということをいい出せなかった。

半紙を取りに行くために、進が先生に従って出て行くと、みんなも僕のまわりから離れて行った。そのうちに僕は教室に誰もいなくなってしまったのに気づいた。驚いて廊下に出てみると、幾人かが硯に水を入れてこぼさないように静かに歩いてこちらへやって来るのが見えた。「どこで汲んで来るの」と先頭の男の子に聞くと、彼は、「川よ」と冷たい調子で答えただけだった。

水は校舎の東側を流れている大きな川からめいめい汲んで来るらしかった。校庭から川の水汲み場まではコンクリートの道が出来ている。僕がそこに辿り着いた時はもう水を汲んでいる者は誰もいなかった。すでに雨は上っていたが、前日から降り続いた雨のために、川は水嵩を増し、濁っていて流れも急だった。

教室に戻って席に着くと、僕はみんなに倣って墨をすり始めた。墨がすり上ると自分で用意して来た半紙に少し練習をしてみようかと思い立ち、隣りの男の子に今どこを練習しているのか聞いてみた。

「俺ァ、知らんな」

と男の子は恥ずかしそうに答え、今までよりも一段と力を込めて墨をすり始めた。彼の墨はすり減っていて指の陰に隠れて見えない程小さかった。そのために墨をすっている指まで黒く染まってしまい、まるで指をすっているようだった。見かねて「僕の墨を貸そうか」と僕はいった。

彼はちょっと躊躇したのち、僕の差出した墨を受け取るといった。

「東京の奴ァ、いいの使うとるな。これならすぐにすれてしまうわ」

半紙をフェルトの下敷の上に載せ、上端を文鎮で押えると、僕は練習するものを決めるために、習字の手本をぱらぱらとめくった。

突然隣の男の子が墨をする手を休めて、僕の方に身体を乗り出していった。

「それに神州何トカいうのがあろうが」

僕はうなずいてその頁を出した。

「それ、書いてみい。竹下はな、級長の竹下よ、いつかそれ書いて県の大会で一等取ったんや。汝《われ》なら、負けんこと書けようが」

僕の返事も待たずに、彼は大声で叫んだ。

「みんな来んかい。東京の子が習字するとい」

たちまち僕のまわりに幾重にも人垣ができた。

「うまく書かんと笑われるぞ」といって彼は僕の肘をついた。

もう書くより仕方がなかった。一年生から書道塾に通っていたので習字には自信があった。僕は筆にたっぷり墨をふくませて、一字一字落着いて書いた。

〈神州不滅〉

みんなが口々に感嘆の声を放つのを快く耳にしながら、僕は先を続けた。

〈敵国降伏〉

書き終ったのとほとんど同時に鐘が鳴った。みんなが散って行く中で頓狂な声を上げた者がいた。

「うまいもんじゃのう、こりゃあ、竹下、しっかりせんと東京の子に負けるかも知れんぞォ」

「川瀬、汝ァ、何いうとらあ」

そんな非難の声が方々からあがった。しかし川瀬と呼ばれた頓狂な声の持主は負けずにいい返した。

「うまいもんじゃのう、こりゃあ、竹下、級長でいつまでもおられんぞ〜」

そこへガラス戸が開いて、職員室に行っていた進が、先生の習字の道具とみんなに配る半紙を持って入って来た。みんなは一遍に黙って席に着いた。

農繁期なので、生徒が手伝いができるように授業は午前で打切りだった。十日後には農繁休暇である一週間の秋休みも予定されていた。みんなは弁当を持って来ていたが、僕は持って来なかったので先生に断わって先に帰らせてもらうことにした。

母は僕の帰りを待ち侘びていた。母の質問に答えて僕はいろいろ喋った。級長の進は思ったよりもとてもよくできる。相手にとって不足がないどころか、東京の友だちの誰よりももっと張合いがありそうだ。ほかの同級生とも今日一日では特別に打ちとけることはできなかったが、すぐに仲よくなれると思う。隣りの男の子とはもう口を利いた。その男の子にそそのかされて、習字を書いたら、余りうまいのでみんな驚いていた……

母は翌朝の汽車で東京に帰ることになっていたが、僕が一向に別れを苦にしていないのが物足りないようだった。

次の日の朝寝坊して、僕は少し遅れて家を出た。母とは玄関で別れた。途中まで送るといったのだが、僕の方で断わったのだ。

学校に着いた時はもう鐘が鳴ったあとらしく校内はまったく静かだった。僕は驚いて教室へ急いだ。二階に上ってみると有難いことに僕の組だけはまだ先生が来ていないらしくて騒がしかった。

「先生は？」と席に着くと、僕は隣の男の子に訊ねてみた。

「少し遅れて来らすと」

「それまで自習かい」

「ああ」

「君の名前は何というの」と僕は突然思い立って聞いてみた。親しい友達になれそうな気がするのに名前を知らないのはおかしいと思ったのである。

「俺か、勝《かつ》よ、勝というんだ」

僕はもう同姓が多いせいか姓よりも名前で呼び合うことが多いらしいこの土地の習慣に気づいていたから、その答で満足した。

その頃になって僕は初めて、組全体に拡がっている異様なざわめきが、勝が僕と話を交していることに対する非難の意味を持っているのに気づいて驚いた。進だけが知らん顔をして次の時間の国史の教科書を読んでいるほかは、勝と僕を除いた全員がそのざわめきに加わっている。

突然勝が思いつめたように乱暴に立って怒鳴った。

「汝ら、みな静かにせんか！」

バタンと坐ると、彼は僕の方に顔を向けて照れくさそうに笑って見せたが、その笑い顔はひどく弱々しかった。しかし組で一番大きいと思われる勝が立って怒鳴っただけあって、気味の悪いざわめきはしばらく鎮まってしまった。次のざわめきがまた起りかけた頃、先生が入って来た。

授業が終ると、僕は進の席に行った。みんな教室を出て遊びに行くのに、進は机に坐って何かを書いている最中だった。

「何しているの」

「ああ、汝か」

進は顔をあげて僕に気づくといった。

「学習日誌よ、昨日の分を溜めてしもうてな」

そしてまた学習日誌をつけ始めた。

僕は立ち去るような風をして、進の背後にそっと廻って盗み読みした。昨日の分で、もう終りに近かった。

昭和十九年九月七日　木曜日　雨風強し
今日東京から杉村潔君が私たちの組に入って来た。杉村君はお父さんの郷里である私たちの村に今度縁故疎開して来たのだ。先生は、戦争のために両親と兄弟たちから離れて暮すことになった杉村君に、淋しい思いをさせないように、みんなで協力しなくてはならない、といわれた。私たちは杉村君から私たちの知らない東京のことを色々と学び、また杉村君にも私たちの農村生活から多くのことを学んでもろうて、これから仲よくして行きたいと思います。尚私たちの組は杉村君の編入によって、長期欠席の須藤君を入れて三十九名となった。
欠席　須藤昇

遅刻　ナシ
早退　杉村潔（弁当を忘れたため）

僕は自分のことが書かれていたので照れ臭くなったが、進がしっかりとした字でよくまとまった文章を書くのに感心した。気づかれないように、そっと、進の背後から立去ろうとしたが、丁度その時進が日誌帳を持って立上りながら後ろを向いたので見つかってしまった。

僕はシマッタという風に首をすくめ自分の席に戻って行った。自分の席に着いてからまた進の方を見たが、日誌帳を先生に提出しに行ったらしくもう見えなかった。僕はそのまま教室に残って休み時間を過すことにした。鞄に入れて来た高垣眸の「豹《ジヤガー》の眼」が読みたかったのだ。これでもう三度目だったが、まだ読まない本というのはなかったので仕方がなかった。

鐘が鳴ってからも誰も戻って来る気配はなかったが、しばらく本に読み耽っていたので、それを気にかけないでいられた。しかしいつまで経っても誰も戻って来ないので心配になり、とうとう本を閉じて様子を見に廊下へ出た。

廊下に出ると階段口から進が上って来るところだった。遠くから進は腹立たしそうな声でいった。

「汝ァ、何しとらあ。早う来んかい」

「何かあるの」

「今日は大詔奉戴日じゃが、奉公日やないかい」

「……」

講堂に通ずる渡り廊下を僕は進の後から急いだ。薄暗い講堂に入ると、二つの円陣が前と後ろに出来ていた。前半分にできた円陣は五年女組で、後半分に作られた円陣は五年男組だった。ふと女の子の円陣の中に、こっちを向いている、色の白い、目元の涼しげな、可愛らしい女の子の顔を見つけ出して、急に胸の中が熱くなって行くのを感じた。こういう女の子を目にするといつもそんな風になってしまうのだった。感じが都会の女の子のようだった。それだけでなく幼稚園の頃好きだった女の子にどこか似通っているところがあるのだ。

増田先生が僕らを迎えに来た。

「竹下君、御苦労さん」と進にいってから、先生は僕の方を向いた。

「杉村君、今日のことを説明しとかないで済まなかった。竹下君も忘れてしもうたらしくて」

先生は僕をそれまで自分が坐っていた場所に坐らせると、その前に自分も坐って早速縄のない方を手ほどきしてくれた。大詔奉戴日に縄をなうわけも説明してくれた。戦争が始まってからずっと、大詔奉戴日の八日には、学校中の生徒が家から藁を持ち寄って縄をない、その売上品を国に寄付している。従ってこれから毎月八日には藁を一束持って来るのを忘れないように。五年生は三時間目をその奉仕にあてている、というのであった。

しばらく先生の真似をしているうちに、どうやら僕にも縄がなえるようになった。それを見届けると、先生はみんなに静かに作業を続けているように、先生は習字の採点をしているから、鐘が鳴ったら、後片づけをきちんとして解散してよい、といい残して出て行った。

僕は生れて始めての縄ないに熱中した。面白いみたいに縄が出来て行くのだ。家に帰ってから早速このことを手紙に書いて東京に報せよう、と僕は思った。家だけでなく担任だった仁科先生にも。

ふと背中にむずがゆさを感じ、手を背中にやってみた。すると今度は頭がむずがゆくなった。思わず手で頭を払うと、藁くずが触れた。うしろを振向くと、みんなに善男と呼ばれている小さな身体つきの同級生が、狡そうな目に笑いを浮べ、藁くずを手に持っていつでも逃げられるような恰好で僕の様子を窺っていた。

僕は真面目な顔をして「よせよ」と文句をつけると、また縄ないの作業を続けた。しばらくしてまた僕は頭に異常な気配を感じた。そしてすぐに幼い時の怪我の痕である禿が藁の先でくすぐられているのだということが分った。さっきと同じ善男の仕業に違いない。僕はわざと知らん顔をして縄ないを続けた。しかしいつまで経っても止めないので、とうとう我慢ができなくなり、突然立上って彼をつかまえてしまった。けれどもいざつかまえてみると、彼は小さな身体に似ず意外に手ごわかった。下手をすると逆に負かされてしまいそうだった。

その時背後で進の怒鳴るのが聞えた。

「二人とも止めんかい」

その声を聞いて僕がたじろいだ瞬間に、するりと善男は僕の手から脱け出していた。そして五、六米ばかり先まで逃げ出したかと思うと、急に立止まってこちらを振向き、ヒッヒッヒッという笑い声を立てながら、おいで、おいでをした。僕はもう取り合わないことに心を決めて、また床に胡坐をかいて縄ないを始めたが、善男と取組み合いを始めた時から始まった胸の動悸がなかなかおさまらない。それは善男が意外に強いことを発見したために起った動悸らしかった。進があんな風に怒鳴らなかったら、ぶざまに善男に組み伏せられてしまったかも知れないと思うと、胸の動悸はいっそう激しさを増した。

突然僕の前に立ちはだかった者がいた。顔を上げると、野沢と呼ばれている組で勝に次いで背の高い男の子だった。

「ちょっと汝の縄見せや」

僕はなぜか分らないままに縄を彼に差出した。

「汝ァ、えらくうまくなうのう」

野沢は縄をたぐりながら、蛇のような目で僕を見据えて冷たい声でいった。

「これで売れるかのう」

僕は彼の言葉の意味を理解したが、努めて平静を装って答えた。

「今日初めてだからね」

「フン」

野沢は鼻を鳴らすと、縄を前に投げ出してそれを踏みつけて、自分の場所に戻った。一瞬僕は顔色を変えた。侮辱を加えるにも程があると思ったのだ。しかし見るからに強そうな野沢が相手では、黙って我慢するほかないと思うと、屈辱感のために気が遠くなりそうなのを感じた。しかし幸いそれからは何も起らなかった。三時間目の終業の鐘が鳴ると僕は救われたように感じた。みんながするように、両手を拡げて縄をたぐり、両手の幅を周囲とする輪を作って重ねて行って、自分のなった分をまとめ上げると、それを進のところに持って行ったが、僕が一番ビリだった。

それから講堂の隅にみんなが集まっているのを見つけて歩み寄った時、もうみんなは組分けのジャンケンを終えて勝組と負組の二つに分れようとしているところだった。勝に頼んで誰かジャンケンの相手を見つけてもらおうと思ったが、忽ち開始された遊びに勝は大奮戦で僕が呼んでもまるで相手になってくれなかった。軍艦遊戯に似た遊びらしいが、そういってもこれはずっと単純で荒々しい格闘ゴッコのようなものだった。僕は止むを得ず講堂の真中辺の窓際で見物していた。すると進が縄運びを手伝わせた山田と二人で戻って来た。僕は急いで進の所へ走って行き、遊びに入れてもらえないだろうかと聞いてみた。

「山田と二人で勝たちの方へ入ったらいいわ」

というのが進の返事だった。僕は早速遊びの中に加わった。といってもさしあたり駆け廻っていただけだった。というのは誰かと格闘して負けたりしたら恥だと思ったからである。さっき善男にも負けそうになってから僕は神経質になっていた。

しかし四時間目の鐘が鳴る寸前にとうとう格闘をしなければならない羽目に陥った。それも相手は進であった。進なら僕より背も少し低いから、少くとも互角に争えそうな気がしたので格闘に応じたのだが、驚いたことに進は善男などと比較にならない程強かった。僕は瞬く間に組伏せられ、頭を床にすりつけられた。

「どうや、参ったろう」と進は勝誇った声でいった。すぐに返事をしなかったので、進は手加減してだったが、僕の頭を二、三度床にぶちつけて「どうや、どうや」と繰り返した。ようやく「参った」というと進は自由にしてくれた。僕は平気を装って立上ったが、口惜しさのために涙が目に滲んで来るのをどうすることもできなかった。進にそれを見られないように、すぐその場を離れ自分の陣地の方に走って行ったが、さっきから押えて来た口惜しさと悲しみの入り混った感情が堰を切って襲って来て、僕の心は収拾がつかない程の混乱に陥った。しかし鐘が鳴って教室に帰る途中、懸命に平静を取戻そうと努めた。何でもないさ、と僕は一生懸命自分にいい聞かせた。たかが遊びで組伏せられてしまったぐらい。勉強では負けやしない。野沢がしたことだって難癖をつけたに過ぎない。相手にしない方が勝ちなのだ。今に野沢だって僕にあんなことをしたのをきっと後悔するだろう。いずれ組中の人望の的になってみせる。東京でそうだったように。

四時間目の授業は得意の国史の時間だった。僕はいつも手を挙げた。僕の答はいつも進の答よりも周到だった。僕の心は再び自信を取戻し屈辱感から晴れ上った。一週間も経ったら僕はすっかり組の人気者となるに違いない。

四時間目が済むと僕は先生に弁当を持って職員室に来るようにいわれた。先生の机に差向いに坐って弁当を食べながら僕は先生の質問に答え、緊張して、父のことや、軍人である祖父のことや、二人の兄達のことを喋った。続いて東京の学校生活について。将来の希望について。将来の希望については、大東亜共栄圏の指導者になるのだと答えて、そばで耳を傾けている先生たちを感心させた。流石は杉村さんの子供だけある、とどこかの席で呟いた先生がいた。弁当を済ますと、聞くことも尽きたのか、先生は、何か困ったことがあったらいつでも私の所に来るように、また級長の竹下君に相談するように、といって僕を帰らせてくれた。

教室に戻ると、勝のほか五、六人が教室の掃除をしているところだった。

「竹下はもう帰ったの」と僕は勝に訊ねた。

「ああ」と勝は答えたが、気のせいかひどくよそよそしかった。

学校から浜見に通ずる県道の三分の一に達する踏切を越えた時、僕は五、六百米位先に、進たちの一団が道端に坐って僕を待ってくれているらしい様子に気づいた。

僕は歩く速度を早めながら、手を振って合図をした。しかし誰も答えてくれる者はいなかった。

五十米近くまで来た時、突然その一団の中から歌が起った。

キョッペ　キョッペと
威張るなキョッペ
キョッペの頭にャ
禿《ズベ》がある　禿がある

すぐ自分のことが歌われているのだと気づいた。僕は辱めを感じ、蒼白になった。——反射的に講堂で善男に今歌に唄われている頭の禿をわらくずでくすぐられたことが思い出された。きっと善男の仕業だ。善男をなぐってしまおう。しかしすぐに僕は善男を捕まえた時、意外に強くて組伏せるどころではなかったことを思い出した。駄目だ、反対にやられてしまう、それにみんなが唄っているんだし。

僕はみんなの前まで来ると立ち止って勇気を振りしぼっていった。

「止めろよ、そんな歌唄うの。行かないか」

誰も答えようとしなかった。進は僕を憐れむような目で見ていた。しかし彼だけは唄っていなかった。突然また歌が始まった。一緒に唄っていないのは進だけだ。

キョッペ　キョッペと

威張るなキヨッペ
長い靴下にャ
禿がある　禿がある

昨日僕は半ズボンのほかに長靴下をはいて学校に行ったのだ。その靴下に穴が空いていたのかも知れない。僕はそんな歌の内容に少し余裕を取戻していった。

「行かないか。行かないなら僕だけ行くぜ」

すると突然みんなは申し合せたように立上り僕を無視して歩き出した。また歌を最初から唄い始めながら。僕はみんなからわざと遅れて歩いて行った。

遠くから汽笛の音が聞えてきた。僕は朝別れた母のことを思い出した。もうどの位母は行ったただろうか。急に母が恋しくてならなくなった。なぜ疎開なんかしたのだろう、再び東京に帰れることはあるのだろうか。そう思うと涙がこみ上げて来た。僕は楽しい疎開生活を夢みた自分を呪った。

玄関に入る時、僕はしかしできるだけ元気のいい声を出して、「ただいま」といった。

「潔ちゃん、帰らっしゃったか」といいながら、祖母が皺だらけの顔に笑みを湛えて出て来た。

「学校はどうでしたけ」

僕は初めて縄をなったことを話した。

「縄をなったけ、そうか、そうか、大変やったのう」

祖母は感に耐えぬようにそういって、口の中で南無阿弥陀仏を何度か繰り返し唱えた。

井戸端へ行って口をすすぎ、手と顔を洗っていると、祖母は魚の「おつけ」を飲まないか、といった。承知すると、祖母は喜んで竈に火をくべ始めた。

その日の朝浜へ祖母がわざわざ自分で出かけて買って来たという平目で作った「おつけ」は、彼女が自慢するだけあっておいしかった。僕は三杯お代りして彼女を喜ばせた。すると侮辱を受けたのに何もできなかった自分に対する腹立ちと悲しさから不思議に解き放されて胸が軽くなって行った。少し重大に考え過ぎているのだ。たかが僕のことをちょっともじった歌を唄ってからかっただけに過ぎないじゃないか。僕がもの珍しいからあんなことをするのだ。みんなの中にもっと融け込んで行けば、みんなと親しくなりさえすれば自然と解決する問題なのだ。

おつゆを飲み終って、勉強をするから、といって自分の部屋に入った時、僕のしたことはもう泣くことではなくて東京の学校で担任だった仁科先生にあてて手紙を書くことだった。

学校まで三粁も歩くこと、もう始まっている稲刈のこと、農繁休暇がまもなく訪れることなど書く材料はたくさんあった。縄を初めてなったことを書くのももちろん忘れなかった。最後に、早く戦争に勝ってみんなと一緒にまた勉強したいと結んだが、読み直してみると今日経験した幾つかの嫌なことは夢の中の出来事としか思えない程、僕は張切っているように思えた。

手紙をポストに出しに行った帰りに進の家へ遊びに行ってみようと僕は思い立って、東京から持参した二冊の小説のうち「天兵童子」を持って立上った。進も本好きに違いないから貸せばきっと喜ぶだろうと思ったのである。

祖母に進の家を聞くと、行き方を分りよく教えてくれたのち、「いいあんぽや、進ちゃんは。あがいなあんぽと仲ようせい」といった。

進の家は僕の家から五百米位離れた浜見の東にあった。僕の家と同じように農家の作りだったが、お祖父さんが漁師をしているので、軒には網が干してあり、海草の匂いがした。玄関に立って、御免下さい、と大きな声で何度かいってみたが、誰も出て来ない。諦めて出直そうかと思いかけたところへ、生れてまだ半年位の赤ん坊をおぶった小さなお婆さんが、川で洗濯をして来たらしく、洗濯物の入ったバケツを提げてやって来た。

「ああ、龍太さんのおっさまですな」

僕がお辞儀をしないうちに彼女はいった。

「一人で東京から疎開していらっしゃったとな。おいたわしいこっちゃ」

彼女は僕の祖母と同じように小さな声で「南無阿弥陀仏」のお題目を口の中で何度か繰り返し唱えた。

「あんぽは浜に行っとりますれど、すぐに帰って来ますからエ、どうぞ上って待っててくらっしゃれ」

しかし僕は浜まで進を訪ねてみようと考えて、進のいる海辺の場所を教えてもらった。

浜へ向う途中、僕は田舎の言葉がだんだんと分って来たのを愉快に感じた。たとえば、長男は別格扱いで、次男、三男の「おっさま」に対して特別に「あんぼ」とか「あんさま」と呼ばれるのだ。進のお祖母さんが僕を「おっさま」と呼んだのは僕が三男だということを知っているからだった……

家並みを抜けて砂地の道に入ると、波のどよめきが聞えて来た。海草と潮と魚の匂いの入り混ったような磯の香が鼻を擽った。堤防伝いに西へ行くと、舟小屋が並んで見えた。教えられた通り三番目の舟小屋に進の姿が見えた。

網をつくろっている進のお祖父さんが逸早く僕を見つけて進に声をかけた。

「進ちゃん、潔さんがいらしたぞ」

進が含羞《はにか》んだような笑いを浮かべて出て来た。

「今一仕事を済ましたから、俺も汝んちへ行こうかと思っていたところや。今日は舟出さんからなあ」

進はお祖父さんにもう一度確かめるように聞いた。

「もう今日はこれでいいやろか」

「いいとも。潔さんと遊んでいらっしえ。舟が出せれば潔さんを乗せて進ぜるといいんやけどな」

そういってお祖父さんは僕の方を向き、

「今度いつか海の静かな時にいらっしゃれ。乗せて進ぜますからな」

「ええ、お願いします」と僕は喜んで答えた。

一つ楽しみが出来たことを喜びながら僕は進と連れ立って出た。進はしばらく黙って歩いて進はしばらく黙って歩いていたが、やがて秘密を打明けるような調子でいった。

「家で汝のことをあれからいつも喋っとるんや。これで俺にいい友達が出来るってみんなで喜んでいるんや。もう分っとろうが、どいつもこいつも出来ん奴ばかりでな」

僕は黙って何も答えなかった。進のいい方がひどく傲慢に聞えて嫌だったのだ。進は僕が黙っているので不審そうな顔をしていたが、しばらくするとこう訊ねた。

「汝、中学校受けるんやろう」

「うん、行くよ」と怪訝な面持で答えながら、すぐに僕は田舎では東京と違って中学校を受けない方が普通なのだった、ということに気がついた。

「六年になったら、一緒に勉強せんか」と進がいった。

「うん、いいね、是非しよう」

「僕は中学に入ったら、途中から少年飛行兵になろうかとも思っているんだ」と続けて僕はいった。

「どうしてや」

「だって愚図愚図していると戦争が終ってしまうもの」

「そんなに早く勝とうか」

「うん、そうすぐっていうことはないだろうけれど」

「戦争が終ったら、汝は東京に帰るんやろ」

当然過ぎることを聞かれたために返事に戸惑っていると、進は返事を待たないでいった。

「東京に帰らんで、ここの中学に行ったらいいにか」

「うん」と僕は曖昧に答えた。戦争が勝ったらもちろんすぐ東京に帰るのだ。しかしそんなことをはっきりいったら進はきっとガッカリしてしまうだろう。

僕は話題を変えることにした。

「組で中学を受けるのは誰と誰なの」

「野見の河村と山見の川瀬と俺の三人よ。農学校を受ける者はたくさんおれど」

「誰？」

「浜見の者じゃ、山田やろ、野見じゃ、須藤やろ、野沢やろ、それから、浜見の磯介が工業学校、秀が商船学校志望やわ」

「君は将来何になるつもりなの」

「まだはっきり決めたわけやなけれど」と進は妙に慎重になって答えた。

「大学へ行くつもりや」

「軍人にはならないのかい」

「海軍に行きたいとも考えているんやけどな」

「海軍もいいね。戦争が早く終らなかったら、僕も少年飛行兵を止めて、海軍兵学校に行くことにしてもいいな」

「今度の戦争が終っても、また戦争あろう」

「うん、しかし大分先の話だろう、今度戦争が起るとしたら、ドイツとだっていうけれどもね」

と僕は兄からの受け売りをいった。

「ドイツと⁉」と進がびっくりしたようにいった。

「うん、勝った者同士とさ。しかしその前に日本には大東亜共栄圏建設の大事業が残っているから、そう簡単に戦争をまたすべきではないだろうけれど」

ぽつりぽつりと雨が降り出して来た。空を見るといつの間にか、雨雲が一面に拡がっている。

「帰ろうか」と僕はいった。

「そうやな」進は残念そうにいった。

進は別れ際に僕に念を押した。

「また話をせんか」

「うん、また話をしよう」

そういって僕は「天兵童子」を進にまだ渡していないのに気がついた。「読まないか」といって差し出すと、進は僕の予期した通り喜んだ。
急に大降りになった雨の中を、僕らは東と西へ別れて走り出した。

第二章

翌朝家を出て、家の前の小道から、浜見通りと呼ばれる、浜見の部落を西から東へ貫通している幅三米位の村道へ急ぐと、ずっと前の方に浜見の五年男組の生徒たちが進を真中に据えて一団をなして歩いて行くのが見えた。道幅一杯に横に並んで歩いて行く。

僕は走って行って追いつこうと考えたが、次の瞬間思い留まった。追いついても割り込む余地がなさそうに思えたからである。一列横隊のうしろにくっついて歩いて行く位なら、一人でゆっくりと気ままに歩いたほうがよかった。

途中で道端の家から一人飛び出して来てその群れに加わった。お産婆さんの息子で松とみんなに呼ばれている、浜見の五年生の中では一番身体の大きい男の子だ。彼が一列横隊の端に加わったために、一人だけうしろに弾き出されて来た。一郎という、いつも青洟を垂らしている男の子だ。

雑貨屋の角を曲るとしばらくの間眼の前から彼らの姿は消えたが、同じ角を曲ると、再び彼らの姿は前方百米位のところにあった。丁度風呂屋の前の広場にさしかかった時善男がうしろを振向いたので、僕が来るのは感づかれてしまった。続いてみんなが次々と振向いた。しかし期待に反して一団は一向に歩く速度をゆるめようとしてくれなかった。それでいて時々誰かがうしろを振向いて、僕の方を見た。まるで順番に僕がついて来るのを見張っているかのように。

十字路に着くとみんなはそこで停止してしまった。道端に積んである材木の上にかたまって坐りながら、僕が追いつくのを待ってくれているようにも見えた。

材木の上には上級生の一団がやはり誰かを待ち合せているらしく屯ろしていた。僕は進の前に真直ぐ向って念のために聞いてみた。

「まだ誰か来るの」

「ああ、西から」

西からというのは、西浜見からという意味だった。浜見は西浜見、中浜見、東浜見と三つの集落に分れていたが、それぞれ簡単に、西、中、東とも呼ばれていることを僕はすでに知っていた。

その時突然思いがけないことが起った。積み上げた材木の上の方に坐っている上級生の一団から僕の歌が一斉に唄い出されたのだ。

不覚にも僕は泣き出してしまった。涙が泣いてはいけないという意志を無視して目にあふれて来たのである。そんな時何でもない顔をするのが一番よいということを僕は知っていた。それなのに涙を抑えることができないのだ。

しかしその涙は歌を止めさせる効果があった。僕が泣いているのに逸早く気づいた善男が隣に坐っている六年生の一人に囁き、彼がまたそれを隣に囁き、そうやってみんなに知れ亙ると、歌は止んでしまったからである。そして僕の涙もようやく止まったが、しかし僕の心は泣いてしまった口惜しさで一杯だった。なぜもっと毅然としていられなかったのだろう。だらしのない奴！　歌が唄い出された時一人で出発してしまえばよかった。

「どうやら晴れて来おったのう」

「洪水になるかと思ったじゃ」

そんなひそひそ話を聞きながら僕は唇を嚙みしめるだけだった。もう今となっては何をしても遅かった。女々しく泣いているのを見られてしまった今となっては。

その時、さっき僕らがやって来た東浜見からの道を六年生らしい五、六人が進の従兄だという六年男組の級長の健一を中心に一塊りになって来るのが見えた。すると今まで屯ろしていた上級生の一団は電気に掛けられたように立上り、彼らの前で立止りもしないで十字路を曲って学校への県道についたその五、六人の塊りに従った。間もなく遠ざかってゆく彼らの間から歌が再び興った時僕は思わず顔色を変えたが、今度は僕の歌ではなかった。松という名前が聞きとれるところを見ると松に関係のある歌かも知れなかった。案の定松は顔を真赤にしていた。腫れぼったい瞼までも赤く染めている。僕は松に同情した。

歌声が聞えなくなる程遠ざかった頃、待っていた西浜見の二人がやって来た。しかし二人が材木の前に辿りつかないうちに、みんなは早くも出発してしまったので、二人は追いつくために息せき切って走らなければならなかった。二人が追いついたのは浜見の家並と杉並木が尽きて道の両側が田圃に変った頃だった。

道幅は六人横に並ぶと、両端の草の上を歩けば別だが道は一杯なってしまう。それまで全部で六人いるうち僕だけ少し遅れて歩いていたので、二人が進と山田を中心に据えて横にならんだ一列に加わるとすれば七人になり、誰か一人はみ出なければならなかった。しかしはみ出たのは、後から追いついた二人のうちの一人か、いつも青洟を垂らしている一郎だろう、という僕の予想を裏切って、松だった。しかし松は後ろに下って僕と一緒に並ばなかった。彼は右端の草の上を歩くことを選んだのである。

突然歌が始まった。僕はまた顔色を変えたが、僕の歌ではなくて、さっき松の顔を真赤にした歌だった。

ツンツンレロレロ　ツンレーロ
ツレロレシャン　ツレロレシャン

そういう出《で》だしで始まり、その出だしがその後もリフレインされて行く歌だった。松の姉さんと米屋のおっさまの得治という若者を唄った歌だということは分ったが、それ以上のことはよく分らなかった。まもなく、一段と声を高く張り上げて新たに加わった歌声が僕の注意を惹いた。それが松の声ではないかという気がしたからである。まもなくほかの声は沈黙し、その声だけがその歌を唄った。

それは間違いなく松の声だった。みんなは松にほかならぬ彼の姉さんの歌を唄わせて喜んでいるのだ。それも恐らく姉さんの名誉を傷つけている歌を。歌う方も歌う方なら、歌わせる方も歌わせる方だ……

いつの間にか松の歌声は止んでいた。松は歌を唄った代償なのか元の位置に戻り、その代り、磯介がうしろへさがって来ていた。僕は歩みをゆるめ、みんなとの間隔をますます拡げて行きながら、集団疎開を断念して縁故疎開に決めてしまったことを激しく後悔していた。親しかった友だちのほとんど大部分が縁故疎開に決めたので、集団疎開は当初の魅力をすっかり失ってしまったのだが、それでもこんな目に遭う位だったら、集団疎開をした方がどんなによかったか知れない。

ふと気づくと道を歩いているのは僕一人きりだった。進たちはもう踏切を越えてしまった後らしく、線路の土手に遮られて見えなかったし、僕の後ろから来る者は誰もいないのだった。僕は驚いて足を速めて歩き出した。

学校に着くとすでに授業が始まっているらしく、しんと鎮まり返っていた。遅刻だ。僕は先生に遅刻した理由を質された時のいいわけを考えながら、考えつかないうちに教室の前に来てしまったが、不思議なことに教室は空だった。

教室の後ろの壁に習字が張出されているのが目にとまった。全部で五枚で、進のと僕のに優がついていた。後の三枚、河村、川瀬、山田のは良上だったが、確かに進と僕の習字は格段にうまかった。東京で書道塾に通って習字を習っていた僕に比べてまったく遜色のない程、進は上手だった。僕は感心しながら進の習字に見入っていた。

廊下に足音が聞えたので、僕はわれに返り、教室の外へ出てみた。

足音の主は進だった。

「汝ァ、どうしたのや」と進は近づきながら優しい声で訊ねた。

「ゆっくり歩いて来たために、遅れちゃったんだ。みんな、どこへ行ったの？」

「学校農園の稲刈よ、一時間目と二時間目とな。さあ、行かんか」

進と連れ立って歩きながら、僕はこれまで常に進だけはみんなと一緒になって僕の歌を唄おうとしなかったことを感謝の念と共に思い出した。

職員室の前で、女の子が二人で掛地図を巻いたのを持って来るのにぶつかった。その中の一人が前日に講堂で心を惹かれた女の子だったので、僕ははっとした。彼女は不思議にも擦れ違う時に軽く会釈をした。

「今のは誰」と僕は小声で進に訊ねた。

「汝ァ、知らんがか」と進は意外そうにいった。

「西の庄どんに疎開して来た子や。汝んちと親類《いっけ》じゃが」

庄どんなら知っていた。それは僕の家の本家にあたり、浜見では一番の地主だということだった。

「いつ疎開して来たの？」

「この四月からよ」

「君はよく知っているの」

「今の子の母親が俺の母と小学校の時仲よしやったんやわ」

進は少し照れながら大人びたいい方をした。

学校から三百米位離れたところにある農園に着くと、みんなはもう稲を刈り始めていた。先生は遅刻の理由を質すこともなく、僕にすぐに稲の刈り方を教えてくれた。そして僕が大体の要領をのみ込むと早速みんなの仲間入りをさせた。先生に教えてもらった時は簡単に会得できたつもりでいた鎌の使い方は実際にやってみると、なかなかむずかしかった。切り口がどうしても一様にならないし、刈り残しの茎が残ったりする。それに十分も経つと腰が痛くなって来た。東京の家で裏庭の菜園を手伝ったのとは大分わけが違った。秋休みに伯父に手伝いをする約束をしたことを思い出し、不安が心を掠めたが、しかしそんなにいつまでも慣れないままでいるわけではないだろう。実際三十分も経つと、いくらかうまく刈れるようになって来た。

先生の笛の合図で作業を終えると、僕らは進の命令で整列し、点呼を受けたのち、二列縦隊のまま学校に戻った。みんなはいつものように講堂に行かないで、運動場で「軍艦遊戯」に似たあの乱暴な遊びを始めた。進がジャンケンの相手になってくれたので、僕は進の敵に廻った。しかし前の日のみじめな経験に懲りていたので、走り廻るだけで進はもちろん誰とでも格闘はしないことにした。

その日はずっと楽しかった。三時間目は地理の授業で、関東地方に入っていたから、先生は東京についての説明をいろいろ僕に求めた。僕は求められるままに、地下鉄や百貨店や、宮城や、上野公園などについて、簡単な説明をした。みんなはしんとなって僕の話に耳を傾けた。次の休み時間も、運動場で先の休み時間に行われた格闘ごっこの延長戦が行われた。僕は相変らず格闘を避けて走りまわってばかりいた。四時間目は国語の時間だった。授業中手を挙げるのはやっぱり進と僕の二人だけだった。授業を終えると弁当を家に置き忘れて来たのに気づき、先生に断わって先に帰らせてもらうことにした。

長い道を僕は急ぎ足で歩いた。今日はきっとチッキが着いているだろうと思うと、早く家に辿り着きたくてたまらなかった。

家に帰ってみると、あてが外れてチッキはまだ届いていなかった。その代り祖母が思いがけない話を伝えてくれた。庄どんの姉さまが僕を夕食に招待したいといいに来たというのだ。祖母の説明によると、その姉さまは神戸から女の子を一人連れて疎開して来た庄どんの一人娘だということだったから、その日職員室の前で会った美しい女の子のお母さんに間違いなかった。彼女は今しがた、まだ僕の母が帰っていないものと思い込んで、母と僕の二人を夕飯に招待するために訪れたのだが、母がすでに帰京してしまったのを知って、せめて僕にだけ来て欲しい、四時頃迎えに来るから、といい残して行ったというのである。

祖母は僕がしぶるのではないかと思っていたらしく、僕がすぐに承知すると、しきりに「かたい子や、かたい子や」といった。「かたい子」というのは土地の言葉で「いい子」という意味だった。

僕は自分がひそかに好意を寄せている女の子と親しくなれるかも知れない機会が早くも思いがけない形で訪れたことを喜びながら、昼食が終ると、自分の部屋に閉じ籠った。途中で止めてあった「豹の眼《ジャガー》」の続きを読んで四時までの時間を潰そうと思ったのだ。

しかし三時になると、祖母に勧められて、丁度その時刻に立つという共同風呂に行ってみることにした。

雑貨屋の前まで来ると、配給の醬油の瓶を持って出て来た磯介にばったり逢った。彼とはその日農園の稲刈りで初めて親しく口を利いたばかりだった。七月に浜で身体を乾していた時僕のそばに寄って来た男の子たちの一人に自分がいたのを覚えているか、と問いかけて来たのである。そして僕が記憶になかったにも拘わらず、彼をがっかりさせないために、うん、覚えているよと答えると、とても嬉しそうな顔をしたのだった。

「風呂に行かあ」と彼は人なつっこい笑いを浮べて聞いた。

「うん、一緒に行かないかい」と僕は誘った。

「そうやな、丁度釣銭があるから行くか。ちょっとこの醬油を預けてくるわ」

そういって彼は店の中へ入ると、醬油の瓶を預けてすぐにまた出て来た。

雑貨屋の少し先で、お湯に行くところらしい二十《はたち》位の女の人が二人で立話をしていた。一人は僕の顔見知りだった。僕の家の前の家の娘で村役場に出ている。こちらを向いたらお辞儀をしようと思いながら近づいて行くうちに、僕は彼女と話をしているもう一人の女の人が、胸がときめくように綺麗な人であることに気がついた。美しい長い黒髪をし、色が白くて、ひどく艶めかしい感じだった。

突然僕の横で磯介が口笛を吹き始めた。それがその日の朝僕の歌に続いて唄われ松を真赤にさせた歌の節であることに気づくと、僕はすっかりうろたえてしまった。もしかするとこの綺麗な人が、その歌に唄われている松の姉さんかも知れないという気がしたのだ。

僕は唇をしっかりと結んで足速に彼女の前を通り過ぎた。磯介と一緒になって口笛を吹いているなどと思われたくなかったからだった……

僕がずんずん行ったために、磯介は口笛を吹くのを止めて追いすがって来た。僕と肩を並べると、磯介は一寸間の悪そうな笑い顔をして見せた。その笑い顔に、僕の内心の憤懣は消えてしまった。僕は何もなかったような顔をした。

風呂場の番台には、赤ん坊をおぶったお婆さんが坐っていた。僕は磯介に倣って、そのお婆さんに、祖母からもらったお金を渡すと、磯介について左側の男子用の脱衣場に入った。そしてまた磯介のする通り、積み重ねてある籠の一つをとり、それに脱いだ物を入れて行った。

磯介のあとから風呂場に入ると、僕はいきなり大声で怒鳴られた。

「あとを閉めんかい」

自分が怒鳴られたのだと気づくと、僕は慌ててうっかり開けたままにしておいた戸を閉め立てた。

僕を怒鳴りつけた男は漁師風の中年の男で、長いあいだお湯に浸っているらしく、顔がゆでダコのように真赤だった。ほかに七十位のおじいさんが二人いた。

湯槽に入ろうとして、まず手で湯加減を見たが、熱くてすぐに入れそうもない。僕は磯介の真似をしてひとまず身体を洗うことにした。

磯介は身体を簡単に流すと、熱いのを顔をしかめて怺えながら、それでも徐々にお湯の中へ首までを漬けてしまった。

「磯介、汝ァ、家の手伝いもせんで、早うよう風呂に来るのう」

とさっき僕を怒鳴りつけた男がいった。

「お互いにのう」と磯介が答えた。

僕は磯介の見事な受け答えに感嘆した。

「この怠け者《ダーモン》めァ、口ばかり達者で」

次に彼はまだ入れないでいる僕に向っていった。

「そこな子、早う入らんかい」

「ええ」

「熱くて入れんがやろ」と磯介がいった。

「うん」

「水を入れるから、そのあいだに入ったらいいわ」

そういって磯介は早速蛇口をひねって水を出してくれた。僕は水の入っている近くに足を入れ、そろそろと脚から身体を浸らせることができた。

案の定男が文句をつけた。

「早う、水を止めんかい」

磯介は僕が首まで漬かったのを見届けてから、わざとゆっくり蛇口を締めた。

僕は熱いのにすぐに我慢ができなくなって立上り湯槽の縁に腰かけた。

男は掛声をかけながら、湯槽から出て来た。彼は流し場で、上り水を桶で何度も頭からかぶると、手拭いをきつくしぼって、身体をごしごし拭き始めた。

「白い身体をしとるのう」

と彼は僕を見ていった。

「東京の子やもんに、仕方ないにか」と磯介がいった。

「東京の？　どこな子よ」

「龍太さんのよ」

「そいがか」と男は驚いたようにいった。

「お父さん、お元気ですけ？」

彼は急に言葉を和らげて僕に聞いた。

「ええ」

「龍太さんとは、わしは小学校で同級生での、えらい仲よしだったもんや。家にも遊びにいらっしえ」

「偉うなると、みんな仲よしやったっていいたがるのう」と磯介が戸を開けて脱衣場に上って行った男のあとから皮肉を浴びせた。

「今の人誰？」と僕は磯介に聞いた。

「八郎兵衛さのあんまさまよ」

僕は思い切って気になっていたもう一つのことを磯介に聞いた。

「さっき二人で立っていた女の人、一人は僕の家の隣の人だけど、もう一人は誰だい？」

「誰やと思う」

「松の姉さんかい」

磯介はにやにや笑いながらうなずき、小さな声で囁くようにいった。

「あとで相手の男を教えてやるっちゃ」

「――――」

やがて僕らは風呂屋を出た。涼しい風がうだったような身体を心地よく冷やしてくれた。

人を乗せた一台の奇妙な車が僕らの方に向ってのろのろとやって来た。その車は片手でハンドルをまわし、もう片方の手で車輪を動かす仕掛になっている。よく見ると乗っているお爺さんは片脚がもからなかった。

胸に傷痍軍人の徽章を見た僕は、擦れ違う時にお辞儀をした。

しかしお爺さんは僕のお辞儀に気がつかなかったようだった。彼は一杯に皺の刻まれた顔を前方に向けたまま、左手でハンドルをとり、右手で車輪を動かす仕掛を一生懸命にまわしていた。車の動きはひどくのろく、丁度よちよち歩きの子供が歩く時位の速さだった。

「傷痍軍人だね」と僕は胸が熱くなるのを意識しながら聞いた。「どこで負傷したの」

「日露戦争やと。あの車は明治天皇さまから賜わったんやと」

僕は思わず振返ってたった今見た車をもう一度見直した。明治天皇から賜わった車！

「どこのお爺さん？」

「風呂屋のよ。知らんのに挨拶したあ？」

「だって傷痍軍人だもの」

「ふうん」と磯介は怪訝そうに答えた。

風呂屋の前の広場を渡って道へ出ると、今は店を閉ざしている豆腐屋の店先で松と善男が立って何か話をしているのが目に入った。反射的に僕の心はどきりとした。何か嫌なことが起るような予感がしたのだ。

僕の予感はあたっていた。十米位手前まで来た時、突然二人が僕の歌を唄い出したからである。

僕の心は口惜しさで一杯になった。今唄っているのは二人きりなのだ。僕に本当の勇気があったら、当然彼らに対決を迫るべきだっただろう。しかし松は強いどころか狂暴そうだし、善男さえ手に余ったのに二人を相手にしてかなう筈がなかった。相手にしないことだ、と僕は懸命になって自分にいい聞かせた。黙殺することだ。

「止めんかい」と磯介が大きな声で怒鳴ってくれた時、僕は磯介に感謝しないではいられなかった。しかしそれでも歌は止まなかった。

「早う行かんか」と磯介が小さな声でいった。僕らは足早に彼らの前を通り過ぎた。

雑貨屋の店先で、さっき預けた醤油を受取ると、磯介は「こっちから行かんか」と左へ折れた。右へ折れるよりも遠まわりになる筈だったが、僕は磯介に従った。もう歌は聞えて来なかった。

「あんな歌をいったい誰が作ったんだろう」と僕は半分ベソをかきながらいった。

「いいにか」と磯介がいった。「気にせんことよ。今に飽きるっちゃ」

「――――」

急に磯介が立止まって僕に何事か囁いた。精米所の前なので機械の音がうるさくてよく聞きとれない。

「何だい」と僕は問い返した。

磯介は相変らずよく聞きとれない声で説明を繰り返した。そしてようやく僕にも奥で篩《ふるい》を使っている、痩せ型の若者が松の姉さんの相手だといっているらしいことが分った。

磯介が行こうと腰をつっついたので、また僕は磯介と共に歩き出した。いったい松の姉さんと今の若者が何をしたというのだろう。きっとどこかで親しげに話をしているところを見つかったのだろう。それを歌にして囃し立てて喜ぶなんてみんな揃いも揃って嫌なことをする連中だ。

しかし僕は磯介に対しては悪い感情を抱いていなかった。彼だけは別だった。彼はたった今僕の歌が唄われるのを制止しようとしてくれたではないか。級長である進さえしてくれなかったことだ。

いつの間にか僕らは精米所の水車のある小川を渡って僕の家の裏口まで来ていた。

「君の家はどこなの」と僕は別れ際に磯介に聞いた。

「すぐそこよ。よかったら案内するっちゃ」

「じゃあ、教えてもらおうか」

磯介の家は、すぐそこもそこ、僕の家から海岸の方へ百米位行ったところにあった。彼の家から三軒先はもう浜辺だ。

「君の家は漁師なの」と僕は軒先に干してある網を見ていった。

「ああ、百姓も少しはやっとれど、家の喰扶持だけしか作っとらん。そうでなかったら、今頃こんなに呑気にしとられんわい。竹下なんぞはよう働くからのう」

「進の家は漁師と百姓とどっちが主なの」

「半分半分やろう。もっとも竹下の親父は先生やから、先生稼業が一番主かも知れんけどな」

「先生稼業？」

「先生商売よ」

「先生は商売じゃないだろう」

「先生だって商売よ」

「何か、面白い本持っていないかい」と僕は話題を変えて磯介に訊ねてみた。

「本って、そうやな、雑誌でもいいか？」

「いいよ、大歓迎だよ。なるべく古くて厚いのをね」

僕は古い「少年倶楽部」を期待していった。

「ちょっと上らんか」

「ここで待っているよ。四時までに帰らなくちゃならないんだ」

「そうか、じゃあ今捜して来るわ」

やがて奥で磯介が叱られているのが聞えて来た。醤油を買って来たらすぐに田圃へ来いといってたのにどこで愚図愚図しとったのだ、といわれている。僕は彼を風呂に誘った責任を感じ、小さくなった。今は農繁期で子供も遊んでいる時ではないのだということが初めて分ったような気がした。

しばらくして磯介が照れ隠しの笑いを浮べて出て来た。

「これでいいか」そういって彼は表紙のちぎれた、しかし僕が期待した昔の少年倶楽部を二冊差出した。二冊とも新年号で、一冊は昭和十年の新年号、もう一冊は昭和十一年の新年号だった。幸い両方ともまだ読んでいなかった。

「有難う」と僕は喜びに弾んだ声でいった。これで明日の日曜日一日、新しい読物を読める楽しみが与えられたわけだ。しかし古い雑誌の一番の欠点は面白い連載物に続きのおあずけをくわされることだった。それも大抵は永遠のおあずけを。

「この雑誌、揃っていない」と僕は念のために、聞いてみた。

「えっ」

「もっとほかにない？」

「ないなあ、半分位ちぎれたのなら一、二冊まだあるかも知れねどなあ」

「それでもいいよ。これ読み終ったら貸してくれないかい？」

「ああ、今度捜しておくっちゃ」

家に帰ると、もう庄どんの姉さまが迎えに来ていて、囲炉裏端で祖母にお薄を立ててもらいながら話をしていた。

彼女は僕を見ると、「まあ、大きくなられて」となつかしそうにいった。

まもなく僕は彼女と一緒に家を出た。ひそかに僕が恐れていたことは途中幸いに起らないですんだ。松たちにばったり出会って、僕の歌を唄われたらどうしようかと思ったのである。

道々僕は彼女から、昔僕の一家が大阪にいた時分、何回かお訪ねしたことがあるという話を聞かされた。

庄どんの家は大地主だけあって、土塀をめぐらした大きな屋敷だった。

僕は奥の座敷に通され、床の間の前の厚い座蒲団の上に坐らされた。小柄な品のいいおばあさんが出て来て丁寧に挨拶した。彼女は息子たちが僕の父にいつも大変お世話になっているといい、そのことに対して心のこもったお礼を述べて僕を戸惑わせた。

挨拶が済むと、彼女はお薄を立て、真白に粉の吹いた干柿と共に出してくれた。お薄は苦くて余りおいしくなかったが、干柿はすばらしくうまかった。

彼女と四方山話をしていると、ゆかたを着た女の子が朱塗りのお膳をかかげて入って来た。それが僕が家を出た時から会うのを楽しみにして来た、五年女組の少女だった。彼女のあとからもう一つの朱塗りの膳を持って彼女の母が現われた。

母に美那子と呼ばれた少女は朱塗りの膳を置いて坐ると丁寧に挨拶した。彼女が僕のお相伴をするらしかった。それは願ってもないことだった。

おばあさんは僕の母を一日違いで招待できなかったことをしきりに残念がり、お母さんの分までもどうか食べて欲しい、といった。

御馳走は天婦羅だった。美那子の母親は間をおいて、少しずつ、色々な種類の天婦羅の揚げ立てを出してくれた。種類は豊富だった。えび、さより、いか、掻きあげ、さつまいも……。昆布の天婦羅を食べたのは初めてだった。

僕は美那子とずい分色々なことを話した。美那子ははずかしがったりしないで、はきはきと受け答えしたので気に入った。彼女の使う関西弁は耳新しく、そのやわらかな言廻しは魅力的だった。

彼女は僕に劣らず愛国者だった。病院船の看護婦になりたいというのだ。僕は少年飛行兵か、海軍に入って特殊潜航艇に乗りたい、と喋った。

日がとっぷり暮れないうちに僕は別れを告げた。お土産に重箱に一杯詰められた天婦羅をもらった。

道々僕の胸は幸福感で一杯だった。美那子とはとても気が合うように思えてならなかった。彼女が長い間知り合いになりたいと思って心に描いていた幻の少女の像にピッタリだと思えてならなかった。学校がよく出来て（副級長をしていたというから間違いない）変に澄ましたところがなく、美しい顔にはちょっと愁いがある。正にピッタリだと思った。これから時々美那子のところへ遊びに行けたらいいな、と僕は思った。そしてもっと色々なことを話し合いたい……

十字路まで来た時、「キーヨーシ」と僕の名前を呼ぶ声に、ぎくりとして立ち止まった。この二、三日の間にそんな風によくギクリとするようになっていたのだ。声がしたのはその日の朝みんなに歌を唄い出されて泣き出してしまった材木の積んであるあたりだった。夕闇の中に目を凝らすと、同級生らしい二人の男の子の姿が見えた。近寄ってみるとやっぱり同級生の小沢と秀の二人だった。

「ああ、君たちだったのか」と僕はいった。

「ああ、君たちだったのか」と二人が復誦した。

「何しているの」と僕は怒りを抑えていった。

「なもよ」と秀が答えた。別に何をしているわけでもない、という意味である。

「じゃあ、また、さようなら」

そういって僕は彼らのそばを離れた。どうして僕をこんな風に素直に受け入れてくれようとしないのだろう。東京では転入生があると、みんな競って親切にし、早く新しい学校に慣れるようにと気を配ったのに——

「キーヨーシ」という声がまた僕を呼び止めた。秀の声だった。僕は立ち止まり、うしろを振向いた。

「汝、庄どんに行ったんやろう」

「うん、どうしてだい」

しかし返事がなかった。しばらく返事を待っていたが、二人がわざと黙っているのだということに気づくと、そのまま何もいわずに歩き出した。すると追いかけるように、あの僕のことを唄った歌が聞えて来た。またしてもだ。僕は唇を嚙みしめて口惜しさを怺えた。喧嘩に強かったら、あいつらをなぐり飛ばしてやるんだがと僕は思った。しかし敵いそうにもなかった。だとすればどうすればよいのだろうか。ただ黙って怺えているよりほかはないのだろうか。

歌が耳に届かなくなるように遠ざかろうとして、僕はぐんぐん足を速めて歩き出した。

翌日の日曜日午後から僕は伯父に頼まれて、伯父と伯母の手伝いに出た。最初に手伝ったのは納屋の前の乾桁《はさ》にかかっている稲の束を納屋に運び入れる仕事だった。それが済むと、次の仕事が待っていた。伯父がミシンのように足で踏みながら脱穀機を動かし、右手にいる伯母が次々と手渡す稲束を脱穀し、脱穀した束を左手に投げる。それがある程度溜まったら、納屋の奥にきちんと積み上げて行くのが僕の仕事だった。

三時に祖母がお茶と重箱に詰めたお握りのおやつを運んで来てくれた。東京で食べたことのないような大きなお握りで、黄粉をまぶしたのととろろ昆布を巻いたのと二種類あった。僕はそれを一つずつ平らげて祖母を喜ばせた。

仕事仕舞になったのは、日が暮れかかった六時頃だったが、それまで僕は元気よく頑張り通した。

家に帰り着くと、伯父に誘われて、夕食前の銭湯へ行って汗を流して来ることになった。僕は伯父と並んで歩きながら、満足感に浸っていた。一人前に働いたつもりでいたのだ。道々人に出会うと、伯父とその人たちとのあいだには、「御苦労さんです」とか、「よう精が出ますのう」という挨拶が交されたが、そうした挨拶の言葉が文字通り自分にもあてはまるものであることをひそかに心の中で感じられるのは気持のよい経験だった。

共同風呂の浴場に入ると、前日とは違ってひどく混み合っていた。僕はあらためて磯介と父の小学校時代の同級生だったという男とのあいだに交された言葉のやりとりを思い出さないではいられなかった。あの時間に風呂に入っていれば、もう仕事のできない老人を別にすれば、たしかに怠け者《ダーモン》といわれても仕方がないのかも知れない。

燃料と人手不足で週四回しか立たないだけあって湯槽の中はまるで満員電車のように混んでいた。片脚から入って徐々に下半身を割り込ませ、ようやく首から下までを浸らせることができるのだ。

「汝ァ、今小便をしたろう」と僕の隣の男の人が僕の前に浸っている男の子にいった。

「なあ、せんぜ」と男の子は澄まして答えた。

「たしかにこいたわい」と男はいった。「俺の脚にあたったもん」

「なあ、せんぜ」と男の子はもう一度澄まして答えた。

伯父は僕のことを幾人かの大人たちに聞かれていた。無口な伯父は、ただ「東京のよ」と答えるだけだったが、そのたびに「龍太さんのところのか」と聞かれていた。そして僕が村の出世頭である人物の子供であることが分ると、みんなは僕に言葉をかけ、父の近況を訊ね、そして何かと気を遣ってくれた。

家に帰ると、伯母が進が来たことを告げた。風呂に行ったというと、また後で来るといって帰った、という。

お腹が空いていたので夕食はおいしかった。東京にいた時は茶碗一杯しか御飯を食べたことがなかったのに三杯も食べられた。

御飯を終えて、囲炉裏端に引揚げた時、庭先で口笛を吹くのが聞えた。

進だ！　玄関に出てみると、進が立っていた。初めて訪れた時に浮べていたのと同じあの含羞《はにか》んだような微笑を浮べて。本を一冊持っている。

「これ読んでしもうたから」といって進が差出した本は二日前の晩浜辺で貸した「天兵童子」だった。受取ってみるとずい分汚れていた。しかし進が気にしているらしいことが分ったから、僕はそんなことを気に留めないふりをした。

「面白かったろう」

「ああ、面白かったなあ。ただ時間がのうてな、今日までかかってしもうたわ」

「ちょっと上らない」と僕は勧めた。

「上らっしゃらんか」と囲炉裏端から伯父が声をかけた。

「今日はもう遅いから」と進は遠慮がちにいった。

「いいじゃないか」

彼はちょっと思案したのち、

「それより、少し浜辺を歩かんか」

「そうだね」といって僕は承知した。夜浜辺を歩くことに魅力を覚えたのだ。月夜だった。進は昼間のようにスタスタと歩いた。僕は幾分足許に覚束なさを感じながら彼に遅れないようにした。波の音が聞え、磯の香がした。道が砂地に変りやがて砂の中に消えた。

「あそこに坐らんか」と進が堤防の縁を指していった。

僕らはそこに並んで腰かけた。

僕は海を見た。白い波頭が月の光に輝き、波打際から大分離れたところに、並べられている舟の影法師が見える。規則正しい波の音が聞えて来る。

しばらくして僕がいった。

「早く戦争に勝たないかなあ」

進が何もいわないので、僕はすぐに別のことを考え始めた。好きな空想に耽り始めたのだ。

……僕は海軍の軍人になって、潜水艦に乗り組んでいる。重大任務を帯びてこれから出港しなければならない。任務は秘密だ。父にも、母にも、恋人の美那子にも。

「君、〈海軍〉という映画見たことある？」

僕はひとりで空想するだけでは耐えられなくなってまた進に話しかけた。学校からその映画に連れて行ってもらったのだ。その映画を見た日から数週間というもの、僕らは熱病に浮かされたように潜水艦に憧れたものだった。親友同士の二人が、一生懸命勉強して中学から海軍兵学校を受ける。しかし二人のうち一人しか入れない。近眼のために一人は落ちてしまったのだ。真珠湾攻撃の日、兵学校に行けなかった嘗ての少年は、家族と共に、特殊潜攻艇による真珠湾攻撃のニュースをラジオで聞く。その乗組員の中に彼の親友がいた――

「見とらんけど、どういう映画や」と進は聞いた。

「真珠湾攻撃の九軍神の一人を主人公にした映画なんだ。とってもよかった。君にも見せたいなあ。あれを見ると海兵にも行きたくなるよ」

「汝ァ、陸軍には行かんが」

「今のところは行く気はないなあ。どうして?」

「お祖父さんは陸軍の将官やろう」

「うん、でも陸軍は二番目の兄さんが行くことになっているからいいんだ。今年幼年学校を受けることになっているんだよ」

「中学校に行っとらあ?」

「うん、一年だけどね。一年で受けるのは大変らしいけれど、受験する資格はあるらしいんだ」

「この村からは今までに一人士官学校に入ったきりやなあ」と進がいった。

「二人で海兵を受けようか」と僕が元気よくいった。

「そうやなあ」

進は少し頼りない返事をした。しばらくして、

「それで、汝ァ、潜水艦に乗らあ」

「うん、潜水艦とは限らないけれども。しかし潜水艦に乗るのもいいね」

「でも潜水艦乗りは肺病になるというぜ」

「肺病？」と僕は問い返した。

「ああ、胸の病気よ。学校の近くに雑貨屋があろう。正門前の神社の隣に。あそこのあんさまな、潜水艦乗りだったが、肺病で帰って来てるのや」

「それは可哀想だな。しかし、もし戦争が続いていれば、きっと僕らは肺病になっている暇なんかないよ。すぐに死ななければならないだろう」

「ああ」と進はあやふやな返事をした。

その時僕の名前を呼ぶ声がした。祖母の声だった。心配になって捜しに来たのだ。僕らは立ち上った。進は浜辺伝いに行く方が近道だからといって、そこで別れた。僕は再び僕の名前を呼んだ祖母のいる方へ、大きな声で返事をしながら走って行った。

第三章

翌朝僕は前の晩伯母が作ってくれた草鞋《わらじ》を履いて家を出た。土曜日まで学校へ行く時に履いていた運動靴は、東京から履いて来た革靴と共に、下駄箱の中に大切に蔵われた。運動靴は遠足用に、革靴は戦争が勝って東京に帰る時のために、大切に蔵っておいた方がいい、という伯母の勧めに従ったのである。

作りたての草鞋の感触は心地よかった。これで潔ちゃんも一人前の田舎の男の子になりなすったと伯母がいったのを思い出しながら僕は元気よく歩いた。同級生で学校に靴を履いて来る者は一人もいなかった。半数位は草鞋で、あとの半数位は裸足だった。

しかし十字路に近づくにつれて、僕の足は重くなって来た。土曜日の朝そこで上級生達にまで僕の歌を唄われ泣いてしまったことを思い出さないわけには行かなかった。目を覚した時は幸福だったが、その幸福を脅かすものが行手に待ち構えているような気がしたのはこれだったのだと僕は思った。「今に飽きるっちゃ」と磯介はいってくれたが、みんなが飽きるまでじっと耐え忍んでいなくてはいけないのだろうか……

美那子が通りかかった時にでも唄われたらどうしよう、と僕は思った。侮辱的な歌を唄われているのに何もできないでいる僕を見て美那子は何と思うだろう。きっと彼女はそんな僕を弱虫だと思い軽蔑するに違いない……。美那子と知合いになったことが、そんな風にかえって僕を苦しめるようになるとは、まったく思いがけないことだった。何とかあの歌を唄うのを止めさせる方法はないものだろうか……

十字路にはもう誰もいなかった。一人もいなかった。一体どうしたのだろう。しかしこれでもう歌を唄われないでも済むということに気づくと、心が急に軽くなり、元気のよい足どりで学校まで真直ぐに続く三粁近くの道を歩き出した。

浜見の家並みが過ぎ杉並木にさしかかって間もなく、僕は道端の電信柱に、白墨で美那子と僕の名前が並べて書いてあるのを発見した。いったい誰がそんな悪戯をしたのだろう。そうだ、秀と小沢だ。僕が庄どんに行ったことを知っているのは彼ら以外にはない筈だ。僕は腹立たしさを覚えながら、その電信柱に駆け寄り、掌で一生懸命にさすってその落書を消してしまった。しかし何本目かの電信柱にまた同じような落書がしてあった。今度は傘の絵の下に、美那子、潔と、相合傘をしているように書かれていた。僕はまた駆け寄ってそれを消した。

それからも道の両側に五十メートル位の間隔をおいて交互に立てられている電信柱のうち三本に一本位の割合で同じような落書がしてあった。僕は手が白墨と電信柱の塗料とで汚れるのも構わずに、それらの落書を次々と消して行ったが、そのうちに疲れてしまった。消してもまた書かれれば同じだった。大切なのはきっと気にかけないことなのだろう……

講堂の裏手にさしかかると、講堂に生徒が集まっているような気配が感じられた。もしかすると今日は月曜日で朝礼がある日なのかも知れない。それで始まりがいつもより少し早いのかも知れない。近づくにつれ講堂の中に生徒が並んでいる姿が窓から見えて来た。やっぱりそうだ。僕は走ることにした。しかし玄関に辿り着いた時は、すでに朝礼が終って、講堂と校舎を結ぶ渡り廊下を生徒たちが戻って来るところだった。

僕はみんなより一足先に教室に入った。まもなくがやがやという話し声と共にみんなが教室に入って来た。勝が僕を見て、

「汝ァ、どうしたんや」と聞いた。

「朝礼があるの、知らなかったんだ。月曜日は早く始まるの」

「ああ、十五分早くな」

その時あの気味の悪い非難の声、ああ、ああ、ああという声がどこからともなく起って、教室全体に拡がっていった。僕はしばらく呆然とした。一体これはどうしたということだろう。僕が気を取り直した時「先生がいらすたぞ」という聞き覚えのある声がした。僕が習字を書いた時、竹下よりもうまいかも知れないという意味の言葉を聞えよがしに叫んだ剽軽者《ひょうきん》の川瀬の声だった。すると気味の悪い非難の声の唱和は嘘のように熄んでしまった。

「起立」という進の号令がかかった。その時初めて僕の意識の中に進の存在が大きく浮かんで来た。進、君は級長なのに、どうしてこんな状態を放置しておくのだ、と僕は心の中で進に問いかけた。それとも君は制止する力を事実上持たないお飾りの級長に過ぎないのか。それとも君もみんなの肩を持っているのか。

一時間目は国史の授業だった。進度は東京と同じ位だった。先生の教え方はうまかった。先生は時々質問を出した。そのたびに手を挙げるのは進と僕の二人だけだった。しかし、歴史読

物の好きな僕は進より遥かに多くのことを知っていた。進が間違った答えしかできない時でも、いつも僕の方は正しい答を、それも詳しくすることができた。そんな時、みんなの間に軽いざわめきが流れた。しかし僕は進が好敵手であることをつくづくと感じないではいられなかった。あんなに家の手伝いをしてこんなにできるのは大したものだと思った。

授業が終ると、みんなは早く遊びに行くために、教室の前と後にある戸口に殺到した。僕は休み時間に読む本を持って来なかったのに気づき、一緒に講堂へ行ってみることにしたが、講堂に着くと一足違いで組分けのジャンケンが終ったところだった。まだジャンケンを済ましていない者はないかと捜したが、もう誰も残っていなかった。

仕方なしに僕は窓際に立って見物することにした。講堂を使っているのは、五年と六年の男組と高等科の男子生徒たちだけだった。軍艦遊戯に似た格闘ごっこが土地の一番の人気遊びらしく、入り混ってそれぞれその遊びに興じていた。下級生や女の生徒たちはどこで遊んでいるのだろうかと考えているうちに、ふと僕は美那子のことを思い出した。彼女はどこで遊んでいるのだろう。運動場で遊んでいるのだろうか。それから彼女はあの落書を見ただろうか。もし見たとしたら、どんな気持で見ただろう……

やがて始業の鐘が鳴った。渡り廊下に出ると、秀と小沢の二人が少し先を歩いて行くのが見えた。僕は急ぎ足で追いつき、「君たちだろう、あんな落書をしたのは」と詰問した。しかし二人は白ばくれた顔をして、「汝ァ、何いうとらあ」と口を合わせていうなり、僕のそばをすり抜けるようにして駆け出して行ってしまった。

二時間の算数の授業が終ると、僕は今度こそジャンケンに間に合うようにと、みんなに交って教室を出て講堂へ急いだ。しかし予期に反して遊びはさっき行われた組分けのままで続けられた。僕は再び窓際に立ったが、もう見物はさっきのように面白くなかった。

授業の始まりの鐘が鳴ると僕は誰よりも先に教室へ向った。三時間目は大好きな国語の授業だったのだ。教室に入って席に着くとまもなくみんながどやどやと入ってきた。数人が何か喋っている。それが僕に関する会話らしいと分ると、反射的にどきりとしながら、僕は全身の神経を耳に集中させた。彼らは聞えよがしに、こんな会話を交していた。

——まだ泣いとらんのう。

——少々な奴じゃないのう。

——まあ三日も続けてみいま。

まもなく先生が入って来て授業が始まった。授業は相変らず進と僕の二人舞台だった。僕は二度模範読みをさせられた。進も二度。

授業が終るとまた僕はみんなに従って教室を出て駆足で講堂へ行った。今度は新しい組分けが行われた。僕は早速土地の言葉で「ガンツー」というジャンケンの相手を捜し求めようとしたが、結局相手を見つけることができないで終ってしまった。声をかけた者はみな本当か嘘か、もうしてしまったあとだといって僕の求めを拒否したからである。

またしても見物だった。僕は授業の始まる前に耳にした会話を思い起した。自分が何か恐ろしい目に遭わされようとしているのではないかという予感がした。しかし僕はその予感にとりあわないようにし、できるだけ平然としていようと努めた。四時間目の授業の鐘が鳴ると、僕は勝をつかまえて事情を質してみようと決心し、渡り廊下への口に急ぐ一団の最後に勝を見つけると急いで駆け寄った。

「勝」と僕は大きな声で呼んだ。

彼は立止まって振向き、近眼らしい目を細めて、声のする方を窺った。そして僕だということが分ると、ちょっとドキッとしたような風だったが、しかしすぐにいつもの照れ臭そうな調子で、

「汝か」といった。

「何よ」と彼は僕の近づくのを迷惑そうに待っていった。

「いったいどうしてみんなは僕を遊びの仲間に入れてくれないんだい?」

勝は前にもう誰もいないことを確かめると、囁くようにいった。

「汝ァ、除《の》け者にされたあよ」

「除け者?」と僕はおうむがえしにいったのち、その意味を了解した。

「仲間外れのことだね。しかしいったい僕が何をしたというのだい」

「俺ァ、知らんな」と勝はいって、僕を残して先に行こうとした。

「勝」と僕は彼を呼び止めた。「そんなことをいわないで教えてくれよ。どうしてなんだい」

勝は立ち止まって、僕が追いすがるのを待ち、秘密を囁くように小さな声で、

「汝が進の機嫌を損じたからよ」

というと、彼は僕を置いてきぼりにしたまま先に走り出して行ってしまった。

僕は呆然としたまま歩き出した。

階段のところで職員室から出て来た先生と一緒になった。

「杉村君、もう大分慣れたかね」

「はい」

「同級生とも親しくなれたかい」

「はい。なりました」と僕は嘘を答えた。

僕らは教室に着いた。僕はうしろの戸から先に教室に入った。進の号令で起立し、礼をしながら僕は、仲間外れにされている事実を先生には絶対に知られないようにしようと思った。そんなことを先生に知られるのは恥だ……

その日の下校を僕は浜見の同級生と一緒にした。もしかすると除《の》け者にされたのは、登校下校を共にしないせいかも知れない、進の機嫌を損じたというのもそのためかも知れないと思ったのだ。

磯介が用があって町を廻って帰ったために、一郎も一列横隊の端に加わったので、みんなの

うしろから歩いて行くのは僕だけだった。平気を装い、昂然とした姿勢をとって歩いていたが、本当は僕の心は重苦しく、できることなら泣き出してしまいたい程だった。その日一日僕に口を利いてくれた者は勝を除いては誰一人としていなかったからである。それは今もまったく変りなかった。僕を除いた六人はまったく僕を無視したように、彼らの話に興じていたからである。

時々僕は速度をゆるめて歩き、みんなからおくれて行こうと思うことがあった。しかし僕らから三百米位おくれてやって来る女の子たちの間に美那子がいるのではないかと思うと、どうしてもそれができないのだった。

突然前の一列横隊の右端にいる秀が大声を挙げた。

「ありゃあ、消えとるじゃあ」

「誰が消したんやろうのう」と善男がいった。

電信柱に書いてあった悪戯書きを消したことをいっているのだなというのがすぐに僕にも分った。

「誰が消したんやろうのう」と進を除く五人全部が唱和した。

「誰が消したんやろうのう」ともう一度みんなの声が唱和した。

するとと小沢がそれに答えるようにいった。

「あとから黙ってついて来る奴よ」

「何ともいわんのう。また泣いとるんじゃないかのう」と善男がいった。

「歌でも唄ってやらんか」と山田がいった。

みんなは一番に僕の歌を唄い出した。しかしその歌を一度唄い終った時、進が、

「松の姉さまの歌を唄わんか」といった。

それを僕は救いのよう感じた。そう進がいい出さなかったら、それからも何度も僕の歌が唄われたに違いなかったから。

松も一緒になって、誰よりも大きな声を張り上げてその歌を唄った。

今度は歌詞の意味が少し僕にも理解できた。浜見小町の葉子が、浜見と町の海岸の境の堤防の蔭で、米屋の得治と夜ひそかに逢って何か男女の秘密の交わりをしたという内容を土地の言葉で唄ったものだった。

家に辿り着いた時、僕は心身共にぐったりと疲れ果てていた。しかしできるだけ元気のよい声を出して、「ただいま」といって家に上った。祖母は待ち構えていたように、僕が待ち焦がれていたチッキが届いていることを教えてくれた。

僕は元気を回復した。チッキに出した大きな革のトランクの中にはいろいろな楽しみを約束してくれる物が入っているのだ。僕は自分の部屋に運び込まれているトランクを、宝箱でも開くように開いてみた。

衣類がまず出て来た。久留米絣のチャンチャンコは、雪国だから冬は寒いだろうといって、

東京の祖母が縫ってくれたものだった。二本の長ズボンは疎開する前に田舎の子供の服装を手紙で問い合せて母が用意してくれたものだった。生地がないので、洋間のカーテンを外し家で黒く染め母がミシンを踏んで作ってくれたのだ。これでみんなと同じ服装になれる、と僕はそのズボンを取り出しながら考えた。みんなと同じ服装になったら、もう除け者にされないで済むかも知れない……。光子叔母が自分のセーターをくずして編んでくれたラクダ色の暖かそうなセーターも出て来た。

衣類の下からはお菓子の入った二つの罐が出て来た。片方にはビスケット、もう一方には煎餅が入っている。二つとも祖母に預けてみんなで食べるようにといわれて来たお菓子だった。その代り、昔外国製のキャンディの入っていた小さな六角形の綺麗な罐に別に入れて来たお菓子は、秋の遠足用に僕がしまっていてもよいことになっていた。その罐の中には明治チョコレートが一枚と森永のミルク・キャラメルが一箱とセロファンの袋に入っている中村屋の花林糖が入っているのだ。それらを父が鞄から取り出して僕にくれた時、僕は歓声を挙げたものだった。そして二人の兄たちはちょっとうらめしそうな顔をして、疎開をするのでそんな特典にあずかることのできた弟の僕を羨しがったものだった……

それからみんなの贈り物が次々と出て来た。僕の大好きな光子叔母が贈ってくれたシャープ・ペンシルは、赤と黒のほかに青も出る、珍しい三色の舶来物だった。

祖父の贈り物は嘗て僕が尊敬したことのある、それで今でも尊敬していると祖父が思い込んでいる二宮尊徳の伝記だった。それはちょっと僕にはむずかし過ぎたが、努力して読むつもりだった。

母が絵を描くことの好きな僕のために苦労して手に入れてくれたクレパスとクレヨンと画用紙、それから兄二人が虎の子のように大切にしていた財産から分けてくれた文房具。兄からゆずり受けた本の一部である「昭和遊撃隊」、「新戦艦高千穂」、「浮かぶ飛行島」、「怪傑黒頭巾」、「敵中横断三百里」なども出て来た。もう二、三回ずつ読んだものばかりだったが、何度読んでも飽きない愛読書を選び出して持って来たのだ。

僕は祖母に、お菓子の入った二つの罐を渡して来るために立上った。台所で食器を洗っていた祖母は、濡れた手を前掛で拭きながら上って来て、その罐を受取った。彼女はそれらを押し頂いて、南無阿弥陀仏を何度か唱えたのち、仏壇の前に供えに行った。

玄関に郵便が配達される音がした。僕は大急ぎで取りに出掛けた。どっしりと重い家からの手紙があった。きっとみんなの手紙が一緒に入っているのだ。

一番先に母の手紙を読んだ。汽車が恐ろしく混雑したけれども、無事着いたこと、これからも事情の許す限り行くから淋しがらずに元気で勉強し、また伯父さんたちの農業のお手伝いをして、田舎の子に負けないで頑張って下さいという激励の言葉の後に、意外なニュースが書かれてあった。担任の仁科先生が学徒動員で工場に行く高等科の生徒の責任者になって工場に詰めることになられた。東京に着いた朝偶然学校の前でお目にかかってそのことを伺った、というのである。親しい友達の大半が結局縁故疎開に決めたために魅力が減じた集団疎開は、大好きだった仁科先生が行かないのだったらまったく魅力を失ったといってもいい位だった。もうここに留まっているよりほかない。そう思うと涙が目に滲んで来た。一度縁故疎開をしてから集団疎開に変えることなどできないとは思っていたが、その気になればまだ不可能ではないと心の片隅で思っていたことも事実なのだ。しかしもう集団疎開に変えたらどうだろうなどと考えることは無意味になってしまったのだ。僕は自分を囚われの身のように感じた。それから僕は叔母や兄達の手紙を読んだが、どういうものか涙がとめどもなく目に溢れ出て止まらなかった。

それからも農繁休暇に入るまで僕は除け者にされたままだった。僕と口をきいてくれる者は誰もいなかった。家を出てから家に帰るまでの時間は耐えがたい程長かった。帰りは特に長かった。浜見の同級生たちは学校から浜見までの三粁近くの道を、家に帰って手伝いをさせられる時間を先へ延ばすために、できるだけゆっくりと道草をくって歩き、そのあいだ僕を嬲りものにして喜ぶのが常だった。進だけがどんな時もその仲間には加わらないのが不思議だった。彼は制止をしない代りに絶対に行動を共にしなかったのだ。

農繁休暇前の最後の授業のあった土曜日、授業が終ったら職員室に弁当を持って来るように、と先生がいった。

職員室へ行く途中、もしかしたら先生は、僕が仲間外れにされていることを感づいて、それを確かめるために呼んだのかも知れないという気がした。しかしもし根掘り葉掘り聞かれても敢然と否定しよう、と僕は思った。僕が悪くないのに仲間外れにされていることを先生にどうして納得してもらえただろう……

弁当を食べながら先生は口を開いた。

「明日からいよいよ秋休みだね」

「はい」

「杉村君の伯父さんの家は農家なのだから、一つ田舎の子に負けないように手伝いをして、伯父さんを驚かせて上げるんだね。昨日お父さんからお手紙を頂いた。都会育ちの子供はとかく線が細いから、線の太い、がっしりした子供に訓練して欲しい、と書いてよこされた」

そこで先生はちょっと口を閉じたが、すぐにまた言葉を続けた。

「しかし杉村君が元気なので、先生も感心しているんだ。授業中は活潑に手を挙げるし、ちっとも淋しそうな風を見せていない」

僕はあやうく目に涙が浮んで来そうなのをようやく怺えた。

「昨日竹下進君に君のことを聞いたら、君がもう伯父さんの農業の手伝いを始めているといって感心していた。竹下君も君を家に訪ねて行って、もっといろいろ話をして互に啓発しあいたいが、農繁期なので、忙しくて思うように行けないと残念がっている。しかしもう少し暇ができたら、二人で勉強することになっている、と楽しみにしているようだよ」

先生と僕はほぼ同時に弁当を食べ終った。弁当が終ると帰ることを許された。僕は少し元気を取戻し階段を二段ずつ上って、自分の教室へ戻った。教室に入ると、当番が掃除をしているところだった。その日は山見の当番だった。

僕の顔を見るなり、川瀬がそばに寄って来て小さな声で訊ねた。

「先生、何いうとらすたあ？」

勝が除け者にされたのだと教えてくれた日からこんな風に話し掛けられたのは初めてだった。

「別に」と僕は答えた。「秋休みにしっかり家の手伝いをするようにっていわれただけだよ」

川瀬はとても信じられないというような顔をした。

「竹下君が待っとったぞ」と別の一人がいった。

「どうして？」

「汝の習字を渡したかったんやろう。今日土曜日やろ。うしろに張ってある習字を外して返す日よ」

「それでもう行ってしまったの」

「ああ、もう大分行った頃やわ」

僕は掃除をしているみんなに別れを告げて教室を出た。何かが変ったことは事実だった。僕は進が待っていてくれたことを感謝した。勝がいったことは嘘だったのだ。野沢とか善男とかがいい出して僕を除け者にしたのだろう。進は級長だからそんな時も張本人の役にされてしまうのだ。

県道に出るとずっと向うに進たちらしい一団が歩いて行くのが見えた。駆けても追いつけそうにもなかったから、僕は「お山の杉の子」の歌を口ずさみながらゆっくりと歩いた。

家に着くと、食事をしに帰っていた伯母が、「進ちゃんが」といって僕に習字を渡してくれた。優と朱で書かれた「大東亜共栄圏」という習字を。

農繁休暇に入ると早速僕は伯父と伯母の手伝いを始めた。伯父は僕に一人前の仕事を直ちに課してくれた。それは僕を喜ばせた。僕は田舎の子に負けないように働いてみせたかったのだから。特に進にはひけを取りたくなかった。

仕事は山程あり、ほとんど涯しがないようにさえ思われた。稲刈り、乾桁《はさ》かけ、乾桁おろし、荷車の後押し、脱穀の手伝い……。三日も経つと僕はそろそろ幻滅を味わい始めていた。東京で家の雑用をして母を助けたり、祖父の家に遊びに行って祖父の趣味の園芸の手伝いをした時のように生易しいものではなかった。伝記で読んだ二宮尊徳とか野口英世の少年時代から僕が憧れ想像していたのとも違った。現実のそれは、骨が折れ単調で、夢に欠けて非英雄的だった。

しかし僕は農繁休期の八日間を頑張り通した。

最後の日曜日は四時頃仕事仕舞となった。伯父と伯母より一足先に家に戻った僕は、途中で進とばったり出くわした。

「これから風呂に行くところや」と進は親しげに声をかけて来た。

「一緒に行かんか」

「そうだね」と僕は答えた。「じゃあ、家に戻って手拭いを取って来るよ」

「汝の家までついて行くわ」

「汝なあ、教室で前に本を読んどったことあろう」と道々進がいいにくそうにいった。

「うん、〈豹の眼〉だね」

「それよ、いつか俺に貸してくれんか」

「いいよ」と僕は答えた。

「一週間前にチッキが着いてね、また六冊程着いたから、よかったらそっちの方も貸して上げるよ」

「それこれからちょっと見せてくれんか」

「うん、いいよ」と僕は答えた。

遠慮がちに家の中に入って来た進は、僕の部屋に入って、僕が並べた本を見ると、目を輝かせて喜んだ。

「いいのを持っとるな。俺、こういう本を読みたいと思っとったんや」

「君も本が好きなんだね」

僕は身近に同志を発見した喜びに溢れながらいった。

進はもう上の空で返事をしながら、それらの本を一冊一冊手にとって眺めていた。

「二冊ばかり貸してくれんか」

とやがて彼はいった。

僕が承知すると、彼は「豹の眼」と「浮かぶ飛行島」を選んだ。

「こういう本、君も持っていない」と最後に僕は聞いてみた。しかし一冊も持っていないというのが彼の答えだった。

時計が五時を打ったのを合図にして僕らは外へ出た。

雑貨屋の角を曲った時前方から、風呂帰りの松の姉さんがやって来た。色白の顔がほんのりと桜色に染まっている。彼女は僕らに気がつかないまま、通り過ぎた。お化粧の香りが風に乗って運ばれて来て僕の鼻を快く擽った。

「あれ、知っとろう」と進が秘密を語るように低い声でいった。

「うん、松の姉さんだろう」

「託児所の先生をしているんやれど、浜見小町ていうてな、若い男にえらく騒がれていた女子《おなご》や。今も男がいてな」

そこまでいって進は口を噤んでしまった。彼のお祖父さんがやって来たからである。お祖父さんは長い間お湯に浸っていたらしく、そうでなくても赤銅色に陽灼けしている皮膚がますます赤黒くなっていた。お祖父さんは僕がお辞儀をしたのに気がつくときつい顔を微笑ませていった。

「よう手伝いをされましたなあ。一度舟に乗りにいらっしえ」

「ええ」と僕は答えた。

お祖父さんとすれ違ったのち、進はしばらく黙っていたが、やがてさっきの続きを喋った。

「昨日もな、東浜見の海岸の堤防で逢っとったらしいわ」

「その恋人と?」といって僕は顔を赤らめた。恋という言葉も、恋人という言葉もすでに知っていたが、口に出して使ったのはそれが初めてだったのである。

「汝ァ、えらくませた言葉を知っとるのう」

「偶然大人の本を読んで知ったんだ」と答えながら、僕はそんな言葉を不用意に使ったことを内心後悔した。

風呂はまだそんなに混んでいなかった。進と僕の二人が湯槽に入ろうとすると、先に入っている大人たちはみんな進んで僕らの入る場所を作ってくれた。みんな僕らを知っていて、湯槽に浸っている間中、僕らのことを話題の中心とした。東京の子と浜見一番のあんぽと一緒に勉強するのはよいことだ、という人もいれば、東京の子に負けてはならんぞ、という者もいたし、進ちゃんは負けんわ、と公然と進の肩を持つ人もいた……

進が大人たちにも一目置かれていることを改めて知り僕はひそかに驚いた。僕のこともみんなはよく知っていた。僕が東京の学校で一年から連続して級長をしていたことなどまでも知っているのだ。

翌朝僕は早目に家を出た。進たちと待合せて一緒に行こうと思い立ったのである。

十字路に着いた時は、材木置場にはまだ二、三人が屯ろしているだけだった。五年男組の者は誰もいなかった。そのうちに一人、二人と殖えて来たが、みんな下級生ばかりだった。何度か一人で行ってしまおうと考えたが、そのたびごとに思い留まった。勢揃いして行くというのは犯すべからざるこの土地の掟で、その掟を破ったために、除け者にされたのかも知れない、という気がやっぱりしたからである。

ふと気がつくとみんなに囲まれた進の笑顔が僕の目の前にあった。

「潔、さあ、行かんか」と彼はいった。

僕には進の隣りの位置が与えられた。やはり掟を尊重したのがよかったのだ、と僕は思った。これでもう除け者にされないで済むに違いない……

「昨日の本、もう読んだ」と僕は歩き出すとまもなく進に聞いた。

「ああ、ちょっぴりな」

その答はちょっと期待外れだった。僕だったら、あんなに面白い本を読み始めたら、途中で止めてしまうことはできなかったろう。

浜見の家並みと杉並木が尽きて、道の両側が田圃に変った時、突然進がいった。

「潔、何か話をしてくれんか」

「話って？」

「昨日借りた本に書いてあるような話よ。汝ァ、たくさん本読んどるから知っとろうが」

「そりゃあ知っているけれど、でも自分で本を読んだ方が面白いんじゃないかい」

「まあ、そういわんで、話せま」と進は少し高圧的な調子でいった。

「じゃあ、どんな話をしようか」僕は不快な感情を抑えながら答えた。

「何でも面白いのならいいわい」

僕は少し考えて、「鉄仮面」を話すことにした。

講談社の「世界名作物語」の一冊である「鉄仮面」は大好きな小説だった。何度も読んでいたので、詳しく物語ることができるだろう。僕は進以外の同級生にも聞えるように気を配って話をした。しかし時々端の方から、「もっと大きな声で話してくれんか」とか、「今のところよう聞えなんだわ」と文句が出た。すると進の威丈高な言葉が飛んだ。

「潔は汝らのために話しているんではないわい」

そのたびごとに僕の心は深く傷つけられた。自分が進の意のままにされているという事実を嫌でも認めざるを得なかった。

線路を越えると僕らは急ぎ足になった。朝礼に遅れそうになったからだった。僕は話を中断することになった。

一時間目が終り休み時間になると講堂へ出かけたが、思いがけない変化が僕を待っていた。格闘遊びの新しい組分けがされたが、二週間ぶりにその仲間に入れてもらえたのだ。進のそばにいつもいる山田が、向うから求めて僕のジャンケンの相手になってくれたのだ。

僕は思う存分駆けまわった。時々僕は、除け者にされ、壁の前に立ちん棒をして、みんなの飛びまわっているのを眺めるよりほかなかった一週間前までのことを思い出し、それが過去のことになってしまったのを喜ばないではいられなかった。

二時間目が終ったあとの休み時間も事情は変らなかった。もう僕はすっかり、仲間外れにされ苦しい不幸な思いをした日々のことを忘れてしまったような気がした。ちょっと嫌がらせをされたに過ぎなかったのだと僕は思った。本当はみんないい奴ばかりなんだ……

五時間目が終ると、僕は先生に呼ばれて職員室に行った。先生は秋休みについて色々と問い質した。

教室に帰ると、すでにみんな帰ったあとだった。ランドセルが机の上に見あたらないので、びっくりしたが、捜してみると床の上に転がっていた。掃除で机を動かす時に間違って落し、それを元に戻すのを忘れていたのだろう、と僕は強いて思い込もうとした。

県道に出ると、二百米位先を、進たちが僕の追いつくのを待っているように、ひどくゆっくり歩いているのが見えた。僕は追いつくために駆け出した。

僕が追いついたのに、誰一人として振向く者も、声をかけてくれる者もいなかった。道幅一杯に進を中心にして横に並んだ列は、意地の悪い壁のように僕の前に立ちはだかっていた。僕は追いつくために駆け出したことを後悔しながら、仕方なしにみんなのあとから相変らずしょんぼりとついて行く、いつも青洟を二本垂らしている一郎と並んで歩いた。

「何を喋っとったんやろう」という善男の声が前からした。

「贔屓《ひいき》やもんに」と山田の声が答えた。

「東京の学校でも贔屓やったろか」と小沢が調子を合せた。

「そうでなくてよ」と僕の隣の一郎が応じた。

「竹下君よ、集団疎開の子ら、光徳寺にいつ来るんやろう」と磯介がいった。話題を変えようとしてくれたのだ。

進の不機嫌な声が答えた。

「そんなこと、俺の知ったことか」

「東京のへなへなした奴らが来ても来なくても、大したことないわい」と山田が阿諛するようにいった。

「うしろから誰か来るのう」と善男がかすれた声でいった。

「誰やろうのう」と進を除く全員が唱和した。

「集団疎開に行きゃあ、よかった奴よ」

「なぜ、ついて来るんやろう」

「早う行かんか」

山田がそういうと、みんなは一斉に速度を速めて歩き出した。

僕だけが今まで通りの歩き方で歩いた。空腹の激しい時に感ずるような苛立たしい焦燥感で僕の心は満たされていた。今僕は何もしないことによって自分が完全に無力で、だらしがないことを証明してしまったのだ。それは軽蔑に値した。疎開に憧れたりした自分が呪わしかった。僕がこんな目に遭っているなどとは、東京では誰も想像していないだろう。東京にいて集団疎開や縁故疎開する日をまだ待機している元の級友たちから手紙が来たのは二日前だったが、そのどれにも、僕が縄をなっていることを先生から聞いて驚いたという感想が記され、田舎の子供たちに負けないように頑張ってくれと書かれてあったのだ。僕は田舎の子供たちとすばらしい友だちになるつもりで来たのだ。それなのに何とひどい目に遭わされているのだろう……

風に乗って前方から僕の歌が聞えて来る。

できるだけゆっくりと歩いたが、間もなく進たちの一団も速度を落したので、僕が望むような距離はなかなか開かず、もちろん前の方から彼らの姿が消えてしまうというわけには行かなかった。

やがて歌が止んだかと思うと、前方に自転車に乗って誰かがこっちへやって来るのが見えた。近づくにつれ伯父だということが分った。

僕は出来ることならその場から消えてなくなってしまいたかった。

一人でとぼとぼと歩いて来るのが僕だということに気づくと伯父はブレーキをかけて自転車を停めて聞いた。

「潔ちゃん、なぜみんなと一緒に行かんが？」

「先生に話があって、学校を出るのが遅れたんです」

伯父は合点が行ったようだった。

「家に帰って少し休んだら、納屋へ行って伯母さんの手伝いをして下さらんか」

そういい残すと伯父はまた自転車のペダルを漕いで行ってしまった。

除け者にされる苦しみのほかに、それを見られる苦しみがあるのだ、ということに僕は今気づいた。それは除け者にされる苦しみよりもさらに強大だ。この苦しみを二度と味わないで済むように、何とかしなければならない、とまだずっと前方にある浜見の家並を望みながら僕は考えた……

家には誰もいなかった。しかしその方が有難かった。今は誰にも会いたくなかったし、誰とも口を利きたくなかった。

部屋に入ると机の上に仁科先生の手紙が長い間僕の帰りを待っていたように横たわっていた。

それは、端正なペン字で書かれた次のようなものだった。

そそくさと別れてしまったので、君が今でも信濃町の家に住んでいるような気がする。そして学校でもよく、元気のよい君の姿が私の前に突然現われて、「先生ッ」と呼んでくれるような気がしてならない。

杉村君、元気ですね。君がしょんぼりしている姿など、私の頭の中ではどうしても考えられない。君はほんとうに元気な子だった。その元気で頑張るところが私は好きだった。君は海山をへだてた遠い所に行っても、きっといつものように元気で頑張っていることだろう、と信じている。

先日君のお母さんにお会いしました。君のことを、お母さんはお母さんらしく気づかっておいでのようでした。

「お母さん、杉村君のような子供はどんなところへ行っても大丈夫です。きっとしっかりやっていますよ」とお話しました。

米英を徹底的に叩きつけてしまうまでは、われわれはどんな辛いことでも忍耐しなければならないのだ。君たちはその日の来るまで、海山に取巻かれた田舎の大自然の中でしっかりと勉強するのです。そんなよい景色のなかで少年時代を過すことのできる君たちはしあわせ者です。もう縄をなう稽古までしたという。君はどこへ行っても立派にやれる人だ。田舎のよいところをどしどし身につけて、偉い人になる準備をするのです。

日本の偉い人たちも、大抵は君たちのように田舎で育ったのです。その海をごらん、その山をごらん、その空をごらん、その土も、そこを流れている小川も、乃木大将や山本元帥や加藤軍神を育てたのです。

そのような自然の中で大きく育って行く君たちこそ幸せ者ではないか。君たちは今に大東亜をしょって立つ人たちだ。アジア十億の人たちを指導する人だ。そう考えると、田舎にあってもただぼんやりと暮していたのでは駄目です。なすべき勉強はしっかりとやれ。誰にも負けずにやれ。少し位でへこたれては駄目だ。お手伝いもやるのだ。どしどしやるのだ。君はきっとこのようにやれる人だと思います。

いつか君に会えるだろうと先生は楽しみにしています。その頃までには、君はきっと見違えるように立派になっているだろうと思います。

先生も十月から勤労動員の高等科の生徒を率いて工場に詰めることになりました。お国のためにしっかりやるつもりです。君もどうか頑張って下さい。

ではくれぐれもからだを大切に。さようなら。

昭和十九年九月二十二日
仁科友彦
杉村潔君

第四章

次の朝僕は悲壮な決意を固めて家を出た。もし僕を辱める奴がいたら、もう我慢しない。そいつをやっつけてやる。命がけでやれば負けないだろう。——その決意に僕を駆り立てたのは、前日に読んだ仁科先生の手紙だった。

十字路に近づくにつれ、胸の鼓動は高まり、顔色も蒼褪めた。材木置場に屯ろしているのは五年男組の生徒たちだけだった。進の顔が見える。

誰かがあの僕を辱める歌を唄い出したとする。僕はそいつのところへ駆け寄り、胸ぐらをつかんでやる……

しかし僕の予想を裏切って誰も歌を唄い出さなかった。

「さあ、行かんか」

僕がみんなの前に立止ると、進がいって立上った。すると材木の上に腰をおろしていたみんなが一斉に立上った。僕もみんなのあとから歩き出したが、過度の緊張から解放されたために、しばらくの間ぼんやりと放心したような状態に陥ったままだった。

「潔、こっちへ来んかい」という進の声が僕を放心状態から覚した。

「早う、こっちへ来んかい」

進と山田の間に僕が入れるだけの空間が出来た。その代り一人はみ出すことになった。はみ出したのは善男だったが、うしろへさがるのが嫌らしく、みんなより前に出て歩いた。

「昨日《きんにょ》の話の続きを話してくれんか」と進はおだやかにいった。

た。

「そうよ、ほれ、墓場から鉄仮面を掘り出すところまで話したろうが」

みんなは黙って僕の話し出すのを待っていた。僕はちょっと頭の中を整理したのち話し出した。

踏切を越えて学校の建物が見えるようになった頃には、僕の話も終りに近づいて来た。それを逸早く察したかのように秀がいった。

「潔、なるべくゆっくり話してくれま。なかなか終らんようにな」

「ぐずぐずいわんと静かにしとれま」と進がいった。「汝らに聞かせるために潔は話しとるんじゃないわい」

学校のわきに来た時に丁度僕の話は終った。

「またしてくれんか、潔」

「同じように面白い奴をな」

「面白かったじゃあ」

とみんなは口々にいった。

その日僕は仲間外れにされないで済んだ。休み時間に講堂に行けば、遊びの仲間にもちゃんと入れてもらえた。

「〈鉄仮面〉かい」

その日を期して僕は学校の往き帰りいつも話をさせられるようになった。そしてそれと符牒を合せたかのように学校でも休み時間に除け者にされるということがなくなった。

そんな風になってから四日経った金曜日のことだった。その日の往きに始めた「十五少年漂流記」の話を帰りも続けたが十字路に着くまでに終らなかった。十字路で秀と小沢は残念そうに西へ別れて行った。僕はみんなに聞いてもらえるように次の日に話の続きを持ち越そうとしたが、その日に限って進は彼の家までついて来て最後まで話すように要求した。

僕はこみ上げてくる怒りを押え、彼について行ったが、自分が進のお抱えの語り部にされてしまったのをこの時程感じさせられたことはなかった。それまでは進にだけではなくみんなにも話しているという意識が僕の自尊心のせめてもの救いとなっていたのである。

僕はできるだけ端折って話し進の家に着く少し前で話を終えると、早々に家に帰って来た。途中で僕はこれからは決してこんな屈辱的な要求を受け入れまいと心に誓った。

夕方になると、僕は祖母にいわれて共同浴場に出かけた。農家にとって一番忙しい時期はもう過ぎていたから、早く仕事をしまって来た人たちですでに風呂は大分混んでいた。湯槽の中で僕は見知らぬ人たちから何度か東京の家族、特に父の近況を訊ねられそれに答えなければならなかった。

手拭いをぶらさげて共同浴場を出ると、僕は父の妹のなみ叔母の家に遊びに行こうかと一瞬迷ったが、夕飯が間近なのを考えてまっすぐ家に帰ることに心を決めた。湯上りの快い気分に浸りながら雑貨屋の角を曲った時、松と姉さんが産婆「田辺みつ」と看板の出ている自分たちの家の前を流れている川にかかった小さな石の橋の欄干に腰かけて夕涼みをしている姿が目に入った。

二人の姿が目に入った瞬間だらしのないことに僕はどきりとした。もしかすると松は姉さんの前であの歌を唄うかも知れないという不安が僕を襲った。できるだけそっと歩いて二人に気どられないで通り過ぎようとしたが、目敏く松は僕を見つけ出した。

「潔、ちょっとこっちへ来んか」

思い切って引き返して回り道をすればよかった、と後悔しながら、僕は平気を装って近づいていった。

「何か用かい」

「東京の龍太さんのとこのよ」と松は姉さんに誇らしげに僕を紹介した。「級長の進に負けん位出来らあやぞ」

僕がお辞儀をすると、彼女は頭をちょっと下げ、微笑しながら僕を見つめた。

綺麗な人だな、と改めて僕は思った。色が雪のように白く、すばらしい黒髪がそれと対照的だった。黒い瞳がひどく可憐だった。松にこんな美しい姉さんがいるとは信じられないような気がした。みんなが歌に唄っているようなことをあなたがしたとは信じていません、と僕は心の中で呟いた。

「松と同級なの」と彼女は標準語に近い、しかしちょっと鼻にかかった声で松に聞いた。

「ああ、俺と同級よ」

「葉子」と中からお母さんらしい人の呼ぶ声がした。

「はあい」と彼女はいって立上り、ちょっと僕の方を見て、目で挨拶をすると行ってしまった。

仄かな化粧の残り香がまた僕の鼻を擽った。

「一人で風呂に行ったあか」と松が聞いた。

「うん」

「さっきの話よ、何というたな」

「〈十五少年漂流記〉かい」

「そうよ、十五少年とかいう奴よ、あの話面白かったじゃあ」

「そうかい」

「あの話、あれから最後までしてしまったあ」

「うん」と僕は済まなそうに答えた。

「あの続き、俺にも今してくれんか」

「でも今日はもう遅いから」

「進にはして、俺にはしてくれんが」と松は嚇すようにいった。

「そんなつもりでいったんじゃないよ」

「じゃあ、してくれま」

「簡単でよければするよ」

僕は進にした時と同じように話を端折って、松に聞かせることのできなかった話の残りをした。聞き終ると松は案の定不満そうにいった。

「何よ。それで終りか」

「また、今度別のをして上げるよ」と僕は松の顔色を窺いながらいって帰ろうとした。身体の大きな、怒ると怖そうな松がひどく恐ろしかった。

「もう、帰らあか」

「うん、もう遅いから」

「まあいいにか、もう少しおれま」

僕は聞えないふりをして立ち去ろうとした。

「潔」と松の強い声が僕を呼び止めた。

「何だい」

「汝んとこ庄どんとは親類《いつけ》やったな」

「うん、そうだよ」

「庄どんとこに疎開して来とる子よ、美那子といったな」

「うん」と僕は松が美那子の名前を知っていることに驚きと不安を覚えながら答えた。

「汝と仲よしやっていうな」

「そんなことはないよ」

「そういうもっぱらの評判やぞ」

「一度招ばれて話をしたことがあるだけさ」

「ほれ、みいま」

突然松は立上り僕に近づいて低い声でいった。

「あさっての秋祭りによ、その子を連れて来んか」

「嫌だよ」と僕はきっぱりいった。

「嫌か」と松は意外に温和しい声でいった。

「そんならいいわい」

その時僕を呼ぶ声がした。声のした方向を見ると磯介が湯上りの濡れた手拭いをぶら下げてにやにや笑いを浮かべながら立っていた。

「帰るところかい」と僕は救われたような思いで訊ねた。

「ああ、一緒に行かんか」と磯介は答えた。

「じゃあ、また」と松にいうと、僕は急いで石の橋を降りて、磯介と一緒になった。

「さっきから何話しとったあ」としばらくして磯介が訊ねた。

「〈十五少年漂流記〉の話の続きをしてくれっていうものだから」と答えながら、僕は松との最後の問答を思い出し、それを磯介に打ち明けたものかどうか迷っていた。

「そんならよけれど」と磯介は安心したようにいったのち、声をひそめて言葉を続けた。

「松にはよう気をつけい」

「どうして？」

「奴は不良じゃが」

「不良?!」

「そうよ、竹下に首根っこを押えられているから、今のところは余り心配なけれどな」

「進って、そんなに強いのかい。喧嘩をしたら松の方が強そうに思えるけれど」

「本当にやったらどっちが強いか分らねどなあ、たしかに竹下は強いことは強いのう」

しばらく磯介は黙り込んでいたが、やがて秘密を囁くように小さな声でいった。

「来年健一が卒業したら、進もちと心細うなれどなあ」

「健一って、進の従兄だという六年の級長かい」

「ああ、奴がいるから、進も威張っておれるんじゃ」

「健一が卒業したらどうなるだろう」

「それはなってみなければ分らんがな」と磯介は気を引くように答えた。

翌土曜日の学校の帰り道いつまで経っても進は隣にいつものように位置を占めた僕に口を利

かなかった。最後の算数の時間で黒板に出て問題を解いた時、進のが間違っていて僕のが合っていたのだ。そのために機嫌を損ねていることは明らかだった。僕は進の勝手な不機嫌に腹を立て黙ったままでいた。

みんなは敏感に進の不機嫌を察知し、僕に話の催促をする者は誰もいなかった。その日の朝から始めた「大東の鉄人」の物語は学校に着く大分前に、僕の記憶が不確かなために尻きれとんぼのような形で終ったままだった。

「潔の話も飽きたなあ、竹下君」と左端にいる秀が進の御機嫌をとるようにいった。

進はそれに直接答えないで、

「祭の話でもせんか」といった。

一晩寝れば秋祭りだった。僕の家でも祖母がもう一週間も前からそのことを喋っていた。秋祭りの夕飯には、祖母が菜種と交換にどこからか手に入れて来た菜種油で天婦羅を揚げる筈だった。それから二臼に過ぎなかったけれども餅をつく筈だった。砂糖の入った餡餅も一人に三つ位はあたろうのう、と祖母はいっていた。

「竹下君、俺ちの柿、今年はよう成ったじゃあ」と小沢がいった。

「汝、なぜ早う持って来んが」と松が進に代っていった。

「竹下君、あした進ぜるっちゃ」と小沢がいった。

「俺にもなあ、竹下君」と松がいった。

それには答えずに進がようやく口を開いた。

「あさってから、小沢、その柿を毎朝持って来いま」

「毎朝ア」と小沢はちょっとたじろいだようにいう。

「おお、毎朝よ、その代り一つだけでいいわ。汝ちの柿は特別にうまいからのう」

「ああ、持って来るっちゃ」と小沢は今度は嬉しそうに答えた。

「汝んちのいちじくよ、秀」と松がいった。

「昨日《きんによ》、汝んちの脇を通ったんやれど、よう熟しとるじゃあ」

松を無視して秀は答えた。

「竹下君御輿の出る時神社へ来らすやろう」

「ああ」

「俺ちのいちじくのうちで一番大きく熟したのをあした御輿の出る前に二つ持って行くわ」

「松」と進がいった。「汝ァ、人のことばかりいうて、自分は何持って来らあ」

「豆餅持って来るっちゃ」と松が赤くなって答えた。彼にはすぐ赤くなる癖があった。

いつの間にか僕はみんなの隊列からうしろに押し出されていた。両脇から押して来るので、そうせざるを得なかったのだ。僕の隣りにいる一郎が、突然青洟を啜りながら、前にいる進に向って呼びかけた。

「竹下君よ」

いていった。

「何じゃい」と進のかわりに山田が返事を与えた。

「俺ちの人よ、昨日どこやらから葡萄糖とかいうのもろうていらすたぜ」

「汝んちの人、工場に出とるから、時々いいものが手に入るのう」と山田がうしろを振向いていった。

「こんな大きな塊よ」と一郎は手で形を作って見せた。

「あした、それ、ちょっこし、持って来いま」と進は振向きもしないでいった。

「ああ、持って来るっちゃ」と一郎は満足そうに答えた。

「竹下君、干《ひ》いか好きやったな」と僕の代りに前列の右端に加わることのできた善男がいった。

「ああ」

「あした、祭の時によ、大きいのを、二枚持って来て進ぜるっちゃ」

「汝、どこからか盗んで来たと違うか」と磯介が半畳を入れた。

「何いうとらあ」と善男が抗議した。

善男の抗議を支持するように、磯介と僕を除いた全員が一斉に、非難を意味する「ああ、ああ、ああ」という言葉を挙げた。

その囃し声が止んでしばらくすると、失地を回復するように磯介が媚を含んだ声でいった。

「竹下君よ、俺ちじゃな、餡餅作らすと」

「砂糖のか」

「ああ、うんと甘いのよ」

「持って来んかい」

「ああ、二つ持って来るっちゃ」

「いつよ」

「あさっての朝でよかろう」

「ああ、いいわい」

これで僕を除いた全員が進に何かを献上することを約束したわけだった。僕は断じてそんな真似はしないぞ、と僕は自分にいい聞かせるように心の中で呟いた。そんな卑しいことをする位なら、除け者にされた方がましだ……

僕はいつの間にか思い出の中に脱れていた。東京の家の近くにあった八幡様の賑やかなお祭りの思い出に耽っていたのである。豪華な金襴緞子の衣裳をつけ、お面をかぶって行われるお神楽は今年の秋祭りにも奉納されるだろうが、見物人はぐっと少なくなってしまうに違いない、と僕は考えた。何しろ子供たちの半分以上が疎開してしまったのだから。いい匂いのする焼鳥屋、ふんわりした雪のような綿飴、色々な形をした飴細工。買いぐいを禁じられていた僕は、自由にそれらの屋台店で買いぐいをしている同じ学校の生徒たちを見てどんなに羨しい思いをしたことだろう。東京でも、ああした屋台店はもうお祭には姿を見せなくなってしまっただろうか……

「誰じゃろのう」という善男の声が突然僕をもの思いから呼び覚した。

「誰じゃろのう」と進を除いたみんなが一斉に唱和した。

「欲な奴がいるのう」と秀がいった。

「欲な奴がいるのう」と再び進を除いた全員がそれに和した。

僕のことをいっているのだ、ということに気づくと、あの仁科先生の手紙によって駆り立てられた決意が再び湧き起って来るのを感じた。もう我慢できない。もう一度同じことをいってみろ。そいつを引き摺り倒してやる。そのために袋叩きにあっても構わない。

「あれ、誰や」と磯介がいった。

前方から女の人が歩いて来たのだ。

「庄どんの姉さまよ」と山田がいった。

何と彼女と僕らの一団がすれ違うまでの時間の長かったことだろう。その間に、せっかく湧き起った決意は、もう僕のものではなくなっていた。それはシャボン玉のようにはかなく消えてしまっていた。僕の願ったことはただ一つ、彼女が僕のいるのに気がつかないで、すれ違ってくれることだけだった。

幸いにも彼女は、進には気づいて声をかけていったが僕には気づかなかったようだった。

僕は命拾いをしたような気がした。こんな思いを二度としたくない、そのために進の御機嫌をとらなくてはならないとしても仕方がない、と僕は考えた。僕はもう何でもする、こんな思いを二度と感じなくてすむためなら、貢物でも何でもしよう……

学校を出て以来とうとう誰とも一言も口を利かないで僕は家に辿り着いた。祖母がどこからかもらって来た落雁をおやつに食べると、自分の部屋に閉じこもって、何度読み直すか分らない少年講談の「霧隠才蔵」を読んだ。

しかし僕の心は閉ざされていて、なかなか本の世界の中に入って行くことができなかった。自分が強くないのが無念だった。霧隠才蔵のように忍術の心得があったらどんなにいいだろう。

庭の方で口笛の音がし、それに続いて祖母の呼ぶ声が聞えた。

「潔ちゃん、精作さのあんぼやぞ」

進が来たのだ。精作さというのは進の家の屋号だった。村ではどの家にも屋号があった。僕の家は覚平という曽祖父の代に分家したので、「覚平さ」と呼ばれていた。「――さ」というのは分家を意味し、「――どん」というのは本家や、地主などの大きな家を意味していた。

僕は不快感と期待の入り混った心を抱えて、玄関へ出た。

玄関の三和土の上に進が裸足で立っていた。

「何か用かい」

僕はできるだけ冷淡を装ってそういった。

「これから一緒に舟に乗らんか」と進が少しはずかしそうな顔をしていった。

「海もないどるし、今日こそ潔ちゃんを乗せて進ぜるって、俺ちのじじがいうもんやからな」

「有難う」と僕は少し心うちとけていった。やさしい笑みで綻びた進のお祖父さんの赤銅色の顔が心に泛んだ。

「すぐ行かんか」と進は僕の御機嫌をとるような口ぶりでいった。

「うん」

僕は祖母にことわりに家の中へ一旦入った。そして「気をつけっしえのう」という祖母の言葉を背中で聞きながら、進と連れ立って、浜へ向った。

「テニヤンとグアムの玉砕をどう思う」としばらくして僕が訊ねた。

「随分損害を与えたようやれど、日本軍も大変やな」

「戦争はひどくなる一方だね。この分だったら長びくかも知れないね」

「長びこうか？」

「うん」

「戦争に勝つまで、汝もここにいよう」

「空襲の危険が続く限りはね」

「六年を卒業してもここにいるようやったら、ここの中学を受けるやろう」

「それはまだ決めていないけれど」

「そうせいま。東京の中学を受けても、空襲警報とやらでおちおち勉強できまいま」

「そりゃあ、そうだけれど」

「汝ァ、やっぱり少年飛行兵にならあ」

「多分ね、戦争が終ってしまえばまた考え直すけれど」

海岸ではお祖父さんがもう舟を出す準備を始めていた。

彼は僕の顔を見ると、「よう、いらっしゃいましたのう」と白い歯を見せていた。

舟を出す作業には、僕も手伝うことを許された。それは最大の注意を要する作業だった。しかし進のお祖父さんは危なそうな時にはかならず進と僕に注意の言葉をかけるのを忘れなかった。

海に出ると進は櫓を漕ぎ、お祖父さんはすぐに網の用意を始めた。それは蚊帳を畳む要領で網を畳んで投げ入れるばかりにする仕事だった。僕は舳先に坐って二人の仕事を見物しながら、時々どんどん遠ざかって行く海辺に目をやった。

いつの間にか海辺はもう遥か彼方に遠ざかっていた。ずらりと並んだ舟小屋はマッチ箱位の大きさになってしまった。人間は豆粒位にしか見えない。進は一向に疲れた様子も見せずに櫓を漕ぎ続けている。海水は引き込まれてしまいそうな深い青に変った。うしろを振り向くと能登半島がぼんやりと影絵のように見える。

やがて、お祖父さんの指示で進は櫓を漕ぐのを止めた。櫓が上げられ、錨がおろされると、網を入れる作業が始まった。進が渡す網の一畳み一畳みをお祖父さんが海の中へ投げるのである。最後に目印のガラス玉が投げられた。

その網は、進のお祖父さんの説明によれば、朝の五時に、また二人の手によってあげられるのだった。僕は心の中でひそかに感嘆の声を上げた。それではいつも学校に行く時の進はもう一仕事済ましたあとなのだということに気がついたからである。

錨が再び上げられ、舟は次にその日の朝投げた網を上げに向った。今度はお祖父さんが櫓を漕いだ。

「潔さんのお父さんも昔農業の合間によう漁の手伝いに出なすったもんじゃ」と進のお祖父さんは僕たち二人にいって聞かせるように喋った。

父が田舎を出奔し苦学するために東京に行った大きな動機の一つは、舟に酔うので漁師の手伝いをするのが辛かったからだった、ということを僕は父の口から聞いたことがあった。それを今僕は思い出した。

「二人ともよう働いて、潔ちゃんのお父さんみたいに偉くならっしぇ」とお祖父さんはいった。

網上げは僕も手伝わせてもらえた。一たぐりするたび最低一匹はかかっていた。カレイ、ムツ、コンゴリ、ヒラメとお祖父さんは一匹一匹名前を教えてくれた。最後の一たぐりには、魚の代りにサザエの大きなのが一つ引っかかって来た。するとお祖父さんはそのサザエの中味を出刃庖丁の先で巧みに取り出し、海水で洗って薄く切り、進と僕の二人に分けてくれた。海水で丁度いい具合に塩味の利いた固い身は歯ごたえがあっておいしかった。

帰りには少し波が出て来た。波に乗って上ったり下ったりしながら海辺に向って進む舟の揺れに僕は身体を任せ、波のリズムを快く感じていた。

しかし舟が岸に着いて、浜に下り立った時は少し舟に酔ったらしく軽い眩暈を覚え、足もともふらふらした。僕の顔色が悪いのに気づいたお祖父さんは、僕が舟を上げるのを手伝おうとするのを制して、ヒラメを一匹お土産にくれ、夕飯の支度に間に合うように早く帰るようにといった。

僕は二人に別れを告げて帰路についた。日がそろそろ暮れかかり、もう夕闇があたりを包み始めようとしている頃だった。

祖母にいわれて伯母はヒラメのお礼に、その日揚げた天婦羅をお皿にのせて持って行った。帰って来た伯母の話では、進はまだ帰っていなかったということだった。

次の日は秋祭りだった。舟酔いのせいか頭が少し重かったが、僕は早起きをした。朝の餅つきが見たかったのである。

二升しかつかない餅つきだったから、呆気ない程短時間で終ってしまった。祭というと昔は三斗も四斗もついて東京の家や朝鮮の家や満州のおじに送ったものなのに、と祖母は歎いた。東京の家というのは僕の家、朝鮮の家というのは朝鮮の農事試験場の技師をしている父の末弟の良造叔父の家、満州のおじというのは満州で現地召集にあったのち戦病死してしまった啓作叔父のことを意味していた。

戦争が始まってから一年また一年とだんだんおぞましくなって来た、この分では来年の秋祭りには餅つきさえも叶わぬようになるかも知れない、と更に祖母が愚痴をこぼすと、伯父がそれをたしなめた。

「戦争に勝ったら、一俵でも二俵でもつけるようになりますよ」と僕は大人ぶって祖母を慰めた。

僕は砂糖入りの餡餅を五つ貰った。二つだけ食べると残りはオヤツにしまっておくことにした。その時、進に持って行こうかという考えが僕の心を掠めた。しかしすぐに僕はそれを恐ろしい堕落、自己に対する許しがたい裏切だと考えた。けれども昨日までの数日間僕は進の要求を納れ、話をして御機嫌を取り結んだではないか。それは貢物をするのと何ら本質的に変りはないではないか、と思うと、僕の心は譬えようもなく混乱して来た。

叔父が手紙を出して来てくれないか、と頼んだので、僕はようやく心の葛藤から逃れることができた。

ポストに手紙を入れて戻ろうとすると、磯介が向うからやって来るのが見えた。

「ひどい目に遭うた」といいながら彼は近づいて来た。

「どうしたの」

「豆腐を一つ食べられてしもうた」

「誰に」

「松によ」

磯介が持っている食器《ボール》にはまだ豆腐が二個水に浮いていたが、取られた豆腐は手で掴み取られたらしく、豆腐のこまかなかけらが一杯浮んでいた。

「豆腐を取ってどうするんだい」

「食べらあよ、生で目の前で食べられてしもうた」

「そのままかい」

「そうよ」

「うまいかなあ」

「松に聞いてみい」

僕は豆腐を何もつけないでそのまま食べたら、どんな味がするだろうと思ったが、想像がつかなかった。

「黙っていたのかい」

「奴はこの頃荒れとるから下手に手出しができんでのう」

僕らは一緒に歩き出した。

豆腐などめったに手に入らないのだ。祭だから大豆と交換で特別に買えるのだ。家でも伯母が買って来たところだった。僕は磯介に同情した。

「お母さんに怒られるだろう」

「落としたことにするわ」

「もう祭に行った？」

「なもよ、日が暮れんとつまらんにか、汝も行くか」

「どうしようかと思ってるんだ」

「行かんか、一緒に」

「連れて行ってくれるかい」

「夕食すましたら呼びに行くっちゃ」

「じゃあ、待っているね」

丁度僕の家の前まで来たので、僕は磯介と別れた。

夕方になると空模様が怪しくなって来た。日がとっぷりと暮れた頃には雨が降り出した。

「せっかくの祭に、ありゃ、どうしようのう」と祖母が慨嘆した。

そのうちにひどい土砂降りになった。おみこしも、踊りも駄目だった。僕はまだ一つだけ残してあった餡餅を、夕食後に食べてしまうと、しばらく本を読んでいたが、やがて眠くなって来たので床に就いた。餅つきを見るために早起きをしたので眠かった。目をつむると雨に濡れたお神輿が浮んで来た。

第五章

翌朝も雨は止んでいなかった。僕は未知の従兄の富次から譲られたお古のマントを着て家を出た。

十字路の材木置場にはまるで蝙蝠の群れのような黒マントの集団がいた。頭巾をかぶっているのでなかなか見分けがつかない。ようやく僕は磯介の顔を見出してほっとした。

「昨日は雨が降ってしまって駄目だったね」と僕は近づきながらいった。

「ああ、残念やったな」と磯介が微笑を浮べながら答えた。

「汝ァ、竹下君ちの舟に乗せてもろうたってな」と磯介の隣の黒マントが尊敬の念をこめていった。秀だった。

「どうして知っているの」

「きのう竹下君が話しとらすたから」

「そいがあ」と秀の隣りの小沢が僕に敬意を籠めた眼差を送った。

「竹下君の舟に乗せてもろうたの、汝が初めてやぜ」と秀はいった。

まもなく東浜見の五年男組の連中が姿を現わしたが、肝腎の進の姿は見あたらなかった。

「竹下君は今日用事があって町へ行かすたわ」

僕らの前で立ち止まると説明するように山田がいった。

「じゃあ、行かんか」と磯介がいった。

「まだ松が来とらんぜえ」と磯介をなじるように秀が口をはさんだ。

「いいにか、行かんか」と磯介がいった。

「松も竹下君と一緒に行ったわ」と山田が遅過ぎる説明を加えた。

僕らは三々五々出発した。誰も進がいる時のように、道幅一杯に、横隊を組んで歩こうとしなかった。僕は磯介と歩き出したが、いつの間にか山田が隣りに加わった。

「潔、おととい、竹下君の舟に乗せてもろうたってなあ」

と山田がさっき秀がいったと同じことを同じような調子でいった。

「とても面白かったよ」

「そうやろう。俺にも一度乗せてやるっていうとらすけどなあ」

「汝ァ、そんなに竹下君の舟に乗せてもらいたいがあ」と磯介がいった。

山田は不快そうに黙り込んでしまった。

学校に着くとすぐに朝礼が始まったが、進はまだ現われなかった。

校長先生はテニヤンとグアムの玉砕について話した。戦争がますます烈しくなって来たから、銃後のわれわれも少国民として尚いっそう頑張らなければならない、という内容の訓話だった。僕はその訓話を聞きながら、当分、いやもうかなり長い間東京には帰れそうもないことを感じた。

教室に戻って先生がやって来ても、進と松の姿は見えなかった。山田が「竹下君は用があって町に廻って来るので遅刻するというとりました」と先生に報告したが、松については何も触れなかった。

「杉村君」と先生が僕の名前を呼んだ。

「副級長の須藤君も休んどることやし、君が号令を掛けなさい」

「はい」と返事はしたけれども、しばらく僕の心はためらっていた。

「早うせんかい」と隣りの勝がけしかけるようにいった。

意を決して僕は立上り、号令をかけた。

「起立、——礼、——着席」

着席すると、勝が僕の耳に囁きかけた。

「竹下より号令のかけ方がうまいぞォ」

先生は松の欠席に気づいていった。

「田辺末松君は欠席ですか」

「はい」と僕は答えた。

「また怠け癖が出だしたかな」と先生は独り言のように呟いた。

進が説明すべきだと思ったので、僕は事情を説明しないことにした。

二時間目になってようやく進が現われた。丁度僕が号令をかけ終って着席した時だった。彼はまっすぐ先生の所へ遅刻の理由を報告しに行ったが、松のことは何もいわなかった。

授業が終って先生が教室を出ると僕は席を離れて進のところへ行った。

「土曜日はどうも有難う」

「ああ」

進は明らかに不機嫌だった。

「松はどうしたの。さっき先生が聞いていらしたけど」

進はそれに答えようともせずに、下知をくだすように大きな声でみんなに向って呼ばわった。

「講堂に行って遊ばんか。新しく組み分けするぞォ！」

不吉な予感に苦しめられながら、みんなと一緒に講堂へ急いだが、やはりそこで僕を待ち構えていたのは、二度とされないですむようにと祈っていたあの除け者の嫌がらせだった。どうしてみんなの間にその申し合せが徹底するのか分らなかったが、僕は組合せのガンツーで誰にも相手になってもらえず、みごと遊びから除外されてしまったのである。進が来ていなかった一時間と二時間目の間の休み時間にはちゃんと遊びの仲間に入れてもらえていたことを考えると、僕をそんな目に合せた張本人が進であることはもう否定しようがなかった。僕は口を引き緊めながら進にどう対決したらよいかじっと考え込んでいた。

その日の帰り、僕はわざと進たちと行を共にした。心に深く期するところがあったのだ。嘗て仁科先生によって駆り立てられた決意を今日こそ行動において示そうと考えたのだ。僕がだらしなく我慢に我慢を重ねているから、進はつけ上っているのだ。今日こそ機会を捉えて進に対決を迫り、非を認めさせ、謝罪を迫ろう。場合によっては格闘も辞さない。きっと負けるだろうが、勝負は問題ではないのだ。ともかくこれ以上我慢をしていられないのだということを分らせるだけでいいのだ。そうすれば進だって反省するだろう。格闘になれば松が進に加勢するかも知れない。いや松だけではなく全員が忠誠心を示すために加勢するだろう。磯介だって少くとも表面だけは進の味方を装うかも知れない。挙句の果て僕はみんなの袋叩きに遭うかも知れない。しかしそれでもいいのだ。何しろ、もうこれ以上我慢できないのだということを知らせてやるのが主眼点なのだから……

元気が身体中に満ちて来た。鼻血位出したってかまわない。

なぐりあいの喧嘩を僕はまだしたことがなかった。東京にいた頃級長として一度だけ谷と加藤という級友のなぐり合いの喧嘩の仲裁をしたことはあった。谷が鼻血を流したので加藤が怯んだ隙に僕が間に飛び込んで二人を離したのだ。それでも二人はいうことを聞かないで更になぐり合いを続けようとしたが、僕に加勢してくれた連中に押えられて果さなかった。結局二人は僕の提案で握手をして仲直りをしたのだ。しかしその後二人はかえって仲よくなってしまったようだった。谷は島根県に、加藤は広島に疎開した。二人とも縁故疎開をしたのだ。二人とも幸福にしているだろうか。僕のように除け者にはされていないだろうか。……

僕は来るべき対決ののち、進とほんとうの友だちになれることを想像した。みんなも進の家来のように振舞うのを止め、対等で明るい関係を結び合うのだ。今日そのきっかけを作るのだ。僕は佐藤紅緑の美談小説の主人公になったような気がして来た。

雨はいつの間にか上っていた。

「竹下君、持って来とれど」

と小沢が不機嫌に黙りこくっている進に恐る恐る言葉をかけた。

「何よ」と進がうるさそうにいった。

「俺ちの柿じゃが」

「早うよこさんかい、ほかの者はみんな寄越したぞ、汝だけじゃが、愚図愚図しとるのは」と進は邪慳にいった。そして小沢が黒いマントの下から出して見せた柿を認めると、素早く手を伸ばして取った。

「竹下君」と磯介が端の方で声をあげた。

「何よ」

「餡餅を進ぜるって約束したろう」

「ああ、汝もおったのう、早うよこせま」

「そのことやれどなあ」

「何よ、早ういうてみいま」

「昨日雨降ってしもうたろう。それでな、今朝持って来るつもりで戸棚の中に蔵っといたらなあ、どうしたわけか夜中に鼠の奴に引かれてしもうてな」

「いいわい」

今手に入れた富有柿に喰いつきながら進は捨台詞を吐くようにいった。

「汝の喰いかけの餡餅なんぞ、何が欲しいことよ」

「堪忍してなあ」と磯介は首をすくめて答えた。

まだ進に対決を迫る幕ではなさそうだった。僕が直接何らかの嫌がらせの対象にされたら、その時こそもう黙ってはいない。

「竹下君よ、松はどこへ行ってしもうたんやろうのう」と進の隣の山田が進の御機嫌を取り結ぶようにいった。

「とうとう今日は学校をずるけてしもうたなあ」

「ああ」そう進は不機嫌な声で答えたきりだった。

「それで松は何もせんと逃げてしもうたあ」と山田は尚も進の機嫌をとるようにいった。

すでに学校であった話の蒸し返しらしい。

「そうよ」と進は答えた。

「俺一人おいて逃げてしもうたんや。あになた町の奴ら四、五人を前にして逃げてしもうてだらしのない奴よ」

「それで相手の奴ら竹下君に向って来たあ」と秀が好奇心に溢れた声を出した。

「向うて来ないでよ」と進はいって鞄から自転車のチェーンらしいものを取り出した。

「これを振りまわしてな、向うて行ったんや」

「みんな驚いて逃げてしもうたやろ」と山田がひどく感心したようにいった。

「逃げてしまわないでよ」と進は得意そうにいった。

「これまともにあたってみいま、顔やったら蚯蚓《みみず》ばれに腫れてしもうわ」

「耳にまともにくらったら聾になってしまうかも知れんなあ、竹下君」と端から善男が声を挙げたかと思うと、ヒッヒッヒッという例の気味の悪い笑い声がそれに続いた。

僕の心は恐怖に満たされ始めた。ここでは僕が考えていたように事は運びそうにもなかった。東京のように武器を持たない公正な素手《すで》の喧嘩をしないのだろうか。なぐられて鼻血を出す位だったら我慢できる。しかしあのチェーンでなぐられたらどんなことになるだろう……

踏切を越えた時、磯介が大きな声を出した。

「竹下君よオ、あそこにいるの、ありゃ松やなかろうかの」

三百米位先の電信柱の下に松らしい姿がうずくまっているのが見えた。

「ほんに、松や」と善男がいった。

「どうしてやるか」と山田が張切っていった。

「なぐってやることよ」と磯介が小気味よさそうにいった。

進は黙ったままだった。

松に間違いはなかった。彼は道の真中に出て来てみんなが近づくのを待っていた。

「竹下君、堪忍せいな」と松は遠くからいった。

「ちょっとこっちへ来いま」

「堪忍してくれっしえ」

「まあ、ちょっとここへ来いま」

進は立止まったまま、気味の悪い程やさしい声を出していった。

「堪忍してくれっしえ」

「だからちょっとここへ来いまというとるやないか」と進は繰り返した。

松は恐る恐る近づいて来た。彼は自分の肩位までしか背のない進に憐れみを乞うようにいった。

「二つだけ叩いて堪忍してくれっしえ」

「ああ」と進は答えたかと思うと、やにわに松の頬に激しい往復ビンタを喰らわせた。

その瞬間松の目に狂暴な光が走った。道端に立って事の成行を見まもっていた僕ははっとして息を呑んだ。進も気がついたらしい。無言のうちに身構えたからである。しかしそれは瞬時のことに過ぎなかった。松がベソを搔いて見せながらこういったからである。

「これで堪忍やろ」

「ああ、堪忍してやるわい」

少し蒼褪めた顔で進はいった。それから大声で下知をくだした。

「さあ行かんか。誰やらにも同じ目に遭わしてやりたいもんじゃ」

みんな一斉に歩き出した。
「せめて歌でも唄ってやらんか」と山田がいった。
突然僕の歌が唄い出された。しかしいつものとは少し歌詞が違っている。

キョッペ　キョッペと
威張るな　キョッペ
たあまに号令かけて
威張るな　キョッペ

キョッペ　キョッペと
威張るな　キョッペ
贔負《ひいき》のキョッペ
威張るな　キョッペ

進に対決を迫るべき時が遂にやって来たのだ。しかし肝腎の勇気がもうなかった。僕にできたことといえば、わざと歩く速度を落し、みんなから離れたこと、ただそれだけだった。
もう僕は駄目なのだ、と僕は思った。

僕の歌が風に乗って聞えて来る。それは何度も繰り返し唄われた。と歌が変った。松の姉さんの歌だった。松も進の御機嫌を損じてしまったのだから、それは驚くにあたらなかった。松の声もたしかに混っていた。

その夜僕は寒気を覚えて早く寝た。翌朝熱を計ってみると、三十九度もあった。祖母は驚き、早速水枕を作ってくれ、ひっきりなしに、冷たい井戸水でしぼった手拭で額を冷してくれた。

午後になっても熱が下らないので、伯父が自転車に乗って町の医師に往診を頼みに出かけた。夕方になってようやく老人の医師がやって来た。

診断は風邪だった。高熱は扁桃腺の熱だから心配はない、二、三日で引くだろう、それまで温和しく今の状態で寝ていることだ、という意味の言葉を口髭を生やした老医師は、洗面器で手を洗いながらもぐもぐした口調でいった。

次の日熱は三十八度台にさがったが、まだ頭が痛くて、便所に行くために立上るとふらふらした。

また熱がぶり返すといい、と僕は思った。四十度近く熱が出たらいい、そうしたら東京に電報が打たれるだろう、お母さんが驚いてやって来るに違いない。衰弱し切った僕は、もっといい医者に見せてもらうために東京へ連れ戻される。そして東京で養生することになり、もうここへは帰って来なくてもいいということになる……

その日の午後、庭のあたりから口笛が聞えた。最初僕は夢うつつでそれを聞いていた。やがてはっきりと夢から覚め、それが今まで僕を訪ねる時に進が決ってした口笛であることに気がついた。

案の定祖母が僕に報せに来た。

「進ちゃんやぜ。会いなさるか」

ちょっとためらったのち僕はうなずいた。

気がつくと進が枕許に坐っていた。

「俺、見舞に来たんや」

「どうも有難う」

進ははずかしそうな笑みを浮べて、少々口籠るようにいった。

できるだけ冷やかにいおうと思ったが駄目だった。

「まだ大分熱があらあ?」

「うん、昨日よりは下ったけれどね」

「大事にせいな」

「うん」

「先生も心配してらすたわ」と進は続けた。

「俺も昨日すぐ見舞に来ようと思ったんやれど、昨日は何だか忙しくて来られなんでなあ。今日は学校から引けてすぐ来たんや」

僕は心の中で進に呼びかけた。進！ 今君はそんなにやさしい。しかし学校や学校の往き帰りの君の僕に対する仕打はいったいどうなんだ。あれは君の偽の姿なのか……

思い切ってそれをいってしまいたかったが、どうしても口に出すことができなかった。

「いつから学校には出られるんや」

「お医者さんは、二、三日ちゃんと床についているように、といっていたけれどね」

「じゃあ来週からは出られるなあ」

「うん、出られると思うけれど」

「来週の日曜日は遠足よ、早うしっかりよくなれま」

進は僕を励ますように言葉を続けた。

「行先も決ったからな」

「どこに決ったの」

「目玉山よ。頂上に目玉のように二つ沼のある山や。山栗の木がたくさんあってな、面白い山やわ」

「そう。できるだけ、それまでによくなるよ」

「それからこの間借りた本よ、もうしばらく貸しといてくれんか。家の人に見つかると怒られるんでな、少しずつ隠れて読んどるのや」

「怒られる？」

「勉強せいいうてな。そんな本読んどる時じゃないというのや」

柱時計が四時を打つと、進は舟に乗らなければならないからといって残念そうに立上った。

進を玄関まで送った祖母は僕の枕許に戻って来ると感心したようにいった。

「固い子やのう、精作さのあんぼは。七人きょうだいの長男で、弟や妹の世話はようするし、家の手伝いもようするし、学校じゃ優等生やし、心も優しい子と来とる。あがいなあんぼとよう仲よしにならっしえ。転んでも産婆さの松などとつき合うまいぞ」

そういって祖母は感に耐えないように何度もうなずきながら、繰り返し「南無阿弥陀仏」を唱えた。

翌日母から僕をがっかりさせるような手紙が来た。十月末に叔母と一緒に僕の様子を見にやって来るといっていた旅行を取りやめにせざるを得なくなった事情を報せた手紙だった。

母方の祖母が九月に肺炎を患ってからどうも身体が弱くなって来たので、その世話を兼ねて一家は世田谷の郊外にある祖父の家へ移ることになり、信濃町の家には父の部下の夫妻に留守番に入ってもらうことになった。祖母の身体がもう少し本調子に戻ったら、何とか都合をつけて行きたいと思うが、どうかそれまで我慢して待っていて欲しい。叔母も九月から父の世話で文部省に勤めるようになったので、当分行けそうもないが、いずれ機会を見てかならず伺うからそれを楽しみにしていて欲しい、というのだった。

僕は手紙を読み終ると、しばらく天井を眺めたまま放心したようになっていた。これまで毎朝母と叔母がやって来る十月末の土曜日までの日数を指折りにして数えていたのだった。もう何も期待しないことだ、と僕は自分自身にいい聞かせた。そうすればがっかりしないですむから——


土曜日に床上げをしたので、一週間ぶりに月曜日から僕は登校した。

十字路まで来ると、材木置場に屯ろした一団の中からまっさきに進が声をかけた。

「今日は出て来ると思っとったんや」

「もうすっかりいいが」と山田が聞いた。

僕は少し戸惑いながらうなずいた。もっと冷やかに迎えられると思っていたからである。見渡すと僕を除いた浜見の五年男組がみんな集まっている。僕を待ってくれていたのだ。

「一週間も寝とるの辛かったやろう」と小沢がいった。

「まだ少し顔色が悪いじゃあ」と松がいった。

「さあ、潔、ぼつぼつ出発せんか」と進がいった。

僕にはすぐに進の隣の場所が与えられた。

「この間はどうも有難う」と歩き出してしばらくしてから僕は進にいった。

進は怪訝な顔をした。

「お見舞に来てくれて」

進は合点が行ったように、含羞んだ笑いを浮べた。

「なもよ」

「もうじき遠足だね」

「ああ、もうあと一週間じゃ」

「その目玉山っていう山、遠いの」

「片道三時間っていうたから、三里はあろうのう」

「大分あるね」

「歩けるか」と山田が気づかわしそうな目を向けて聞いた。

「大丈夫だよ」と僕は少し感激して答えた。

しばらくして僕は進に、

「遠足には何を持って行ってもいいの」と聞いた。

「いいがやろ、なぜや」

「いや、東京じゃね、去年の秋の遠足から、弁当のほかには、果物かお菓子を一種類しか持って行っちゃいけないことになったものだから」

「ここはそんなことないな」

「それじゃあ」と僕は突然思い立っていった。

「今度の遠足の時、みんなに珍しいお菓子を上げるよ」

「珍しいってどいが」と進のほかにも幾人かが口を揃えていった。

「花林糖っていうんだけど」

——一人に二つずつ位はわけられるだろう、と僕は思った。チョコレートとキャラメルのことは黙っていよう。僕はそれを勝と磯介の二人だけに分けてやるつもりでいた。

「知らんなあ」と進はいった。そしてちょっと命令するような口調で、

「どいがか話してみいま」といった。

その口調が僕の癇にさわった。黙っていればよかった、と僕は今さらのように後悔した。しかしもう後悔しても始まらない。僕は不快な気持を抑えていった。

「それがね、面白い形をしているんだ。何ていったらいいかな、そうだ、犬のうんちみたいな形をしているんだよ。色もね。しかしとってもうまいんだよ、黒砂糖の香ばしい甘味がしてね、食べてみれば分るよ」

松が歎願するような調子でいった。

「潔、それ、俺にもよなあ」

「もちろん、あげるよ」

すると、

「俺にもよ」

「俺にもよ、なあ、潔」

という声が次々とあがった。

「みんなに公平に分配するよ」と僕がいった時、進が大きな声でいった。

「愚図愚図いわんと黙らんかい」

そして進はきまりの悪いような笑いをちょっと浮べて、今度は普通の声でいった。

「汝らァ、何いうらあにゃ。そんなにやったら、俺たちのがなくなってしまうわ」

「俺たちゃ、仲よしやもんに」

調子に乗ったように、進は僕の肩に手をかけて来た。

「潔、また話をしてくれま」

「うん」と僕は努めて平静を装って答えた。

「何にしようか」

「探偵小説がいいわ。江戸川乱歩の〈怪人二十面相〉でもしてくれんか」

そのいい方に今日に限って命令的なところのないのが、僕にとっての、せめてもの慰めとなった。

「うん、じゃあ、それにしよう」

僕は強いて明るい声を出していった。

みんなは花林糖のことを諦めてしまったかのように、黙って僕の話に聞き入った。

学校のすぐ近くまで来た時、進は突然僕の話を中断してみんなにいった。

「潔の菓子のこと、誰にもいうがでないぞ」

「いわんちゃ」と山田が真先に答えた。

「俺もよ」とほかの者も続けて約束した。


教室に入ると、僕は次々と見舞の言葉をかけられた。誰も口を利いてくれなかった一週間前のことを考えると、信じられないような変りようだった。

縄ないの時に意地悪した野沢さえも、わざわざ僕のそばを通り過ぎる時に、「もういいがか」と声をかけていった程だった。川瀬も、角力の強い平尾も、言葉をかけにわざわざ寄って来た。勝だけが「東京者《もん》は弱いのう」と揶揄するようにいったが、それもまたきわめて勝らしい見舞の言葉だということが僕には分った。

進の登校を待って講堂で行われるあの軍艦遊戯に似た遊びをしに、みんなが教室を出ようとした時、鐘が鳴り、先生の姿がまもなく廊下に現われた。

先生はいつもと違ってうしろの出入口から入って僕のところへやって来た。

「もういいがですか」と先生はやさしい声で訊ねた。

「はい」といって、僕は立上り、前の晩に伯父に頼んで半紙に墨で書いてもらった欠席届の入った封筒をランドセルから急いで出して先生に差出した。先生は怪訝な顔をしてそれを受取ったが封筒の表に書かれた「欠席届」という字を読むと、軽くうなずいて教壇の方へ歩いて行った。

その日は楽しかった。休み時間にはみんなについて講堂に行き、遊びには加わらないで見物に廻ったが、それはまだ病み上りで、遊びに加わって元気に走り廻れる自信がなかったからだった。除け者にされて立ちん棒をしているのと、それは何という相違だったろう。同じ立って見ているのでも、気持の上では天と地程の違いがあった。

次の日も僕には往き帰りとも進の隣の場所が与えられた。しかし相変らず話をさせられた。「怪人二十面相」に引き続いて「大金塊」の物語を。けれども僕は努めてこう思おうとしていた。

——僕は進と仲のいい友だちになったのだ。仲のいい友だち同士として進に話をしているのだ。進に命令されて、進の御機嫌を損じないために話をしているのでは断じてない……

その日の帰り道線路を越えてまもなく僕の話は終りになった。

「面白かったわ」

と進は僕をねぎらうようにいった。

「その明智探偵ちゅう奴は偉い奴やのう、竹下君」と山田がいった。

「ああ、そうやな」

「その明智探偵って今でもおろうか、竹下君」と秀がいった。

進は呆れたようにいった。

「汝ァ、何いうとらあ、小説の話じゃが」

秀はシュンとなって黙ってしまった。

「まだほかにも明智探偵の出て来るのがあったろう」と進が僕にいった。

「うん、まだ、大分あるね」

「どんな奴よ、いうてみいま」

「〈少年探偵団〉だとか、〈妖怪博士〉とかね」

「その〈少年探偵団〉っていうの、話してくれんか」

「いつから」

「今からよ」

「ちょっと疲れたなあ」

「じゃあ、あしたでもいいわい」と進は少し不機嫌な声でいった。

「そうしてくれよ」

しばらくの間、みんな黙ったまま歩き続けた。幸いなことに、話をしなくなってからも、進の隣という僕の場所はそのままにしておかれた。

善男が沈黙を破った。

「なあ、竹下君」

「何よ」と進がまだ不機嫌の残っている声でいった。

「潔はよう職員室に呼ばれるなあ」

その日の昼休みに僕は職員室にいる先生のところへ呼ばれて、病気で一週間も休んだことを心配した先生にいろいろ聞かれたり、注意を与えられたりしたのだ。しかし職員室に呼ばれたのはこれで三回に過ぎなかった。

「そうやのう」と小沢がいった。

「贔負やもんに」と秀がいった。

「贔負やもんに、仕方ないわいのう」と善男がいった。

「止めんかい」

突然進が強い声でいった。

善男が驚いたように進の顔色を窺った。

「職員室に呼ばれるのが、そんなに気にならあ。俺など嫌でも毎日職員室に行かねばならんがえぞ」

進は最後を冗談めかしく流して、僕の方にあの含羞んだ笑いを浮べた顔を向けていった。

「やっぱり〈少年探偵団〉とかいうのしてくれんか」

「うん」と僕は窮地から救われたような気持で返事をした。

十字路で西浜見の小沢と秀がいなくなってしまうと、それまで列に加われずにみんなより少し速足で横列の前に躍り出るようにして歩いていた善男と、みんなのうしろからとぼとぼと歩いていた、青洟を垂らしていないことのない一郎とが、列の端に加わることができた。道幅一杯に進と僕を中心にして完全な一列横隊が組まれていた。

これだったら誰に会ってもはずかしくない、と僕は考えていた。十字路を過ぎてしばらくしてから進の指示で話は中断したけれども、依然として僕は進の隣の場所を占めていた。これだったら伯父さんに会っても、美那子のお母さんに見られてもはずかしくない……

風呂屋の前を通り過ぎ、雑貨屋の南を曲った途端に、善男が低い声で、

「松の姉さまがおらすじゃあ」といった。

松の顔がみるみるうちに赤くなった。

松の姉さんは家の前の石橋の欄干に坐って、じっと川の流れを見ているところだった。白い、長いうなじがまぶしかった。誰かに似ている、と僕は思った。そして通りがかりに彼女の横顔をそっと盗み見た時、彼女が大人の講談本で読んだ「朝顔日記」の挿絵に出て来る熊沢蕃山の恋人の朝顔に似ていることに気がついた。東京で本に飢えていた僕は、大人の講談本を友だちに貸してもらって読んだことがあったのだ。初めて恋という言葉を知ったのもその「朝顔日記」を読んでだった。その挿絵にあった朝顔の顔が、松の姉さんによく似ているのだ。「朝顔」と僕は心の中で松の姉さんのことを呼んでみた。その講談の朝顔に恋心を覚えたように、

今僕は間近にいる朝顔にも仄かな恋心を覚えた……

進の声が僕を夢心地から覚した。

「あした、少しでもいいから持って来いま」

「何を」

「分らんがか」と山田がいった。

「朝、汝が話しとった菓子のことよ。そうやろう、竹下君」

進はそれに答えずにきまり悪そうな笑いを浮べながら繰り返した。

「あした少しでもいいから持って来いま」

「ああ、花林糖のことかい」

進は言訳をするようにいった。

「汝の説明だけでは分らんにか。少し持って来て、実際に食べさせてくれんことにゃ」

「そうだね、じゃ、少し持って来よう」と僕は進の要求を無理からぬたのみと納得しようと一生懸命努力しながらいった。

いつの間にか僕の家へ折れる道の角まで来ていた。

「さようなら」と僕はいったが、誰もそれに答えないで行ってしまった。

「なあ、潔」

今日は僕と一緒にやって来た磯介が声をひそめるようにしていった。彼はいつもはたいてい近道をとるために十字路で別れてしまうのだったが、今日は僕の「少年探偵団」の続きを聞きたくてこっちへまわったのだ。せっかくまわったのに話を中絶してしまったのを僕は彼のために気の毒に思った。

「俺にも、その花林糖とかいう菓子、少し食べさせてくれんか」

「もちろんだよ」と僕はいった。

「君にはもちろん上げるつもりでいるんだ。ほかにも遠足の時に、君に上げようと思っているものがあるんだ」と僕はさっきいわなかったチョコレートとキャラメルのことを考えながらいった。

「そうか」

磯介はしばらく黙っていたが、やがて口を開いた。

「進にみんな取られてしまうぞ、用心せんと」

「どうして」と驚いて僕は問い返した。

「どうしてみんな取られてしまうの」

「少々な欲な奴じゃないがな」と磯介は吐き捨てるようにいった。

「遠足の時に奴はうまいものをみんな徴発してしまわあよ」

「本当かい」

「本当でなくてよ。まあ、遠足が来てみたら分かるっちゃ」

磯介は、僕が彼の言葉を本当にしないでいるのが不満でならないようにいった。

「どうして、みんな、そんなことをされて黙っているの」

「除け者にされるのが怖いにか」

「……」

僕は思い切って訊ねてみた。

「僕を除け者にしたのも本当に進なのかい」

「そうでなくてよ」と磯介はあきれたようにいった。

「それじゃあ、あの歌を作ったのも進かい」

「そうでなくてよ」と磯介は強い調子でいった。

「みんな進が糸を引いていることじゃが」

勝の教えてくれたことはやっぱり本当だったのだ、と僕は今更のように思わずにはいられなかった。

「でも、徴発されて、黙っているっていう法はないじゃないか。団結すれば進なんかに負けないだろう」

「そうは簡単に行かんがよ」と磯介は少々投げやりな調子で答えた。

「進はな、徴発した物を、強い連中に少しずつ分けてやって、子分にしとるからな」

「強い連中って誰だい」

「松とかなあ、野沢とかなあ、河村とかなあ、勝とかなあ」

「勝もかい」と驚いて僕はいった。

「ああ、勝もよ、みんな進のいい子分じゃが。遠足が来ればよう分るが」

「山田や秀や小沢も、もちろんそうだね」

「あにな奴らは弱いから、子分になろうがなるまいが、怖くはなけれどなあ」

「それに」と磯介は声をひそめていった。

「六年の級長しとる健一が力を持っている間は、誰も進には手出しができんがよ」

「進の従兄にあたる奴かい」

「ああ、そうよ、健一が卒業すれば分らんけどなあ」

しばらくして僕はいった。

「それじゃあ、花林糖のことを喋らなきゃよかったなあ」

「ほかに持っとっても、もう喋らんことよ」

「うん、そうするよ」

僕の家の前で磯介と別れると、僕は重い心を抱いて家の中へ入った。

磯介のいうことが本当だとすれば、進をやっつけることは不可能だった。そして僕の選択できる道は二つしかないことになった。進の御機嫌を損じないようにひたすら心をつかう道が一つと、あくまで自己に忠実に振舞い、そのために除け者にされることも辞さないという道が一つとであった。自分が今どちらの道を選ぼうとしているか、僕にはもう分っていた。

部屋でしばらく憂鬱な気分に沈んだままもの思いに耽っていると、祖母が来て、伯父と伯母の二人で藁束を納屋の屋根裏に積む仕事をしているから納屋に行って手伝って欲しいといった。

納屋に着くと、伯父が入口のところに腰をおろして、煙草を一服つけているところだった。伯母がそばを流れる小川で、土だらけの大根を洗っていた。

「丁度いいところでしたよ」と伯母は標準語でいうと、僕に今洗ったばかりの大根をさし出した。

「何ですか、これ」と僕は驚いていった。

「おやつに食べるんですよ」

「どうやって」

伯母は大根の葉をちぎり取ると、つけ根の青味がかった部分に爪を立てて親指を入れ、そのまますするとむいて行った。五粍位の厚さで皮がむけて行くのだ。大根の皮がそんな風にしてむけるということを僕はそれまで想像したこともなかった。

「食べて御覧なさい」

伯母からもらったその大根をかじってみると、意外に甘かった。

「何だか果物みたいですね」と僕は感心していった。

「尻尾の方は辛いかも知れませんよ。そうしたら捨てておしまいなさい。これが今日のおやつよ」

東京で三時には必ずオヤツを食べていたことを母から聞いた伯母は、ここでもそれを欠かさないように心を配ってくれていた。東京から送って来たビスケットと煎餅がなくなってしまったので、これは伯母が苦心して考え出したオヤツに違いなかった。

藁束を全部積み終った時、僕はそのまま屋根裏に残ってみることにした。中は破風の明りと明りとりから外の光りが入って来るだけで薄暗かった。積み上げた藁の上に乗って、明りとりから外を覗くと、夕暮れの薄どんよりとした空と雪をかぶった日本アルプスの山々が見えた。さっき食べた大根のおやつといい、今藁の上に乗って見ている日本アルプスといい、東京をはるかに離れて田舎にいるということを実感させずにはおかないものだった。もうずっと東京には帰れないかも知れない、と僕は思った。もし空襲で、父も母も兄たちもみんな死んでしまったら、僕は天涯の孤児になってしまうのだ。急に悲しくなり涙が出そうになったので、慌てて僕は藁の上から下へ降りた。

僕はしばらく低い藁の山の上に寝そべってみることにした。ふかふかとして寝心地がよかった。よく乾いた藁の匂いが快く鼻をついた。ここを遊び場にしたらいろいろ面白いことができるに違いないと考えているうちに、ふと幼年時代の一時期耽ったことのある、あの秘密の遊び——「お医者さまごっこ」の思い出が蘇えって来た。その頃、僕は友だちと共に、誰がいい出すともなく諜し合せて、その遊びに耽ったのだ。父の書斎の大きな机の下に潜んだり、ベッドの下や、物置の中、それから庭の池の岩蔭や、幼稚園のトンネルの中に身を隠して、お医者様と患者になり合って、秘密の場所を見せ合い、診察したり、診察してもらう、あの禁断の遊びの虜となったのだ。しかしとうとう母に見つけられて、あとで僕はひどく叱られた。それからもまだ何遍か母の目を忍んでその遊びに耽ったことがあったが、いつかそのうちにその遊びから遠ざかってしまったのだった……。あの頃こんな場所が身近にあったら、僕らはきっとほうっておきはしなかったろう。きっとこの部屋を診察室に決め、あの禁断の秘密の快楽に身を委ねたことだろう。そう思うと身体の中が熱くなり、久しく忘れていたお医者様ごっこの誘惑が今にも力を発揮しそうだった。もしかすると松の姉さんもお医者さまごっこに耽っているのかも知れない、とふと僕は考えた。それは充分あり得ることだった。僕らがトンネルや岩蔭に誰にも見つからない秘密の場所を求めたように、彼女も堤防の蔭や浜辺の舟小屋の中に隠れ場所を捜したのかも知れない……

「潔、帰ろう」という伯父の呼び声が僕を現実の中に戻した。

「はい」と返事をして、僕は慌てて藁から身を起し、梯子を降りて行った。

その夜床に就く前に、僕はお菓子の入っている罐を開き、中から花林糖を五個取り出して半紙にくるみ、それを脱いだばかりの上着のポケットにつっこんだ。そしてそれ以上そのことについては考えないことにして冷たい床にもぐり、目をつむってひたすら眠りの訪れて来るのを待った。

次の朝僕は家を出る時に初めて、その花林糖をくるんだ紙包みがポケットに入っていることに気づき、暗い不幸な気持に陥った。ただ純粋な好意でそのお菓子を進にやるのだったら、どんなにいいだろう、と僕は思った。

十字路にはまだ磯介と西浜見の秀と小沢しか来ていなかったが、しばらく待っていると、進が山田と善男を右側、松と一郎を左側に据えてやって来た。僕らの前に来ても立ち止まろうともしない。

「さあ行かんか」と磯介がいったのを機に、僕らはばらばらと駆け出し、前を通り過ぎた彼らのあとを追った。

磯介が山田と善男の間に割り込み、秀と小沢が松の隣に入ると、いつものように一郎がうしろにこぼれて来て僕と肩を並べた。

「潔」と前の列の中央から進の声がかかった。「きのうの話の続きをせんかい」

進は山田を右へ押しやり、僕が入れるだけの余裕を作った。善男がうしろにこぼれて来た。

僕が隣に来ると進は小声で僕の耳元に囁いた。「昨日いうとったの持って来たあ」

「うん」と僕はいった。

僕がポケットから紙包みを取り出し、マントの前へ出すと、マントの中から進の手が伸びて来て、それを素早く受け取った。

「昨日の続きよ、〈少年探偵団〉やったな、早うせんかい」と山田が忠義がましく僕に催促した。

「さあせいま」と進がいった時、僕は話を始めざるを得なかった。

線路を越えてしばらく歩き、学校の講堂が見えるようになった頃、僕は進が口をもぐもぐさせているのに気がついた。僕の話は終りに近づいていた。

話が終ってまもなく、突然山田の「竹下君、俺にもよ」という押し殺したような声が聞えた。松に花林糖を一箇やったところを山田が見つけてしまったのだ。

進は黙ってかじりかけの花林糖を山田に渡した。もう気がついていない者はいなかった。

「これ、うまいじゃあ、竹下君」と山田が感謝をこめ、そしてそれを食べることのできる特権を与えられたのをみんなに誇示するようにいった。

「竹下君、俺にもよ」とみんなが一斉に声をあげた。

「もうないわい」と進は薄笑いを浮べていった。

まだ食べていなかったらしく、松は進からもらった花林糖をこれ見よがしに口にほうり込み、わざとかりかり音を立てて食べながら大きな声でいった。

「うまいじゃあ、うまいじゃあ」

善男が生唾をごくりと飲み込む音が聞えた。

その日の帰り、僕は再び進の隣りの場所を与えられ、前の話が終ったので新しい話をさせられた。「少年探偵団」の類いをしてくれということだったので、今度は「妖怪博士」の話をした。

別れ際に進はまた、小さな声でいった。

「今日の菓子、明日もまた少し持って来いま」

「遠足の時のが少くなってしまうけどいいのかい」

「いいわい」と進はこともなげにいい放った。

磯介と二人だけになると、二人ともじっと黙っていたが、やがて黙っているのに耐えられなくなって僕がいった。

「君の分はよけとくよ」

「いいがよ、心配するな」と磯介は僕を慰めるようにいった。

「もう進にはいわんこっちゃ」と磯介はいった。

「まだほかにもあるしね」

翌日二時間目の休み時間に、講堂へ遊びに行くために、みんなと一緒に教室を出ようとするところを、僕は小さな声で呼び止められた。

「何だい」といって振り向くと野沢がいた。

「汝ァ、うまいものを持っとるというなあ、俺にもよこさんかい」と野沢は重い低い声でいった。

「えっ」

「竹下にやった菓子のことよ」

「もうないよ」と咄嗟に僕は嘘をついた。

「本当か」

「うん、ないよ」

「嘘つけ」

「嘘じゃないよ」

「汝ァ、竹下にだけやって俺には胡麻化す気か」

その時先に行った進がうしろを振向いて、「早う行かんか」と怒鳴ったので、野沢はそれ以上の追求を諦めて、駆け出して行った。僕は一人だけ走らずに歩いて行った。講堂に着くと、もう格闘遊びが始まっていたが、僕はすぐに仲間に入れてもらえた。僕は野沢の嫌がらせに遭ったことを忘れようとして、一生懸命に駆けまわったが、心の中に蜘蛛の巣のように張った嫌な気分はなかなか霽れそうにもなかった。

その日の帰りしなに、僕は勝に呼び止められた。彼は僕のそばに寄り添って来て、なじるような調子で、しかし誰にも聞えないような声でこういった。

「潔、汝ァ、とうとう竹下の家来になったそうやな」

「どうして」と僕は侮辱を感じ、少し気色ばんでいった。できることなら「家来なのは君たちじゃないのか」といいたかった。

「どうしてもよ」と勝は少したじろいだように答えた。

「どうしてかいえよ」

「汝ァ、竹下に貢物しとるとなあ」

「誰がそんなことをいったんだい」と僕は怒っていった。「僕は進に貢物なんかした覚えはないぞ」

「そいがか」と勝は気の弱そうな近眼の目をしきりにしばたたかせながらいった。

「松がいうとったからな」

実際に僕は貢物をしていなかっただろうか、と一人になって僕は考えた。花林糖は立派な貢物ではないだろうか。表面上は進の頼みを容れているような形になっているけれど、あれは貢物と変りがないのではないだろうか。花林糖を進呈することで僕は進の不興を買わないで済み、除け者にもされないでいるではないか。進にいわれて話をしてやっているのだってそうだ。形こそ違えこれも貢物の一種に過ぎないのではないだろうか。

勝の非難の言葉は意外に深く僕の心に突きささっていた。僕はその日帰りまで時と共にその痛みが深まって行くのを意識せずにはいられなかった。

その日の帰りに、進の隣の場所を与えられ、「何か話をしてくれんか」といつものようにいわれた時、僕の心は到底それに易々と応じることのできる状態になかった。

僕は不機嫌な声でいった。

「もう種が尽きてしまったよ」

「何かあろうが、考えてみいま」と進は重ねて催促した。

「すぐには思いつかないな」

進はちょっと戸惑ったようだったが、やがて僕にあてつけるような調子でいった。

「遠足の話でもするか」

「潔はもう話の種がないがやとい」と山田がいった。

「潔の話も、もう飽きたのう、竹下君」と善男がいった。

秋祭りの前とまったく同じように、それから十字路に辿り着くまでに、みんなは遠足に持参する食べ物の一部または大部分を、進に献上することを次々と約束して行った。松の餡餅、山田の干柿、一郎の栗、善男のかき餅、秀の稲荷ずし、小沢の乾燥いも、磯介の干魚。

十字路を過ぎてしばらくしてから、進がうしろを振向いて僕にいった。僕はいつの間にかうしろに押し出されていたのである。

「潔、花林糖はもう終りやっていうたな」

「うん」

「もうほかにはないがか」と進はやさしい声を出していった。

「もう特別にはないよ」と僕は冷たくいった。

進はそれっきり黙ってしまった。

突然みんなは足速に歩き出した。それはまるで僕を置いてきぼりにするのが目的であるかのようだった。置いてきぼりにされるのもいいな、と僕は捨て鉢の気分になって心の中で呟いた。僕はそれまでと同じ速度で歩いていたから、どんどん遅れて行った。まもなくみんなの姿は僕の眼前から消えていた。


翌日の土曜日、予想通り僕は完全に除け者にされた。朝十字路に着いた時、みんなは僕を置いて先に行ってしまったあとだったし、学校に着いてからも、休み時間の遊びに絶対に入れてもらえなかった。

その日、独りとぼとぼと三粁近くもある長い道を歩いて、家に辿り着くと、戸口に磯介が立って僕の帰りを待っていた。半日の緊張のためにこわばってしまった顔に、無理に微笑を浮べようとして、泣きべそをかきそうになるのを辛うじて怺えながら、僕はいった。

「何か用かい」

「ああ」と磯介は独特の笑いを浮べていった。

「あしたのな、遠足のことでよ」

「あしたの遠足がどうかしたの」

「行くのを止めんかい」

「どうして」と僕は驚いていった。

「今な、学校からの帰り道にずっとな、竹下たちは汝を遠足でも除け者にすることを相談しとったからな。それが分ってて行くのつまらんにか。止めんかい」

「有難う」と僕は努めて気を引き立てていった。

「でもやっぱり僕は行くことにするよ。休んだりしたら負けたことになるからね」

「そうか」と磯介はいった。

「汝がそのつもりならそれでよければど」

第六章

遠足の日、伯母は早起きをして、弁当作りに精を出してくれた。とっておきの海苔を使った乾瓢の海苔巻き、祖母が前日知合いから頒けてもらって来た卵で作った卵焼きと茹で卵、伯母が親類からもらってきた富有柿三コ、それだけが僕の背負ったリュックサックに入っていた。

出がけに伯母は念を押すように僕にいった。

「遠足に持っていくようにって、お母さまがおっしゃっていた、花林糖とチョコレートとキャラメルを入れるの、忘れなかったでしょうね」

ぎくりとしながら僕はうなずいた。花林糖はもう一つもなかった。大分迷った末に持って行くことに決めた一枚の板チョコと一箱のキャラメルは、リュックサックにではなく、内ポケットに忍ばせてあったが、しかしそれはまるで爆弾を抱えているように感じられた。

十字路に着くと、もうみんなは出発したあとだった。その方がむしろ僕にとって有難かった。除け者にするならしてくれと、僕は心の中で呟いた。

学校の近くまで来ても、いつものように講堂からは生徒たちが駆けまわって遊ぶ騒音が聞えて来なかった。もう出発したのだろうか。そんな筈はなかった。出発時間の八時までには大分時間がある筈だった。

近づくにつれて講堂には誰もいないことがはっきりして来た。もしかするとゆっくり歩いて来たので、いつもよりずっと時間がかかってもう八時になったのかも知れない。突然そう気がつくと僕は慌てて走り出した。

僕の危惧はあたっていた。学校に着いてみると、全校の生徒が校庭に整列を終り、校長先生の訓示を聞いているところだった。僕は足音を忍ばせて五年男組の列のうしろにまわり、一番背の高い勝と野沢のあとについた。

勝が振向いて小さな声でいった。

「遅いのう、竹下が怒っとったぞ」

僕は知らん顔をした。

校長先生の話は今始まったばかりと見えて、なかなか終らなかった。非常時に鑑み、遠足という言葉はもう使わないことにする。今日からは遠足を戦争遂行のため少国民たる諸君の身体を練成する徒歩訓練と呼ぶ。軍隊の行進をしていると同じ気持で、隊伍を崩さずに整然と歩くこと、各組とも級長が先頭に立ち、副級長が最後につき、命令の伝達、隊列の整理につとめる、といった内容の話だった。

校長先生が降壇したのち、教頭の先生から二学年ごとの目的地が発表された。それを聞いて僕はそれまで考えもしなかったある重大な事実に気がついた。二学年ごとに目的地を同じくするということは、五年男組と女組は同じ場所へ行くことを意味する。とすれば庄どんの美那子も僕らと同じ目玉山へ行くのだ。そう気づいた時、僕は磯介の忠告を無にしてこの遠足、いや徒歩訓練に参加したことを激しく後悔した。仲間外れにされた哀れな僕を美那子の目に曝さないですむ方法はないだろうか、と僕は考え込んだ。

いよいよ高二から出発だった。

その時野沢がうしろを振向いて、蛇のように冷い目を僕に据え、先生が僕を呼んでいることを告げた。遅刻したことを咎められるだろうかと案じながら僕は列と列との間をすりぬけて前に出た。

先生と進が僕を待っていた。

先生は予期に反して僕の遅刻については一言も触れなかった。

「杉村君も知っとる通り」と先生はいった。「一学期に副級長に任命した須藤昇君がここしばらく欠席しとって、まだ当分学校には出られんし、出てからもそう無理はできまいから、ここらでひとつ新しい副級長を決めたいと思うのです。杉村君は東京の学校で一年から級長をやっとったことだし、もう大分ここの学校にも慣れて来たでしょうから、副級長を引受けてもらえんでしょうか」

二つの理由からこの先生の申し出を断わろうと僕は心に決めた。一つは、級長しか勤めたことのない僕は副級長などしたくなかった。もう一つは除け者にされている僕に、そんな役が勤まる筈がなかった。

返事を渋っている僕に先生は続けていった。

「東京の学校で級長しかやったことのない杉村君に、副級長をしてもらうのはちょっと気の毒だが、いずれもっとこの土地に慣れたらまた竹下君と交替に級長をしてもろおうと思います。

竹下君も君に副級長になってもらえると大変有難いというとるし」

僕は思わず進の方を見た。すると進はきまりの悪そうな笑いを浮べて、小さな声でいった。

「潔、引き受けてくれんか」

僕の決心が鈍った。

「引受けてもらえますね」

「はい」と僕は思わず答えていた。

先生は進と僕を並ばせて、大きな声で僕を副級長に任命したことをみんなに発表した。級長である進が先頭に立ち、副級長の僕がうしろにつくように先生にいわれた時、だらしのないことに僕は、背が高い野沢や河村に何か意地悪をされるのではないかという不安に脅えた。

いよいよ僕らの出発の時が来た。進の「出発、前へ進め」という声と共に五年男組は歩き出した。私語を交わすことは一切禁止されていたから、みんな黙ったまま足並を揃えての行進だった。

しかし五十分もして、舟原村を出て上手《かみ》の隣村に出ると、緊張が弛んだのか隊列に乱れが出始めた。

突然僕はリュックサックをうしろに引張られてよろめいた。

「何だい」と怒気を含んだ声でいって振向くと、いつの間に隊列を離れて僕のうしろに廻ったのか、善男が笑いを浮べて立っていた。

「これ何よ」と善男はまたリュックサックを引張った。

その時初めて僕は、僕以外の誰もがリュックサックを背負っていないことに気がついた。みんな通学用のズックの鞄を、遠足だというのにやっぱり肩にかけているのだ。僕の心を不安が掠めた。このことを種にしてきっとまた新しい嫌がらせをされるに違いない……

「リュックサックっていうんだ」と僕は努めて平気な顔をしていった。

「遠足用のカバンだよ」

「リュックサック?」と善男は鸚鵡《おうむ》返しに問い返した。

「リュックサックっていうがか」とサックというところを特に強く発音して、善男はけたたましく笑い出した。そして前の方にある自分の場所に戻るために走り出した。

それが目的地に到着するまでに僕が話しかけられた最初で最後だった。

山間部に入って道はだんだん上りになって行った。田圃がすっかり消え、雛段のように作られた畠ばかりとなった。道端にむしろが敷かれ、栗や稗《ひえ》が干されてあった。僕はもう大分へたばっていた。足が重かった。できることなら落伍してしまいたかった。しかし先頭を行く進の疲れを知らないようなきびきびとした歩きぶりが絶えず目につき、僕の心を奮起させた。ここで落伍したらもう僕はまったく駄目になってしまう。

頂上に着くまでの約一時間は、かなりの難行軍で、隊列はすっかり乱れた。列の先頭の背の小さな者たちを、列のうしろの背の高い者たちが追い越して先に立った。進はちっとも疲れを見せてはいなかった。彼は松と山田を両脇に侍らせ、野沢と河村、勝、川瀬、平尾などを従えて、先頭を進んでいた。僕は息をはあはあいわせて、一歩一歩急勾配の道を登って行った。

頂上は思ったよりもずっと広くて、学校の運動場の倍位あった。中央には進がいっていた通り眼玉のような二つの沼があって、沼の周りには葦が生い繁っていた。六年の男組と女組、五年の女組と一緒に整列して点呼を受けたのち僕らは解散となった。解散で崩れた列の中に、僕は美那子の姿を垣間見た。彼女は二、三人の友だちと連れ立って沼の方へ駆け出して行った。

それから二時間の自由行動の時間は無限に長く苦しかった。僕はみんなと一緒に叢に坐り、弁当を使ったが、誰一人口を聞いてくれる者はいなかった。

弁当を済ました時、いつの間にかみんなは姿を消してしまっていた。しばらくして僕は勇を鼓して立ち上り、そこいらを歩き廻ってみることにした。しかし用をたしに行った留守に、みんなにはぐれてしまって捜しているのだという風をして歩き廻ったのだ。愚かな体裁作りであり、だらしのない見栄張りだ。そのことを嫌という程僕はよく知っていた。

みんなのいそうもないところを歩き廻って時間を潰したのち、最後に僕はみんなが行っていそうなのでわざとあとまわしにしておいた、頂上から少しさがった所にある小さな鍾乳洞へ下りて行った。

誰もいなくなった鍾乳洞を一人で探険してから、頂上へ戻ってみると、その間に、合図の笛が鳴ったらしく、みんな列を組み始めているところだった。副級長ともあろう者が。――僕は職務に目覚めて急いで走り出した。

先生が僕を逸早く見つけていった。

「今捜しに行こうかと話しとったところです。どこかで迷ったですか」

帰りは先生の指示で、僕が先頭に立ち、進が後陣を承ることになった。

行きとは逆に五年男組から出発することになった。

三十分位した頃だった。僕は背中をつっつかれ、思わずどきっとなってうしろを振向いた。するとで組で一番小さいので、豆、豆といわれている滋が、僕の手をつかみ、何かを握らせてくれ、小さな声でいった。

「早う食べいま、進に見つからんようにな」

豆に砂糖をまぶして煎ったものだった。

「有難う」と僕は心からいった。

それから僅かの時間のうちに、僕は先頭を占めている滋や晃夫や小山たちとすっかり親しくなった。彼らは僕が進たちによって理不尽にも仲間外れにされていることをそっと口々に慰めてくれ、進一派の徴発を免れて確保することに成功したという柿だの、栗だの、餅だのを振舞ってくれた。僕も、それまでに食べずにいたチョコレートとキャラメルを彼らに分けることにした。公然と進の配下に加わっている勝にはもうやる気がなくなっていたから、磯介にやる分と、自分の分だけ少しよけて三人に分配すると、三人はひどく喜んで食べ、「こんなにうまいものは今までに食べたことがないじゃあ」と口々にいった。

晃夫は僕の耳に口を寄せてこんなこともでいった。

「進の横暴はそんなにいつまでも続きやせんわ。六年生の健一が卒業するまでもてばいいとこ ろじゃ。級長だって、本当は進より勉強のできる潔がやるべきやっちゃ」

学校に着くまでに、僕は彼らのお蔭で大分元気を回復していた。しかし学校で解散になってから、僕は再び浜見までの長い道を除け者の仕置に引き渡された。

進たちは僕よりも百米位前方を隊伍を組んで歩いて行く。僕がその百米をもっと空けようとしてもうまく行かない。そうすると僕が百米の距離に近づくまで道の端に腰かけて待っているからだ。

線路を越えた頃、そうやって道端の叢に屯ろしている彼らの間から新しい僕の歌が起った。

キヨッペ　キヨッペと
威張るなキヨッペ
サックを背負って
威張るなキヨッペ

サック　サックと
威張るなキョッペ
サックをはめて
威張るなキョッペ

僕の五百メートル位うしろから美那子たちが来るのを僕は知っていた。彼女らにこの歌は聞えるだろうか。美那子にこんな歌を唄われているのを聞かれたくなかった。しかしどうしたらいいというのだろうか。僕はのろくしていた足を急がせ始めた。僕が百メートルの距離に近づき、彼らが立上ってその歌を止めるのを期待しながら……

予定通り十一月の中頃に、大森区内のS国民学校の三年生から五年生までの学童二百人が、集団疎開をして村に来ることになった。その日村の学校からは集団疎開児童と同じ学年に属する生徒が全員で駅まで出迎えに行った。

駅に着くまでの間、僕はみんなが僕を忘れていてくれ、構わないでくれることを念じていた。——今僕が楽しみにしているのは正月休みだった。まず何よりも学校へ行かないですむというただそれだけの理由で。しかし十月も下旬に入ってから、勤労奉仕の時間が少くなったことがせめてもの救いだった。働くことはさして辛くなかったが、それは一時間乃至二時間、長い時は半日、無防備のままみんなの中にほうり出されているようなものだったからである。

僕にはもう僕に対する嫌がらせの多くが、進の御機嫌を伺ってなされるのだということがよく分るようになっていた。しかし当の進が直接露わな形で僕に嫌がらせをすることはほとんどなかった。長い道の往き帰り僕を材料にした替え歌が唄われるような時も、依然として進はその仲間に加わらなかった。何か僕を種にした話が咲く時でも、進は聞き役に廻りその話の中には入らなかった。そのことによって進が僕に好意を示しているつもりだったら、僕は絶対にその好意を認めることはできなかった。なぜなら進にはそれらの嫌がらせを止めさせる力があったのだから……

「潔よ」とうしろから声がかかった時、僕はドキリとして身構えた。こんな時僕がそんな風に身構えるようになってからすでにずい分久しかった。振り返ってみると川瀬だった。

僕はちょっと安心した。川瀬にはこれまで意地悪されたことは一度もなかったのだ。川瀬は剽軽なことをいうのがうまく、そのためみんなに軽んじられているところがあったが、しかしまたそれは彼の有力な保身の術でもあるのだということに僕は気づいていた。

「潔よ」と川瀬は振向いた僕に向って繰り返していった。

「汝ァ、嬉しかろう」

「何が」

「東京からたくさん来てよ」

「えっ」

意味が分ると僕は急いでいった。

「なもよ、俺とは関係ないわ。同じ学校から来るんやないからな」

急に僕は落着かなくなった。自分が東京と田舎のどちらにも属さない不安定な存在、みじめな哀れな存在であるということを改めて感じさせられたからである。

――もう大分前から僕は学校では努めて土地の言葉を使うようになっていた。みんなの意を迎えるために東京から離脱しこの土地に同化したところを見せようと考えたからだった。しかしその努力にもかかわらず僕は依然として、疎開者として、他所者《よそもん》として遇せられていた。そんなことだったらいつまでも頑なに東京言葉を使い続けていた方がどの位よかったか知れないのに……東京の言葉を捨て土地の言葉を使い出した初めの一週間位はたしかに効果があった。みんなはそんな僕を歓迎したからである。しかしその時期が過ぎれば元の木阿弥だった。そればかりか妙な使い方をすればはやし立てられ、笑われた。しかももう再び東京の言葉には戻れなくなっていた。時々僕は自分が東京を裏切ったのだと考え、東京はこの僕を許してくれないに違いないという想念に苦しめられた。

間もなく僕の前に立ち現われる集団疎開の学童たちはそんな僕と違ってこの土地で生活しても東京の言葉を捨てる必要もなければ、東京の風習を離れる必要もないのだ。そんな彼らが今僕には限りなく羨ましい存在に思われた。

遅れそうになったのか町に入るとすぐ僕らは一斉に駆足に移った。駅前の広場には、すでに役場の関係者、在郷軍人や警防団、村の婦人会の人たちがそれぞれの団体旗を掲げて集まっていた。僕らはすぐに整列した。出迎えの生徒の最高学年である五年生の級長として進が号令を掛けた。たくさんの大人たちを前にして進は悪びれた風もなく、よく通る大きな声で凛々しく号令を掛けた。

間もなく汽車が駅に入った。汽車が再び出て行ってから大分経って集団疎開の学童たちがぞろぞろと改札口から出て来た。夜行の疲れが出たのか、どの顔も生色のない疲れた表情をしていた。附き添いの先生たちもやつれた顔をしていた。寒いのか震えている生徒もいた。

すでに整列している僕らと向かい合って彼らも整列した。最初疎開児童側の代表が列の中央に立ち挨拶の言葉を述べた。さすがに彼は代表に選ばれるだけあって態度もしっかりしていた。挨拶を述べる声の調子も上々だった。僕はそれを嘗て僕もそこに属していた東京のために喜びたいと思った。僕が今彼だったら、と僕は夢想に沈んで考えた。きっと彼に勝るとも劣らない態度で、堂々とよく通る声で挨拶の言葉を述べ、地元の生徒たちの感嘆の的になったに違いない。しかし、と僕は再び現実の中に引き戻されて考えていた。今の僕と来たら土地の言葉を操り、絶えず進の御機嫌を窺う哀れな存在に転落してしまっている。僕がやはり東京から疎開して来たということ、しかも東京では級長までしていた存在だったということを、君たちに絶対に悟られたくない……

今度は進が、挨拶を述べる番だった。彼はひどく緊張した面持で、列から一歩前へ出ると、中央へ歩いて行き、東京側の代表に向かい合って立ち、お辞儀をすると、挨拶の言葉を述べ始めた。大きな声で、アクセントが多少違う点を除けば正確な標準語で。

彼の挨拶の中に先生の指示があったのか、それとも彼一人の考えからか、僕のことが出て来たのに僕は驚いた。

……この九月からすでに僕たちの組も東京から縁故疎開をして来た一人の学友を迎えました。今度みなさんたちの集団疎開によって、ますます東京の友だちと親しくできることを嬉しく思います。どうかたくさん僕たちの分らないことを教えて下さい。みなさんもどうか大いに田舎の大自然に触れて、東京では学べないものを学びとって下さい。みなさん、戦争が勝つまで手を組んで頑張りましょう。

彼はお辞儀をすると、緊張した面持を変えずに元の場所へ戻って来た。

その日の帰り、話題は自然、集団疎開の学童たちを出迎えた時のことになった。

「今朝がたのよ」と山田がいった。

「竹下君の話うまかったじゃあ」

「あの文章、竹下君一人で作らすたあ」と秀がいった。

「一人でなくてよ」と山田があたり前のことを聞くなとばかりにいった。

「今朝ちょっと早う起きて考えたあにゃ」と進が答えた。

「潔のこともちゃんと入っとったな、竹下君」と松がいった。

「ああ」と進はいった。

「俺たちの大事な潔やもんに」と善男が後ろから来る僕に聞えよがしにいった。

幸いなことに今日は誰もその善男の挑発に乗らなかった。

「竹下君のもうまかったけれど、東京の代表もうまかったなあ」と磯介がいった。

「竹下君とは比較にならなんだじゃあ」と山田がいった。

「ありゃあ、級長やろうか」と秀がいった。

「そうやろう、潔」と進はいって、後ろを振向いた。

「汝、そんなところ歩いとらんでこっちへ来んかい」

進の右隣りに僕の入る空間がたちまち作られた。右の端にいた善男がこぼれることになったが、彼は後ろへ行かないでいつものように少し前方へ出て歩いた。

「潔が東京の代表やったら、もっとうまかったかも知れんなあ」と山田がいった。

「あたり前よ」と進がいった。

「潔は東京で一年から四年まで級長やったっていうもんなあ」と松がいった。

「竹下君、今度寺へ遊びに行ってみんか」と山田がいった。

「ああ」と進が僕に向かっていった。

「潔も一度光徳寺へ行ってみるか」

出迎えを終って学校へ引揚げてから、教室で先生から集団疎開の学童たちと仲よくすること、近くの者は暇があったら遊びに行って東京の話を聞かしてもらうとか、この土地のことを色々と話して上げるようにという話があったのである。

「でも光徳寺は四年生やろう」と磯介がいった。

「そいが?」と進がいった。「汝ァ、誰に聞いたあ?」

「俺ちの人によ。五年生は野見の常倫寺やというとったぜ」

「そうか」と進はがっかりしたようにいった。「俺あ、五年生が光徳寺に来るもんと思っとったがな」

僕はほっとした。できることなら集団疎開の学童たちと一切交渉を持ちたくなかったのだ。浜しかしその後もずっと集団疎開の学童のことは、ほとんど長い道の話題にならなかった。浜見の光徳寺に収容される学童たちが磯介のいった通り四年生なので、直接関係のないものと見做されたためもあったが、集団疎開側の授業が学校を使わないで各寺の広間で行われるために、日常触れ合う機会がほとんどなかったからである。

ともあれそれは僕にとって有難いことだった。今僕はなるべく土地の子供たちの中に融け込み、土地の子供たちに異分子であることを意識されないように生きようと欲していたから。

寒さが厳しくなって、ほとんど誰もが登校の際に頭巾のついたマントをまとうようになった。それはまるで土地の者であることの証しのようなものだった。なぜかというと、他所《よそ》から移って来た者、即ち疎開者は大抵オーバーか、マントでも毛布か何かで拵えた色違いのマントを着ていたからである。僕が従兄から譲り受けてお古のマントを持っていたことは幸いだった。それを着て僕は目立たずにすむことが出来たわけだし、土地の者であることの徴しだけは手に入れたわけだから――

学校の往き帰りに、前から進の「潔、話をしてくれや」という声が掛ると、僕は相変らず自分が餌を与えられた犬のようにいそいそと進の隣に作られた隙間に入って行くことをどうすることもできないでいた。そんな僕はいつもみんなのあとを歩きながら、進の興味を惹くような話題が出て僕に声がかからないような事態にならないことを心ひそかに願っているのだった。進はめったに最初から隣の場所を僕に与えようとしなかった。しばらくの間僕にみんなのあとからくっついて歩く苦痛を味わせてから、「潔、話をしてくれんか」という声をかけて来るのだった。――

時には二日も三日も僕をその苦痛から脱れさせてくれないことがあった。まるでそうやって僕に彼の強大な権力を思い知らせようとするかのように。

十一月の末僕は進の不興を買って十何遍目かの除け者にされた。そして前から例の進の声が掛ったのはそれから五日も経った登校の折だった。

進の隣の場所を占めた時、僕はようやく五日間にわたる地獄のような苦しみが去ったことを感じながら、できるだけ感情を押し殺した声でいった。

「どんな話にするか」

「そやな」

と進は考えこみながらいった。

「探偵小説も飽きたしのう、講談も大体話してしもうたろうが」

「うん」と僕はいった。

「何か新味のあるのないがか」

するとⅢ田がいった。

「竹下君、今日は何か可哀想な話をしてもろうたらどうやろのう」

「それがいいわ」と秀がいった。

「汝らァ、黙っとれ」

そう進は険しい調子でいったものの、結局山田の提案を受け入れて僕にいった。

「何か可哀想な話、知っとるか」

「知らないことはなけれど」

「じゃあ、話せま」と進はいった。

僕は「母を尋ねて三千里」を話そうと思い立った。

その日の話は自分でも感心する程上手にできた。「母を尋ねて三千里」は好きな物語の一つだったから、何度も読んで話の筋をよく知っているためもあったが、五日間の除け者から救われた喜びが、僕の心を満たし、そんな目に僕を遭わせた張本人が進であることも忘れて、除け者から解放してくれたことへの感謝の気持を表わそうとして一生懸命話に力を入れたようなところさえあった。

みんなは珍らしくしーんと鎮まって耳を傾けていた。一本長く続く道の単調さを完全に忘れてしまったかのようだった。もう学校まで僅かというところまで来て、自分たちがそんなに来てしまったことに気づいてびっくりした程だった。

「もう学校やぜ、ちっとも気がつかなんだじゃあ」

「もう止めんならんがあ」

「そのあとどうなるんやろうのう、気がかりじゃあ」

とみんなは口々にいって残念がった。

最後に進がいった。

「潔、その話の続き、今日の学校の帰りにせいな」

これでその日の帰りの道の進の隣の場所は確保されたわけだった。その隣りの場所を占め、話をしている間中は、決してみんなの気まぐれないたずらや意地悪の対象にされることはないだろう。――替え歌の材料にされることもなければ、あてつけの種にされることもない、みんなが僕の悪口をいっているのをじっと耐え忍びながら聞いている必要もない。それに何よりも、みんなのあとからトボトボと歩いている様を、誰か他人に、伯父に、美那子に、美那子の母に見られはしまいかという不断の不安に苦しめられることもない。しかしそれでは他人にどう見られるかということに超然となれない限り、僕は永久に進の意を伺い、進のお情けで進の隣の場所を与えてもらうより仕方がないのだろうか。なぜもっと毅然と、もっと強く、自己に忠実になり、孤独に耐えられないのだろうか。それが出来ない僕は軽蔑に価いする、とひそかに考えながら、僕はこの進の命令同然の言葉にうんといって従った自分を不甲斐なく感じ奴隷のように哀れだと思わないではいられなかった……

その日の帰り僕の場所は思っていた通り最初から進の隣に与えられた。歩き出すと待ち切れないように進がいった。

「さあ話さんか」

僕は話の続きを始めた。往きと同じようにみんなは鎮まりかえって耳を傾けている。何か特別に濃密な空気が僕らの周りに立ちこめて僕らを包んでいるかのようだった。浜見に着くまでに話を全部聞けるようにしたいという願望がそうさせたのか、みんなの足取りはだんだんのろくなって行った。

そうしてみんなが望んだ通り、単調な長い道が浜見の家並の中へ入った頃に、僕の話は大団円に達した。みんなは口々に感動の言葉を洩らし、まだ容易に物語の世界から現実の中へ復帰することができないでいるかのようだった。

すると突然頓狂な声を出して秀と小沢がいった。

「ありゃあ、善男が泣いとるじゃあ」

しかしみんなはちょっと端の方を歩いている善男に一瞥を与えただけで自分自分の感動の中へ戻っていった。

十字路で西浜見の秀と小沢は別れて行ったが、誰も別れの言葉を二人にかけなかった。

しばらくして山田が口をとがらせていった。

「善男は逃げてしもうた母《かか》さんのことを思い出して泣いとるのに、二人共情けを知らぬ奴じゃなあ、竹下君」

進はちらっと善男の方に目を向けたが、何も答えなかった。善男はもう泣くのを止めて下をうつむいて歩いていた。善男が海辺の近くの堀立小屋のような廃屋に、半盲の父親と二人切りで住んでいるということは、磯介から聞かされて僕もすでに知っていた。善男の母親が男を作って逃げてしまったという話も知っていたが、今初めて僕は善男に深い同情を覚えた。善男が僕によく意地悪をする時のあの狡賢い顔、かすれた嫌らしい声が思い出されたが、そんな善男のすべてを赦したい気持に駆られた。

次の日の朝も、僕は十字路を出発する時から進の隣の場所を与えられた。そんなことは久しくなかったことだった。歩き出すとすぐ進は話を注文した。

「何かまた話をしてくれんか」

「どんな話にする」と僕は落着いていった。

「可哀想な話は止めにしとこう」磯介が端の方からいたずらっぽくいった。「善男が泣き出すと困るからのう」

善男がヒッヒッと妙な笑い方をして、かすれた声でいった。

「もう一度泣いてみたいわ」

二人のやりとりを無視するように進がいった。

「何んでもいいわい。面白い話をせんか」

僕は予定してあった話を始めた。面白い話はもう大抵してしまってあったにも拘わらず、まだしていないことに気づいた話、「ソロモンの洞窟」の話をしたのである。

「ソロモンの洞窟」もまた好評だった。念入りにしたものだから、二日でも終らずに、三日にわたってしまった。それからというもの僕は念入りに話をして、中々終らないようにした。まだしていない話の数には限りがあったから、そうすれば少しは話の種が尽きるまでの時が延ばせる筈だった。

十一月の末に東京にB29による大空襲があった。僕の家には被害はなかったが、それは当分東京には帰れそうもないという感を僕にいっそう強く抱かせた事件だった。

十二月に入って最初の土曜日の午後、進が僕の家に来た。進が遊びに来たのはずい分久しぶりのことだった。僕が熱を出して寝込んだ時に見舞に来てくれて以来のことだった。

僕は進を囲炉裏端に通した。祖母はお寺に行っていなかった。伯父は土蔵でむしろ作りをしている。伯母は台所で何か煮炊きをしていた。

「誰もおらんが」と進は囲炉裏端に坐るといった。

「ああ」

それから家に戻るといつもそうなってしまう東京の言葉でいった。

「大分雪が降ったねえ」

「ああ、これからもっと降るぜ」

「どの位」

「三米位は積もろうのう、屋根の雪おろしで大変じゃわい」

「歩けなくならない？」

「道以外はなあ、それも除雪作業をしてのことやれどなあ」

「今日はなあ、潔」と進が改まった口調でいった。

「汝に相談があって来たんや」

「何の相談」

「誰もおらんが」と進は重ねていった。

「うん、伯母さん以外はね。伯母さんは台所の土間だ、何も聞えないよ」

「そうか」と進はいった。

「昨日、俺《おら》ちでな、家族会議があってな、俺の中学進学が正式に決ったんや」

「それはお目出とう」

進が祖父の漁師の手伝いをし、その収益の割前をもらって中学進学の費用のために積み立てているということは、浜見ではみんなが知っている美談だった。

「俺の貯金がな」と進は恥ずかしそうにいった。「三百円になったんでな」

「すごいね」と僕はいった。本当にすごいと思ったのである。何しろそれは進が自分の力で働いて作ったお金なのだ。

「中学に入るのはむずかしいからなあ、余程勉強せんと入らん」と彼は自分にいい聞かせるようにいった。

「君でもかい」と僕が冗談にいった。

「ああ」と彼は照れたような笑いを浮べていった。

「俺でもよ」

「来年の四月からは漁の手伝いも弟がすることになってな、俺は勉強だけすればいいことになったんや」と進は言葉を続けた。

「そう、それはいいね」

「汝も、もちろん中学を受けるやろう」

「そりゃあ、受けるよ」

「俺と一緒にな」と進は少し口籠りながらいった。「来年の四月から計画を樹てて勉強せんか」

「うん、いいけど、どうやってしよう」と僕は決定を先に延ばすようにいった。そのことで進との関係が今とは変るかも知れないことを期待しながら、僕は僕に対して進がもし今のままの態度を続けるならば、この提案を断乎拒否すべきだ、ということを考えていた。

「一緒に計画を樹ててな、計画通りに勉強するんや。問題を出し合ってもいいし、片方が分らん時は、片方が教えることだってできるしな、一緒に勉強すると色々いいことあると思うな」

「たしかにいいかも知れないね」

「それにな」と進はいった。「今度俺一つ部屋をもらえることになったんや。だからその部屋に籠って毎日勉強せんか」

「うん」と僕はいった。「でも僕の部屋と一日おきにしてもいいよ」

進は僕の言葉に答えずにいった。

「これからな、俺の部屋見に、俺ちに来んか」

「そうだね、行こうか」

「行かんか」

と進はいうともう立ち上っていた。

進がもらうことになった部屋というのは、母屋の中にあるのではなくて、庭の隅にある納屋の二階にあった。

二階は二部屋に分れていて、一部屋は漁具の置場になっているが、物置に使われていたもう一つの方の部屋が進の勉強部屋に変っていた。まだ種々雑多なものが隅の方に積まれてあったが、これまで進が廊下の隅に置いて使っていた小さな机と、蜜柑箱で作った木箱と、座布団とがすでに移されてあった。

「坐らんか」と進は自分の座布団を僕に勧めてから、

「まだ全部移し切れんがな」と隅の方に積まれてある荷物を示していった。

「四月までに片づけてもろうことにしてあるしな、この部屋は今こそ寒けれど、俺ちじゃあ、一番陽あたりがいい部屋でな」

本当に寒かった。板の間に畳でなくてむしろが敷いてあるだけだったから、坐っていると底冷えがした。

「それにな、母屋じゃぼぼが泣いたり、弟たちが喧嘩をしてうるさかろう。その点ここは静かで理想的じゃ」

「うん、静かでいいね。ここでなら、きっと落着いて勉強できるだろう」

「四月になったらな、ここで毎日勉強せんか」

「うん、いいね」

「中学に入っても一緒に勉強せんか」

「うん」

戦争が終ったらまた東京に帰ってしまうけれども、と僕は内心考えた。しかしそれまでに君と本当の友だちになれることを、祈っているよ。そうしたら今までのことは一切忘れることにしよう――

「中学に入ったら今度は幼年学校に、君は兵学校かい、入る勉強をしなくてはならないものね」

「ああ」と進はいった。

「汝ァ、やっぱり幼年学校に行かあ」

「兄さんも今年中学一年なのに試験を受けてもう第一次に合格したからね、僕も行こうと考えているんだ」――大分前に東京からすぐ上の兄が中学一年で幼年学校の第一次試験に合格したという報せがあったのである。

「そうか」と進は驚いていった。「中学一年で幼年学校受けられらあか」

「一年で入るのはなかなか大変らしいけれどね」

「そうか」と進は考え込むようにまたいった。

「進ちゃん」とその時下から呼ぶ声がした。

進は返事をして降りて行ったが、やがて浮かない顔をして上って来た。

「今日な、舟出んと思っとったらな、出すんやと。俺、これから行かんならん」

「そう、じゃあ、また来るよ」と僕はいった。

寒くて凍えそうだった。さっきから身体がガタガタ慄えていたがもう我慢ができない気がした。早く家に帰って、囲炉裏にコタツを作ってもらってあたろうと思って僕は立ち上った。

その後も雪が降り続いた。間もなくその雪のために学校までの長い道の往き来も、これまでのように一列横隊に並んで歩いて行くことができなくなった。

一面の銀世界の中を、人が踏み固めて出来た細い道、大人だったら一人、子供だったら二人が歩けるだけの細い道が、浜見から学校までの長い道となった。

雪が止んでいる時は進が先頭に立った。雪が降りだし、しかも風のために雪をまともにかぶるような事態になると、進は松と秀を二人先頭に歩かせた。この二人が一番大きくて吹雪よけによかったからである。

進の隣りは山田が占めていたが、二日か三日に一遍位僕がその場所に呼び出されて、相変らず話をさせられた。そんな時山田は実に嫌な顔を見せてその場所を明け渡した。

僕は一頃のようにもう話を面白く出来なくなっていた。すでにうろ覚えをたよりに話すほかないようなものばかりになっていたし、山田に嫌な顔を見せられて進の隣りの場所を占めると、そんな風にして進のいいなりになり、まるで進の家来か奴隷のように話をさせられる自分がみじめでならず、どうしても力を入れて話をする気になれないのであった。それに雪のお蔭で、進に話を聞かせなくても、僕の占める場所はどっちみちもう目立たなかった。進に呼び出されない限り、僕は列の一番うしろを歩いていたが、それは一列横隊からはみ出して、一人とぼとぼみんなのあとをくっついて歩いている時程には目立ったりしない筈だった。

進に呼び出されない時、僕は列の一番うしろに就きながら大抵空想に耽った。そのうちに僕には空想に耽ることがこの上もない慰めとなりその気になればいつでもすぐに空想の世界に閉じ籠ることができるようになった。いくつかの空想が好んで繰り返された。

――船が難破して僕の家族と美那子の家族だけが無人島に漂流する、無人島での生活を続けているうちに僕と美那子は互に愛し合うようになり、遂にみんなの祝福を受けて結婚する、そして間もなく日本の軍艦によって救い出される、といった空想とか、ひそかに修練を積み少林寺拳法の秘法（高垣眸の小説「竜神丸」で僕はこの秘法のことを知っていた）に通じた僕は、東京から疎開して来た友と二人で協力して（彼は柔道の達人だ）級の大改革を企てる、初めは多勢に無勢で不利な形勢に置かれるが、最後は僕ら二人の勝利に終る、その結果級には明るい空気がみなぎりみんなが溌剌として来る、戦争が勝ち、僕ら二人はみんなに感謝されながら別れを惜しまれつつ東京へ帰る、その頃進も心を入れ替え僕ら二人をみんなの先頭に立って駅まで送りに来てくれるといった空想などだった……

待ちに待った冬休みがとうとうやって来た。学校に行かないでも済むというただそれだけの理由で天からの救いのように待ち焦れていた冬休みが。

休みに入った最初の日、僕は部屋にこたつを入れてもらって、東京に手紙を書いていた。成績を受け取ったら報告をして欲しいという母の手紙が来たばかりだったので、まずそのことについて書いた。成績は東京の時と同じ全優だった。五年の総代になった進も全優であることは間違いなかった。僕はその進と二人で四月から中学校の入学試験に備えて勉強することになっていると書いた。それから初めて経験する北国の冬のこと、吹雪をついてマントに身を固めて三粁近くある長い道を登校下校することや、麦踏みの勤労奉仕や除雪作業のことなども書いた。父母たちが読めば間違いなく東京にいた時と同じように元気で積極的な僕を想像するに違いないような虚偽の手紙を書き上げたのだ。

手紙を読み直していると、玄関の方で口笛が聞えた。進かも知れない、と思いついて僕は立ち上った。

思った通り玄関には進が立っていた。

「しばらく」と僕はいった。「上らないかい」

「何しとったあ」と進はいった。

「ちょっと東京に手紙を書いていたんだ」

「あのな」と進はいった。「これから俺ちに来んか」

「うん、行ってもいいけど」

「餅つきがあらあでな、御馳走するっちゃ」

「餅つきがあるの、いいな」

「汝ちはまだか」

「あさってだっていっていたよ」

「さあ、行かんか」と進はいった。

僕は台所にいて何か煮物をしている祖母に断わって来ると、進と連れ立って外へ出た。

進の家に着くと、玄関の奥の土間に敷いたむしろの上でもう餅つきが始まっていた。土間と囲炉裏のある広間との間の敷居の戸は全部外され、広間から土間の餅つきを観ることが出来るようになっている。僕は囲炉裏端に迎えられた。そこにはすでに進の弟妹たちが温和しく坐っていた。進の弟妹を全部見たのはその時が初めてだった。叔母と初めて田舎へ来て進に会った時に、進がおぶっていた子は、今日は進のすぐ下の弟におぶわれていた。囲炉裏端に坐っている弟妹たちはおぶわれている子を含めると全部で六人だった。

餅つきは進のお祖父さんとお父さんの二人で行われていた。二人が交互にきねをおろす。その間隙を縫うようにお祖母さんが水で濡らした手で臼の中にある餅をつきいい形に整える。渾然とした呼吸があった。誰かがその呼吸を乱せばきね同士がぶつかるか、お祖母さんの手がきねで砕かれてしまうに違いないと思われる。

つき終ると、出来た餅は進のお祖母さんとお母さんの手で直ちに、広間の土間側の板敷の部分に裏返しに置かれてある精進粉を敷いた戸板に移された。

「みなの衆」とお祖母さんは僕らに向っていった。「かたい子になって温和しゅう待っとるんやぞ。最初は神様と仏様と天神様のお餅を作るんやからのう。その次の臼でおいしいおいしい餡餅を作って進ぜるからのう」

精進粉をまぶされた餅の塊から、お祖母さんの手でさまざまな大きさの小塊がちぎられ、その大きさに従ってたちまちのうちに、大小とりどりのお供え餅が作られて行った。東京ではもうずいぶん前からお供え餅に瀬戸物のお餅が使われていたから本物のお供え餅は珍しく、一頃僕はお供え餅には瀬戸物を使うものと思い込んでいた程だった。二人がお供え餅の形をどれもなめらかに円く作り上げて行くのを僕はただ感心して見ていた。

二臼目の餅つきが始まった。二臼目がつき終った頃進が餡の入った鍋を持って姿を現わした。

「進ちゃん、食べなんだろう」と進のすぐ下の弟がいった。

「何、食べるこっちゃ」と進がいった。

「今日位は温和しくしとれま」

「みなの衆」とお祖母さんがいった。「そこに温和しくじっと坐って動くまいぞ。一年に一度の甘くておいしい餡餅をこれから作って進ぜるからのう」

一臼分の餅が全部餡ころ餅に変った。最後に出来た餡ころ餅だけが特別に餡がたっぷりついていた。残った餡全部がまぶされたからである。一皿に二つずつのせられた。

「進ちゃん」とお祖母さんがいった。

「餡のたっぷりついた餅の載っとる皿はお客様の潔ちゃんのやぞ」

進の弟妹たちの緊張はその言葉で一遍にゆるんだ。その皿が果して兄弟のうちの誰に渡るかが関心の的だったのである。

十臼で餅つきは終った。お祖父さんが僕のかたわらに坐って煙管で煙草をふかし始めた。僕はこのお祖父さんが好きだった。赤銅色に潮焼けしたお祖父さんは小さかったが、がっしりとした頑健そのものの体つきをしていた。もう七十に近い筈だったが、このお祖父さんには、亀のような長寿が約束されているような気がするのだった。

「たくさん食べてくれっしえ」とお祖父さんはいった。

「はい」と僕は答えた。さっきの餡餅に追加して豆餅と胡麻餅と昆布餅が一つずつみんなと同じように僕にも振舞われていた。

しばらくしてお祖父さんがいった。

「進ちゃんと一緒に四月から中学の受験勉強をして下さるですとのう」

「ええ」と僕は答えながら、まだかりそめの約束のつもりでいたものが、そんな風にもうお祖父さんにまで知れているのに内心驚いた。

「よろしく頼みますのう」とお祖父さんはいった。「あんたが疎開してみえてから、家の進はえらい張り切って喜んでますからのう」

僕にはよく分らなくなった。それならどうして進は僕を友だちとして遇し、僕に対してもっと親切に率直に振舞ってくれないのだろうか。進とよい友だちとなることを夢みながら疎開して来たのに、疎開以来の進との関係は僕の期待をことごとく裏切り踏みにじるものではなかっただろうか。そして今日みたいに親切に招待しておきながら、学校ではまるで人が変ったように僕に対するのはいたずらに僕を混乱させ、僕をさいなむようなものではないか。

僕が餅を食べ終った時進がつと僕の所へ寄って来たかと思うと低い声でこういった。

「俺の部屋へちょっと寄らんか」

「うん」と僕は答えた。

僕は進の両親、お祖父さん、お祖母さんたちに挨拶を済ませると、玄関の所で待っている進と連れ立った。

進の部屋は相変らず寒々としていたが、今日はいつかと違ってこたつがしてあった。僕らはこたつに入った。

「それ取ってくれんか」と進は僕の近くにある肩にかけるズックの通学鞄を指差した。僕が身体を延ばしてそれを取って彼に渡すと、彼は中をごそごそやっていたが、やがて大きな干柿を二つ取り出した。

「食べんか」といって彼はそのうちの一つを僕に差出した。

その干柿がどうして彼の手に入ったかを僕は知っていた。前々日に彼はそれを野沢から徴発したのだ。野沢は野沢でそれを豆という仇名の滋に貢がせたのだ。恐らく野沢と同じ野見に住む滋は、家の軒に吊るしてある干柿を野沢にねだられ断わり切れなかったのだろう。断われば何か報復があるに違いなかったから。

進は全部をまき上げてしまったらしく、野沢はその日ずっと仏頂面をしていたが、帰りがけに進が一つ返すとようやく機嫌を直した。しかしそれを進は自己の威信を傷つける態度と感じたらしく、次の日野沢は進にことあるごとに徹底的に冷たくあしらわれたのも僕は目のあたりに見て知っていた。

進が徴発した干柿を僕は食べたくなかった。磯介が話してくれたように進が徴発した物を自分の有力な配下たちに頒け与え、恩恵を施し、自分の勢力を固める手段としていることを僕はすでに自分でも見て知っていた。

しかし目の前に置かれた干柿は真白に粉がふいていて見るからに美味しそうだった。進が徴発したものであるということに目をつむれば、今進が勧めてくれているのは、客としての僕をもてなすためで、それ以外の理由によるものではないに違いない。僕はそう考えて自分を納得させ、その干柿を食べることにした。

干柿は期待を裏切らずにうまかった。こんな大きな干柿を食べたのは何年ぶりのことだろう。

僕は一瞬のことだったがそんな干柿を徴発できる進の権力を羨望した。そしてあの時は五つ位あるように見えたが、二つだけ残してあとはもう食べてしまったのだろうか、もっとないのだろうかと考えたりした。

まもなく暗くなったので別れを告げたが、その日進は僕に今までになく好い印象を残した。僕は進と親しい友だちになれるのではないかという望みを再び抱き始めた。

僕の家で行われる二日後の餅つきには、伯母の勧めで、今度は僕の方から進を招待した。餅つきが終ると、僕の部屋にこたつを入れてもらって、進とこたつに入って色々な話をした。進はずい分遅くまでいた。進が帰ったのち、祖母は僕が進と再び親しくなり始めたことを喜んでいった。

「いいあんぼや、あがいなあんぼと仲好うするのやぞ」

正月はやはり楽しかった、まず何よりもふだん食べられない色々なものが食べられるのが嬉しかった。――祖母がどこかで米と交換して手に入れて来た砂糖入りのお汁粉、ふんだんに魚の入った田舎独特のお雑煮、豆と交換で手に入れた豆腐や生揚の料理、胡麻油の天婦羅、刺身、鮭、筋子……

冬休みの間進と僕の二人はその後も何度か往き来をした。進が僕の家を訪ねることもあれば、僕が進の家を訪れることもあった。

この進との関係は、多くの場合、僕の意に適った。進はめったに専横な態度を見せないで、僕を友だちとして扱ったからである。進とは話も合ったし、一緒にいて面白かった。そして時とすると進と僕は本当に親友同士なのではないかと思いたくなることもあった。

第七章

休みが空けて学校が始まってから二日目のことだった。始業の鐘が鳴って講堂から引揚げて来ると、教室に見慣れない顔をした子がいるのに僕は気がついた。

「あれ誰や」と僕は小声で隣の勝に聞いた。

「須藤よ、副級長やった」

「ああ、病気で欠席しとった」と僕はいって自分が坐っている席が元来須藤の席であったことに気づいた。そういえば須藤は坐る所がないのかうしろの壁に体をもたれかけて立っている。

間もなく机と椅子をかついだ進が教室に入って来た。

「竹下君、済まんのう」と須藤は弱々しくいった。

「なもよ」と進はいって、その机と椅子を真中の列の最後に置いた。

勝が僕の方に身体を乗り出して小さな声でいった。

「汝が須藤の席を取ってしもうたから、竹下も大変やわい」

間もなく先生が入って来た。先生は教壇へ行かずにまっすぐ須藤の所へ行き、

「もういいがですか」と優しく声をかけた。

須藤は立上って弱々しくお辞儀をした。

授業を始める前に先生は、須藤君が病気が癒ってまた元気になり勉強ができるようになった、しかしまだ無理が出来ない身体なので、みんなで大切にいたわって上げるように、という話をした。

休み時間須藤は先生に教員室に呼ばれて講堂に来なかった。二時間目は習字の時間だった。先生は紙を配ると、新聞紙で充分練習を重ねたのち清書するようにと注意したのち、教員室へ帰ってしまった。

勝から分けてもらった雪で墨をすりながらふと僕は背後に人の気配を感じて振り向いた。須藤がうしろに立っていた。

「ああ汝か」と僕がいうと須藤は蒼白い顔の表情を動かさないでいった。

「汝が潔か」

「うん」と僕は答えて、

「もうすっかりいいが?」と聞いた。

「ああ」と須藤は答えて、

「汝の習字を見に来たあよ」と言訳するようにいった。

僕が黙って墨をすり続けていると、

「早う書かんかい」と須藤が催促した。

「ああ」と僕は少し感情を傷つけられて答えた。

そんな僕に気づいたのか、須藤は僕の意を窺うように調子を籠めていった。

「汝ァ、竹下よりうまいっていうにか」

僕は彼が進のことを竹下と呼びつけにしたことを意外に思った。それまで進のいる所で、進が竹下と呼びつけにされたことはほとんどといっていい位なかったからである。

僕はやがて墨をすり止め、筆にたっぷり墨を吸いこませると、新聞に練習を始めた。須藤はしばらく僕の練習を見ていたが、「うまいもんじゃのう」という言葉を残すと、自分の席に戻って行った。

昼休の時間に、進と僕の二人は先生に呼ばれて教員室に行った。職員室に呼ばれるまで進は僕に口を利かなかった。僕が話しかけても黙っているのだ。

「君たちに来てもらったのはほかでもないが」と先生は笑顔を作っていった。「今度須藤昇君、杉村君の前に副級長をしとった須藤君が、盲腸炎の手術のあとをこじらせて長い間欠席しとったのですが、無事に癒って通学できるようになりました。ただ須藤君はまだ完全に回復したというわけではないので、余り無理をかけないようにいたわって上げなくてはならん。それで今学期も杉村君に副級長を勤めてもろおうと思います。杉村君は東京で級長をしとったのにここでは副級長だというのは、あるいは不満があるかも知れん。だが竹下君はやはりこの土地に育って級の事情にも通じとるから、竹下君が級長を続けることを了解して欲しい。そして竹下君のよき協力者となって欲しいと思います。竹下君も、杉村君も、成績においてはまったく伯仲し、どちらが上ということは誰にもいえん。二人とも四月からはいよいよ六年になるわけですが、どうかお互に頑張って、優秀な成績で中学に入って欲しいと思います。」

それから先生は僕の方を見て言葉を続けた。

「休み中に杉村君のお父様からお手紙を頂きましたが、戦争が続く限り、中学もこの土地の中学に上げるつもりだ、と書いておられました。杉村君も親許を離れて淋しいか知れんが、お国のために日夜精励しておられるお父様に負けずに頑張って欲しい。幸い親しい友達である竹下君が近所に住んでいることであるし、二人して手を取り合って頑張って欲しいと先生は思うとります」

そういって先生は小さな藁半紙に謄写版で印刷された任命書を一枚ずつ僕らに手渡した。行きと同様僕らは口を利かずに教室に戻った。教室ではみんな講堂に遊びに行かずに進の帰って来るのを待っていた。教室に入ると鐘が鳴った。

その日の帰り道僕は二列の縦隊の一番うしろについてひとりぼっちで歩いていた。雪が僕が置かれている状態を目立たなくしているので、その位置がそれ程苦痛に感じられないことを、僕は天が僕に差しのべてくれた救いの手のように感じた。

「昇の奴、まだ大分弱々しい風をしとるなあ、竹下君」と山田がいったのが前方から聞えて来る。

進の返事はなかった。

「昇は、病気になる前よ、ずい分生意気やったなあ」と松がいった。

「病気になって休まんだら、懲らしめてやってたやろう、竹下君」と秀がいった。

すぐそのあとを受けて、善男がいった。

「昇も誰かと同じ目に遭わしてやらんか」

誰かというのは僕のことに違いなかった。

「病み上りやから、今んところは、竹下君は遠慮しとらすのやろ」と山田がいった。

「さあ、唄わんか」と突然松がいった。

昇の歌かと僕は思ったが、その予測はみごとに外れて唄い出されたのは僕の歌だった。

キヨッペ　キヨッペと

威張るなキヨッペ

機械で餅つきゃ

米が泣く　米が泣く

副級長　副級長と

威張るな副級長

機械で餅つきゃ

餅が泣く　餅が泣く

僕は唇を嚙んだ。その歌を誰が作ったのかはあらためて考える必要もなかった。進だ、進以外の何者でもなかった。僕の家の餅つきに進を招待した時に東京では機械で餅をつくことがあるという話をしたのを僕は覚えていた。僕はその話を進以外の誰にも話したことがなかった。

やがて僕の目に涙が浮かんで来た。どうして僕はこう歌に弱いのだろう。その日の掃除当番でも色んな意地悪をされたがじっとよく耐えたではないか。しかし、長い間耐えて来た緊張にももう限度が来たような気がした。ここでわっと泣き出せたらどんなにいいだろうと僕は思った。そしてみんなが東京からたった一人疎開して来たこの僕をよってたかっていじめている自分たちの非に気がついて、口々にあやまってくれたらどんなにいいだろう。しかし僕は内心ここではそんなことは決して起らないということを、泣き出せば余計面白がり、僕をますます嬲りものにするだけだということを、知り過ぎる程よく知っていた。

昇もまた除け者同様の目にあわされていることに気づいたのは次の日だった。それまで僕は昇が休み時間になっても講堂に行かないのは、病気上りのためにまだ体力がつかないので教室に残り椅子に坐って身体をいたわっているのだろう、と思っていたのである。たしかに昇は体操の時間には、先生に申し出て、実技に加わらず、見学にまわるのが常だった。しかしその日初めて昇と口を利く者が誰もいないことに気づいたのだ。

昼休みの時間、弁当を食べ終って格闘遊びのため講堂へ行くみんなと連れ立って教室を出ようとすると、昇が近寄って来た。

「汝も行かかあ」と彼は無愛想な声でいった。

「ああ」

「行っても、どうせ遊びの仲間に入れてもらえんのやろうが」

突然僕の目に涙がにじんで来た。そうだ、正にその通りだった。僕は講堂に行ってもなるべく人目につかないような隅を選んで立ちみんなが面白そうに遊んでいるのをじっと見ているだけなのだ。

「ここにおらんかい。講堂で立ちん棒しとってもつまらんがやろう」

除け者にされてから初めて僕は講堂に行かずに教室に残った。

僕は鞄の中に二冊小説の本を入れて来たことを思い出し、昇に読む気はないかと聞いてみた。昇はそのうちの一冊、山中峯太郎の「亜細亜の曙」を借りて行ったが、本には余り興味がないらしく、すぐ返して来て、あとは窓から外の雪景色をじっと見ているだけだった。

僕は授業の鐘が鳴るまでじっと寒さに耐えながらもう一冊の佐藤紅緑の「ああ玉杯に花うけて」に読み耽っていた。前の日に東京から長い間待ち焦がれていた本の一部が届いたので嬉しさの余りそのうちの二冊を選んで鞄に入れて来ていたのである。

そうやって過した休み時間の三十分はあっという間に過ぎてしまった。これは新しい発見だった。除け者にされていても、こういう風に教室に留まって、本を読んで、本の世界に沈潜すれば、寒さのほかは一切を忘れていられるのだ。

みんなが講堂から戻って来る乱暴な足音が聞えた。前と後ろの両方の出入口からどっと一遍に入って来る。

すると突然諜し合せたようにあの不気味な嫌らしい囃し声がみんなの中から一斉に挙った。

ああ、ああ、ああ、ああ、ああ、ああ、ああ……………

それが教室に残った昇と僕に向けられている非難であることは明らかだった。

ああ、ああ、ああ、ああ、ああ、ああ……………ああ、ああ……………

それは迂濶にも僕がまったく予期していなかったことだった。そんな嫌がらせが、いつもとは比較にならない程迅速に経過した三十分ののちに僕を待ち受けているとは。

昇を見ると病み上りの顔を尚いっそう蒼ざめさせていた。そこへ巻いた地図を持って進が入って来た。五時間目は地理の時間なのだ。

「静かにせんかい」と進は腹立たしげに大きな声で叫んだ。

「いい加減に止めとかんかい」

と、嘘のように囃し声は止んだ。

僕は本を鞄の中に蔵い、教科書と帳面と筆箱を出して、先生の来るのを待ち受けた。もう一時間の辛抱だった。そうすれば長い道に耐えるだけで家に帰れるのだ。そして今日という日が終る。しかしまた明日僕は間違いなく同じように除け者にされるだろう。一体いつになったら日本が戦争に勝って東京に帰れるようになるのだろう……

次の日も昇と僕は休み時間教室に残った。除け者は解かれなかったから、その次の日も僕たちは前の日と同じように教室に残った。そのまた次の日も。

除け者にされてから丁度二週間経った日の昼休みの時間だった。みんなが講堂に行ってしまうとすぐに読みかけの南洋一郎著「密林の王者」を鞄から取り出して読み始めようとした僕に昇が声をかけて来た。

「潔、行かんか」

「どこへ」と僕は驚いていった。

「講堂へよ」

「何しに」

「遊びに行かあよ」と昇はいった。僕は驚いて彼の顔を見つめた。二人だけで何かして遊ぼうというのだろうか。僕は説明を求めようとしたが思い留まり、黙って彼の誘いに従うことにした。何か意図があるのが感じられたからである。

講堂に着くと組分けがうまく行かなくて、やり直しのジャンケンに入ろうとしているところだった。進は組分けが自分の意に副わないとよくやり直しをさせるのだった。

昇は進を捜し出すと近寄り声を柔らげていった。

「竹下君、俺と潔を入れてくれんけ」

「ああ」と進は無愛想に答えたあと、つけたすようにいった。

「もう身体の方はいいがか」

「いいと思うがよ」と昇は答えると、僕の方を向いていった。

「潔、ガンツーせんか」

僕は彼のいう通りジャンケンをした。彼が紙で僕が石で、僕の負けだった。僕は進の敵側、勝や野沢の組である。

「勝」と僕は勝の姿を見つけると声をかけた。

「汝の組に入るぜ」

除け者にされていた二週間僕に時々言葉をかけてくれたのは、昇を除くと、勝だけだった。僕はその勝に感謝の意を籠めて声をかけたのだ。

「汝ァ、誰とガンツーしたあ」と勝は驚いていった。

「昇とよ」と僕はいった。

「昇と？」と勝はいった。「竹下君、文句いわなんだあ？」

「ああ」と僕は答えた。

鐘が鳴って教室に戻ると山田と秀が聞えよがしにこういっているのが聞えた。

「潔を入れたのは誰じゃろのう、ああ、ああ、誰じゃろのう、ああ、ああ」

「俺よ」と昇が少し蒼い顔をして二人の方に向っていった。二人はびっくりしたように口をつぐんだ。すると昇は少し語気を柔らげていった。

「竹下君の許可をちゃんと得たんや」

その日の帰りに昇のことが話題になった。最初に話題にのせたのは磯介だった。学校を出てまもなく二列目にいる磯介が一列目の進に向っていったのだ。

「竹下君よ、昇は工業学校を受けるんやと」

「知っとるわい」と進は不機嫌な声で答えた。

「と、中学受けるの、竹下君と河村だけやろうか」と山田がいった。

「川瀬も受けると違うか」と秀がいった。

「川瀬に、何が中学受かる?」と山田が怒ったような声でいった。

「川瀬は師範学校受けるといっとったわ」と進は機嫌のよい声でいってから、

「汝ら、大事な人が中学受けるのを忘れとるんと違うか」

「ああ、そうやった」と善男が大きな声でいった。

「副級長の潔がいたわ」

「副級長の潔がいたわ」と善男は大きな声で繰り返した。

「そうやったな」とみんなが大きな声で相槌を打った。

「潔とはな、今年の四月から一緒に中学受ける勉強することになっとらあにゃ。忘れんといてくれ」と進がいった。

今日昇と一緒に格闘遊びに入れてもらえたことがその前兆だったのだろうか。今はっきりと僕は進の不興がはれ、自分が除け者の嫌がらせから解かれたことを知った。

の列に下った。

「潔」と進のいう声がした。

「俺の隣へ来んかい」

僕は敢然と拒否すべきではなかったろうか。事実僕はとっさにそう考えたが、実行できなかった。僕はほとんどいそいそとして、一番うしろの列から、踏み固められていない雪に足をズボズボと突っこみながら、みんなの脇を通って進の所まで出て来た。不服そうに山田がうしろの列に下った。

「竹下君よ」と三番目の列から松の声がした。「中学入るって、むずかしいんやろうのう」

「あたり前よ」と僕のうしろで山田がいった。

「農学校や、工業学校とは段違いにむずかしいにか。今まで二人以上入った年は数えるほどしかないっていうぜ」

「竹下君」と二列目にいる磯介の声がした。

「竹下君の従兄の健一さのほかに、今の六年じゃあ、誰が中学に入ろうのう」

進は返事をしなかった。

「和夫は入ろうが」と秀がいった。

「分らんじゃあ」と山田がいった。和夫というのは進と同じように先生の子供で、六年生の副級長をしていた。

「宮島も受けるっていうとるぜ」と秀がいった。

「坊《ぼん》さんの子は坊さんの大学出んならんもんのう」と磯介がいった。宮島というのは光徳寺の小寺の後嗣であった。

「宮島はあんまり出来んていうぜ」と小沢がいった。

「で坊さんが慌てておらすとよ」と磯介がいった。

「私立に行けばいいにか」と初めて進が口をはさんだ。

「すると今年は健一さひとりやろうか」と磯介がいった。

進は黙ったまま答えなかった。

「竹下君よ」と山田が思い出したようにいった。

「昇は少し生意気なのと違うか」

「今日もな」と秀がいいかけると、

「俺もなあ」と松も何かいいかけようとした。

二人が同時に何かを訴えようとするのをさえぎるように進がいった。

「昇のことは任しとけ。もう少したったらちょっと痛い目に合わしてやろうと思うとれど、病気上りやから遠慮しとるんや」

「そうやろう、俺もそう思っとったわ」と山田が安心したようにいった。

「病気になる前もえらい生意気な頃があったなあ、竹下君」と松がいった。

「磯介とよ」と山田が吐き捨てるようにいった。

「まあ任せとけ」と進が落着いた声でいうと、「汝らにいいものやるっちゃ」とポケットからゴソゴソと袋を取り出し、みんなにその中味を一つずつ与えた。さつまいもをふかして干したものだった。

「これなあ、焼いて食べると、もっとうまいんやれどなあ」としばらくして進が僕にいった。

「そうやろうなあ」と相槌を打ったが、僕は焼かないでもおいしいと思った。今までに見たことはあっても、食べたのはこれが初めてだった。

米の供出量の関係で、叔父の家はさつまいもを作っていなかった。乾燥いもは僕がふだんから食べてみたいと願っていたものの一つだった。

僕は心の中でひそかにそうしたものをみんなに貢がせて食べることのできる進の立場を羨ましく思いながら、同時にそう思っている自分を恥じた。

「うまいじゃあ、竹下君、この乾燥いも」とふだん絶対といっていい位、貢物のおこぼれにあずかれない一郎が、一番うしろの列から感激の声を挙げた。こんな風に進がみんなに貢物を分ち与えたことは今までになかったことだった。

「もう一枚ずつやるわい」と進はいって、みんなにまた一枚ずつわけ与えた。どれも大きくて分厚いみごとな乾燥いもだった。

「竹下君よ」と磯介がいった。「この乾燥いも、昇が持って来たんやろう」

「それがどうした」と進が不機嫌に答えた。

僕はひどくがっかりした。その時まで昇だけが進に対等の態度を取ろうとする勇気を持った唯一の同級生かも知れないと思っていたからである。僕はこんな夢さえ描いていたのだった。昇と僕の二人はいつか協力して進の専制的な暴君ぶりを改めさせる、進は前非を悔いる。級の空気は一変し、みんなが同じような立場で、仲よく潑剌とつき合えるようになる。僕は維新を、革命を夢みていたのだった。その主要な立役者だった昇が脱落してしまったのだ。

「もうずっと遊びに入れてやらあ」と松がいった。

「ああ、様子を見てな」と進が不機嫌に答える。

僕は進に今さらのように恐怖の念を覚えた。進の権力の偉大さをまざまざと知らされた思いがした。もうこれからは一切進に反抗するのは止めようと僕は考えた。——できるだけ心して進の御機嫌を損じないように努め、進の庇護を仰ごう。それがここにいる間、戦争が勝つまでここに暮している間、僕の安全を確保する唯一の道なのだ。心を売らなくてもいい、表面だけでもそういう態度をとらなくてはならない、と僕は自分にいい聞かせた。

「潔」と進がいった。「汝のところに新しい本が東京から送って来たと違うか」

「ああ」と僕はいった。「この間、小包みで送って来たんや」

「貸してくれんか」と進はやさしくいった。

「いいよ」

と僕はほとんどいそいそとしていった。進の意を迎えることのできる材料が意外にも身近にあったのが嬉しかった。

「今日持って行こうか」

「俺が汝んちに行くわい」と進はいった。

その日進は約束した通りやって来た。僕は彼を自分の部屋に通して、叔母にたのんでそこに作ってもらってあったこたつに入るように勧めた。

進は僕の見せた本のどれにもこれにも目を輝かした。

「東京にはもっとあるんやろう」

「たのむから送ってもろうてくれんか」

「俺今まで家の手伝いで読めんなんだろう、冬に入ってようやく読む時間が出来たんや」

「四月に入れば、中学に入るための勉強せんならんから、読めんようになるしな」

と進は興奮したように次から次へと喋った。

東京に残っている本を小分けにして小包みで送って欲しいとその日のうちに手紙でたのんでみると進に約束すると、進はようやく興奮を鎮め安心した風を見せた。

――その日進は高垣眸の「竜神丸」と南洋一郎の「吼える密林」とを借りて行った。

そして進との交友は再び復活し、冬休みの時と同じ位の頻度でお互の家を往き来した。家での進は学校での進と別人の観があった。進が学校でも、家で会う時と同じように振舞ってくれたら、僕は進を本当に親友と見做し大切に思ったに違いない。しかし僕は家を出て家に帰るまでの進の専横な振舞いを決して忘れるわけには行かなかった。進がそんな僕の気持に感づいていたかどうかは分らなかった。しかしとにかく僕たちは二人だけでいる限り、気が合い、話題も尽きなかった。話は戦争の見込みや、勉強の計画、自分たちの将来などに及んだ。たとえば将来の夢について、「戦争が長びくようやったら」と進はいうのだった。「俺ァ、海兵を受けることにやっぱり決めたわ」

もし終ったらどうするかという僕の問に対して彼は答えた。

「高等学校へ入って帝大へ行き高文を受けて、官吏になるわ、汝の家の人みたいにな」

彼の頭に、成功した郷里の先輩として僕の父が描かれていたことは間違いなかった。そして彼が惧れていることは戦争が早く終って、僕が東京に早く引揚げてしまい、一緒に受験勉強も出来なくなってしまうことらしかった。その証拠に、彼は何度となく、「戦争が終っても六年はここで終えて行くやろ、それから東京の中学を受ければいいにか」と僕に確かめたからである。もちろん僕はそうするつもりだと嘘をついた。

僕らはよく一緒に風呂へも行った。すると風呂で一緒になる大人たちは、浜見一番のあんぽと覚平さの東京の子がすっかり意気投合し、親友になったことを祝福してくれた。すると僕の心は自分が間違って見られていることに対する不満と、そんな風に誤解されてもしようがないように振舞っている自分に対する嫌忌の念にひそかに包まれた。僕はいつも心の奥底で、自己に忠実でありたかったら、家に帰ってからの進との往き来を今のような形で続けるのを拒否すべきか、もしくは進の方で学校での態度を改めるべきだと思っていた。その二つが二つとも実現しない限り、自分に忠実でなく、虚偽の生活を行っているのだと思っていたのだった。しかし現実の僕は、内心の願いとはまったく逆に、昇の貢物の一件以来、進の勢力の偉大さを思い知らされ、もはや昇と協力して級を改革する夢に耽ることもできなくなり、努めて進の意に副うように振舞っているのだった――


十二月に入ってはじめて雪が降って来た日、伯母は僕にいったものだった。

「潔ちゃん、とうとう本当に冬ですよ。もうこれから三月末まで、農家は長い長い冬籠りの生活に入るんですよ」

そうして本当にそれからずっと、伯父も伯母も田畠には出ずに、家に引籠ったきりだった。伯母は一日中家事に、伯父は午前中と午後薄暗くなるまでの時間、庭の隅にある土蔵で、俵とむしろ作りに専念した。それから、無口な伯父は、囲炉裏端で、配給の刻み煙草をくゆらせながら、一種類しかない地方新聞を何回も何回も読んでいた。夕飯を済ますと、しばらく同じようにしているが、やがて寄合があるからとか何とかいって外出する。すると祖母の涯しない愚痴が始まるのだった。

――家のあんさまと来たらちっとも家にじっとしていない。夜になれば必ず出かけてしまう。無駄話をしに行かんと、何かもっと意味のあることをしたらいいに。そうでなくとも家は淋しゆうてならんのに。今はそれでも、潔ちゃんがいるから、ほんとにいいのじゃが……

そんな時、子供の産めなかった、そしてこれからも決して子供の産めない身体の伯母は、淋しそうな顔を僕に向けるのだった。僕は祖母の愚痴がそれ以上続くのを防ぐために、話題をほかに向けるように努力する。

「お祖母ちゃん、今日日本の飛行機がアメリカの飛行機を三機落したそうですよ」

「どこで?」

「印度でですって」

「印度ってどこかいな?」

「印度っていうのは、お釈迦様のお生れになった、遠い南の国ですよ」

「いたわしいこっちゃ、親もあり兄弟もある方やろうに」

「お祖母ちゃん、間違えちゃ困りますよ、落ちたのはアメリカの飛行機ですよ」

「そうか、そうか、アメリカの方とな、アメリカの方でも、お釈迦様の前では同じ人間じゃ。敵も味方もない。いたわしいことじゃ」

「そんなことをいうとお祖母ちゃん、非国民になりますよ」

「非国民でも何でもいいっちゃ。そのアメリカの方にも、嬶《かか》さもお子もあったかも知れんに。南無阿弥陀仏、南無阿弥陀仏……」

それから祖母の愚痴はこんな方に向かうのだった。

——今日は甚兵衛どんのおじに、とうとう赤紙が来たというこっちゃ。あそこはもう一人戦死しとるのにのう。平吉さのおじはやっぱり死んだらしい。昨日ばあさまが泣いとらしたわ。いつになったら戦争は終るのやら……

それから祖母は南無阿弥陀仏を唱えながら、仏間に行き、仏壇の前に坐ると、仏壇の大きな重い二重三重の扉を開けて、燈明をいくつもあげ、戦病死した啓作叔父のために、長い時間をかけてお経を読むのであった。

進はその後一週間に二冊の割合で本を読破し、次の二冊を借りて行った。そしてその割合で行くと、二月の末にはもう僕のところには進に貸すべき本がなくなる勘定だった。それまでに次の小包が届くことを僕はひたすら心に祈っていた。

しかし東京から返事が来て、残りの本は石油箱に詰めて釘づけにし、祖父の家の地下壕に外の荷物と入れてしまったこと、折を見て出して上げたいと思うけれども、この頃は郵便局で小包みを出すのもだんだんむずかしくなって来たから、どうか余りあてにしないで欲しい、さぞかし読みたいことだろうけれども、戦争に勝って東京に帰ればまたゆっくり思う存分読めることだから、どうか我慢して欲しい、という返事が来た時、僕はしばらく茫然とした。

お母さんには何も分っていない、と僕は思った。今の僕にとってあの本がどんな意味を持っているかが。——しかしそのことをどうやって母に説明したものだろうか。本当の事情を説明できるような手紙は絶対に書けなかった。僕は手紙をもう一度読み直し、残りの本を送ってもらうことがほとんどあてにできないことを覚った。どうこの事態に処すべきだったろう。その日も進に学校で催促を受けたばかりだったのだ。そして僕はこういったのだ。「手紙でたのんだから、もうじき来るやろ」僕はこれが原因でまたもや進の不興を買うことを惧れた。そして再び「除け者」にされることを！　それは恐ろしいことだった。除け者から解放されて一月無事に過した今となっては再び除け者にされることは考えただけでも恐ろしかった。

僕が意を決して、進にもう東京から残りの本を送ってもらえないことを告げたのは、進がまだ読んでいない最後の二冊を借りに来た二月も最後の週に入った時だった。進は失望と落胆の色をありありと顔に浮べた……

翌日は二揃いあるスキーの配給の割当てに対する申込の締切日だった。希望者が進と河村と僕の三人だということが分った時、僕は不吉な予感がし、ひそかに自分がくじに外れるよう願った。僕があたって、進がはずれた時の結果を恐れたのだ。先生はすでにこよりでくじを作って来た。端が朱に塗ってあるこよりがあたりだった。河村、僕、進の順でくじを引いた。五十音順にという先生の配慮からであった。しかし空くじを引いたのは、河村でもなく、僕でもなく、進だった。

その日進は学校で恐ろしく機嫌が悪かった。その日の帰り道申し合せでもあるように僕に対する様々な蔭口がたたかれた。

「もう雪が融け出す頃やというに、スキーを買うた奴も馬鹿やの」

「おおかた泥の上で滑ろうっていうのと違うか」

「もう買うてしもうた奴の話じゃ、今度のスキーはひどいスキーやっていうぜ。竹下君ははずれて得したわ」

「潔が疎開して来なんだら竹下君はスキーにあたったろうにな」

「先生は潔を贔屓しとるからい、わざとあたりくじ引かせたと違うか」

その日を境に家に帰ってからの進との往き来は途絶えてしまった。一週間経っても進はもう読んだ筈の本を返しに来なかったし、僕もまた進を訪ねようとしなかった。

実際のスキーはかなり立派なものだった。先生からもらった切符を持って日曜日に買いに行った町の雑貨屋で偶然に河村と昇に逢った時、昇は皮肉まじりの口調で、「こんないいスキーあたらんで、竹下君は気の毒じゃったのう」といったものだった。そして彼は、蠟を買ってスキーの裏側に塗り込むと、滑りがよくなることを僕に教えてくれた。

蠟を塗るとスキーの滑りは本当によくなった。僕は家の前の庭で何回か試みたのち、お寺の前の広場に出かけて練習をしたが、中々うまくならなかった。その広場には屋根からおろした雪を屋根の下に積み上げ屋根の傾斜と合せて作った巨大なスロープさえあって、幾人かはそのスロープを巧みに滑降していたが、僕には上るのさえ大変だった。しかしある日決心してスロープを上りつめ、てっぺんに立って下を見た時恐怖の眩暈が僕を襲った。今さら滑らないで下りて来るのも恥ずかしくみっともないと思った僕は、思い切って滑走した。かと思うとあっという間に僕は前につんのめり、ぶざまな恰好で、恐ろしい速度で下に転がり落ちて行った……

驚いたことに、この日の失敗は、次の日組中に知れわたっていた。善男などはみんなの前で僕がぶざまな恰好で転がり落ちて行くさまを演じて見せ、みんなの喝釆を浴びた。

こうなったら僕にできることは、みんなの嘲りを茶化す能力が備わっていない以上、黙ってそれに耐えその事件をみんなが忘れてくれるのを待つことだけだった。それにはたっぷり一週間はかかるだろう。何しろ冬は事件が少くて、みんなはいつまでも一つの事件に関わり合って忘れてくれないから。

ようやくその事件の噂が下火になりかけたある日のこと、こたつにあたって本を読んでいると、伯母が玄関に友だちが来ていると教えてくれた。出てみると磯介だった。

「風呂に行かんか」と磯介はいった。僕は喜んで承知し手拭を取りに引込むとすぐに磯介と一緒に玄関を出た。出しなに磯介が隅の方に立てかけてあるスキーをちらと見ていった。

「このスキーにはえらい目に遭うたな」

「うん」と僕は答えた。

しばらくして磯介はいった。

「我慢せい、もう少々の辛抱じゃ」

「何が」と僕は用心して分っているにも拘わらず分らないようなふりをしていった。

「汝のことよ」と磯介は少し怒ったようにいってから
「竹下もあと威張れるのはわずかの間じゃ」とつけ加えた。

「健一が卒業するからかい」と僕がいった。

「そうでなくてよ」と磯介はいった。

「進はそれで焦っとるのや。その上昇が病気が癒って出て来たからな」

「昇はそんなに強いのかい」

「強いことも強けれどなあ、頭が働くっちゃ」と磯介はいった。

「昇が病気で休む前には、竹下はあんなに威張っとらなんだからな。それに汝が疎開して来てから、竹下はまた特別に威張り出したな」

「僕が来てから？」と僕はその言葉に驚いていった。

「そうよ。汝を意識してじゃわ。前はあんなに威張っとらんだからな」と磯介はいった。

「汝ら、二人で仲よう何話しとるんや」と前から声を掛ける者がいた。進であった。

磯介はどきっとしたようだったが、すぐに作り笑いを浮べていった。

「なにもよ」

それから御機嫌を取るように聞いた。

「竹下君、もう風呂に入って来らすた？」

「ああ」と進はいった。

「いい風呂やった？」

「いい風呂やったわい」と進は答えると、僕には一言も言葉をかけずに行ってしまった。

しばらくして磯介はいった。

「進の奴、機嫌悪うしとったな」

「今の話、聞えたろうか」と僕がいった。

「聞えてもいいにか、安心せい。除け者にされても長うないわい」

スキーの一件以来僕はまた除け者にされていたのだ。僕が黙っていると磯介は慰めるようにいった。

「だけど除け者っちゅうのは辛いもんやからのう」

「そうだよ」と急に僕は涙声になった。

「俺にも経験があるから分るっちゃ」

それから磯介は僕の今まで知らなかった話をしてくれた。

――道夫という磯介の従兄が今六年にいる。道夫は中々腕節が強い上に勇敢で、一時は健一の次に浜見の同学年の間で勢力があり、五年の初めには健一のそれを凌駕しそうになった。ところが健一のたくらみで、ある日みんなから袋叩きに合って、一挙に勢力を失ってしまった。磯介は進が気に喰わないのでその前から進にたてつくことが多かったが、この従兄の勢力を恃みにしていたことは否定できない。ところが道夫が失脚してから数日後に、作業時間に麦踏みをしている時、磯介は昇と野沢と松の三人に雪の中に、息の根が絶える程顔をつっこまれた。その時の苦しさと来たら今でも忘れることができない程だ。そしてそのあとずっと除け者にされた。磯介が余り大っぴらに進にたてつくことを止めたのはその事件以来のことだ。三人が進のいいつけによって動いたことは間違いなかったからだ。進は絶対に表面に立たない。それが奴のかしこいところだ。道夫はそれから長い間除け者にされた。ざっと一年間、だれにも口を利いてもらえもしなければ、登校下校も完全に独りきりにされたのだ。

「それに比べれば潔のされた除け者などは子供だましのようなもんじゃ。そんな風に本当の除け者をな、一年間もされると、余程気骨がある者でも、骨なしになってしまうわ。道夫がそうやわ。今の奴はてんで話にならんちゃ。これが昔健一と争った男だとは到底信じられない位やわ。牙をぬかれてしもうた虎のようなもんじゃな」

「君はどの位の間除け者にされたんだい」

「一学期も続いたかのう」と磯介はおどけたようにいった。

「もう忘れてしもうたわ」

その日の磯介の話は僕に恐怖以外の何ものも与えなかった。今まで僕が、子供だましの除け者だけでそんな本格的な除け者にされなかったことを進に感謝してもいいと思えた程だった。

三月の半ばを過ぎると雪が融け出し、長い道も四人並んで歩けるようになった。除け者にされても、もう雪はそれを偽装してくれないという意識が、進の不興を買って除け者にされることを、ますます僕に恐れさせた。有難いことに再び一日おき位に進の声がかかって、僕は進の隣の場所にまたありつけるようになった。そして僕は進に要求されて話をする。僕は一生懸命記憶の糸をたぐって、話の種を見つけ出し、記憶が正確でないところは、想像力で補いをつけ、話にまとめたが、もう以前のように僕の話はみんなの興味を呼ばなかった。僕の話が最盛期を享受したのは、「母を尋ねて三千里」を話して善男を泣かしてしまった頃であった。あの頃を峠に、僕の話の種は枯渇への道を辿るばかりだったのだ。もう僕の話を聞いているのは進一人だけに過ぎなかった。その進も次第に興味を失い、余り僕をそばに呼ばなくなってしまった。

しかし間もなく一週間の春休みが来る。今それが僕の楽しみのすべてだった。

二月の末にすぐ上の兄が幼年学校に合格したという通知があった。しかしその報せは自分でも意外な程僕を感激させなかった。

三月の中頃硫黄島が玉砕した。僕はおぼろげながら、東京に帰れる日が、また遠のいてしまったことを感じた。

日本が戦争に勝つことを僕は熱烈に祈っていたが、しかし今の僕はそうすれば東京に帰れるというただそれだけの理由で望んでいるのだった。その意味で僕はもはや真の愛国者ではなくなっていた。

そしてまた戦争に勝ったあと訪れる筈の世界で僕が果すべき役割について抱いていた夢想からもすっかり醒めてしまっていた。以前の僕は、仁科先生が手紙で書いて来たように、大東亜をしょって立ち、アジア十億の人たちを指導する人間になろうと思っていたのだった。そういう使命が天から授けられているとさえ思っていたのだった。その夢からすっかり醒めてしまったのである。田舎で同年輩の少年たちの間で、今のような状態で、毎日毎日をようやく過している僕に、一体何が出来るというのだろう。この田舎で自分に納得の行けるような行動が取れない限り、将来も、何も出来ないような気がするのだった。僕は自分に対する信頼の念を失っていた。僕の自尊心はずたずたにされていた。この駄目になってしまった自分を、いつか、何らかの方法で、回復しなくてはならなかった。それなしには、何も出来ないのだ。戦争に日本が勝ってもそれを喜ぶ資格すらないのだ……

三月末の終業式の前日のことであった。進が僕の家にやって来た。学校から帰って、こたつで本を読んでいると、庭から口笛を吹くような音が聞えたのである。出てみると、赤ん坊をおぶった進が、あの含羞んだ笑いを浮べて庭先に立っていた。

「上らないかい」と僕がいった。

「ああ」と進はいって、「ぼぼがいるからいいな」と背中の赤ん坊を首をのけぞらして示した。

「よく眠っているね」

「今寝たとこや」と進はいって、

「ちょっと汝に話があるんや」

「ああ、受験勉強のこと」気がついて僕はいった。

「それはもう少し先のことじゃ。まあ外に出んか」

僕は承知して、長靴を履いて外に出た。

「俺ちの方へ歩いて行かんか」僕らは残雪の上を踏みながらゆっくりと進の家の方へ向った。

「俺なあ」と進はいいにくそうにいった。

「毎学年末に、記念写真を撮ることにしとるや。一年の時から撮っとるんでな」

「それはいい記念になるだろうね」

「それでな、今年も撮ろうと思うんけどな、家のおじじがな、今年は潔ちゃんと一緒に撮ったらどうやっていうんやれど」

僕には解《げ》せなかった。そんなに僕を大事に思ってくれているのなら、どうしてふだんもっと好意的に振舞ってくれないのだろう。しかし僕はそんな内心の感情を押し隠していった。

「いいよ、僕はかまわないよ」

「そうか」と進はほっとしたようだったが、すぐ思いついたようにいった。

「家の人に聞かんでもいいが」

「いいよ」

進は、急に改まっていった。

「じゃあ、あした学校の帰りに町の写真館に行かんか。あしたは終業式だけで終りやろうから」

「お金はどの位持って行けばいいだろう」

「一人五円もあればいいがやろう」

そういうと進は、

「じゃあ、俺これで帰るわ。これからまた浜へ出んならんからいのう、ぼぼおいて」

別れ際に進は声をひそめていった。

「それからな、このこと誰にも秘密にしとかんか」

「うん」と僕は答えた。

僕に勇気があったら、自分に忠実だったら、と僕は進と別れてから考えた、僕は進の申出を拒んだに違いない……

翌朝僕にはここ数日間与えられなかった進の隣の位置が与えられた。進はいつになく機嫌がよかった。長い道に入る早々、進は僕に四月から始める予定の受験勉強の計画について話しかけて来た。進は中学の入学試験の勉強を僕と一緒にすることを、すでに二人の間で何度も話し合ったことを、みんなに誇示するように話した。

学校に近づいた頃進は聞えよがしにいった。

「潔、今日一緒に町へ行かんか。ちょっと町で用足さんならんことあるから」

「竹下君、俺もよ」と松と山田がほとんど同時にいった。

「今日は汝らに用はないわい」と進は威張って答えた。

「学校終ったらすぐ行かあ」と僕がいうと、

「今日掃除当番やったな」と進が気がついたようにいった。

「竹下君いいっちゃ」と山田がいった。

「俺たちでやっとくっちゃ」

するとみんなが唱和した。

「俺たちでやっとくっちゃ」

その日予定通り進と僕の二人は掃除当番を脱け出して、町へ向った。学校の正門の前を左へどこまでもまっすぐ進むと町に出る。もうすぐ町と村の自然の境の川にさしかかろうとするところで進は僕に「汝にいいもの見せてやろうか」といって、黒い鉄の剣鍔を見せた。

「松に借りて来たあにゃ。これでなぐられれば、大抵の者は参ろうわい」

そういって、進は剣鍔の穴に指を入れて持ち、打ちなぐる身振りをした。

「町に出ると誰に喧嘩を売られるか分らんからのう」

僕は恐怖を覚えた。町と村の子供たちが仲が悪いということは、それまでにも度々聞かされて、知っていることは知っていた。しかし実感として恐怖を覚えたことはなかったのだ。町の連中につかまると一つや二つなぐられないでは離してもらえないということを、どこかで聞いたことがあったのを今僕は不意に思い出し、恐怖が募るのを覚えた。

川を渡ると進がいった。

「これから町じゃ、急がんか」

僕たちは走るように早足で歩き出した。十分も歩くと道が舗装道路に変った。周りは店造りの家ばかりだったが、五軒に一軒位しか開いていなかった。開いているのは、修理専門に変った眼鏡時計店、床屋、この間スキーを買いに行った雑貨屋位なものだった。

「戦争前ここらは」と進は走っているので喘ぎながら説明するようにいった。

「えらい、賑やかな、通り、やったて、いうけれどなあ、菓子屋や、果物屋や、魚屋も、あったし、うどんや、ソバや、ライスカレーを、喰わせるところも、あったと、いうこっちゃ。汁粉なども、喰わせるところ、あったって、いうしのう」

それから進は秘密を打ち明けるようにいった。

「今でも、一軒だけ、トコロテンを、喰わせるところがあるんじゃ、写真屋の、少し、先にな。写真撮って、もろうたら、そこへ行かんか」

写真屋は駅前通りにあった。案内を乞うと若い女の人が出て来た。僕らはスリッパを履いて二階に上るようにいわれた。二階の待合室に通されると、女の人は中に引込んでしまった。

大分待たされて二人ともようやく荒い息使いが収まった頃、六十位の老人が出て来た。僕たちは彼について次の間の写真室に入った。立って写すか、坐って写すかと聞かれ、僕らはしばらく顔を見合せて考え込んだのち、立って写そうということに決めた。

老人は照明を僕らの方に向けたのち黒い布をかぶって、写真機を通して見て、僕らの姿勢に何度か注文をつけたのち、赤いゴムマリのようなものを押した。それから用心のためだといって、写真機に乾板を入れ替えて、前と同じような注文を繰り返してから、また赤いゴムマリを押した。

出来上りは三カ月以後だということだった。僕らはお金を払って外に出た。

「うまく写っているといいね」と僕はいった。本当にそう思ったのだった。

「ああ」と進はいった。それからしばらくして、

「若い方やったらもっとうまかったやれどなあ」と残念そうにいった。

「うまいっていう評判でな、方々に呼ばれて写しに行っとったんやれどな、兵隊にとられて戦死してしもうたわ」

突然進は立止まった。

「ここや」

トコロテンを食べさせる店の前に来ていたのである。

テーブルと丸い椅子がいくつか置いてあるだけのその店は火の気がなく寒々としていた。トコロテンと書いた紙しか貼っていないところを見ると、本当にトコロテンしか食べられないら

しい。

初めて食べる、糸コンニャクのような形をしたトコロテンに酢醤油のかかった食べ物は意外にうまかった。寒さにふるえながら僕らは三杯お代りをした。

食べ終るとお金を払ってすぐに外へ出た。

「急がんか」と進はいった。駅の前を左に曲って線路伝いに二町程行くと踏切りに出る、その踏切りを渡ってしまえばもう村のうちで安心だ、そこまで行く途中が危険なのだ、と進はいった。

線路伝いの道を一町程来た時だった。角から背の高い少年が出て来て僕らの前に立ちはだかった。高等科の二年、いやもっと大きいかも知れない。

「汝ら、どこの学校の奴らじゃ」と彼は低い恐ろしい声でいった。

「浜見よ」と進は落着いて答えたが、彼の顔は緊張のためか少し蒼ざめていた。

「写真屋に何しに行ったあにゃ」

「記念写真とりに行ったあよ」と進は答えた。

とするとこの男の子は僕らが写真屋に入ったのを見届けたのだろうか、と僕は考えた。

「汝もか」と男の子は僕の方を振向いていった。

「ええ」と僕は答えた。

「汝は、土地の子やないな」と彼はいった。

「東京から疎開したんです」と僕は答えた。

「そうか」と彼は僕の尋問を止めると、進の方に向き直っていった。

「兵隊に行くわけじゃなし何のため記念写真など撮ったあにゃ、しゃらくせえ、真似しやがって」

そういうと男の子はやにわに進の顔に往復ビンタを喰らわせた。僕もやられるかとその瞬間覚悟したが、男の子の手は僕に飛んで来なかった。

「文句あるか」と男の子はいった。僕は進があの鉄製の剣鍔を出して手にはめ、男の子に向って行くのではないかと期待して、進の方を窺った。進はしかし黙ったまま無念そうな顔をして男の子を睨みつけたままだった。

「これで勘弁しといてやるわい」と男の子はいうと大きな後姿を見せスタスタと大股で歩いて行きあっという間にいなくなってしまった。

「もう一遍なぐられたら、俺ァ、やってやろうと思っとったんや」と進はポケットから取り出した剣鍔を手にはめていった。

「あんな奴、相手にしてもつまらないよ」と僕は進を慰めるようにいった。進だけがなぐられて、自分だけがなぐられなかったことに、僕はあるうしろめたさを感じた。同時に進が何の抵抗もしなかったことが期待外れのように感じられた。

進は返事をしなかった。不機嫌に黙り込んだままだった。

町から浜見へ通じる県道は学校から浜見に通じる県道と平行に走っている。その長い道を僕ら二人は黙ったまま歩いていた。僕は進と記念写真を撮ったことをひどく後悔していた。僕は自分に忠実でなかったのだ。そうでなかったらこんなに後悔しないに違いないと僕は心の中でひとりごちた。進が僕にとって僕の考えるような友だちでない限り、進と記念写真をとってそれが何になるというのだろう。進と二人だけでいる時、ある短い時間、進が僕にとって真の友だちであるように思われることがあったのは確かだった。しかしそれが日常の時間のすべてに行きわたらない限り、僕は進を友だちと見なすわけには行かないのだ……

僕は学校が始まったらしばらく除け者にされるだろうということをもう予感していた。僕はそれを甘受するつもりでいた。もっと強くならなくてはならない、と僕は考えて歩いていた。

第八章

次の日の三時頃、磯介が僕を風呂に誘いに来た。

家を出ると磯介がいった。

「昨日進と町へ何しに行ったあ」

何といったものかと考え込んでいると、磯介はいやいやしながらいった。

「無理して答えんでもいいっちゃ」

「進に誘われて写真を撮りに行ったんだよ」と僕は答えた。

「進が秘密にしてくれっていうもんだから――」

「誰にもいわんちゃ」と磯介は僕を安心させるようにいった。

しばらく黙ったのち、磯介がいった。

「帰りに何かあったやろう」

「どうして」と僕は驚いていった。

「いや家の兄さが見とったんじゃ」

磯介の兄は駅員をしていた。進と僕が町の男の子に呼び止められた場所は駅の構内から見通しのきく場所だったのかも知れない。

「進はなぐられっぱなしだったっていうにか」と磯介はいった。

「しかし相手は随分大きかったからね」と僕がいった。

「それでもよ」と磯介は吐き捨てるようにいった。

「だらしのない奴じゃ」

「君だったらどうする？」と僕がいった。

「俺だったらか」と磯介はいった。

「逃げるわ」

「逃げても、捕まったら」

「相手が一人やったら、やるわい」と磯介はいい放った。「あの時の進みたいに剣鍔を持っとったら尚更ことや」

風呂屋の脇の横丁に松と善男が見知らぬ男の子と一緒にいた。

「キヨシ」と素知らぬ顔をして風呂屋に入ろうとした僕を呼ぶ松の声がした。

「聞えんことにして行かんか」と磯介がいった。

僕は磯介の勧めに従った。

まだ時間が早いと見えて、風呂には年寄が二人入っているだけだった。

「今松と善男のほかにいたのは誰だい」と僕は磯介に聞いた。

「東京から疎開して来た奴よ。善男の親類でな、東京で焼出されて家中で疎開して来たあよ」

「どこに住んでいるの」

「浜辺の近くに誰も住んどらん家あったろう。あの家に住んどるんじゃ」

その家は住んでいた人が数年前に夜逃げをして以来廃屋になっていた。軒はかしぎ、屋根には草が生え、畳は腐っていて、とても人が住めそうにもないと思われていた家だった。

「あのままで住んでいるの」

「ああ、畳をどけて、むしろを敷いてな」と磯介がいった。

湯槽に浸りながら僕は磯介から最新のニュースを聞かされた。中学の合格者の発表が今朝あって、進の従兄の健一と和夫が合格した。坊さんの息子の宮島はやはり落ちて高等科に籍をおき、翌年もう一度受け直す。そのほかに工業学校に一人、商船学校に一人、農業学校に三人入ったというニュースである。

「今度は僕たちが六年生だね」

「ああ」と磯介がいった。

「面白うなるっちゃ」

「どうして」と僕が訊いた。

「健一が卒業すれば、進の後楯はなくなるからのう」と磯介はゆっくりいった。

「どんなことになるだろう」

「まあ見とれま。慌てんこんちゃ」

風呂を出ると松の家の前にさっきの三人がまだいるのが見えた。松が逸早く僕たちを見つけていった。

「潔、こっちへちょっと来んかい。磯介もよ」

今度は聞えないふりをすることはむずかしかった。僕と磯介の二人はゆっくりと歩いて近づいて行った。

「潔」と松は眼瞼がいつも赤く腫れ上っている顔を僕に向けていった。

「さっきも呼んだあに、なぜ返事しなかったあ」

「なも聞えなんだじゃあ」と磯介が白ばくれたようにいった。

「汝ァ、昨日竹下と町へ何しに行ったあにゃ」と松はいった。彼が進のことを竹下と呼びつけにしたのを聞いたのはこれが初めてだった。

「ちょっと用があって」と僕がいった。

「ちょっと用があってじゃ分らんわい」と松は威丈高になっていった。

「いわんかい」

「進にいうなっていわれとるんじゃ」と磯介がいった。

「潔を困らせるな」

磯介の言葉が効いたのか松はそれ以上追求するのを止めてしまって、そばにいた男の子の頭をこづいていった。

「洋一、俺たちの副級長の潔よ。東京から疎開して来たんじゃが、汝みたいにできんのと違うわい」

「そうか」と洋一と呼ばれた男の子は僕の方を見てまだ舌足らずの田舎弁を使っていった。

「東京はどこじゃ」

僕は彼がもう田舎弁を使っているのに幻滅を感じた。

「四谷区だけど、君は？」

「俺か、深川よ」と彼はいった。

「何年生よ？」と磯介が聞いた。

「六年よ」と善男が洋一に代って答えた。

「さあ、汝の家へ行かんか」と松は洋一を顧みていった。

それを機会に、僕と磯介の二人は彼らのそばを離れて歩き出した。

「松の奴、子分ができたとばかりにいい気になっとるじゃあ」と磯介がいった。

僕の家の前まで来て、磯介を捜しに来た磯介の父親に会った。

「早う田んぼへ行かんかい」と彼はいった。

「さっきから捜しとったんじゃ」

磯介は百姓仕事をたのまれていたのを逃れて、僕を誘って風呂に行ったものらしかった。磯介と別れて家へ入った僕の耳に、彼と彼の父親のいい争いが入って来た。もう風呂に入ったから手伝えない、というのに対して、身体が穢うなったらもう一度風呂へ行けばよい、といわれているのだった。

それから学校が始まるまでの約一週間、僕は隔日位に伯父にいいつけられて、堆肥を撒きに田圃へ手伝いに出かけて行ったほかは、自分の部屋に引籠って本を読んで過した。田圃へ働きに出た日には、汚れを落すために風呂が立っている限り、共同風呂に行ったが、同級生には誰にも会わなかった。四月に入ったら一緒に中学の受験勉強をしようといっていたのに、進は一度も姿を見せなかった。しかしそれは僕にとってはむしろ歓迎すべきことだった。自分を偽って、彼と親しい友だち同士のように机を並べて勉強するのを、僕の心は本当は望んでいなかったからである。

新学期が始まった日の朝、僕は暗い心を抱いて家を出た。僕は予感していた、再び除け者にされるだろう、ということを。

十字路を出ると、まだ来ない進を待ってすでに浜見の同級生がおおかた集まっていた。まだ姿を見せていないのは、進のほかに、進を迎えに行って一緒に来る山田と松だけだった。それからこの間会った洋一という男の子もいなかった。僕は同級生の群れに近づきながら、彼らを黙殺してこのまま一人で歩いて学校へ行ってしまえたらどんなにいいだろう、と考えていたが、それをする勇気が自分には欠けていることをよく知っていた。

僕が十字路に着いて間もなく進と山田が姿を現わし、松を待たないで、出発となった。

予期した通り、進の隣の位置は僕には与えられなかった。僕はいつものように道幅一杯に進を中心に拡がって歩くみんなのうしろから一人で歩いていた。青洟を垂らしている一郎も今日は前列の端にいた。田圃には紫雲英《れんげそう》が咲き乱れて美しかったが、その美しさは僕には無縁のように思われた。

浜見の家並みを過ぎた頃、

「竹下君よ」と磯介がいった。

「今度六年生で東京から浜見に疎開して来たのがいるの、知っとる」

「善男の従弟とかいうのやろう」と進がいった。

「松と一緒にいたのを見たわ。いけすかん奴やな」

大分長い間沈黙が続いた。

「竹下君よ」とまた磯介がいった、媚びるようなやさしい調子で。

「この間町へ行かすたろう」

「いつのことよ」と進がいった。

「ほれ、終業式の日よ」

「ああ、そうか」と進がいった。

「町の奴らに会わなんだけえ」

進はちょっとためらったのち、

「会うたわい」といった。

「駅からちょっと先へ行ったところでやろう」と磯介がいった。

「汝、なぜ知っとらあ」と進はちょっと気色ばんでいった。

「家の兄《あん》さまが駅から竹下君がえらい背の高い男の子と向き合っているのを見たっていうたからよ」

「あいつか」と小沢がいった。「俺も呼び止められて急いで逃げたことあったわ。えらい背の高い奴やろう、竹下君」

「ああ、電信柱のような奴やったわ」と進がいった。

「自転車屋のあんぼでよ、工業学校を三度受けて三度とも落ちたっていう奴やわ、竹下君」と秀がいった。

「道理で、頓馬な面《つら》しとったわ」と進がいった。

「それで竹下君、どうしてやったあ」と山田がいった。

「二、三発くらわしてやったろう」と磯介が続けていった。

「やってやろうと思ったやれどな」と進は余り元気のない声でいった。

「潔がいたから、止めといたわい」

「潔も呼び止められたあ」と山田がいった。

「ああ、俺のそばで蒼い顔をして震えとったわ。連れが潔やなかったらなあ、俺ァ、黙って引き退らなんだやれどなあ」

僕は進を卑怯だと思った。それは男らしくない言訳だと思った。それ以上僕のことを理由にいい逃れをするつもりだったら、真相をみんなの前にぶちまけてやろう、そう僕はひそかに決意したが、その決意の重大さに心臓は早鐘を打ち、息が詰まりそうだった。

「相手の奴ァ、何もせんと行ってしもうたあ」と磯介が白ばくれたようにいった。

僕は進が何と答えるか、全身を緊張させて待っていた。

「竹下君に対して何ができることよ」と山田がいった。

「汝に聞いとるんじゃないわい」と磯介がいった。

「何しに町へ来たっていうからなあ」と進がいった。「写真屋に写真撮りに来たんやって答えてやったら、ぶつくさいっとたがなあ、結局何もせんと温和しく行ってしもうたわ」

僕は磯介がそれ以上何をいうかを待った。しかし磯介はもう何もいわなかった。

「潔と一緒に写真撮ったあ?」と山田がいった。

「ああ」と進が答えた。

「いつ出来らあ」

「六月の末だとよ」

「出来たら見せてくれっしえ」

「ああ、見せてやるわい」と進はようやく元気を取り戻し、慈悲を垂れるような口調でいった。

「歌でも唄わんかい」と突然進がいった。

最初「お山の杉の子」が唄われた。それから「月月火水木金金」、「轟沈」、「ラバウル小唄」、それから「荒鷲のうた」、そして最後に僕の替え歌がいくつか唄われた。

それは僕が除け者にされることを報せる予告のようなものだった。

思った通りその日から僕はまた除け者にされた。

休み時間僕は教室に残って、本を読んだ。講堂に立ちん棒をして、除け者としてさらし者にされているより、その方がどれだけいいか分らなかった。この間は昇と一緒だったが、今度は僕一人だけだった。彼は野沢や、河村などと同等に振舞っていたが、僕に対してははっきりと好意を示した。

野沢や河村が僕に意地悪い振舞をすると、それを制止するのは彼だった。昇は体力の回復と共に、いつの間にか、進を取り巻く武将の一人となっていた。

進から出ているに違いない僕に対する除け者の指令を解除する力はないのだった。しかし彼といえども、磯介の予言に反して、一向に衰えた様子を見せなかった。健一は相変らず汽車通学生仲間の大将格の一人として振舞い、高等科に進学した元の同級生たちにも睨みを利かせているようだった。

新学期が始まってから三日目の朝洋一が姿を現わした。

彼は善男の姿を認めると、進が来ないのでまだ出発できずにいる、六年男組の浜見勢に近寄って来ていった。

「善男、行かんがか」

「待っとれま」と善男はいった。「みんな集まらんことにゃ、出発できんがにゃ」

「そいがか」と洋一はいって、みんなの群れの前で立止まった。

「汝が洋一か」と秀がいった。

「ああ」と洋一はいった。「汝ァ、誰よ」

「俺か」と秀はいった。「秀よ」

「汝ァ、誰よ」と洋一は小沢に向かっていった。

「俺か」と小沢はにやにや笑いながらいった。

「誰でもいいにか」

洋一はその返事にびくついたようだった。彼は小沢が自分と同じ位の背丈なのを確認したのち、陣容を立て直していった。

「名前を知らんと、呼べんにか」

「小沢よ」と磯介が助け舟を出した。

「そいがか」と洋一は吻《ほっ》としたようにいった。

「汝は誰よ」と洋一は青湊の一郎に最後の訊問を企てた。

「一郎よ」と一郎は元気のないぼそぼそした声で答えた。

間もなく進と山田が姿を現わした。十字路にさしかかった時、そのまま出発するものと考えて、それまで待っていた群れがばらばらと駆け寄ろうとすると、進がいった。

「待っとれま、今松が来るから」

そういって進は山田を従えて、洋一の傍へゆっくりと近寄っていった。

「汝が洋一か」と進はいった。

「ああ」と洋一はいった。「汝ァ、誰よ」

「俺か」と進がいった。

「級長の竹下君じゃが」と山田がいった。「よう覚えとかんかい」

「級長か」と洋一はいった。

「汝ァ、誰よ」と彼は続けて山田に向かっていった。

「山田よ」と山田がむっとしたような顔をして答えた。

松の姿が角に現われた。

「早う来んかい、松」と洋一が大きな声で怒鳴った。

松が十字路に辿り着かないうちに、

「行かんか」と進が下知をくだした。

「松が来るまで待たんかい」と洋一がいった。

「汝ァ、何いうとらあ」と山田がいった。

「待ちたい奴は待たしとけ」と小沢がいった。

洋一は初めて進の強大な権力に気がついたようだった。彼も結局松を待たずにみんなと一緒に歩き出した。彼は一列横隊の右端を歩いていた。

松が息せき切って走って来て追いついた。彼は左端を歩いている小沢の位置を襲おうと試みたが、小沢の抵抗に遭って果さず、しばらく僕の隣にいたが、やがて洋一をうしろへ無理やりに引退らせ、そのあとを襲った。

「竹下君よ」と彼はしばらくしていった。

「町でよ、自転車屋のあんぽに呼び止められたんやってな」

「ああ」と進が不機嫌に答えた。

「俺ァ、去年よ、あいつに頰っぺたなぐられてな、いつか復讐してやらんならんと思うとったあにゃ、竹下君と一緒やったらなあ、俺ァ、去年の分三倍位にして返してやったんやれどなあ」

「そいがよ」と進はちょっと安心したようにいった。

「汝が一緒やったら、俺もただじゃおかなかったんやれどなあ、潔と一緒やったからな、潔のことを考えて、温和しくしとったあよ。東京から来た奴はどいつもこいつも弱虫やからなあ」

僕は怒りのために全身が硬く引緊まるのを感じた。この侮辱を黙過していい筈はない。しかし僕は自分にはこの事態をどうする力も与えられていないことをよく知っていた。洋一の方を窺ってみたが、彼はすっかり気勢をそがれたようにうつむいて元気のない様子で歩いていた。

僕は話題がその問題から離れ、進を初めとしてみんなの関心が僕のもとから去ることを切に祈った。さしあたり僕にできることといえばそんな風に祈ることしかなかった。

幸い話は最近松が拵えたドスに移った。大きな釘を鉄道の線路に敷いて、汽車の車輪に潰させ、平たくなったものに刃をつけて、柄と鞘を拵えたものだった、それを松から見せてもらうと、進はしばらくの間ためつすがめつ眺めていたが、やがて、

「松、これを俺によこさんかい」といった。

「竹下君よ、それだけは堪忍してくれっしえ」と松が嘆願するようにいった。

「汝ァ、よこさんていうが」と進は自己の威信を傷つけられたように、少し語気を荒くしていった。

「同じものを作って進ぜるからよ」と松がいった。

「それを汝のものにすればいいにか」と進がいった。

「竹下君よ、返してくれっしえ」と松はいって、進の手からあっという間に、そのドスを奪うと駆け出した。

進が追いかけて松をつかまえ、松をうしろから羽交い締めにして、松の手から短刀を奪おうとした。松は真赤な顔をして抵抗したが、結局諦めて、進に短刀を引き渡した。

松は列の右端に戻って、はあはあいわせて息ついていた。

「松、しばらく貸せま、いいやろう」と進は少し優しい声でいった。

「ああ、いいわい」と松は相変らず息をはあはあさせながらいった。

「進ぜるっちゃ」としばらくして松はいった。

「俺ァもう一つ自分のを作るから」

「松よ」と進はいった。「野見の奴らに、作ってやるんじゃないぞ」

「ああ」と松がいった。「何、作ってやるこっちゃ」

「竹下君よ」としばらくして松が進の御機嫌をとるようにいった。

「昇は、相変らず、生意気やのう」

「ああ、一度懲らしめてやらんならん」と進がいった。

「竹下君よ」と山田がいった。

「昇はなあ、竹下君のいない所では、竹下、竹下っていうとるぜ」

進だけは、竹下君と敬称がつけられていた。浜見では、進のいない時に、進のことをいつも竹下というのは磯介位なものだった。僕はまだ竹下君と君づけしたことがなかった。そういわないで済むために、なるべく彼の名前を口にするのを避けているのだった。そして彼と二人切りの時は進と呼んだ。学校でも、浜見以外の者たちは、時とすると進のことを、進のいない場所では、呼びつけにしたが、それも浜見の者のいない時に限られていた。昇のように大っぴらにそうしている者はこれまでになかったのだ。

「この間はなあ、竹下君」と磯介がいった。

「竹下の威張れるのは、健一が卒業するまでの間じゃってほざいとったじゃ」

進は返事をしなかった。彼は明らかに昇の抬頭に頭を悩ましているのだ。僕はそれを心の中でひそかに喜んでいた。進の不当な横暴ぶりを矯めることのできる者は、昇以外にはいないように思われた。

その日の帰り道に異変が起きた。これまでになかったように意外に早く僕は除け者の位置から解放されたのである。学校を出て間もなく、例の進の呼び声がかかって、僕はとぼとぼと一列横隊のうしろから歩いて行く責め苦から救い出されたのだ。

「四月から中学の受験勉強しようっていう話な、少し延ばしてくれんか」と進がいった。

「春は忙しいもんなあ」と僕にいった。

「俺のあとの舟の手伝いを引受けることになっていた弟の奴がな、さっぱり役に立たんのじゃ。それで夏休みまで俺が加勢するということになってな。その間に弟の奴をたっぷり仕込んでやってな、夏休みからは俺の加勢がないがでも大丈夫なようにしておこうと思うとるんじゃ」

「そいがか」と僕は無難な返事をした。

「夏になったらなあ」としばらくして進がいった。

「海の上で勉強せんか」

「海の上で?」と僕は驚いていった。

「そうや」と進がいった。

「俺ちの舟にな、帆をかけてな、海の上を帆走するのや。風がよう渡って涼しいしな、帆蔭に入れば、日射病にかかる心配もないしなあ」

「そりゃあいいなあ」とちょっと楽しくなって僕はいった。

「腹が減って来たら、海に飛び込んで貝を取って来て食べればいいしのう」

「すばらしいねえ」と僕は思わず東京弁に返っていった。

「貝ってどんな貝がとれるんやろう」僕はまた田舎弁に戻って質問した。

「牡蠣とさざえやな」

みんなが羨しそうに耳を傾けているのが分った。

「竹下君よ」と松が耐え切れないように嘴を入れた。

「飯田村の岬の先に行くとよ、さざえがたくさんあるっていうぜ」

「知っとるわい」と進はいった。「潔と話をしとるんじゃ。汝は黙っとれま」

「釣糸を用意して行ってな、きすやいかを釣って、刺身にして食べてもいいな」

「醤油を持って行かんならんね」

「ああ、それに握り飯も作ってな」

「水筒も持って行かんならんな」

「果物を持って行けばいいにか。甘瓜とかトマトとか西瓜とかを持って行って、海の水に冷して食べらあよ」

そういってから進は己の権威を確認しようとするかのようにいった。

「松、甘瓜、汝の家で作るやろう。少し持って来んか」

「ああ、持って来るっちゃ」と松が答えた。

「竹下君、俺ァ、トマト進ぜるっちゃ」と山田がいった。

「磯介」と進がいった。「汝の家のすももよ。バケツに一杯位持って来んかい」

「ああ」と磯介がいった。「バケツに一杯といわず、大樽に一杯進ぜるっちゃ」

「バケツに一杯でいいわい」と進はいった。

この計画は進の気に入ったらしかった。彼はこの計画をそれからも長い道で飽きずに何回となく話題に上らせた。彼はみんなの気を惹きみんなを嬲るような口の利き方をした。たとえばこんな風に
「この舟には潔のほかには誰も乗せんがやぞ」

みんな黙っている。

「勉強せんときは俺も乗せてくれんかい」

と松がいう。

「松か」と進はいって、

「甘瓜をたくさん持って来れば、たまに乗せてやってもいいわい」

「竹下君、俺もよ」と山田がいう。

「山田か」と進はいう。「仕方なかろう。少しだけ乗せてやるわい」

外の者はいっても無駄だということを心得ているかのように沈黙したままだった。

ある時磯介がいった。

「竹下君よ、野見の奴らが来ても、絶対に乗せてやらんがやろう」

「誰が乗せてやることよ」と進は敵意を剝き出しに見せていった。

——昇が病気が癒って出て来てから徐々に野見の者たちに起きて来た変化は、この頃更に顕著になって来ていた。その点で磯介の予測は正しかった。まだ進には絶対に反抗しなかったが、今まで進の威をかりて実力以上に振舞っていた浜見の者たち、特に松や、山田などに対しては、公然と抗らったり、嫌がらせに出たりした。特に昇を初めとして、野沢や河村や平尾などがそうした態度を示した。それを進が自己の権威への明らかな侵害と見做し、快く思っていないことは確かだった。あの格闘遊びをする時、浜見の者と、野見の者がはっきり両者に分れてしまうことがよくあったが、そんな時も進のいる方が断然意気が上り強かったのに、昇が登場してからはそれ程ではなくなってしまったようなのであった。

そして進は、

「夏になったら、浜見の者は一人残らず、俺の舟に乗せてやるわい」といった。

「竹下君よ」と善男が感激したようにいった。

「そしたら、俺、海に潜って大きなさざえを一杯取って来て進ぜるっちゃ」

善男は水潜りの名人だった。

「俺なあ、槍で何か魚突いて来るわ」と秀もいった。

「俺なあ、何かうまいもん持って来るっちゃ」と洋一がいった。

「竹下君よ」と山田がいった。

「洋一も浜見の者け」

「洋一か」と進はいった。「洋一はまだ浜見の者じゃないわい、もう半年の上いる潔とは違うわい」

洋一は黙ってしまった。

最初の登校日から洋一は、長い道ではずっと除け者同様の目に合わされていた。彼は大変な間違いを犯し、その結果、永久にはれることがないかも知れない進の不興を買ってしまったのだ。つまりちょっと目には威勢のいい松の方が進よりも勢力があるように見えるものだから、真の勢力の在処《ありか》を見誤り、松の子分になってしまって、最初の登校日に進に楯ついたりしたためにすっかり進の怒りを買ってしまったのである。だが彼の除け者は長い道に限られていたから僕のそれよりはましであった。しかしその彼もしばしば僕が進の不興を蒙って完全な除け者にされていることを逸早く嗅ぎつけたらしく僕とは決して口を利こうとしなかった。僕の方では同じ東京からの疎開者だというよしみから彼と親しく口を利こうと何度か企てたことがあったのだが、彼はそれを歓迎しないどころか迷惑がった。そして僕は彼に宥せた期待をまったく裏切られ、彼を憎むようになっていた。

浜見で彼は松の子分としてかなり幅を利かせていた。若い者たちは兵隊に行っているか、働きに出ていたから、六年といっても、一年遅れているために本当は高等科一年だし、身体の大きさからいったらそれ以上と見られても可笑しくない松は、進のいない所では恐れられている存在だった。勢いその子分である洋一は松の威をかりることができたのだ。

田植えの始まる五月に入って、いなごの卵拾いの命令に続いてよもぎを採集し、乾して提出するようにという命令が全校生徒に下された。四年以上の高学年生徒は、乾した時の目方にして一貫目になるように採集しなくてはならなかった。乾して一貫目というと生の時は相当な量になる筈だった。よもぎは火薬の原料にするということだった。戦争のためならば是が非でも集めなければならない、と僕は思った。

その命令が出た土曜日、僕は家に帰るとすぐに伯母に事情を話して袋と鎌をもらって外へ出た。

僕は浜辺へ行った。堤防の近くの草叢によもぎがあることを知っていたのだ。堤防伝いに僕はよもぎを摘みながら歩いて行った。すると向うの方から二日前から学校を休んでいる松がやって来るのが見えた。それも一人ではない。見かけない女の子を連れているのだ。

松の方でも僕に気づいた。松は赤い顔になった。

「何しとらあよ」と松はいった。

「よもぎの採集さ」と僕にいって、その理由を説明した。

「俺も採らんならんなあ」聞き終ると松は困ったようにいった。それからふと気づいたように連れの女の子を顧みていった。

「これよ、覚平さの潔よ」

「よろしく」というように僕は頭をちょっと下げた。

「この人が東京から疎開した子？」と女の子は僕をじっと見たままいった。

「そうよ」と松は自慢げにいった。「俺たちの組の副級長やが。本当は級長の進よりも出来るかも知れん。こんなに本読んどってな（と松は両手を拡げて見せ）偉えがやぞ」

松の言葉は僕の自尊心を擽った。

「君の家の親類？」と僕は訊ねた。

「ああ」と松はいった。「東京で空襲にやられて逃げて来たあよ」

僕は改めて女の子を見た。僕よりも背丈が大きく、ほんのりとお化粧さえしているので一人前の女のような感じがした。

「いつ空襲でやられたの」と僕がいった。

「三月よ」と女の子がいった。女の子の喋り方にどこか蓮葉なところがあるのが僕には気に入らなかった。

「おとといなあ、一人だけで俺ちに疎開して来たあにゃ。それで俺ァ、学校へ行かなんだよ」と松は言訳のようにいった。

「潔はなあ、面白い話をたくさん知っとるんやぞ。百の上も知っとろうかのう」と松は女の子に説明した。それから僕の方を向いて、

「今度恵子にも話してやってくれんか」

「うん」と僕は答えたが、内心ではこんな女の子に話をするのは絶対に嫌だと思った。

「さあ、恵子」と松はやさしい声で女の子にいった。

「家へ帰って昼飯にせんか」

驚いたことに松は恵子の手をとって先へ行ってしまった。

月曜日にも松は学校へ出て来なかった。

その日の帰り道、松のことが話題に上った。

「松の奴、何しとらあにゃ」と進がいった。

「何しとらあやろうのう」と山田がいうた。

「また三年の時みたいに学校に出るのが嫌になったあと違うやろか」と小沢がいった。

「今日先生にいわれてのう、寄って来るようにいわれたあよ」と進はいって、詰問するように善男に向って、

「汝ァ、松と親しいやろう。松は毎日何しとらあにゃ」

「俺ァ、知らんぜ」と善男はいった。「ここんところよもぎ採りで忙しゅうてな、松と会うとらんがよ」

「洋一、汝も知らんがか」と進はいった。

「知らんげえじゃ」と洋一は下手な田舎弁で答えた。

「よもぎまだたくさんあらあ?」と進がいった。

「それがなあ、竹下君」と秀がいった。「もう大抵のところないがよ。俺ァ、まだ半分位しか取っとらんがえれど、それだけ採るにもどない苦労したか分からんがい」

「そりゃ、そうや」と磯介がいった。「もうめぼしいところのよもぎは採りつくしてしもうたということやわ」

僕は土曜日に学校から帰ってすぐ取りに行ってよかったと思った。

「俺なあ、忙しゅうてまだ全然採っとらんがよ」と進がいった。

「竹下君、少し手伝って進ぜようか」と山田がいった。

「いいわい」と進はいった。

「学校さぼった罰に松にやらせるわい」

「竹下君よ」と磯介がいった。「松の家に東京から女子《おなご》が疎開して来とるの、知っとる?」

「知らんじあ」と進はそっけなく答えたものの、好奇心に駆られたらしくややあって今度は進の方から訊ねた。

「幾つ位の女子よ」

「女学校の一年やいうたけどなあ」

「いつ来たあ」

「よう知らんけどなあ」

「誰か逢うたものあるかあ」と進がいった。

誰も答える者はいない。


次の日の朝も松は出て来なかった。浜見の家並みを過ぎる頃磯介が進にいった。

「竹下君よ、昨日松の家に行ってみたあ？」

「ああ」と進はいった。「二度行ったれど、二度共、誰もおらんがよ。汝のいうた女子もおらなんだぞ。磯介、汝の話、本当かあ」

「本当やわ、竹下君」と善男が笑いを含んだ声でいった。「俺ちの人が風呂で松のおっさまに聞いたんやから」

「松の奴なあ、恵子っていう女子にのぼせてなあ、人目につかないところ、つかないところを、二人して手を握り合って歩いとらあよ。昨日もなあ、瀬田の林で、恵子とよもぎ採っとたわ」

「よもぎ採らんならんことは知っとるのやなあ」と進はいった。

「瀬田の林には、よもぎまだあらあか」と進は善男にいった。

「まだちょっくら残っとるわ。松が全部とってしまわねば」

「竹下君よ」と山田がいった。

「よもぎの火薬で早う、日本勝たんもんかのう」

「よもぎの火薬では、軍艦は沈まんと違うのか」と進がいうと、山田は黙ってしまった。

もし進以外の誰かが同じことをいったら、と僕はひそかに考えていた。その者はみんなの非難を一斉に浴びただろう。ここでは進は絶対者なのだ。その絶対者の権威に少しでも抗う者は、報いを受けなくてはならない。僕は少年講談で読んだ由井正雪のことを考えた。由井正雪の企ては失敗に終ったけれども、将軍に反抗した由井正雪はきっと恐ろしく勇気のあった人物に違いない。しかし彼の行手に待っていたのは死罪だったのだ……

「竹下君よ」と磯介がいった。「ルーズベルトが死んでも、なかなか敵の奴、手を挙げんのう」

「竹下君よ」と山田がいった。「どうしてドイツの奴、手を挙げてしもうたんやろうのう」

「知らんじゃあ」と進は不機嫌に答えた。

「誰やらに聞いてみいま。日本とドイツが勝って、最後に日本とドイツが戦争するとか偉そうにいうとったわ」

「面白い説やのう」と小沢が揶揄するような調子でいった。

「そんな馬鹿なこと誰いうとったあ」と山田がいった。

「潔やろう」と秀がいった。

「竹下君よ」と磯介がいった。

「山地村の巫女がなあ、沖縄になあ米軍をおびき寄せて全滅させて、今年の九月には日本が戦争に勝つっていうとったたっていうぜ」

「山地村の巫女のいうことはようあたるっていうなあ」と山田が珍しく磯介の肩をもった。

磯介がみんなの関心を僕から逸らしてくれたことをひそかに僕は感謝した。

「竹下君よ」と善男がいった。

「山地の巫女は甚兵衛さのおじが海に沈んだっていうことを、公報が入る一月も前にちゃんといいあてたっていうもんな」

「甚兵衛さのおじって海軍へ行った奴か」と進がいった。

「そいがよ」と善男がいった。「精米所のおじと松の姉さまを奪い合った奴よ」

「松の姉さまを好きだった男、まだ外にもたくさんおるぜ」と磯介がいった。

「何しろ松の姉さまは、小野の小町っていうからのう」と進がいった。

「小野の小町って、竹下君何よ」と善男がいった。

「小野の小町ってのはなあ」と進が少し威張っていった。

「平安時代の歌人で、絶世の美人やったっていう女のことよ。よう覚えとかんかい」

その日家に帰ってみると実家に戻っている東京の光子叔母から手紙が来ていた。九月以来勤めている文部省からの出張で今月中にそちらの方へ行くことになったので、お墓詣りを兼ねて寄り、久しぶりにみなさんにお目にかかりたいという文面だった。僕は楽しみがひとつ出来たことを喜んだ。

土曜日僕は磯介と連立って瀬田の林に最後のよもぎ採りに出かけた。そこで僕らは袋を提げてよもぎを採りに来ている松に会った。

「大変じゃのう」と磯介がいった。

「竹下の分も採れたあか」

「これみんな竹下の分じゃが」と松は少し腹立たしげにいった。僕は松がまたもや進のことを呼びつけにしたのに驚いた。

「竹下にいいつけられたあか」と磯介がいった。

「ああ、昨日よ」と松は怒ったようにいった。

しばらくして磯介がいった。

「今日は一人で淋しいのう」

「何いうとらあ」と松はいいながらみるみる顔を赤く染めた。

「恵子のことよ」と磯介が落着いていった。

「恵子はなあ」と松は赤い顔をしたままいった。

「棚見に行ってしもうたわ」

「何しに」

「女学校に入るためよ」

「汝ちにずっといるのと違うたあか」

「ああ」といって松はまた真赤になった。

「棚見にも親類あらあ？」

「ああ」と松はいった。「恵子のおじがおらすがよ」

「そいがか」と磯介はいった。

しばらくして松の姿が消えた。すると磯介はあたりを見廻して、人がいないことを確かめると、囁くようにいった。

「松はなあ、男になったがえじゃ」

「えっ」と僕はいった。

「恵子によってよ」

「どうして」

「汝にはまだ分らんのやったな」と磯介はにやにや笑いながらいった。

「いずれ分るようになったら説明してやるっちゃ」

僕はそれ以上故意に磯介に訊ねようとしなかった。もし訊ねれば磯介が微に入り細に入り説明してくれるだろう、ということは分っていた。今までも何度か磯介は男女の営みを教えてくれようとしたことがあったのだが、僕の方から聞くまいとして受けつけないでいたのだ。彼は僕に一度馬の交尾を見せてやるとさえいっていた。

しかし僕はすでに、長い道の行き帰りにみんなが交す露骨な話や、作業時間にみんながひそひそと交す噂話によって、男女の秘密の営みについてかなり知るようになっていた。ただそれが現実にあり得ることを心の中で承認しようとしていなかっただけだった。

今も磯介がいったことがその問題と関係があるに違いないということは分っていた。僕が何よりも恐れていることは、僕の心がいつか狎れ合いになりみんなが喋っているようなことをなしくずしに認めるようになってしまいはしないかということだった。磯介がそうしたことを信じていて平然としていられるのが、僕には不思議だった。そうでなければ、磯介は本当にいい奴なのだが、と僕は思った。

磯介がいたお蔭で僕は不足分を充分補える量のよもぎを採ることができた。

家に帰って、それをこれまで採った分に混ぜて干そうと思って土蔵の前に行くと、土蔵の前に拡げておいたよもぎがむしろごとない。僕は蒼くなった。一体どうしたのだろう。あれだけの量のよもぎをこれから採ることはもうできない。

家の中に入ると、仏間から祖母が声をかけた。

「潔ちゃんけ、東京からあす叔母さまがいらすぞ」

「本当ですか」と僕は喜びの声を挙げた。

「電報でも来たのですか」

「さっきな。あすの朝着くと」

「そうですか」

そういって僕は重大なことを聞くのを忘れていたのに気がついた。

「おばあちゃん」と僕はいった。

「僕の採ったよもぎを知りませんか」

「よもぎけえ」と祖母はいった。「よもぎって蔵の前に干してあったよもぎけえ？」

「ええ、そうです」

「今日なあ」と祖母はいった。「あんさまにもち米を五升ばかり都合してもろうたのや。東京から叔母さまがいらすから何ぞお土産を持たせて上げんならんと思うてな。砂糖もな、去年人様から頒けてもらうたのが、まだ少しあるしの。それでな、何ぞ草餅でも作って進ぜようと思うてな。亡くなったおっさまは、げに草餅が好きやったからなあ」

「おばあちゃん」と僕は半分泣き声を出していった。

「それで蔵の前のよもぎを使ってしまったのですか」

「そいが、そいが」と祖母はいった。

「いい塩梅に乾してあったからのう、今いい葉だけ選り分けて、蒸しているところや」

「おばあちゃん」と僕はいった。「あれは学校に持っていくよもぎなんですよ。月曜日までに学校に持って行かなくちゃならなかったんですよ」

「ありゃあ、どうしようのう。おばばはちっとも知りませんでしたぞ」と祖母はいった。

僕はベソをかいてしまった。僕の泣いたのを見たことのない祖母は事の重大さは気がついたようだった。

「潔ちゃん、泣きなさるな」と祖母がいった。

「おばばがちゃんと採って来て進ぜる」

「だってもうどこにもありませんよ。みんな採られてしまっていますよ」と僕は泣き声で訴えた。

「もう泣かんでもいい、安心せい。おばばがたくさんあるところ知っとるから」

「どこですか」と僕は信じられないでいった。

「庄どんの裏庭にたくさんある。あの裏庭は塀に囲まれとるから、取られていまい。今からちょっくら行って来る」

そういって祖母は経本を仏壇の抽出に蔵うと立ち上った。

祖母が行ってからしばらくして僕は立上り、井戸へ行って顔を洗った。祖母のあとを追って庄どんの家へ行こうと思い立ったのである。

祖母の予想はあたっていた。庄どんの裏庭にはまだよもぎがたくさんあった。美那子の母と祖母の二人も手伝ってくれていた。

採り終ると、祖母と僕は、二人に勧められてお座敷でお茶を飲んで行くことになった。

「草餅に化けちゃったんですってね」とお茶を僕に勧めながら美那子の母がいった。

「ええ」と僕はいった。

「お祖母ちゃんはとってもびっくりなさったようよ」

「ここへ来て、よもぎがあるのを見て、ようやく安心しましたぞいな」と祖母がいった。

「明日は東京から叔母さまがいらっしゃるそうですね」と美那子の母がいった。

「ええ」

「家にもお招きしたいんですが、生憎美那子が風邪をこじらせて寝ておりまして」

そうだったのか、と僕は初めて合点が行ったような気がした。もう長いこと美那子を見かけなかったからである。僕はさっきから自分が美那子が現われるのを待っていたのが空しかったことをあらためて感じた。

「熱があるのですか」と僕は聞いた。

「もうほとんどいいのですけれども」と美那子の母が答えた。

「大事にさっしえのう」と祖母がいった。「風邪はこじらせると怖いですからのう」

「どうぞお大事に」と僕もいった。できることなら美那子の枕許に坐って、美那子の色白のすっきりした顔を見ながら話をしたかった。

「潔ちゃん、もうすっかり学校にお慣れになったんでしょう」

「ええ」と答えながら、その瞬間僕はその場に美那子が居合せないことをかえって有難く思った。美那子はきっと僕が学校で、長い道で、どんな目に遭わされているかを知っているだろうから。

「進ちゃんと同級生ですってね」と美那子の母は続けていった。

「進ちゃんのお母さんとは、わたし小学校時代同級生だったんですよ。潔ちゃんとはいいお友だちになれたでしょう」

「ええ」と僕はいった。

進が大人たちの間で評判がいいのに僕はあらためて驚いた。大人たちは進の真の姿を知らないのだ、と僕は思った。

間もなく祖母と僕の二人は庄どんの家を辞した。

日曜の朝、僕は自転車に乗って叔母を、駅まで迎えに行った。

汽車が着くと間もなく、改札口に久留米がすりのもんぺ姿の叔母が姿を現わした。小さな革のボストンバッグと大きなトランクを持っている。「潔ちゃん」と改札口を出ないうちから、叔母はなつかしそうに僕に声をかけた。叔母の声は相変らずよく澄んでいて美しかった。

「いらっしゃい」といって僕は叔母からトランクを取った。

「重いのよ」

「大丈夫です」

「大きくなったわねえ」

叔母は僕が恋い憧れて止まない東京からの使者だった。僕はその叔母の声、姿、香水の匂いを全部逃すまいとした。

自転車の荷物台にトランクを載せ、麻縄で縛ると、僕は自転車を押しながら叔母と一緒にゆっくりと歩いた。

「もう田舎にはすっかり慣れたんでしょう、潔ちゃん」と叔母はいった。

「ええ」といいながら、僕は不意に涙ぐんだ。

「田圃のお手伝いなんかもするんでしょう」

「ええ」

「大変でしょう」

「そうでもありませんよ」と僕はいった。大変なのはそんなことではないのだ。と僕は心の中で独りごちた。

「もうぼつぼつ田植が始まります」

「潔ちゃんも田植をするの」

「もちろん」と僕はいった。

それからの道を僕はすでに手紙で聞き知っている東京のことを叔母からじかに確かめた。

東京はすっかり変ってしまったのだ、ということを僕は叔母の説明を聞いて改めて納得した。

食糧は極端に不足し、警戒警報、空襲警報で安眠できる夜がない。僕の家のあたりはまだ焼けないでいるが、焼けるのはもう時間の問題だろう、父母たちも比較的安全な祖父の家に早く移ってよかったと叔母はいった。

「潔ちゃんはこんなに安全なところに疎開して本当によかったわね。潔ちゃんの学年で静岡に集団疎開した人たちは、また青森県の方に再疎開したそうよ。潔ちゃんは縁故疎開に踏み切って本当によかったわね」

と叔母はいった。ああ、誰も僕の苦しみを知らないのだ、と僕は思った。

一番上の兄は学徒動員で我孫子の海軍農場で勤労奉仕をして、月に一度位しか帰って来ない。次の兄は母方の祖父の郷里に近い熊本幼年学校に入学して、毎日張切った日を過している。この間は制服姿の写真を送って来たのを見せて頂いたけれども、もう凛々しい青年将校という感じだった。出発するまでは、少尉殿といわないと御機嫌が悪いのだそうだった。母方の祖母はまだ寝たり起きたりの生活をしているが、十月の初めから、母たちと一緒に生活するようになって以来、大分元気になった。父は相変らず多忙を極めている。一度母が来たがっているけれども、そんなわけで家を離れられない状態にあるのだ。

そんなことを叔母は美しい声で、綺麗な女言葉で僕に語った。

そのすべてはすでに手紙で知っていたことだったが、僕は今初めて聞いたような気がした。しかしそのすべてがどこか遠い世界の出来事のように思えることが僕を驚かせた。父も母も、兄たちも、祖父も、祖母も、僕にとって近い、愛しい人たちが、何か遠い世界の人たちのように感じられたのだ。

その日の夜僕は叔母と枕を並べて寝た。

次の日の朝、進は十字路でいらいらしていた。松を待っているのになかなかやって来ないのだ。みんなよもぎの入った袋を背負っている。袋を背負っていないのは進だけだった。

「善男」と進はいった。「汝ァ、たしかに松がよもぎを採っとったのを見たんやろう」

「ああ、見たじゃあ」と善男が答えた。「竹下君のやっていうて採っとったわ」

「竹下君、俺も見たじゃあ」と磯介がいった。

「そうか」と進はいって少し安心したようだった。

「山田」と進が突然命令を発した。

「汝、ちょっくら走って、松を連れて来いま」

「おお」と答えて山田は走り出した。

「早く来んと学校が遅れてしまうのう」と磯介がいった。

やがて松が山田と一緒にやって来た。袋を一つしか持っていない。

「竹下君、堪忍な」と松は着くなりいった。

「いいわい、早くかさんか」と進はいった。

「これじゃ一人分もないにか」と進は袋を手に持つなりいった。

「俺ァ、今日学校へ行かんもん。それ全部竹下君のやが」と松がいった。

「そうか」と進はいった。「汝、またずるける気か」

「明日から出るっちゃ」と松がいった。

僕は心の中で進の不正をなじり、憎んだ。松が今日から学校へ行けないのも、よもぎを自分の分まで採れなかったからではないか。何も松の方から、進に謝ることはないのだ。

「明日から出て来るんやぞ」と進は松にいうと、

「さあ、行かんか」とみんなに下知した。「愚図愚図しとると遅刻してしまうわ」

僕らはいつものように進を中心に据えて出発した。あれからずっと僕にはいつも進の隣の場所が与えられていた。

しばらくして進は袋を山田に持たせていった。

「これで一貫あるかのう」

「そうやなあ」と山田はしばらく手に持ったのち、

「これ一貫目ないわ」といって袋を進に返した。

「松の奴怠けおったのう」と磯介がいった。

「竹下君」と山田が聞いた。

「俺ァ、一貫目より少し余計あるから、進ぜようか」

「ああ」と進が答えた。「よこせま」

隊伍が停止した。山田が袋の口を開けると進は片手で山田のよもぎを取り出して、自分の袋に二度も入れた。三度目に、

「竹下君、少し多過ぎるわ」と山田が恐る恐る文句をつけたが、

「いいにか」といって一蹴し、更にもう一摑み取った。

「磯介、汝のも少しよこさんかい」と進がいった。

「俺ァ、一貫目しかないもん」

「分ったわい」と進はいった。ほかの誰も一貫目しかないらしく、山田のように進に献上しようとするものはいなかった。

進は道中ずっと不機嫌だった。彼は黙り込んだままだった。だから誰も口を利かなかった。

学校に着くともう鐘が鳴ったあとだった。教室に着くと誰もいない。

「講堂やな」と進はいって、みんなに袋を持って講堂に行くように命じた。

講堂では組別に列を作って、よもぎの供出が始まっていた。演壇の下にすでによもぎの山が出来ていた。

野沢が目方計りを、昇が記帳をしていた。進は前に出て、昇の役を取った。

野沢は目方を計りながら時々批評を下した。

「汝ア、一貫三百匁もあるじゃあ。よう頑張ったのう」

「何じゃあ、このくずばかりのもちぐさは」

「泥をよう落しとま。これ乾きが少し足りんぞ。水をわざとかけたのと違うか」

とかいった批評である。

僕の前が山田だった。

「汝ア、足りんぜ」と野沢がいった。「何を怠けとったあにゃ」

山田は見る見る赤くなって、最後に耳まで赤く染めた。

「野沢、余計なこといわんで目方をいえ」

と脇から進がいった。

「八百匁よ」と野沢が投げやりな調子で答えた。

一時間目はそれで潰れてしまった。二時間日の授業の最初に先生がいった。

「みんなようもちぐさを採って来てくれた。お蔭で本校の割当五百貫を楽々突破した。この級だけでも、一貫目以上採って来た者が大分いたお蔭で、目標額を七貫目も上廻った」

そういって、先生は、

「なあ、そうやったな、竹下君」と進を呼んで確かめた。

「はい」と進が席から大きな声で返事をした。

「御苦労だった。中には一貫目に足りなんだ者もいたようだけれど、これからこういうことは何回もあることじゃから、次の時からは頑張って欲しいと思います」

僕の列にいる山田の顔が赤くなったのが僕の席から見えた。進がどんな顔をしているかは分からない。

その日体操の時間にも山田はよもぎのことで野沢にからまれた。何かで山田が野沢に文句をつけた時、「八百匁ばかり採って来て文句こくな」といわれたのである。それも進がいるところでだった。山田は進の忠実な部下の筆頭だった。謂わば股肱の臣だった。山田への言葉は進の威信への侵害を意味した。

帰り道に進は山田に向かっていった。

「汝ア、あになことといわれて、なんで黙って引込んどったあ」

「だって、野沢は俺よりも強いもん」

「俺がついとるにか」と進がいった。

「今度あになことといわれたら、黙って引込んどるじゃないぞ。俺の面子にかかわるにか」

「なあ、竹下君」と善男がいった。

「野見の奴ら、一度懲らしめてやらんでいいが。この頃奴らえらく生意気になったぜえ」

「ああ」と進は怒りを押し殺したような声でいった。

「まあ待っとれま。時機を見てやるから」

しばらくして進はつけたした。

「一発ずつ俺の拳骨でもくらわしてやればよう分ろうが」

「拳骨に往復ビンタ二回ちゅうのはどうやろうのう」と善男はいって、

「痛がるじゃあ、竹下君の拳は少々な痛さじゃないからのう、みんなも温和しくなろうわい」とけたたましく笑い出した。その笑いは鴉の啼き声のように不吉に響いた。僕は磯介の予言を思い出し、もしかすると進は磯介の予言通り没落するかも知れない、と心ひそかに考えていた。進が倒されたら、僕が屡々思い描いていた、あの理想的な学級が生れるかも知れない。みんなが平等で、お互を認め合って仲よく出来るような、東京の学校の僕の組がそうだったような学級が……

いつの間にか山田がしくしく泣いていた。

「汝、泣いとらあか」と進がいった。

「何じゃだらしない。頼りにならん奴じゃのう。こうなったら、いざという時に喧嘩で頼りになるのは松一人か」

「俺も頼りになるじゃあ」と善男がいった。

「汝か」と進はいった。「役には立とうのう」

「竹下君の拳骨で野沢も昇も河村もなぐられるかあ」と善男がいった。

「いい気味じゃのう。竹下君の拳骨は少々な痛さじゃないからのう」

そういって、善男はまたけたたましく笑い出した。

「善男はよう知っとるもんのう」と磯介がいった。

「磯介ものう」と善男がやり返した。

進は何を思ったのか黙り込んでしまった。

しばらくして秀がいった。

「竹下君、野見の奴らで本当に強いのは誰やろうのう」

「汝の意見を聞かせま」と進がいった。彼の声には真剣さがみなぎっていた。

「やっぱり昇と野沢と河村の三人やろうのう。勝は強けれど温和しいからのう」

「平尾も強いわ」といつの間にかべそから立直った山田がいった。

「へいかは角力が強いだけよ」と秀がいった。

「その位のもんやろうが」と進はいった。

「何怖いことあらあよ。俺と松の二人で片端からやっつけてやるわ」

「俺だって一人や二人大丈夫やわ」と小沢がいった。

「俺もよ」と秀がいった。

「俺もよ」と山田がいった。

「あとは山見の奴らがどっちにつくかやろうのう」と磯介がいった。

「川瀬はああ見えて大分強いからのう」

「川瀬か」と進は吐き捨てるようにいった。

「あにな奴、どっちにつこうと大して変りはないわい」

僕はここしばらくのうちにきっと何かが起ることを予感して黙って歩いていた。

第九章

次の日松は一週間ぶりに登校した。彼が十字路に着くと同時に、進を中心に屯ろしていた六年男組の浜見の者たちの間から一斉に歌が唄い出された。それは松と恵子とが石津の浜の水枯れした土管の中で男女の秘密の営みをしたということを巧みに唄い込んだ歌だった。それが唄い出されると、松はたちまちのうちに真赤になったが、その目は酔った者のようにとろんとして来た。

二度目が唄い終ると、

「さあ行かんかい」と進がいった。

みんなが歩き出してからもう一度その歌を唄い始めようとすると、進がいった。

「もう止めにしとかんかい。そう何度も唄われたら、松も腹が立とうわい」

「なあ、松」と進はいってうしろを振向いた。松はその日前の列に入れてもらえなくて、うしろから、一郎と洋一と並んでついて来ているのだった。

「こっちへ来んかい、松」と進はいった。そして進は僕の場所に松を割込ませた。僕は列からはみ出てうしろに退った。

「昨日は汝のお蔭でひどい目に逢うたぞ」と進が松にいった。

「堪忍してくれっしえ。この次はうんと採るから」

「まあいいわい」と進は寛大にいった。

「それでよ」と松が進の御機嫌を取るように聞いた。

「今日、昇たちやっつけてやらあ」

「そう急ぐな。時機というものがあるからのう」と進が答えた。

「今日やらんがかあ」と松はがっかりしたようにいった。

「俺なあ、今日やるんやと思うてな、畳屋の徳からこれ分捕って来たあよ」

そういって松は鞄から刃渡り三寸はあろうと思われる短刀を出して進に見せた。

進はそれを手にとってじっと見ていたが、やがて、

「松、これ俺にくれんか、いつかの返すから」といった。

「これけ」と松が狼狽《うろた》えていった。

「だめじゃ、やれんわい」

そういって松はこの前のように進が鞘に収めた短刀を矢庭に奪って逃げ出そうとしたが、すぐに進にうしろから抱きつかれて捕まってしまった。また今度も進は松をうしろから羽掻い締めにしてその短刀を取り上げようとしたが、今度は松はどうしてもそれを離そうとしない。進は怒って松を引き倒し、頭を拳骨でなぐった。尤もそれはそんなにひどいなぐり方ではなかった。松は真赤になって頭を手で蔽い、抵抗せずになぐられるがままになっていた。

「許してやるわい」と進はいって松の首筋をつかんで引摺り起した。その時進を見上げた松の眼差に一瞬だったが再び狂暴な光が走ったのに気づき僕はぎょっとした。松が進に短刀で切りかかるのではないかと思ったのである。

「松」と進は、また元のように松と肩を並べて歩き出すと、いった。

「その短刀、めったな時に出すんでないぞ」

「ああ」と松は肩で呼吸しながら答えた。

「しかしな、いつも持っとれ。いざという時には俺がいうから、それで奴らを嚇してやるんや」

その日僕は再び除け者にされたことを知った。それが分ると僕は休み時間になっても、教室に残っていて、光子叔母が持って来てくれた本を読んでいた。叔母は僕が前から読みたいと願っていた、吉川英治の「神州天馬俠」を持って来てくれたのである。

長い昼休みの時間が終ると、遊び終った同級生がどたどたと入って来た。勝が僕の所へ近寄って来ていった。

「潔、若い女の人が先生のところへ来とらすぞ。潔の叔母さんやとかいうとったわ」

「えっ」と僕は驚いていった。叔母が学校に来るとは、まったく僕の予期していなかったことだった。

「竹下が呼ばれて行っとるわ」と続けて勝がいった。

五分程遅れて先生が進と一緒にやって来た。叔母が参観もして行くのではないかと僕は惧れたが、その気配はなかった。僕は一安心した。

その日の帰り道、僕のひたすら恐れていたことが起った。叔母のことが長い道の話題に選ばれたのである。

線路を越えてまもなく善男がこういったのだ。

「竹下君よ、潔の東京の叔母さ、何しに学校へ来らすたんやろう」

「知らんな」と進が答えた。

「潔の叔母さって、綺麗な人やなあ」と秀がいった。

「松の姉さとどっちが綺麗やろうのう」と小沢がいった。

松がどうしたわけか見るみるうちに赤くなった。

「竹下君よ」とまた善男がいった。

「先生嬉しそうな顔して話しとったじゃあ」

「先生、潔の叔母さ、好きなんと違うか」と秀がいった。

叔母がみんなの勝手な話題の餌食にされようとしているのを僕は感じた。黙って手を拱ねて
それを聞いていていいのだろうか。

「竹下君よ」と善男がいった。

「潔の叔母さ、なぜぼぼが出来なんだやろうのう」

突然進が前の列からうしろにいる僕に向かっていった。

「潔、啓作さは結婚して半年位で死なすたんやろう」

「ああ」と僕はいった。

「一回やってもぼぼは出来るぜ」と善男がいった。

「そこのとこは松が一番よう知っとろうわい」と磯介がいった。

「産婆のおっさまやもんになあ」

「サックはめとったらよかろうが」と秀が物知り顔にいった。

「結婚しとって、サック使う者誰がおろうか」と進がいった。

叔母の神聖がみんなの汚れた言葉でけがされようとしている、と僕は身体中が凍りつく思いで考えた。僕は黙ってそれを耐えているだけでいいのか。

「ミルクの入れ方が少なかったと違うか」と善男がいった。

「善男」と僕はいった。僕は蒼白な顔をしていた。

「いい加減にしろ」

「潔が怒ったじゃあ」と善男が囃すようにいった。

「こわいじゃあ、ああ、こわいじゃあ」と小沢と秀が唱和した。

「その話、止めんかい」と進がいった。すると嘘のようにみんなはもうそのことに触れようとしなくなった。

僕は涙ぐんでいた。結局僕は叔母の神聖を自分の力で守ることができなかったのだ。僕はまったく意気地なしだったのだ。もしあの時進が止めてくれなかったならば、みんなはいっそう僕をいきり立たせるために、あの話題をめぐって勝手なことを喋っただろう。

「潔」としばらくして前の列から進の声がかかった。

「汝、今日何か変った本、読んどったな」

「ああ」と僕はいった。

「ちょっと見せま」

僕はそれをわざとゆっくり五日位かけて読むつもりでいた。本当は一日で読めるのだったが、楽しみを長く味うためにそうしようと思っていたのだ。

「これ〈神州天馬俠〉やないか」

と進は本を僕の手から奪い取ると宝物でも捜しあてたような喜びを籠めて叫んだ。

「汝ァ、なぜ黙っとったんや」

僕は無言のままでいた。

「これ、俺に貸さんかい」

「まだ、読んでいないんだ」と僕はいった。「読んでから貸すよ」

「いいにか」

「嫌だよ」と僕はいって進の手から本を奪い返そうとした。

「汝ァ、本気か」と進はいって僕の腕を摑んで逆手を取った。毎日櫓を漕いでいる進の腕は鋼のように強かった。僕は彼の敵ではなかった。

「なあ、いいにか、二、三日で返すから」

「ああ」と答えながら、口惜しさで目に涙がにじんで来た。今は何よりも自分の非力が口惜しかった。そして進に対して徹底的に抵抗できない自分の不甲斐なさが恨めしかった。

家に帰ると東京の叔母がホット・ケーキを作って僕を待ってくれていた。

「潔ちゃん、御免なさいね」と叔母は僕の顔を見るといった。

「あなたのお許しを得ないで学校へ行ったりして。この頃あなたから余りお手紙がないので心配していらしたお母様にたのまれたのよ。先生に色々とお話聞いて安心したわ。先生、潔ちゃんのこと、とっても褒めていらしたわ。副級長ですってね。色々な事情で級長にできないことを気にしていらしたわ。級長の竹下君ていう子にも逢わせて頂いたわ。とてもしっかりしたいい子ね」

叔母が作ってくれたホット・ケーキを食べながら僕は美しい叔母の顔に時々目を走らせ、この叔母がみんながいっていた、あんなことをする筈はない、と心にいい聞かせていた。

叔母が帰ってから一週間程して、僕の家が焼けたという報せが母の葉書によってもたらされた。五月二十三、五日の大空襲で、僕の家のあたりは完全に焼けてしまったのだ。幸いなことに、祖父の家は残り、十月から祖父の家に移っていた家族の者は全員無事だった。五月二十六日には、浜見にも東京から一家族ほとんど着のみ着のままで逃げて来た人たちがいた。彼らは小さな子供を二人連れていたが、全員が火の粉を浴びて軽い火傷を負っていた。

自分の家が焼けたことについて僕はさほどのショックを受けなかった。心の中で東京に住んでいた頃の僕の世界が崩れ落ちてしまった以上、自分の家が焼けたこととか、自分が子供の頃遊んだ町がもはや存在しなくなったなどということは、もうとうの昔に約束されていたことのように思えていた。自分自身が変ってしまったのだから、たとえ東京が昔のままであったとしてもしようがないのだという気がした。

家が焼けたという母の手紙が届いた翌日田植えの苗運びを終えて家に帰り、川で足を洗っていると、背中で口笛を吹く音がした。振返ると、赤ん坊を背負った進が立っていた。

「何だ、君か」と僕は冷たくいった。

僕はあれから三日後に進が本を返して来た時に口を利いたほか、ずっと進と口を利いていなかった。暴力的に僕の楽しみの糧であった本を奪った進に対して強い憎しみの念をはっきりと抱くようになっていたのだ。

「汝の東京の家、焼けたんやってなあ」

「うん、誰に聞いたの?」僕は今東京の言葉に固執して聞いた。

「汝の家のおばばに聞いたわ。大きな家やったってなあ」

「うん」

「悲しかろう」

「そうでもないよ」と答えながら今の僕の気持は到底君に説明しても分ってもらえないだろう、

と心の中で呟いていた。

「この間は本を無理やりに取上げて悪かったな」と進がいった。

「………」

「家で見つかって怒られてな、結局一頁も読まなんだよ」

「どうして怒られたの」と僕は驚いていった。

「六年生になったら、あんな本読まんで勉強せんならんといわれてな」

「そう」と答えて、自分が中学の受験勉強らしいものを何もしていないことに僕は気づいた。

「そんなに勉強しなければならないのかい」

「そりゃあ、そうや。健一などは、六年生になってからは、家に帰るとすぐ机に向かっとったからな」

「それじゃあ、僕らも頑張らなければならないね」

「そうや、夏休みからといわず、麦刈りが終って暇になったら、一緒に勉強せんか」

「そうだね」と僕は考え込んでいった。

「いいやろう」と進は念を押した。

「考えてみるよ」と僕は曖昧に答えた。

背中の赤ん坊が目を覚まして泣いた。進はしばらく揺すぶってあやしていたが、やがて、

「腹空いたらしいわ」といって帰ってしまった。

進が帰ったのち、僕は進と一緒に勉強することについて、じっと考えてみた。学校で進が今のような態度を持ち続ける限り、進と一緒に勉強するのは絶対に嫌だった。受験勉強を一人でするよりも、進と二人でした方が色々な点でいいことも確かだったが、その場合でも対等な立場でするのでなければ、話にならないと思った。けれども進の要請を拒けた場合、進がどんな嫌がらせをするかは分っていた。しかし除け者にされても、それに耐えられるだけの力が少しずつだが育って来ているように思われた。僕はもうしばらくこの問題については結論を保留しようと思った。

僕は祖母にいわれて、風呂に行くことにした。脇の道に出たところで、手拭をぶら下げた磯介に逢った。磯介は僕の顔を見るなり気の毒そうな顔をしていった。

「汝も、東京にすぐ帰れんようになってしもうたなあ」

「どうして」と僕はいった。

「東京の家焼けてしもうたっていうにか」

「うん、でももう一軒あるんだ」

「そいがか、それならよけれど」と磯介は安心したようにいった。

「今竹下の奴来たろう」

「うん」と僕はいった。

「奴《やっこ》さん、何しに来たあ」

「中学の受験勉強を一緒にしようって」

「そうか」と磯介はいった。

「奴もなかなかしぶといのう」としばらくして磯介は慨嘆するようにいった。

「どうして」

「なかなか力が衰えんじゃあ」

「しかし昇が来てから大分様子が違って来たんじゃないか」

「そうやろう」と磯介は我が意を得たりとばかりにいった。

「汝にもそれが分るやろう」

「うん」と僕はいった。

次の日授業は二時間で切上げて、三時間目から僕らは勤労奉仕をさせられた。学校農園の隅の松が切り倒され、松の根が高等科の生徒たちによって掘り起されたあとを、畠にする作業である。

ここ一カ月ばかり、ほとんど一日おき位に勤労奉仕があった。いなごの卵とり、出征家族の家の田植と麦刈りの手伝い、学校農園の麦刈りなどなどであった。大抵幾班かに分れて仕事になったので、その班分けの仕方で僕の運命は決った。仲間が誰になるかで僕が受けるいやがらせの種類もさまざまに変って来るのだった。

その日の作業は全員であたり予定通り二時間で終った。作業が終るとめいめい使用したスコップを川へ洗いに行った。川は農園のすぐ向こうを流れていた。その時どうしたはずみか進がスコップを川に落してしまった。雨のあとで、川の水量が多く、流れも急だったので、スコップはあっという間に見えなくなってしまった。進は顔色を変えた。スコップは貴重品だったからである。管理は級長の責任で、先生から鍵をもらうと、作業庫の戸を開け、数を確認して渡し、蔵う時も数を確認しなくてはならないという厳重な取扱いを受けていたのだ。

進の命令で全員が捜索にかかった。スコップは流れに押し流されどこか川淵の水草の繁みに引っかかっているか、水底に沈んでいるかのどちらかだったが、あいにく水が濁っているために、見透しが利かない。一番いい方法は川の中に入って、足で探ってみることだった。しかし川の水はまだ冷たいので、誰もそれをしようとする者はいなかった。一番忠実な捜し方は精々のところ岸に腹這いになって川に手を入れ川淵の水草の繁みを探ったり、長い棒を手に入れて来て川底を突いてみるかのいずれか位のものだった。進に忠実であることを示すために大部分の者がそれをしていた。昇や河村や野沢も例外ではなかった。

そのうちに雨が降り出して来た。みんなはようやく捜索に疲れ出した。

「腹が空いたじゃあ」という声がそこここで挙った。

「もう少しで見つかるわい」と浜見の者たちがそれに答えていた。

「竹下君のスコップやなかったらなあ」と突然川瀬がいった。

「今頃そいつはみんなから怨まれて大変じゃったろうのう」

やにわに進は川瀬に飛びかかりその首根っこをつかまえた。

「愚図愚図いうとらんで早う捜さんかい」

川瀬はさらに身体を前後に乱暴に揺すぶられ、その挙句地面にほうり出された。

「ひどいことをするじゃあ」

川瀬はぺっぺっと口に含んだ泥を吐きながらそういって立上った。

そして服についた泥を払おうともせず首をすくめて「おおこわ、おおこわ」といって進のそばから逃げ出して行った。

進は長い棒を川の中に突きさして探している昇のところへ近寄った。

「昇、汝ァ、そんな骨惜しみせんで、川の中へ入らんかい」

「竹下君」と昇がいった。

「川の中は冷たいじゃあ」

「野沢」と進は、川淵に腹這いになって手を川の中に入れている野沢を見下ろしていった。

「汝ァ、入らんかい」

「竹下君よ」と野沢は身体を起して答えた。

「川の水は少々な冷たさじゃないがい」

「そになこと分っとるわい」と進はいった。

「愚図愚図せんと入らんかい」

進は突然昇の手から棒を取り上げ、

「早くいう通りにせんと、これでなぐるぞ」といってその棒で二人を威嚇した。

「入るっちゃ、入るっちゃ」と二人はいって長ズボンの裾をまくり出した。

時間をかけて長ズボンの裾を膝まで上げるとようやく二人は川の中に入った。しばらく底を足で探りながら歩いていたが、そのうちに堪りかねたように、上って来た。

岸に上るなり昇が進に聞えよがしに大きな声でいった。

「ああ冷たいじゃあ」

「ああ冷たいじゃあ」と野沢がそれに和した。

「竹下ァ人に入らせんで自分で入りゃあいいにか。自分で流したあに」と昇がいった。

「何じゃあ」と進が大きな声でいった。

その時誰かが先生が来たことを告げた。なかなか引揚げて来ないので見に来たらしい。

進から事情を聞くと先生は率先して下流まで捜しに行った。昇は進に近づいて、「竹下君、今いうたこと気に触ったら、堪忍せいな」といったが、進は返事をせずに、先生の後を追った。

昇は蒼い顔をして元気をなくしていた。野沢も浮かぬ顔をしていた。その間に山田と松と秀がズボンの裾をまくり上げて、川の中に入って行った。

先生と進が下流から戻って来た。先生は、これから職員会議があるので会議が終ったらまた戻って来るから、それまで竹下君の指示に従ってシャベルを捜し出すように、と指示して立去った。

「早う捜さんかい」と進はみんなを叱咤した。

川に浸って探している山田と松と秀の三人を黙って見ていた外の者たちは、我に帰ったように動き出したが、誰もやはり川の中へは入ろうとしなかった。

一旦上った雨がまた降り出した。その頃忍耐の限界に達したのか、山田と松と秀の三人が岸に上って来た。

「どいつもこいつも形ばかりつくろって捜しとらんにか」と進はいって、無理やりに幾人かを川の中へ、追い込んだ。

やがて不平の声が起り始めた。初めのうちは進がいない時に限られていたが、やがて進に聞えよがしに、大きな声でいうようになった。

「腹減ったじゃあ、腹減ったじゃあ」という不平に始まって、次には、

「冷たいじゃあ、冷たいじゃあ、手足が凍えてしまいそうだわ」という不平に移ったかと思うと、そのうちに、

「竹下一人で捜せばいいにか」と川瀬が大きな声でいい出した。

するとそれまで元気のなかった昇と野沢までもが元気を回復して、

「竹下はまだ一度も川に入っとらんじゃあ」といい出した。

するとそれを焚きつけるように河村がいった。

「進が何怖いことあらあ、進一人やっちまやあ、あとは雑魚《ざこ》ばかりやにか」

雨が急にざあざあと降り出した。進はとうとうスコップを捜し出すことを諦め、解散を宣言した。

学校に戻るとみんなは教室に入って遅い弁当を使った。弁当を使っている間はみんな温和しかった。

みんなが弁当を使い終った頃、五時間目の鐘が鳴った。

その日の帰り道進は不機嫌に黙りこくっていた。進が黙っているものだから、誰も敢えて口を利く者はいない。僕らは唖の群れのように学校から浜見までの長い道をとうとう一言も言葉を交さずに歩き通した。

十字路で解散する時進は初めて口を利いた。松にこういったのだ。

「松、あすな、あのドス持って必ず出て来るんやぞ」

「ああ、とうとうやるか」と松が勢い込んで答えた。

「やるわい」と進は決意の籠った低い声でいった。

「竹下君、俺も自転車のチェーンを持って来ようか」と山田がいった。

「ああ、持って来いま」と進は冷たくいった。山田などはもうあてにしていないという口ぶりだった。

「俺も剣鍔持って来ようかのう」と善男は独り言のようにいうと、

「いよいよあしたは、昇も野沢も竹下君の拳骨を喰らうじゃあ」といって、何が可笑しいのかまたけたたましく笑い出した。

「松」と進は松との別れ際にまたいった。

「あす、汝の剣鍔を俺に貸さんか」

「ああ、持って来るっちゃ」と松は調子のいい声で返事をした。


次の日の行きの長い道は、進を中心にした隊列は殺気立っていた。誰もが何か武器を用意して来ていた。用意して来ていないのは僕位なものかも知れない。僕は傍観者を決め込むつもりでいた。

教室に入ると誰もいなかった。こんなことは今までになかったことだった。進たちが来るまで講堂には行かないで待機しているのがいつもの慣しだったからである。

進の顔に動揺の影が掠めた。


講堂に行ってみると、六年男組の連中は何事もないように二手に分れて、格闘遊びに興じていた。進が昇をつかまえて問いつめると、

「待っとったやれどなあ、余り遅いんで始めてしもうた」と言訳のようにいった。

「野沢とちょっと来んかい」と進がいった。

「俺と野沢とけ」と昇が少し蒼褪めて答えた。

「そうよ」と進はいった。

その間に松が野沢の腕を逆に取って引連れて来た。

「二人ともこっちへ来んかい」

そういって進は浜見の者たちに囲まれて講堂の裏へ通じる出口を出て行った。

そのあとから昇と野沢が松に引き立てられて行った。

異変に気づいたのか、格闘遊びに興じていた者たちが、みんな集まってそのあとからついて行った。「何じゃ、何じゃ」とみんなは口々にいって面白そうについて来た。磯介と僕の二人だけは進を囲んで先に行った浜見の者たちから脱け出して、その弥次馬連中の中に混った。

——これは相当な冒険だった。浜見の連中に気づかれたらどんな復讐が用意されるか分らない。

講堂の裏に砂利を敷きつめたところがある。そこに、進を中心に据えて、僕と磯介を除いた浜見の連中が、昇と野沢が引き立てられてやって来るのを待っている。

松は昇と野沢を進の前に乱暴に押し出した、二人とも事態の重大さを認識したのか真蒼な顔をしている。

進は二人の前に立ちはだかり、

「汝ら、二人とも、なぜここに呼ばれたか、分るか」とゆっくりいった。

「分らんじゃあ」と昇と野沢は声を慄わせて答えた。

「分らん？」と進は強《きつ》い声でいった。

「昨日、汝ら、二人とも俺のことを何というた」

「俺ァ、何もいわんぜ」と二人が口々にいった。

「いったわい、ちゃんと俺の耳に入っとるのを知らんがか、えい、これを喰ろうとけ」

そういったかと思うと、進の拳骨が二人の頰に飛んだ。二人は左右によろけた。しかしそれは奇妙な光景だった。中位より小さい位の進が組では一番大きい部類に属する二人をなぐっている図は。

「竹下君、堪忍」と昇がいって両手で顔を蔽った。

野沢はぼろぼろと涙をこぼし、苦痛に歪んだ顔をして見せた。

「まだこれで終りじゃないわい」と進はいうと、二人の頭を両手でつかみ、思い切り力を籠めて衝突させた。

「あいたっ」と二人はいったまま頭を抱えてしゃがみ込んでしまった。

「松」と進はかたわらの松を顧みていった。

「汝もやらんかい」

「おお」と松は捻るようにいうと、二人の首筋をつかんで立ち上らせた。それから、

「やったるぞ」と大きな声で叫ぶと、顔を赤く上気させて、二人の頰に平手打ちをくらわせた。

しかし二人とも顔をすぐに手で蔽ってしまったので、その平手打ちは見かけの派手なのに比して二人に対してはそんなに大きな苦痛を与えなかったに違いない。

「行け」と進は余裕たっぷりいった。

「今日のところはこれ位で勘弁しといてやるわい」

そういって進は磯介と僕の二人を除く浜見の配下たちを引連れて講堂に上ると、

「さあ格闘遊びをせんか」と下知を下したが、どうしたわけか、浜見の者以外は半分位しか集まって来なかった。十人近くの野見と山見の連中はまるで進の下知が聞えなかったかのように、講堂の片隅に、今なぐられたばかりの昇と野沢を囲んで、何かひそひそと話し合っている。

その時鐘が鳴った。何か容易ならぬ事態が起るかも知れない、ということが僕にも分った。不穏な空気をひしひしと感じながら、僕は磯介と二人で教室へ通じる階段を上って行った。教室にみんなが入ると、どこからか、「生意気じゃ、あにな者やってしまえ」という声が聞えて来た。進は緊張のため顔を引きつらせて黙っている。

一時間目は算数の時間だった。進が手を上げて答をいったが間違っていた。するとうしろの方で、「やっぱり潔の方が出来るのう」という声がした。

授業が終ると、進は教員室の黒板に欠席人員を書きに行かなければならない。進が教室から出ると、僕の隣りの勝が昇と野沢と河村と川瀬が集まっている教室のうしろへ呼ばれて行った。進が帰って来ないうちに、勝は緊張のために顔を紙のように白くし、唇を蒼くしてまた席に戻って来た。

「どうしたのや」と僕はいった。

「竹下をやっつけらあよ」と勝は声だけは平静に囁いた。それから、

「浜見の奴らは気をつけんとみんなやられるぞ」といった。

「僕もかい」とできるだけ落着いて僕はいった。

「汝のことは安心せい。汝は別じゃが」と勝はいった。

「磯介は」と僕は小さな声で聞いた。

「磯介か」と勝はちょっと考え込んでかち「奴も別じゃ」といった。

浜見の連中は部屋の片隅に集まって心配そうに進の帰ってくるのを待っていた。松だけが元気がよかった。

僕はわざと自分の席を離れなかった。磯介も自分の席にいた。もしかすると進は倒されるかも知れない、と僕は思った。そうしたら僕はもう苦しい嫌な目に遭わないで済むようになるかも知れない。

進が学級日誌を手にして入って来た。運動場側の窓に寄りそって低い声で話をしていた昇と野沢を中心とする連中が、どきっとしたように進の方に向き直った。

進は蒼い顔をしていたが、元気を失っていなかった。

「汝ら、何しとらあ、鐘がもうすぐ鳴るがな、早う席に就かんかい」と大喝した。みんなは驚いたように動き出した。まもなくどこからか、「いわしとけ、もうしばらくの命じゃ」という声が起った。

進がいった通り鐘はすぐに鳴った。先生は少しでもたくさん時間が使えるようにというのだろう、鐘が鳴り終ると入って来た。三時間目と四時間目は、学校農場の麦刈りにあてられていたのである。

二時間目は国語の時間だった。進があてられて読んだが、みんなは静かにしていなかった。そんなことは今までにないことだった。「副級長の方がうまいのう」とうしろで囁く声がした。

僕は二時間目の授業が終りに近づくのを不安と期待の入り混った心で意識していた。もしかすると今日のうちにも、進を没落に導くような決定的な事件が起きるかも知れないと思われた。しかしあの進が勢力を失って没落するなどということがあり得るだろうか。それは実現不可能な夢に過ぎないのではないか。それはただ僕の白昼夢の中で許されることに過ぎないのではないか――

二時間目が終ると僕らはばらばらになって麦を刈る鎌を取りに校庭の隅にある作業庫さして歩いて行った。

作業庫の近くで僕はこんな会話が大きな声で交されているのを耳にして驚いた。

「昨日、竹下が流したシャベルよ、一番いいシャベルやったな」

「あいつはいつも一番いいものは自分に取るんやからなあ」

「竹下やなかったら、弁償させられたかも知れんなあ」

「奴ァ、先生のお気に入りやからな」

「今日も一番いい鎌を取るやろうのう」

「まあ今日位は許しとけ。今日だけの命やからな」

そうした会話は先頭を歩いて行く進にも当然聞える筈だった。しかし進は黙殺するつもりか振返りもしなかった。

農場で麦を刈っていると、僕は勝に小さな声で、「ちょっと来んかい」といわれた。僕は一瞬緊張した。そして仕方なく勝について行くと、農場の隅の松の根が積んである蔭に昇が蒼い顔をして立ち、僕を待っていた。

「昇、何の用だい」と僕は努めて平静を装って声をかけた。

「潔」と昇は強い目を僕に向けていった。

「汝ァ、これまで、えらい、竹下にいじめられとったなあ」

僕は重大な岐路に立たされていることを感じた。昇は僕を味方に引き入れようとしている。しかし昇たちが勝ち、進が本当に倒されるかどうかはまだ決まったわけではないのだ。

「答えんかい」とかたわらの勝がじれったそうにいった。

「僕が除け者に何度もされたことかい」

「そうよ」と昇が救われたように相槌を打った。「あれはみんな進の差金じゃが」

その瞬間僕は覚悟を決めて答えていた。

「ああ、ずい分ひどい目に遭ったよ。僕は竹下を憎んでいるよ」

その時、先生が農場に監督に現われたのが見えた。

「それだけ分ればいいわい」と昇は僕を見ていった。「さあ行かんか」

これで僕の運命は二つの手の一方に渡されたようなものだ、と僕は思った。進が倒されれば、僕は今までとはまったく別の存在になるかも知れない。再び東京にいた頃のように自由に、潑剌として振舞え、みんなの人望の的になるかも知れない。その代り進の方が勝ったら、今度は除け者にされる位では済まないだろう。公然と進を裏切るのだから。まだ僕の心は嵐に遭った小舟のように揺れ動いていた。

麦刈が済むと、みんなは刈った麦を束ねて倉庫に運んだ。そして鎌を洗って作業庫に蔵うと、学校の方から四時間目の終った鐘が鳴り響いて来た。みんなは進の号令で倉庫の前に整列した。そして先生に進の号令で礼をすると、解散となった。

教室に僕が入ると、すでに先に入って弁当を食べていた浜見の連中から、

ああ、ああ、ああ、ああ、ああ、……

という不気味な囃し声が湧き起って僕の心を恐怖で塗り潰した。その囃し声が、作業時間中僕が勝に連れられて、昇の所へ行き何か密談を凝らして来たことに対して向けられていることは明らかだった。

「止めんかい」と野沢が大声で叫んだ。

するとその囃し声は、野沢の声の激しさに呑まれたように、止んでしまった。

作業庫の鍵を職員室に置きに行っていた進が戻って来た。うしろの戸口から入って来ると、それまで運動場を見下す窓辺に屯ろしていた昇、野沢、河村、勝、川瀬、平尾の六人が一斉に進の方へなだれ込むように近寄り、進を取り囲んだ。

「竹下、話があるわい、俺たちと一緒に来んかい」と昇がいった。

「何じゃ」と進がいった。

「話ならここで聞いてやるわい」

弁当を食べていた松が立ち上って近づいて来た。

「汝ら、何いうとらにゃ」

「昇、早う一発くらわしてやらんかい」と野沢がいった。

「やるか」と進はいった。彼は初めて容易ならぬ事態に陥ったのを覚ったらしかった。机の蓋を開け、中から筆箱を取り出したが、その手は慄えていた。

その頃松は平尾と勝の二人によってしっかりと押えつけられていた。進はそれをまだ知らない。

進が筆箱を開いて出したのは、この間松から召上げた、釘から作ったという小さなドスだった。彼はそれを手に持って身構えた。

昇は真蒼になった。

すると野沢が一歩前に踏み出していった。

「汝、そになもので、人を刺せると思うとらあか」

そういったかと思うと、あっという間にかたわらの机の蓋を取って進の手からそのドスをたたき落とした。進は顔をゆがめて泣きそうになった。

「あっ」と勝が叫んだ。「逃してしもうた」

松が二人の手を振り切って逃げ出したのである。

「捕まえんかい」と昇が命令した。勝と平尾の二人が松の後を追った。そのあとから更に五人位が続いた。

「松は短刀を持っとるぞ」とあとから磯介が大声で叫んだ。

もう進は完全に戦意を喪失してしまったように見えた。

「まずこれを喰《く》ろうとけ」

そういって昇が拳骨で進の両頬をなぐった。

「俺のもよ」と野沢が一歩踏み出し、同じように拳骨で進の顔をなぐった。

「捉えたぞう」という声と共に、松が勝たちに引き摺られて来た。松はもうみんなにしたたかなぐられたらしく顔を真赤に腫らしていた。

「危いところやった。奴はこんなもの持っとった」

そういって勝は短刀をポケットから取り出して披露した。

「ちょっと見せま」と野沢はいって、それを勝から取上げると、「勝、これは俺が預かっとくっちゃ」というなりポケットにつっこんだ。

「勝、汝も竹下をなぐらんかい」と昇がいった。

進はもう茫然としたように立っていた。

「俺か」と勝は大きいのに似ず気の弱そうな顔をして答えた。

「止めとくわ。汝らもう充分なぐったろうが」

「勝、汝ァ、竹下の肩持つ気か」と昇が顔色を変えていった。

「なもよ」と勝はいった。彼は僕と目を合せると弱々しい笑いを浮べた。それから、

「ならやってやるか」と突然いうと、大きな足取りで進に近づいて行ったかと思うと、やにわに進に猛烈なビンタを喰らわした。進の頬に勝の手型が残った。

その次に、河村と川瀬が進に三回ずつ往復ビンタを喰らわした。

「講堂へ行かんか」と昇がいった。

みんなは一斉に教室を出た。浜見の者たちも進を置き去りにして教室を出た。彼らは進を見捨てたのである。

講堂で格闘遊びをして教室に戻ってみると、進は何事もなかったように机に向かって歴史の教科書を拡げて読んでいた。みんなは一様に吻《ほっ》としたようだった。進が先生に何かと訴えはしないかと気がかりだったのだ。

五時間目は地理の時間だった。先生が入って来る前に昇たちは手早くまだ食べていなかった

弁当を食べた。僕もその真似をした。十分位遅れて先生が入って来た。先生は何も知らないように見えた。そして進はいつもと変りなく先生の質問に手を挙げ、指されるとはきはき答えていた。

その日掃除当番は浜見の番だった。

掃除当番中進は終始沈黙していた。今日はいつものように学級日誌をつけていないでよく働いた。学級日誌は昼休みにつけたのかも知れなかった。進だけではなくてほかの者も一様に黙っていた。誰もが元気がなかった。進に声を掛ける者は一人もいなかった。進と少しでも親しい素振りを見せることは今危険だったのだ。

「潔」と戸のところで僕を呼ぶ声がする。出てみると勝だった。

「何だい」と僕はいった。

「ちょっと来てくれんか」と勝がいった。「昇が呼んどるのや」

「またかい」と僕は平静を装っていった。

「ああ」と勝がすまなさそうにいった。

「何だろう」といって僕は外へ出て行った。

廊下の隅に昇が立っていた。昇は落着かないで少しおどおどして見えた。

「潔」と昇は不安そうな声でいった。

「汝ァ、俺たちのしたことどう思う」

「当然だろう」と僕は覚悟を決めたように答えた。「仕返しをしただけやないか。特に汝と野沢はな」

「そうやろう」と昇は少し安心したようにいった。

野沢が近づいて来た。

「何ていうとる」と野沢が昇にいった。

「当然やというとるわ」と昇がいった。

「俺たちの味方になってくれるか」と昇がいった。

「僕は中立だよ」と突然僕は名案を思いついたようにいった。「どっちにもつきたくないよ」

「何じゃ」と野沢がいきり立つのを昇が制止していった。

「進の方が悪いと思うやろう、潔」

「僕が今まで進にどんな目に遭わされているか、汝らもよう知っとろう。先生にいわれたら僕もそういうてやるよ」

「これでいいにか」と昇が安心したようにいった。野沢はまだ安心できないのか念を押すようにいった。

「先生に咎められたら、汝も先生にいうてくれるんやな」

「ああ」と今度は悲壮な使命感に心が燃えるのを覚えながら僕はいった。

「その時はみんないうてやるわ」

教室に戻ると山田がいった。

「潔、汝ァ、昇らと何話しとったあ」

僕が答える前に磯介がいった。

「何でもいいにか。汝の知ったことあらあ」

掃除当番が終ると、

「潔、帰らんか」と磯介がいった。

僕が返事を躊躇していると、

「汝ら二人して先に帰らあ」と山田がいった。

「ああ」と磯介がいい放った。「帰らあよ」

「竹下君待たんが」

「なぜ待つ必要あらあ」

山田は黙ってしまった。そこへ職員室に掃除当番が終ったことを報告しに行った進が戻って来た。

磯介と僕の二人は時期を失ったようにみんなと一緒に進に従って教室を出た。

玄関を出ると驚いたことに帰ったとばかり思っていた野見と山見の連中がみんな玄関の外に待っていた。進は何を考えたのか、黙って単独で正門の方に足を速めて歩き出した。するとみんなも少し遅れてぞろぞろと彼のあとをついて歩き出した。進は村役場に用があるらしく、町へ行く道の途中にある村役場の建物の中に姿を消した。しばらくすると建物から出て来て、また元来た道を戻って来た。

そこまでを、僕は磯介と共に、学校の正門の前に立って見ていた。

進はずんずん一人で歩いて来る。彼は僕と磯介のそばを僕らに一瞥も加えずに通り過ぎた。進と、彼の後を追って来た六年男組の半数が運動場を斜めに横切って進の行手に先廻りした。進はそれを知らないのかますます足を急がせ、運動場に沿ってついている道の角を曲った。

僕と磯介は道の方から行くみんなのあとを追った。進の行手に先廻りした連中が待っている。昇がその中にいる。進はその連中に突きあたると、黙って彼らを突き破ろうとした。しかし彼らは突き破らせない。まもなくあとの半分が追いつくと、彼らは進をようやく歩かせた。そして進のあとから歩き出した。

進は顔を恐怖のために引きつらせていた。眉が時々ぴくぴくと動いた。泣いているのかも知れない、と僕は思った。みんなは無言のまま尚もついて行く。踏切あたりまでついて行くのだろう、と僕は思った。進は充分思い知らされただろう。大いに反省もしたことだろう。これで進が再び元のように不当な権力を握ることはまずないだろう。

ところが線路まで来ても、みんなは進のあとからついて行くのを止めない。僕の傍らで昇が「あの松の木の下がいいが」といっているのが聞えた。

踏切を越えて一町程行くと、小さな川が道を横切っている。その川伝いに左に折れると、松の木があり、その下に小さな凹みがあるのだ。

進がその川に懸った橋を渡った途端、ばらばらと七、八人が進の前に廻って行手を阻んだ。

進は立止まらざるを得なかった。

進は覚悟を固めたかに見えた。

「やるか」と彼はいって鞄を肩から道の上に落しポケットから剣鍔を出して握りしめた。みんながぐるりと周りを囲んだ。

「やるか」と進がいった。みんな黙ったままだった。

突然進の顔が奇妙に歪んだ。泣き出したのだ。ざまあ見ろ、と僕は思った。僕はお前のために数知れず泣かされたのだ。

突然進がぶっ倒れた。誰かがうしろから足を払ったのだ。進は砂を嚙んだ。彼はすぐに起き上った。するとまた背後から足を払われてぶっ倒れた。彼は泣きながら立ち上り、やにわに逃げ出そうとした。するとまた進は足を払われ地面に倒された。彼は泣くのを止めた。彼は立ち上って憐れみを乞うようにみんなを見まわした。

その時昇が進の正面に歩み出て、蒼白な顔をして進を睨みつけると、突然進の顔に烈しい往復ビンタをくらわせた。

進はその往復ビンタを黙ってじっと耐えた。彼はもう観念したかのように見えた。

「今度は汝や」と昇はいって野沢に合図をした。

野沢は進の頭を拳骨でなぐった。進は頭をかかえて防御した。野沢は最後に進の足を払った。進は倒れた。すぐに起き上ろうとしない。

河村が前に出て、進の首の根っこを取って起した。進は観念したように起き上った。

「これでもくろうとけ」といいざま、河村は昇のそれに劣らず猛烈な往復ビンタを三度繰り返した。進の顔に真赤な手型の痕が残った。進の背後にいた一人がまた進の足を払った。地面にうつ伏せに倒れた進の身体を誰かが蹴り上げた。進は立上ってみんなを見廻して、真剣な声でいった。

「みんな寄ってたかって、俺を殺す気か」

一瞬みんなは気押されたようだった。進に以前と同じ力が舞い戻って来たような錯覚に囚われたかのようだった。その時、「俺を殺す気か、殺す気か」と剽軽に真似をする者が出た。声のする方を見ると、川瀬だった。この川瀬の声がみんなを進の言葉の呪縛から解放して安堵させた。

僕は好機を逸すまいと決心し、勇気を振り起していった。

「ここらで止めとかんか」

僕はもう進を許していた。僕はその一言で進を助けてやる気持でいた。

途端に昇が恐ろしい顔をして僕を睨みつけた。

「汝ァ、何いうとらあにゃ」

僕はびっくりして申訳のようにいった。

「まだ済まないのかい」

「済まないでよ。まだ序の口じゃが」といったかと思うと、昇は突然進を足で蹴って田の中に突き落した。進はしばらく動かなかった。気絶したのではないか、と僕は思った。進は本当にびくりともしなかった。死んだのじゃないだろうか、と僕は思った。僕は副級長だ。先生に何といって申開きをすればいいのだろう。

「汝ァ、誑らかす気か」と野沢が田に降り立って進の顔に痰を吐いた。進は慌てて手で顔を拭った。

「ほれ見いま」といって野沢は、進を引きずり起した。

「汝ァ、よう誑らかしおったな」といいながら野沢は進に拳骨で無茶苦茶になぐりかかった。

昇と河村がそれに加わった。

これで終りだ、と僕は自分にいい聞かせた。

昇が宣言するようにいった。

「今まで進にひどい目に遭うた者、みんななぐり返さんかい」

誰も出て来ないのを見ると昇は、勝に向かっていった。

「勝、手はじめにやらんかい」

「ああ」と勝は近眼の目をしょぼつかせながら低い声でいった。

彼は蒼褪めた顔で進の前に行くと、パンチを思いきり二回喰らわせ、「これで止めといてやるわい」というと力なく肩を落し、いつの間にか田に降りて進を遠巻きにしている円陣のうしろに廻った。

「早う次の奴なぐらんかい」と昇があたりを見廻していった。

次に歩み出たのは川瀬だった。進はもう観念してなぐられるがままになっていた。彼の頬は赤く膨れ上り、指の跡が幾重にもついている。

「汝ァ、俺をようだましたな」と大声でわめいて出て来たのは松だった。

「松」という声が進の口から洩れたが、次の瞬間進は黙ってしまった。

「汝ァ、ようも俺をだまして、昇たちをなぐらせたな」と松はいってハァハァ息を切らせながら進をなぐり、とうとう進をなぐり倒してしまった。しかし今度は進はむっくりと自分で起き上り、次になぐられるのを待ち構えるようにした。

へいいかが出て来て、「ようもおれに仇名をつけおったな。ようもおれをいつも仇名で呼びおったな」といいざま、進の両頬に壮絶な音を発するビンタを三往復喰らわした。

「浜見の者ども」と昇がいった。「汝らも、進には長い間、えらい気ままな真似をさせておったんやろうが」

「山田、やらんかい」と昇がいった。

山田は黙って進の前に出た。彼は無言のまま進の顔に猛烈な往復ビンタを二度くらわした。

「山田」と野沢がいった。「もっとなぐらんかい、手加減したら承知せんぞ」

「ようもおれのよもぎをかすめおったな」といいながら山田はもう二回力一杯なぐった。みんなが拍手喝采した。

「今度は俺や」と小沢がいって前に出た。それから善男が、それから秀が、それから洋一が、それから一郎が、それから磯介が。

「潔、汝もやらんかい」と昇が僕をこづいた。

「僕は」と僕は勇気を振りしぼってふるえ声でいった。

「僕はなぐらない」

「汝ァ、進の味方する気か」と昇が僕を睨みつけていった。

「なぐらんかい」と河村がいった。

「汝ァ、進が怖いがか」と野沢が僕につめ寄った。

「僕は進にいじめられたけれど、なぐられたことはないから」と僕は途切れ途切れにいった。

「僕は進をなぐらない。僕が進にしてやりたいことは、進が僕にしたような仲間外れだ」

それは突然に思いついた口実だった。本当は僕はこわかったのだ。進であれ誰であれ、人をなぐるのがこわかったのだ。しかしそれだけではなかった。もう進は充分過ぎる程罪の償いをしたとも思っていたのだ。そしてさっきからこれ以上進がなぐられるのを阻止することのできないでいる自分の無力を恥じていたのだった。進の力を奪うことが、僕の予想とはまったく違った道を辿り出したことに、僕は責任のようなものを感じ、その意識の前におののいていた。またしても自分が無力なことが僕を絶望させていた。

「そうか」と昇は僕に隣れみをかけるようにいった。「潔はなぐらんでもいいわい」

その昇の言葉で、野沢も河村も、僕に進をなぐらせることを諦めたようだった。

「さあ、ほかの者ども、愚図愚図せんとなぐらんかい」

と昇は思いついたように下知した。

すると一人一人が進の前に出て、進をなぐった。一発しかなぐらない者もいれば、何回もなぐった挙句、足払いを喰らわせ、足蹴にした者もいた。僕を除いてすべての者が進をなぐり終えた時、僕はほっと溜息をついた。これで終りだ、と思ったのである。進は泣きじゃくりながら、手拭で顔の泥を拭いている。

幾人かが引揚げた。

「潔、帰らんか」と磯介がいった。

「うん」と僕は答えた。

浜見の連中で一番なぐり方がやさしかったのは磯介だった。磯介にはもっとなぐる権利があったのに——。僕はそのことを思い出し磯介に敬意のようなものを感じた。

僕は磯介と連れ立って浜見の方へ歩き出した。するとうしろから先に帰る僕らを非難する「ああ、ああ、ああ」という囃し声が追いかけて来た。一瞬僕は恐怖を感じ、先に帰るのを思い留まろうという考えに囚われた程だった。しかし磯介はその囃し声を完全に無視し、「浜見の者ども」と嚙んで吐き捨てるようにいった。囃し声を立てたのは、山田や松たち浜見の連中だったのだ。

僕と磯介は急ぎ足で歩き出していた。僕の心はまだ悪夢を見ているような感覚に包まれていた。

「ずい分残酷だな、みんな」とようやく気を取り戻して僕はいった。

「まだ序の口じゃがな」と磯介は落着いた声で答えた。

「えっ」と僕は驚ろいていった。

「まだ、あれで終らないの」

「ああ」と磯介はいって立ち止まった。

「うしろを見んかい」と彼はいった。うしろを振向くと、橋のたもとにみんなが集まって歓声を上げているのが見えた。

「どうしたんだろう」

「分ろうが」

「川に突き落としたのかい」

「ああ」と磯介は別に驚くにはあたるまいという調子でいった。

「溺れて死にやしないだろうか」と僕はせき込んでいった。

「竹下が何が溺れることよ」

磯介は僕のようにあれだけでかならずしも進を許してしまっているわけではないことを僕は感じた。

「行かんかい」

と立ち止まったまま動けなくなってしまった僕を、磯介はこづいた。

「本当に死にやしないだろうか」

「死なんわい」と急に磯介は真面白な顔になって僕の心配を軽蔑するようにいった。

「竹下はな、前にあの川に人を漬けたことがあったんや」

「誰を」

「誰やと思う」と磯介は笑いながらいった。

「まさか汝じゃなかろう」と僕はいった。

「俺でなくてよ」

僕はもう何が何だか分らなくなってしまった。

「そうか」と僕は溜息をつき、「早く帰ろう」といった。

「早く帰ろう」

第十章

翌日僕は磯介と僕の家の前で待合せて二人だけで学校に出かけた。もう十字路で進の来るのを待って出発する必要もないし、進の御機嫌をとるためにみんなが僕に加えるさまざまな嫌がらせをじっと耐え忍ぶ必要もないのだった。今自分は完全に自由で、何ものにも隷属していないのだと誇らしく思いながら、僕は学校までの三粁余りの道を一つも長いと感じないで歩いた。

教室に入ると、浜見の者たちを除くほとんど全員の顔触れが揃っていた。彼らは教室の前とうしろの空間に、思い思いに群れを作って、何かしきりに協議を凝らしている風だった。

川瀬が逸早く僕を認めて大声でいった。

「潔が来たじゃあ」

すると思いなしか今まで不安に包まれていた教室に生色が蘇ったようだった。

「潔が来たじゃあ」

「潔が来たじゃあ」

とみんなは口々にいった。

教室のうしろに昇を中心にできている群れに勝の姿を見出した僕は、彼の方へ近づいた。

僕は勝の肩をたたいて訊ねた。

「何しとらあよ」

「今度は汝をどうしてやっつけるかと話しとらあよ」と勝は近眼の目を細めて答えた。

「よせよ、冗談をいうのは」と一瞬ドキリとしながら僕はいった。

「潔」と昇がいった。「竹下はまだ来んがか？」

「知らんな。待っとらんだから」

「潔、先生に呼ばれたら頼むじゃあ」と川瀬が加わって来ていった。

「何のことというとらあ？」と僕はいった。

「昨日な、人に見つかってしもうてな」と昇が説明するようにいった。

「えらく怒ってな、学校にいいつけるって嚇したあよ」

「ありゃあ、口だけやろうが」と河村が自らを安心させるためのように言葉を挾んだ。

「汝ァ、副級長やから、もしもの時は先生にきっと色々聞かれよう。その時はたのむっていうことよ」と勝がいい含めるように僕にいった。

「できるだけのことをするわ」と僕はいった。

「どんな風にいうか、ちょっというてみいま」と昇が僕の御機嫌を取るようなやさしい声でいった。

「まず最初に進が汝らをなぐったっていうことをいうてやるわい」

「それから」と昇がいった。

「進が今までにした悪いことをみんないうてやるわい、特に俺にしたことをな」

「そうじゃ、潔」といつの間にか仲間入りした組で一番背の低い晃夫がいった。

「先生に訊かれたらなあ、汝ァ、全部いうてやるこっちゃ。汝が何度も何度も除け者にされたことをな。それから遠足の日に、一日中誰とも口を利いてもらえんようにされたことをな。ありゃあ、全部竹下の命令やったからな。一日中誰にも口を利いてもらえんで、遠足に加わっているのが、どんなに苦しいか、汝ら、誰も知らんまいが。俺ァ、気の毒で禁を破って潔とあの時色々話をしたれどのう」

僕はあらためて晃夫への感謝の心を深くした。

河村と野沢は自分たちの旧悪を曝かれたように浮かぬ顔つきとなった。思えば彼らの罪もそんなに軽くはない筈だった。彼らは進の有力な手下として、ずいぶん勝手な振舞をして来たのだから。昇は別として、河村や野沢に進をそんなに糾弾する資格があるだろうか、本当に進を裁くことのできる者は、彼らではなくて、常に迫害され、苛められ、徴発された弱者たちだけではないだろうか、そうした思いが僕の心に起って来て、先生に対して野沢や河村をかばうことの正当性を疑わしいものに感じさせた。

浜見の者たちが入って来た。入って来るなり善男が非難の声をあげた。

「やっぱり、潔と磯介の二人は、先に来とったじゃあ」

僕はドキリとした。そんな風に非難されるとドキリとする癖は、一日や二日では治るものではなさそうだった。

「それがどうしたっていうがよ」と勝が怒ったように大きな声でいった。すると善男は驚いたように口をとざしてしまった。

浜見の者たちの中に進の姿は見られない。それに気づいて河村がいった。

「浜見の者共ァ、竹下はどうしたあよ?」

「知らんじゃあ」と山田がいった。

「汝ァ、待っとらんだあか」と勝が皮肉をいった。山田は恥ずかしそうにうつむいてしまった。

その時始業の鐘が鳴った。

「たのんだぞ、潔」と川瀬がいった。

先生が入って来ると、僕は進の代りに副級長として「起立——礼——着席」の号令をかけた。みんなは進の時以上に整然と僕の号令に従った。

「竹下君は風邪でも引いたのかな」と先生は不思議そうにいった。

みんなは吻とした。先生はまだ何も知らない。

二時間目になっても進は依然として姿を現わさなかった。

二時間目の終りの休み時間にみんなはようやく講堂に出かけて格闘遊びをやる気になった。それまでは誰もいつ事件が発覚するか分らないという不安のために遊びを始める元気が出なかったのだ。まだその不安は完全に消え去ったわけではなく、潑剌となって遊ぶわけには行かなかったが、それでもみんなはもうかなり元気を回復して格闘遊びに参加した。僕はといえば、今までになく活力に溢れて格闘遊びに興じることができた。僕はもう決して除け者になどされたりはしないだろう。そしてもう二度と再び立ちん棒の苦しみを味わわないですむだろう。僕は今みんなにたのみとされていた。先生の前で進の非を糾弾し、進をなぐった同級生をかばう力を持っているのは僕以外にはない筈だった。そのことが僕の心をある充実感で満たしていた。久しく味わったことのない心の昂揚を僕は感じていた。

格闘遊びで僕はずい分活躍した。僕は組み伏せられるのを恐れないで活躍した。すると結構僕は強かった。

驚いたことは、進があんな目に遭うまで、つまり昨日まで強いことになっていた山田がからきし弱いことだった。彼はいつも組み敷かれ、こづかれ、捕虜になった。虎の威を借りた狐に過ぎなかったのだ、と僕はそれを見てひそかに考えないではいられなかった。

三時間目の始業の鐘が鳴って教室に入ってみると、進が新しい服を着てもう席に坐っていた。誰もが進を見た瞬間ちょっとたじろいだ。そして次の瞬間、進が昨日までの進ではないことに気づき、怖気づいたことを恥じるようだった。進は没落し、今や組の誰よりも無力な存在に転落してしまったのだ。しかし野沢や昇や河村などごく少数を除いては、みんなはまだ進を避けるようにして温和しく席に就いた。いつ何時呪縛が解け、進が元の力を回復しないとも限らない、とでも恐れているかのように。野沢や昇や河村だけがわざと進の近くを通り、椅子にかかった鞄を足蹴にしたり、机にわざとぶつかってずらしたり、頭をこづいたりした。進は人間が変ったように黙ってそれに耐えていた。

進が着替えて来た新しい服はこれまで進は一度だけ着て来たことがあった。五年生の終業式の日に、僕と一緒に写真を撮るために着て来たのだ。その時が恐らくその服を着た最初に違いなかった。こんなことになるとはあの時は進は夢にも考えていなかったに違いない、と僕はその服を着た進を見ながら思った。

頬がお多福風邪を引いているように腫れているほかには、進には目立ったところはないようだった。あんなにみんなからひどい目に遭わされたのに、これといった傷を受けないで済んだのだ。僕は安心した。進がどうかなってはいまいかと心配していたのだ。

先生が教室に入って来た。すると進はつと立って先生の方へ行った。みんな色めき立った。僕は昇の方を見た。昇は蒼い顔をして笑った。僕も微笑を返した。安心しろ、先生に怒られたって恐れることはない、進がこれまでどんなに横暴で理不尽だったかを先生に認識させるだけだ、僕はそのために全力をつくすよ、それだけのことを僕はその微笑に籠めたつもりだった。僕は今、今度の事件の収拾者だった。収拾の鍵を握っているのは僕なのだ。その意識が心地よかった。

進が帰って来るところを勝が腕をつかまえて低い声で聞いた。

「竹下、汝ァ、先生に何いうたあよ」

昨日までだったら、こんな乱暴な問いかけを進にするなどということは夢にも考えられなかったことだろう。しかし今進はおとなしく立ち止まり、小さく口を開いて答えた。

「歯医者に寄って来たから遅れたっていうて来たんや」

「汝ァ、歯どうかしたんか」

「ああ、ちょっとな」といって進は自分の席に戻って行った。

この情報はたちまち組中に伝えられた。先生に進が告口したのではないかと思ったために生じた不安な緊張がたちまち弛んだ。それはざわめきとなった。

先生はそのざわめきの意味をまったく解さずに怒鳴った。

「静かにせんか！」

たちまち教室の中は静粛になった。

三時間目の授業が終ると、みんなは吻《ほっ》と胸を撫でおろし一安心したように席を離れ、思い思いに教室のうしろに塊まった。

進は席に就いたままだった。野沢が進のそばにやって来て、訊問するようにいった。

「汝ァ、歯医者に行ったとな」

「ああ」と進は大きく口を開けられずに答えた。

「どうしたあよ」

「前の歯がぐらぐらになってしもうてな」

「そいがか」と野沢は答えて、進のそばを離れた。

昼休みに、みんな進だけを教室に残して、格闘ごっこをするために講堂に出かけた。今度は二時間目あとの休み時間とは比べものにならない位、みんなは元気に溢れていた。誰もが自由で溌剌としているように見えた。一人一人が自分の力、昨日竹下進をなぐった自分の力を誇りとし、自由と独立の喜びを抱き締めているようだった。僕は、これまで夢に描いていたことが遂に実現したのだ、と思った。もう組には横暴な権力者はいなくなったのだ。誰もが平等で、他の誰にも気兼ねせずに振舞えるのだ……

教室に戻ると進は、算数の教科書を拡げて計算問題の練習をしていた。誰かがその教科書とノートをわざと床に落したが、進は黙ってそれを拾い上げ、また練習を続けた。

その日の掃除当番はまた浜見だった。野見と山見の同級生たちが帰ってしまうと、浜見の者たちは一様に心細そうな表情をした。正直な話、浜見の者の中で、一対一で進と渡りあって戦える者は、さしあたり松を除いては一人もいなかった。その松はとうとうその日学校に姿を現わさなかった。もし進が昨日の復讐を浜見の者たちに限って行おうとすれば今をおいてない筈だった。進が本気になれば、三人束になってかかっても負かされてしまうかも知れない。そうしたらいったいどうしたらいいだろう。そんな類《たぐ》いの不安が一人一人の表情に宿っているのを僕は見逃すわけには行かなかった。

進はしかしそんな復讐を夢にも考えていないような顔をして黙って働いていた。彼は今までのように学級日誌をつけたりして掃除をさぼったりせず、黙々と率先して働いた。しかしそれはかえって進の存在をいっそう不気味なものにしていた。みんなは進を遠巻きにしながら、口数少く一生懸命働いた。

掃除が終ると、進はさっさと帰り仕度を始め、先生に掃除の終了を報告するために職員室に寄ると、その足で学校を出てしまった。

残された者たちは一団となって学校を出た。しかしもう今までのように一列に横隊を組んだりはしなかった。それぞれ幾人か組になって歩いた。僕は磯介と並んで歩いた。

線路の踏切を越えると、二百米位前方を、進が一人で歩いて行く後姿が見えた。

突然秀がいった。

「さあ、歌ってやらんか」

「よし」と善男が答えた。するとみんなの間から一斉に、僕のまったく知らない歌詞で、しかし節廻しは僕を唄ったものとまったく同じ歌が唄われ出した。

饅頭《まんじゆう》　饅頭と
威張るな　饅頭
饅頭　割れりゃあ
涙出る　涙出る

一回歌い終ると磯介が独り言のように呟いた。

「誰が作ったか知らんが、わさびの効いとらん歌じゃのう」

「進のことを唄った歌かい？」

「そうでなくてよ」と磯介は答えた。

「何かもっと気の利いたの汝が作ってやるこっちゃ。汝を材料にした歌はみんな進が音頭をとって作ったんやからのう」

僕は不意に涙ぐんだ。苦しかった日々のことが思い出されたのである。しかしもう二度とあんな目に遭わないで済むのだと思うと、僕の心は晴れ晴れとした明るさに満たされて行った。

みんなはしばらく間をおいてまたその歌を唄い始めた。饅頭というのは進の頭の恰好が縦に短かく横に長目で、饅頭の形に似ているのを諷しているのだ、と思われた。風に乗ってそれは確実に進の耳に達する筈だった。しかし進が僕と同じ目に遭わされていることを、僕は喜べないでいた。むしろ僕は同じことを繰り返すみんなのやり方にひそかな憎しみをさえ感じていた。彼らは嘗てみんな僕の歌を唄って喜んだ連中と同じ連中なのだ。僕はそうした感情を、その歌に唱和しないことで表明した。

「誰か歌を唄わん者がおるじゃあ」と突然善男がいった。

僕は一瞬ぎくりとした。しかし僕はその善男の言葉を無視することに決めた。幸いなことに、その善男の言葉にとりあう者は誰もいなかった。

歌を何度か繰り返し唄って、もうそれ以上唄うのに飽きると、みんなは思い思いの話題に耽り始めた。僕は磯介と六月十八日の観音祭について喋り合った。それは五月の節句を延ばし、田植え仕事の終りも共に祝って行う祭りで、今年は盆踊りをこの祭りでも行うことになっていた。

「汝もやらんか、迎えに行くから」と磯介がいった。

「うん」と僕はちょっと心を動かして答えた。

「でもむずかしいんじゃないかい」

「なもむずかしいことないわ。見よう見真似ですぐ覚えるもんじゃ」

と磯介が請合うようにいったので、僕は承知した。

次の日磯介と僕とは諜し合せて二人だけで登校した。教室には誰もいなかった。講堂に行くと、もうほとんど全員が集まって格闘遊びに興じていた。磯介と僕の二人はみんなを出しぬいて先に来たつもりだったのに、浜見の同級生も進を除いて全員来ていた。昨日さぼって学校に来なかった松の姿をその中に見出した時、僕はある不吉な予感に脅えた。今まで彼を押えていた進という重しがなくなったことによって、何かひどく厄介な存在に成長して行くのではないかという気がしたのである。

始業の鐘が鳴って講堂から教室に戻る途中、僕は松が昇と野沢と河村の三人に、大きな釘をレールの上に並べて汽車に潰させ、小さなドスを作って進呈すると約束しているのを小耳に挾んだ。松は早くもこれらの三人の御機嫌を取り結んでいるのだ。僕は不快になると同時に、不安に駆られた。こうやって三人が進に代って新しい権力者に成長するのではないかという気がしたのである。

その日も進は三時間目になってようやく姿を現わした。彼はまた授業の最初に、先生のところへつかつかと歩み寄って、歯医者に寄ったために遅れた旨を報告した。その日先生は報告を受けるだけでなく、進に質問した。

「竹下君、虫歯にでもなったのですか」

「いいえ」と進は少し顔を蒼ざめさせて答えた。

教室が一時にしんと鎮まり返った。みんな固唾を呑んで進の次の答を待った。

「納屋の梯子から落ちてしもうて」

進は口を小さく開けていった。そして教室中の反応を確かめるように、ちょっと休んでから言葉を続けた。

「脱穀機に歯をぶつけて、前歯を傷めてしもうたんです」

「そうですか」と先生はいった。「大事にしなさい。まだしばらく通わんといかんのですか」

「はあ」と進は答えた。「そうだろうと思います」

進が帰って来るとみんなはほっと胸を撫でおろしたようだった。進はそれを知っているかのように、少し胸を張って席に着いた。

昼休みの弁当が終ると、みんなはまた講堂に格闘遊びに出かけた。格闘遊びでは再び松がひどく張切っていた。ともかくもう罪に問われないことを確信し、不安から解放された張り切り方だった。磯介がいったように、彼は一年落第したことも手伝って、本当は進にも腕力の上では対抗できる存在だった。それがどういうものか進に頭が上らずに、これまでいうなりになって来ていたのだ。自分でもそのことを面白く思っていなかったに違いない。だから今彼は目の上のこぶがとれたような解放感を味わっている筈だった。

始業の鐘が鳴って、教室に戻ってみると、進がまた席について、算数の問題を解いていた。その様子には不逞不逞しいところがあった。それがみんなの気持を刺戟したことはたしかだった。誰もが進がもはや無力な存在であること、そんな風に不逞不逞しい態度を取ることは許されない筈だ、ということを確認したいと願ったに違いない。そんな空気を誰よりも先に嗅ぎとって行動にあらわそうとしたのは松だった。

「竹下をまたなぐってやるか」と彼は大声でいった。

その提案が余りにもはっきりしすぎていたので、みんなはちょっとたじろいだ。

早くも松は進に近づいていた。彼は進の腕をねじり上げ、

「汝ァ、立たんかい」といった。進が抵抗を示すと、矢庭に松は腕を離して、進に激しい往復ビンタを喰らわした。一時にそれまでの緊張が破れたのか、進の顔が泣くのを怺えるために歪んだ。恐怖と不安のために、恐ろしい程歪んだ。

「汝ァ、ようも俺を欺して、昇と野沢をなぐらせたな」

そう大きな声でいうと松は進の胸ぐらをつかんで今度は奥の壁の方へ引きずって行った。そ

して再び猛烈なビンタを進の頬に喰わしたかと思うと、進を床に打ち倒し、足で蹴った。進は腑抜けしたようにもはや何の抵抗も示さなかった。

誰も彼も茫然としてその光景を見ていた。昇と野沢と河村は気を呑まれたように黙っていた。

「先生がいらすたぞ」と川瀬がいった。

松はゆっくりと自分の席に戻った。

五時間目の授業が終ると、進は血に飢えたように松にまた引きたてられて、教室のうしろの壁に立たされ、滅茶苦茶になぐられた。そこへ秀が加わった。進は黙ったままなぐられるに任せた。すると野沢も加って二度往復ビンタをくらわした。最後に河村が進の足を払って進を床に倒し足蹴にした。進は泣きながら立ち上った。

そのすべてを僕は制止できないで見ていた。制止しなくてはならないと思いながら、制止したら自分までなぐられてしまいかねない雰囲気に圧倒されてしまったからだった。しかしたしかなことはそれでも制止しようとする勇気が僕には欠けていたことだった。

その日磯介と二人で帰ったが、僕は無力感に打ちひしがれていた。道々僕は最初に進をみんながなぐった時、自分も果敢に進をなぐるべきだったのだ、と思った。あの時進をなぐっていたら、僕はそののち進をなぐるのをきっととめることができたに違いない。あの時自分がなぐられなかったからなぐらないという言訳をしたのは、進をなぐる勇気のないのを糊塗するための卑怯な言訳だったに違いないと思った。

次の日また磯介と二人で学校に遅く着くと、全員が教室のうしろに蒼い顔をして屯ろしていた。僕の顔を見るなり昇がいった。

「潔、大変じゃ」

「何したあよ」と僕は落着いていった。

「進の家の人が先生のところに来とらすがよ」

「見つかってしもうたんや」と河村がいった。

「汝らが昨日あんなことをしたからじゃが」と滋がいった。

野沢と河村は顔色も蒼褪めて黙ったままでいる。

「松はどうしたあよ」と磯介が聞いた。

「さっき来たれど、帰ってしもうたわ」と昇が答えた。

「あいつは卑怯な奴や」と晃夫がいった。級で一番小さく無力な存在である滋と晃夫は今正義を代表していた。

「奴が昨日最初にやり出したんやぜ」と野沢がいった。

「汝ァ、約束したろうが」と昇が僕に詰め寄るようにしていった。「先生に進のしたことを全部いうてやるって」

僕は勇気をふりしぼっていった。

「しかし昨日汝らがしたことは行過ぎや。それまでは弁護できんわ」

「何じゃあ」と河村が目をかっと大きく見開いていった。

「つべこべいうの止めんかい。汝ァ、約束した通りのことをいえばいいのや」

「汝が裏切ったら、汝も進みたいな目に遭わすぞ」と野沢が低いだみ声でいった。

この一言は僕の心に恐怖を呼び起した。その恐怖はみるみるうちに心の中一杯に拡がって行った。僕は自分の歯が全部ぐらぐらになってしまうことを心に描いた。

僕が昇に対して先生にできるだけの申し開きをすると約束したのはたしかに事実だった。正義のためだけではなくて、自分の立場を有利にするためにその約束をしたのだとしても。――僕は、放課後進一人を全員が取り巻いて田圃の中へ連れ出し、僕を除いて全員がなぐったことを、多少の行過ぎがあったにしても、正当な行為として認めようと思っていた。しかしそのあと僕が磯介と共に先に帰ったのち、一部の者たちが更に進に加えたむごたらしい程の暴行は認められないと思っていた。けれどもそれには立会わなかったのだから目をつむり、僕が立会ったところまでは責任をとり、そこまでを正当な行為として弁護しよう、それは良心に照らしても許されることだろう、しかし昨日の暴行までを認めるわけには行かない、と思っていたのだった。

僕はしばらく沈黙したのち、再び決意を固めていった。

「できるだけのことはするわ。しかしもう進をなぐるのは止めてくれんか。ありゃあ行過ぎだわ」

「何じゃあ」と野沢がまたいった。

「汝だけは、竹下をなぐらなんだもんのう」と河村が皮肉たっぷりにいった。

「汝ァ、進の肩持つ気か」と平尾がいった。

「進と同じ目に遭いたいがやろう」と河村がさっきと同じ調子でいった。

僕は沈黙したままだった。そんなことをいうなら僕は何もしないぞ、といってやろうと思ったが、咽喉元まで出たその言葉を口に出す勇気はなかった。

「いいにか」と昇が取りなすようにいった。

「ここは潔のいう通りにせんか」

始業の始まりを告げる鐘が鳴った。自分の席に戻ろうとする僕を呼び止めて、昇がいった。

「潔、いいか、頼んだぞ」

その一言で僕の心は決った。

いつもよりずっと遅く先生の足音が廊下から聞えて来た。先生が入って来た。青竹を、先生の背丈より高い青竹を持っている。先生の顔色はひどく蒼い。先生は教壇に立つなり、青竹で床をどんと強く叩いていった。

「竹下をなぐった者は立て！」

しばらく誰も立とうとしなかったが、やがて昇が立ったのを機に、野沢、川瀬、河村、磯介、勝、平尾と立ち、遂に僕を除いた組の全員が立上った。

「杉村、君はなぐらなかったのか」と先生はいった。

「はい」と僕は答えた。

「全員坐れ！」と先生はいった。

「杉村、立ち給え」と先生は続けた。

「竹下がなぐられたのを君は知っていたのか」

「はい、知っていました」と立って僕は答えた。

「それならなぜ止《と》めない。君には副級長としての責任があるのだぞ」

「なぐられても仕方がないと思ったからです」

僕はみんなが無言の声援を送っているのをはっきりと意識しながら答えた。

「須藤」と先生はいった。「立て」

昇は悪びれずに立上った。

「お前は竹下を何回なぐった」

昇は答に窮したようにしばらく黙ったのち、「三回なぐりました」と答えた。

「なぜなぐった」

「竹下君に理由もなくなぐられたからです」

「杉村と須藤、前に出て来い」と先生はいった。

先生は教壇の椅子に坐り、僕と昇はその前に立った。

「杉村君」と先生は声を改めていった。

「たった一人の者をみんなでなぐってもいいと思うか」

「場合によっては仕方がないと思います」

僕はみんなの視線を背中に意識していた。僕は劇の主役だった。

「じゃあ、なぜ君はなぐらなかったのか」

「僕は竹下君に色々嫌な目に遭わされましたが、なぐられたことは一度もなかったからです」

「どんな嫌な目に遭わされたのだ」

「数え切れない程です」と僕はいった。そういいながら目に涙が溢れて来るのをどうすることもできないでいた。

「いってみなさい」

「たとえば何か竹下君の気に触ったりすると、いつまでも除け者にされました。それから僕のことを歌に作ってみんなに唄わせたりしました」

「須藤、君はどう思う」

「今杉村君がいった通りだと思います」

「そうか」と先生は驚いたようにいった。

「杉村君」と先生はしばらくしてまた口を開いた。

「君がなぐらなかったのは分ったが、外の者は竹下にどんなことをされたからといってなぐったのだ」

「それぞれなぐるだけのひどいことをされていたと思います」

「たとえばどんなことだ」

「たとえば」と僕はいった。「遠足の時においしいものを徴発されたり、竹下君が当然しなくてはならないことを代りにさせられたり、竹下君のいうことを聞かないといってなぐられたり、色々されました。だから竹下君はなぐられても仕方がなかったと思います」

「誰が最初に竹下をなぐろうといったのだ」と先生はいった。

「杉村君、君か」

「いいえ」

「じゃあ、誰だ」

僕は黙っていた。

「須藤、お前か」

「いいえ」と昇は答えた。「自然に、誰がいい出すこともなく、そうなったのだと思います」

「今須藤のいったことは本当か」と先生は聞いた。

「本当です」と僕はちょっと躊躇したのち答えた。

「席に戻ってもよろしい」と先生はもう一度どんと床を青竹でつくと立上り教壇の前に出てい

った。

「今朝竹下君のお父さんが学校に来られた。ここ二、三日竹下君の様子がどうもおかしいので、色々問い質したが、ころんだとか何とかいうて本当のことをいわない。ところが竹下君がなぐられたところを目撃した人が、昨日わざわざ竹下君の家に見えて、本当のことが分ったという。竹下君も本当のことを遂に認めた。今杉村潔君と須藤昇君に聞いてみたところでは、竹下君にも色々悪いところがあったらしい。しかし、一人をみんなでなぐるというのは絶対によくない。今後竹下君をなぐった者は先生が承知せんぞ」

そういって先生は青竹で床を思い切りついた。

「この青竹で、そいつの頭をぶち割ってやる。分ったか。分った者は立て！」

みんなぞろぞろと立ち上った。

進は二日間続けて休み、日曜日をおいて四日目の月曜日に姿を現わした。彼の前歯は上下共銀を冠せられていた。その銀歯は進の表情にある不自然な印象を与えた。進はその銀歯を隠したいらしく、余り口を大きく開こうとしなかった。命令をする時も、授業中に何か答える時も、口をできるだけ小さく開けようとした。

先生の話は進にそれ以上暴力を加えさせなくなったという点で効果があった。先生は問題の複雑さを考慮したのか、進に暴力を加えた者を一人も処罰しないで済ました。進が登校した週の土曜日に、先生は進を職員室に呼んで、その後の様子を確かめ、もう暴力が進に加えられていないことを確認すると、この事件を不問に付することを決意したようだった。

進は完全に除け者にされた。誰一人として進と口を利こうとする者はなかった。遊びからもまったく閉め出された。休み時間いつも進は教室に残って、算数の練習問題を解くのに余念がなかった。

進は依然として級長の職にあった。しかし彼がその職に熱意を籠めて従事している風はなかった。それにもう誰もさっぱり進のいうことを聞こうとしなくなっていた。進はその状態に辛抱強く耐えていた。ただ時々思い出したように、命令に従わない者を烈しく怒鳴りつけることがあった。そんな時怒鳴られた者は一瞬たじろぎ、しゅんとなってしまった。ほかの者もその時だけ、進の権力がまだ健在であると、錯覚しかねなかった。

しかしやがて進はもうまったく怒鳴らなくなってしまった。

先生に申し開きをして以来、僕は一個の英雄になっていた。

川瀬や晃夫が、先生に発覚した時蒼くなった野沢や河村の臆病さ、卑怯さを暗になじるように僕を讃えてくれたからである。

「潔がおらなんだら、どうなったじゃあ」と彼らはいうのだった。

「野沢も、河村も、蒼い顔をしたまま、申し開きもできんと、あの青竹でなぐり倒されておったじゃあ」

野沢も河村も昇も、こうした連中に何の手出しもできないでいた。何か手出しをしても効果がなかった。一人一人が自分の力に自信を持ち、権力に反抗し、彼らが勝手な態度に出るのを決して許さなかったからである。――一揆が成功したのは、野沢や河村や昇の力が進の力に勝っていたためではなかった。もしそうだとしたら、彼らは進が味方を糾合し陣容を立直してい つ逆襲に転ずるかを絶えず恐れなくてはならなかったろう。一揆が成功を収めたのは、級全体の総意がその方向に動いていたからであった。それを昇や野沢や河村は本能的に察知していた。それで彼らは、自分たちよりはるかに弱い者たちに反抗されても何の手出しもできなかったのである。

週に三回位ある学校農園の勤労奉仕や、出征兵士の家への手伝いなどの作業も、至極のんびりしたものに変った。作業の能率はさっぱり上らなかったけれども、その代り弱者が強者にいじめられ、余計に働かされるといった雰囲気はもうまったく見られなくなっていた。

格闘遊びは進の没落と共に徐々に廃れて行った。みんなが一人残らず格闘遊びに加わったことが嘘のようだった。時々誰かがあの格闘遊びを提案し、みんながそれに従うことがあった。しかしそれは二、三回の休み時間続けばいい方で、そのあとはすぐ解散になってしまった。何かが欠けていたのだ。きっとその魅力を支えていた緊張が欠けていたのだ。そんな時誰かの心に、進の権力が強大であった時のことをなつかしむ心が生れなかったとはいえないかも知れない……

その後も浜見の同級生は、隊伍を組んで登校することをまったくしなくなってしまった。それでも朝何となく十字路で一緒になってしまうことがあったし、掃除当番のあった日などは、帰りにかたまって歩いた。しかしそんな時も三々五々気楽に塊まって歩くだけだった。進はしかしそんな時も常に一人だけみんなより少し遅れて歩いた。みんなは時々進の替え歌を唄って、うしろを交る交る振向いては、あとから一人でやって来る進を囃し立てて喜んだ。そんな際進の顔にはさすがに苦悶の表情が浮かんだ。しかしそれも初めのうちのことだけだった。そのうちに進は完全にそれを無視し始めた。進が無視し始めると、みんなは面白くなくなってその歌を唄うのをいつしか止めてしまった。

その間《かん》僕は一度もその歌の唱和に加わらなかった。唄うのが嫌だったばかりではなく、今の進と同じ目に遭わされた頃の自分の記憶が蘇って来て、そばで見ているのさえ辛かった。しかしそんなことをするのは止めろよといい出す勇気もまた僕にはなかった。もしいったとしてもきっと逆効果だったに違いない。しかし進がそれをまったく無視する態度に出たことは僕を感心させた。自分もどうしてああいう態度に出られなかったのだろうかということを今更のように僕は口惜しく思った。

ある日体操の時間に県の角力大会に選手を送る予選が行われた。勝ち抜きで決めるのだったが、僕は一回で敗退した。その時の進の力闘ぶりは目覚しかった。みんなが息を呑むような頑張り方を示したのだ。これまでにも体操の時間に時たま行われた角力で、進が角力に強いことは分っていたが、今度程それがみんなの心に印象づけられたことはなかった。

進は昇と第一回の取組みをしたが、昇はあっという間に投げ出されてしまった。次に野沢と取組んだが、野沢も負けてしまった。その次は河村と組んだが、進はもう二人を相手に取組んで相当疲れている筈なのに、やはり河村を負かしてしまった。進を負かしたのはその次に出たへいかだった。へいかは悪戦苦闘の末ようやく進を土俵の外に押出した。彼は得意そうに、舌をぺろりと出して鼻の下をなめた。それは彼が得意な時にする癖だった。彼は進に打ち勝って調子づいたのか、当然最後まで勝ち残ると思われていた勝を倒して、六年代表に選ばれてしまった。

その日へいかは英雄となった。進の強さが改めて立証されたので、それを少しでも感じさせたいために、みんなはへいかを褒め讃えた。しかし一方進は終始角力で自分の力を立証できたことを一切忘れたかのように振舞った。彼はその日も必要なこと以外は一切誰とも口を利かなかったし、休み時間には相変らず教室に残って算数の問題の解法に耽っていた。

へいかというのは平尾の仇名だった。大抵、平《ひら》、平と呼ばれていたが、時々へいかと呼ばれていたのだ。しかしそう呼ぶのは、彼よりも強い者に限られていた。進が権力を握っていた間は、進とその配下の有力者たち、進が没落してからは、彼よりも強いことになっている昇、野沢、河村、勝、などに限られていた。それを知らなかったのは僕の迂闊だった。角力で勝ち残って英雄になる二、三日前に、僕は彼をへいか、へいかと一日中呼び彼の怒りを買ってしまったからである。

へいかが陛下を意味するということはあり得なかった。そんな畏れ多いことが公認される筈はなかった。平を音読みすればへいだから、そのへいに何かの拍子でかがついた仇名だろう、と僕は勝手に解釈していた。だから僕にはへいかと呼んで平尾の怒りを買った理由《わけ》が見当もつかなかった。

その日の帰り僕は磯介にそのことを質して、へいかというのが干烏賊《ひいか》の訛りだというのを知った。なるほどそれなら平尾が怒るのは無理がなかった。干烏賊というのはどう考えても余り名誉な仇名ではなかったから、その仇名をつけたのは進だということだった。干《ほし》いかは平べったいから平尾の平から来た仇名だろうか、と僕は磯介に訊ねてみた。

磯介はにやにや笑いながらいった。

「あいつはいつも洟の跡を二本鼻の下につけとろうが。そこんところがへいかにそっくりやっていうのじゃ」

僕は平尾の顔を思い出して合点がいった。鼻の下の洟のあとは、たしかに干しいかの軟骨のからからに干しあがったのとそっくりだったからである。考えてみるとその仇名は秀抜だった。

そして僕は突如として彼が進をなぐった時、

「ようも俺に仇名をつけおったな。ようもおれを仇名でいつも呼びおったな」と叫んでなぐっていたのを思い出したのだった……

六月十八日の観音祭りはその角力のあった日の翌日だった。お祭らしい御馳走に飾られた夕食を済ますと、口笛を吹く音がした。

出てみると口笛の主は磯介だった。約束通り迎えに来てくれたのである。

「手拭いを一つ持って来んか」と磯介がいった。彼自身腰に洗いたての手拭いをぶら下げている。

「なぜ?」

「踊る時にはな、手拭いをすっぽり頭からかぶるもんや」

僕は家に引込んで手拭いをもらって出て来た。

まだ日は暮れ切っていなかった。祭は西浜見の外れにある神社で行われることになっていたから、庄どんの門の前を通ることになる。もしかすると美那子に会わないとも限らない。僕は一度美那子に学校の廊下でばったり会ったことを思い出した。その時美那子は病気上りのせいか、いつもよりも白く、弱々しい顔をしていた……。美那子の家の土塀が道の右側に始まると、僕の胸はときめいて来た。美那子の姿を一目見ることができたらどんなに嬉しいだろう。

「汝のいい人がいるじゃあ」と磯介がいった。

「よせよ、磯介」僕はうろたえて赤くなった。

本当に磯介のいう通りだった。美那子らしい女の子がゆかた姿で母親と一緒に門のところに立っているのだった。もう大分暗かった。そちらの方を見なければ僕だと分る気遣いはなかった。

「早く行こう」と僕は磯介に小さな声で囁いた。

「そう急ぐな、潔」と磯介は必要以上に大きな声を出していった。

「磯介の奴」と僕は心の中で舌打ちした。

「潔ちゃん」と美那子の母親が僕に声をかけた。

僕は二人の顔をろくろく見もしないでお辞儀だけをしてそこを通り過ぎ、足をいっそう速めた。

「待っとれま、潔」といいながら磯介が僕に追いすがって来た。

「まあ、そう怒るな。いい人、よう見られなんだろう」

磯介は馬鹿にはしゃいでいた。神社の黒い森が見え、人のさんざめきと踊りの歌が聞えて来た。僕の心は期待で一杯になった。祭りで踊るのは生れて初めてだった。そこには僕に一切の嫌な思い出を忘れさせるものが待ってくれていそうだった。

「磯介、どんな風に手ぬぐいをかぶるの」と僕は着かない内から磯介に訊いた。

「待っとれま」と磯介は焦らすようにいった。

「向こうに着いたらゆっくり教えてやるっちゃ」

それからしばらくして磯介は低い声で耳打ちをした。

「今日はな、潔、いい物見せてやるっちゃ」

「何だい」

「あとで分るっちゃ」と磯介はいった。「誰にも秘密やぞ」

「うん」

「米屋の兄様にな、とうとう赤紙が来てな、あさっての朝出征やとい」

「それでは」と僕はいった。「松の姉さんは悲しがっているだろうなあ」

「汝もよういうようになったのう」と磯介はいった。

「少々な悲しがりようじゃないわ。親に隠れて結婚を誓い合った二人やからのう」

「そうだろうねえ」と僕はいった。僕は松の姉さんの豊かな黒髪、黒い大きな瞳、色白の美しい顔を想い浮かべた。それから風呂帰りの彼女とすれ違った時にいつも吸い込んだ彼女の身体の仄かな香りを思い起した。

磯介はあたりを見まわして人のいないのを確かめるといっそう声をひそめていった。

「今日二人はな、十時に、浜辺の松の家の舟小屋で逢うことになっとるんや」

「どうして知ったの」

「どうしてでもいいにか」

「それで」

「二人で見に行かんか」

僕は返事をしなかった。二人が最後の別れのために会うというのに、それをひそかに覗きに行くなどということは許すべからざる行為だと思われたのだ。しかし同時に好奇心は僕にはっきり嫌だといわせずにいた。磯介の意図は分っていた。磯介は二人がそこで最後の別れに、男女の禁じられた営みをするに違いないと予想し、それを僕に見せようと考えているのだ。まだ僕は最後の砦を守るようなつもりでみんなが交す性に関する話を本当だと信じようとはしていなかった。みんながそうしたことを話題にして喋っているのを聞きながらも、いつもそんなことは嘘だ、そんなことは動物にはあり得ても人間にはあり得ないのだと思い、否定しようとしていた。磯介はそうした僕の無智蒙昧を面白がり、僕に動かすべからざる証拠をつきつけようとしているのかも知れなかった。

一方僕は、目のあたりに証拠を見て、これまでに懸命に守り抜いて来た最後の砦が崩れ落ちるのを自ら経験したいという自虐的な期待を感じてもいた。しかしそれにしても、そんなところを、見てはならないものを覗いたりすることが、恐ろしい禁じられた行為であることは間違いなかった。そんなことをしたら僕は地獄へ落ちてしまうだろう。僕は岐路に立たされた自分を感じていた。

神社へ通ずる参道に僕らは折れた。参道は暗かったが、やがて鳥居が見えるようなところまで来ると、組み立てられた櫓に裸電球の吊り下っているのが見えた。もう踊りが始まっていると見え、繰り返しの多い単調なリズムの歌が聞えてくる。二人の歌い手が拡声器を使って歌っている。僕はなぜか胸にこみ上げて来る解放感を押えかねながら、足を速めた。

ゆかたがけの男女が櫓を一重だけ取り巻き踊っていた。磯介のいうようにみんな手拭をかぶっている。中には活動写真で見たことのある怪盗のように、手拭の端を唇の上で結ぶようなかぶり方をしている男もいた。

その中に僕は松の姿を見てドキッとした。松はこの頃よく学校をサボるようになっていた。しかしすぐに僕は気をとり直した。もう松を恐れなくてもよくなったのではないか……

「さあ、潔、踊らんか」と磯介がいった。

「だって、どうやって踊るんだい」

「すぐ覚えるわい、見よう見真似でやってみいま」

僕は彼を真似て手拭いで頰かぶりをし、出来かかっている第二の円陣の中に入った。

単純な動作の繰り返しである踊りの所作は、磯介のいう通りすぐに習得することができた。踊っているうちに僕は奇妙な陶酔に身体中が満たされて行くのを感じた。まったく単調なメロディーに合せて、手足を動かして行くだけでそんな陶酔に惹き込まれて行くのは不思議だった。何か魔法にかけられているような気持さえした。

そのうちに暫し言葉が幾種類か唱和されるようになった。僕もそれにも加わった。するとますます陶酔感はその強さを増した。もう僕は夢見心地だった。僕の心から一切の恐怖、不安、屈辱の思い出が溶解して外へ流れ出して行ってしまうようだった。これまで僕は毎日何という小さなことで不幸になっていたのだろう。東京が一体どうしたというのだ。戦争が一体どうしたというのだ、と僕は夢の中で考えるように考えていた。東京も、戦争も、遥か彼方へと遠のいて行ってしまうようだった。

いつの間にか僕は磯介を見失ってしまっていた。しかしそんなことはかまわなかった。知らぬ間に円陣は四重、五重に殖えていた。踊りは最高潮に達していた。

やがて——

僕は磯介に肩を叩かれて我に返った。

「潔、潔」

僕は踊りを止めて、夢の中で出逢った人のように磯介を見た。

「さあ、行かんか」

僕は暗示にかかったように、踊りの輪を離れ、磯介に従った。

磯介は浜伝いに行くつもりらしく、暗い神社の裏の森の中へ入って行った。森を抜けるとまもなく波打際に寄せる波の音が聞えて来た。

月は出ていなかったが、星明りがあった。海は静かだった。僕らは堤防のコンクリートの上を歩いた。まもなく僕らは石砂利を渡って、舟小屋の裏に通じる小道にまわった。ふだんほとんど使われないその道は両側によしやすすきが生い繁り、時々手で掻き分けなければならない。

「今年もまたすすきの穂を取らされたら、ここへ来ればいいね」と僕は昨年の秋、救命具の中身にするというすすきの穂を一人一貫目ずつ集めて来なければならなかった時の苦労を思い出していった。その時僕は八百匁しか集めることができなくて、長い道を帰る途中みんなの交す蔭口を聞いていなくてはならなかったのだ。

「東京もんはいいのう」

「二百匁少くても何ともいわれんからのう」

「潔は贔屓やもんに」

「潔のお蔭で一人海で沈むかも知れんのう」……

そんな会話が交されたのだ。

「シー」と磯介がいった。舟小屋の並びにさしかかっていたのだ。

磯介は僕の耳に口を寄せて囁くようにいった。

「静かにせい、黙って俺について来いま」

一番外れから二番目の舟小屋が松の家のものだった。松の母親はお産婆さんだったが、父親は漁師をしているのだ。

僕たち二人は音を立てないように用心しながら、よしとすすきの繁みを掻き分けてその舟小屋に近づいた。しかし小道の側は板張りのために中が見えない。磯介が手真似で舟小屋と舟小屋の間に入ろうという合図をした。

その壁はよしを編んで張ったものだった。だから隙間はたくさんあったし、もし必要ならば指で隙間を押し拡げることもできた。いつの間にか出た月が中をぼんやりと照らしている。舟が一艘あった。

僕の胸はさっきから激しく鼓動を打っていた。もし磯介のいう通り、舟小屋の中に、松の姉さんと精米所の若者がいるとしたら、その胸の鼓動を聞きとられてしまうのではないかと思われる程だった。僕は怖気づいて帰りたくなり磯介を見た。

磯介は隙間に顔をぴったりつけて、一生懸命中を窺っていた。

僕も彼に倣った。

だんだん目が慣れて来るにつれて、舟の中に二人の男女がしっかりと身体を抱き合って横たわっているのを僕は見てしまった。

僕は見てはならないものを見てしまったような気がした。僕の身体はわなわなと慄え、咽喉はからからに渇いた。僕の中で血がたぎり、固く怒り狂うものがあった。

男は女を上から抱きかかえるような姿勢に変わった。

二人の囁きが聞えて来る。

「かならず帰って来て」

「ああ、かならず帰って来る」

「死んだら、わたしも死ぬ」

「死なん、絶対に死なん」

僕はそれ以上その場に留まっていることができないような気がした。二人の神聖な密会を冒瀆するように思われたのである。僕は感動に近いものを覚えていた。

突然舟が激しく揺れ動き始めた。二人の悲しみが舟に伝わって、舟がそれに耐えられなかったかのように。女のすすり泣くような声が洩れて来た。

「行こう、磯介」と僕は磯介の耳に口をあてていった。

磯介は黙ったまま返事をしない。

「行こう、磯介」と僕は繰り返した。

ようやく磯介はよしの壁から目を離した。

僕たちはよしとすすきを掻き分けて道に出ようとした。

「二人が抱き合って寝とるとこしか見えなんだな」と磯介が期待外れのようにいった。

その時向うの舟小屋と松の家の舟小屋の間あたりから、

「誰や、そこにいるのは」という低い押し殺したような声が聞えて来た。

「逃げんか」と磯介が短くいった。先に小道に出ていた僕を先頭に、僕らは一目散に逃げ出した。

誰も追いかけて来ないことがわかったのは、僕たちがその道を左に折れて、小さな地蔵堂の脇に出た時だった。

「誰だろう、怒鳴ったのは」と僕がいった。

「松や」と磯介がいった。

「えっ」と僕は驚いていった。「どうして松だって分る」

「声で分るわ」と磯介が答えた。

「僕らだということが分ったろうか」と僕がいった。

「分らん」と磯介がいった。「まあ、大丈夫やろうと思えど」

僕らはしばらく黙っていた。

「松の姉さま泣いとったな」と磯介がいった。

「うん」と僕はいった。「可哀想にね」

もう遅かったので僕らはそのまま家へ帰ることにした。別れしなに磯介がいった。

「今日のこと誰にもいわんがえぞ」

「もちろん」と僕がいった。

「松にいわれても、今日は踊ってそのまま家へ帰ったといい張るんやぞ」

「うん」と僕は答えた。

家に帰ると僕は祖母に帰りが遅いと小言をいわれた。伯父が心配になって僕を迎えに行ったそうだった。まもなく伯父が帰って来た。伯父は僕が無事帰宅したのを見て文句をいわなかった。僕は伯母が敷いておいてくれた床に就いた。

床に就く前、僕はいつものように、小箪笥の上に額に入れて飾ってある父母たちの写真に挨拶をしなかった。疚しい気持が心の奥底にあって、それをすることを僕に禁じたのである。

第十一章

翌日学校で僕は松が来ていないのを知って一安心した。昨日のことを松に覚られてはいないかとそれまで不安でならなかったのである。松は、進の一件が先生にばれて逃げ帰ってから、まともに学校に出て来たことがなかった。一日おき位に出て来はしたが、遅れて来るか、早く帰るかのどちらかだった。先生は何度か両親に逢いに松の家まで行ったりしたらしいが、この頃はもうサジを投げてしまったようなところがあった。

その日の昼休みの時間に、進は職員室の先生のところに出頭し、長いあいだ帰って来なかった。様子を見に行った者の話では、進は何かこみ入った話を先生にしているらしい。それを知った昇と野沢と河村の三人は不安の色を隠せないでいた。それには理由があった。三、四時間目の作業時間に、三人は進をなぐりはしなかったけれども、川の中へ突き落そうとしたからである。

川に片足を浸けるだけで済んだ進は、濡れてしまった長ズボンの裾を折ると、その時落着いた声で三人にいった。

「汝ら、いい加減に止めとかんか」

嫌がらせはそれまでも度々あった。しかし進はそれまでは何の抵抗も、何の口答えもせずに、すべてを黙々と甘受していたのだ。まったく気味の悪い程の徹底ぶりだったのだ……

三人は進の意外な剣幕に驚いたようだった。そして進の気力に押されたように、その場は「間違ったんや」とか何とか言訳して引退ってしまったのである。

河村がいった。

「告げ口しているんやったらただじゃおかんぞ」

野沢がいった。

「増田なぞなに怖いことあるか。この頃竹下の奴、生意気や。また一丁やってやるか」

昇は不安そうに黙ったままだった。昇はもう再び行動を起しても、今度はみんなの支持を得られないだろう、ということを知っているのだった。

「潔、先生が呼んどらすぞ」と誰かが僕に報せに来た。

「潔、たのむぞ」と野沢がいった。僕は聞えないふりをした。

先生の前に行くと、進が緊張した面持で立っていた。

「杉村君」と先生はいった。

僕はいかなる事態にも対処できるようにしようという決意を胸に秘めながら先生の顔を見た。

「竹下君が級長を君にゆずって辞めたいというとるのです」

それはまったく僕の予期していなかったことだった。進には僕にはない勇気がある、とその時僕は思った。僕にはその勇気がなかったのだ。——副級長に任命され、そして進に除け者にされた時、僕は進と同じことを先生に向かっていうべきだったのだ。僕はあの頃除け者にされていることを屈辱と思い、その事実を先生に隠そうとすることで懸命だった。それは僕の最後の意地でもあった。僕の苦しみはすべてそこに発していたのだ。今僕はあの苦しかった日々がまったく意味がなかったのではないかという疑いに取り憑かれるのを感じた。できることなら、あの自己偽瞞の日々をもう一度僕は生き直したかった、あのおどおどとして過した時間をもう一度やり直したかった、進のように妥協しないで毅然と送り直したかった――

「もう統率する自信もないし、力もない、だから級長を杉村君にしてしもうて、副級長には須藤君を推薦したいというとるのです」

僕は黙っていた。何と答えてよいか分らなかった。

疎開するため東京を出た時、僕は田舎に行っても第一人者となり、級長になり、級中の人望を一身に集めるような存在になろうと思っていたのだった。その級長になる機会がこんな形で訪れようとはまったく予想もしていなかったことだった。

僕が級長になったら、僕の理想とするような、自由でのびのびとした雰囲気を学級の中に持ち込むことが、ひょっとしたらできるかも知れない。昇が協力してくれれば――。そう思いながらも、進と違って、右顧左眄し、だらしなく、意気地なく過した、あの除け者にされた日々のことを再び思い出さずにはいられなかった。あの日々を勇気をもって乗り越えられなかった僕に一体これから何ができるというのだろう。僕にはもう何もできないのだ。たとえ級長になったところで、それはかりそめの、偽りの第一人者に過ぎないのだ。勇気をもって艱難に打ち克てなかった者は遂には何もすることができないのだ。

「僕にも自信がありません」と僕はいった。

「それならば僕も竹下君と一緒に止めたいと思います」

先生は予想外の僕の返事に戸惑ったようだった。先生はしばらく考えこんでいたが、やがて口をまた開いた。

「この問題はしばらく保留しておくことにしよう。先生に考えさせて欲しい。誰にもいわないように」

そういうと、先生は僕らに帰るようにいった。

教室に行くまで僕ら二人は一言も口を利かなかった。

教室に入ると、野沢と河村と昇に僕らは取り囲まれた。

「先生、何話しとったあ」と野沢がいった。

「なもよ」と進は冷たくいい放った。

「全然関係のないことだよ」と僕はいった。

「それにしても何話したあよ。いわんかい」と昇が僕に迫った。咄嗟に嘘を思いついて僕はいった。

「中学受験のことよ」

「そいがか」と昇は納得した。

その日僕は進の没落以来初めてみんなの嫌がらせの対象にされた。

午後の作業時間で先生がいなくなった時にこんな替え歌が唄われたのである。

キョッペ　キョッペと
威張るな　キョッペ
中学中学と
威張るな　キョッペ
銀歯の進と
ズベのキョッペ
二人で仲よく
写真撮る　写真撮る

突然のことなので、しかも久しぶりのことだったので、僕にはこの突然の嫌がらせを覚悟して迎えるだけの心の用意ができていなかった。僕は不覚にも涙を浮かべ、対処するすべを知らなかった。

これは、これから僕が再びみんなの嫌がらせの対象にされる兆候のようなものに違いない、と僕は思った。進が権力を握っていた時、中学に上るということは敬意の的にこそなれ、それを種に嫌がらせを受けるというようなものではなかったのだ。しかし進の没落によってまさに事情は一変したのだ。

中学に上ることがみんなの嫌がらせの対象になる理由は僕にも想像できた。しかし中学を受けようというのは、何も進や僕だけに限らないのだ。河村や川瀬だってそうなのだ。僕は彼らが羨しかった。そしてなぜ僕だけがこうやって嫌がらせの対象に選ばれるのか、分らなかった。

僕がこんな風にすぐ反応を示すから面白がるのだ、と僕は思った。克服すべき敵はもしかすると僕の中にいるのかも知れない。その発見はしかし僕の心を収拾しがたい混乱に追いやっただけだった。

僕があの時進をなぐらなかったのは僕の弱身だった。みんなはその僕の弱身を恐ろしい程よく知っていた。その日の作業時間、新しい替え歌を唄われたのちも、たとえばこんな会話が聞えよがしに僕のそばで交された。

「あの時進をなぐらなかったのは潔だけやったのう」

「潔は進の仲よしやもんに」

「仲よしか。何いうとらあにゃ。潔は進の家来やろうが」

「潔は進と写真とったっていうな。中学へ行く記念やとい」

「潔だけやったな、進をなぐらなんだのは。お偉い副級長やもんにな、潔は」

僕が学級の人望の的になろうというのはまったく僕の愚かな夢だったのだ。力を伴わない

「英雄」の末路は哀れだった。それが僕に分った。進のようにみんなを無視することは僕にはできなかった。そしてまた自己を卑下してみんなの御機嫌を取ることも僕にはできなかった。そんなことは絶対に嫌だった。

今僕にできることはひたすら脱出を夢みることだけだった。しかし戦争が終らない以上現実にはこの村から、この学級からも、脱け出すことはできないに違いない。そして戦争はそう簡単に終りそうにもなかった。さしあたり確実に期待できるのは夏休みだけだった。夏休みになれば学校へ行かなくて済み、僕は孤独でいられるのだ……

その日学校の帰りに再びあの僕の替え歌、厳密にいえば進と僕の替え歌が唄われた。磯介がいったので、浜見の連中は三度唄うとその歌を止めてしまったが、唄われたことは事実なのだった。僕は長い道を歩く間中不幸であった。

帰って間もなく僕は伯父に頼まれてジャガイモの収穫の手伝いに行った。夕暮になって戻って来ると、風呂帰りの磯介に道で出くわした。

「遅かったじゃあ」と磯介はにやにや笑いながらいった。

「さっきな、得治のな、松の姉さまのいい人よ、出征でな、行列が通ったあよ」

「今日出かけたの」と僕は聞いた。

「ああ、舞鶴にな」

「汝の家のおっさまも行列に加わっておらすたぞ」

伯父が野良仕事から帰宅して服を着更えて出て行った理由が初めて僕には呑み込めた。伯父は松の姉さんと得治の関係を知っているのだろうか、きっと知らないに違いない、と秘密を知っている優越感と共に僕は考えた。

「松の姉さんは」

「おおかた家で泣いとるやろう」

家に帰ると、僕はすぐ身体の汚れを取るために風呂へ行った。風呂に行く途中、松の家の前を通った。耳を澄ましてみたが、すすり泣きはおろか何一つ聞えて来なかった。

すると向うから湯上りの進のお祖父さんがやって来るのが見えた。お祖父さんはパンツ一つで、手拭いを首に巻いていた。長く湯に浸っていたとみえ、身体中が真赤だった。僕は瞬間引き返そうかと思った。しかしすでにそれもできないような距離に進のお祖父さんは近づいて来ていた。たのみとなるのは夕暮だった。夕方の暗さが僕だということを進のお祖父さんに分らなくしてくれるかも知れなかった。そうなることをひたすらに僕は願った。

進のお祖父さんは僕のことを恥知らずな奴だと思っているに違いない、と僕は考えながら重い足を運んでいた。進のお祖父さんの目に進と僕とは間違いなく仲のいい二人と映っていたろうから、僕のことを、進が苦境に陥った時何一つ助けようとしなかった、友だち甲斐のない、勇気のない、恥知らずな奴だと思っているに違いない。それというのも僕が自分に忠実に振舞わないで、進を決して親しい友と思えないでいたのに、親しい友のように自分を見せかけていたからだ。僕は救いがたく自己に不忠実だったのだ。進が私刑《リンチ》にあってからの行動もすべて。こうした自分を僕は何とか変えなくてはならない。

幸い、進のお祖父さんは隅の方をうつむいて歩いて行く僕に気がつかなかったようだった。次の日僕は、迎えに来てくれた磯介と二人で登校したが、長い道を歩いている間中、僕の心は、暗くふさがれていた。

しかし学校へ行くと僕が案じた程のことはなかった。その日は作業時間がなかったせいか、二、三不愉快な思いを野沢や河村の態度を通じて味わわされたことを除いて、概して無事に過ぎてくれた。掃除当番は、浜見の番だったが、これも幸い事もなく終った。進は没落以来、掃除当番では黙って自分の分担と思われる仕事だけをした。そして決してそれ以上はしようとしなかった。彼はその点で徹底していた。僕はどうしても人の思惑を感じてしまう。そんな僕に進は敬服すべき存在に映った。

僕らは塊まって帰ったが、三々五々入り乱れてであった。僕は昨日のように誰かが僕の替え歌を唄うことを思いつきはしないかということだけを恐れていた。そうしたら僕はその不幸に耐えなければならないのだ。その不幸が颱風のように通過するまで辛抱強くじっとしていなければならないのだ……

線路を越えた頃、僕らのうしろから誰かがやって来る姿が見られた。

「ありゃあ、松やないか」と秀がいった。

「そうやな」と善男がいった。

「二人おるわ」と磯介がいった。

「洋一じゃ」と小沢がいった。

「奴ら、ようさぼるのう」と秀がいった。

先生に怒られた日、松は一人で逃げ出したために、昇や野沢や河村の信用を失い、学校に来ても、大事に扱われないために、学校にいることが面白くなくなってしまったらしかった。今日も松は昼過ぎから姿を消し、掃除当番にも出なかったのだ。洋一は掃除当番には出たが、松とどこかで待ち合わせを約束していたらしく、掃除当番が終ると、姿を消してしまったのだ。

近づくにつれて、誰から起るともなく、ああ、ああ、ああ、という非難の囃し声があがった。その囃し声に加わらなかったのは、僕と少し距離をとってあとから一人で歩いてくる進の二人だけだった。

松は大またに息を切らしながら近づいて来た。彼のうしろから洋一が忠実な犬のようについて来る。松の身体に漂う険悪な空気をみんなは早くも感じとって、非難の囃し声を止めてしまった。実際最近松は恐れられていた。高二の二、三人がある時、松の姉さんの歌を松の前で唄った時、松が怒り狂ってドスを振り廻して追いかけまわしたことが知れて以来、特にみんなは松を恐れるようになっていた。

松は洋一を従えて僕らの群れに追いつくと、僕らを追い越して、行く手に立ちはだかった。

その時突然僕は今まで忘れていたことを恐怖の念と共に思い出した。あの晩磯介と覗き見したことを、もしかすると松は知っているかも知れない……

みんなは足を停めた。進だけが通り過ぎようとした。すると松は突然進に追いすがり、進の頭を拳骨でなぐりつけ、首筋をつかんで連れ戻そうとした。僕は進が抵抗することを期待したが、進は観念したようになされるがままに、無抵抗のまま戻って来た。

「今汝らは何の声を挙げた」と松はいった。

みんなは松の形相におののいて黙ったままだった。

「誰だ、あんなへんてこな声を挙げたのは」

そういいながら松は矢庭に一人ずつ頬べたに平手打ちを加え始めた。

僕の前に来ると松は立止まっていった。

「汝は挙げなんだやろ」

「うん」と僕はいった。

「汝は副級長やから許しておくわい」

そう松は慈悲を垂れるようにいった。

進に対しては、みんなに一発ずつ振舞った平手打ちを三発与えた。二発目に進は一瞬顔色を蒼白に変えたが、黙ってそれに耐えていた。

ひとあたりなぐり終ると松はいった。

「いいか、これから俺の命令に従わん者はこういう目に遭うんやぞ、よう覚えとけ」

それから洋一に持たせてある鞄の中から、短刀を取り出し、鞘から身を抜いていった。

「俺はな、野沢や河村や昇よりも強いんやぞ。今もな、野沢を組伏せてこれを奪い返して来たんや。奴らをこれで脅したら、蒼い顔しとったわ」

たしかにそれは進没落の日、松が勝に奪われ、それをまた野沢が取り上げ自分のものにしてしまった短刀だった。だとすれば本当に松は今喋った通りのことをして来たに違いない。そしてその余勢を駆って僕らに追いついて来たのだ。

彼はその短刀をズボンのポケットに収めた。それから、鉄の剣つばをズボンのポケットから取り出し、手にはめていった。

「いいか、これは俺に敵対する者《もん》は、これで打ちつけてやるかも知れんのやぞ。これで打たれたらな、少々な奴でも参るがやぞ」

それから松は大きく息を吸って沈黙したのち、磯介に向かっていった。

「磯介、ちょっと来いま」

「何よ」と磯介はいったままその場所を動こうとしなかった。

「来いったら来んかい」と松は怒鳴った。彼の瞳にあの狂暴な光が溢れた。松は動こうとしない磯介のそばに近寄り、磯介の右腕をねじり上げた。

「アイタタタ」と磯介は事の重大さに気づいていないのか、ふざけたようにいった。しかし僕には分っていた、これから何か恐ろしいことが起るのだということが、磯介が松の狂暴さの犠牲に供せられるのだということが——

「どの位こたえるか見せてやる」といって、松は、磯介の背中を押さえつけ、くの字型に曲げさせた。

「ここをなぐったらこたえるんや」

そういったかと思うと、松は突然、磯介の背骨に向かってその剣つばを打ちおろした。

ううんと磯介がうなった。

「痛いか」と松がいった。

「アイタ——タ——タ——タ」と磯介が息も絶え絶えにいった。

「汝ァ、俺になぜなぐられたか、分るか」

しばらく答えられないでいたが、やがて虫の息の下でのように磯介はかぼそく答えた。

「分らんな」

「分らんと」と松は激昂したようにいった。

「分らんわい」と磯介は少し元気を取り戻したのか、背中を伸ばしていった。

「そんなら聞くがな」と松は少し狼狽《うろた》えたようにいった。

「汝ァ、祭の晩、浜へ来て何をした」

「知らんじゃァ、俺ァ、祭でずっと踊とったぜ。誰か浜で俺の姿見た者あるウ?」

「本当か」と松はいった。

「本当よ」と磯介は背中をさすりながらいった。

「本当よ」そういいながら、磯介は「痛かったじゃあ」と大袈裟に顔をしかめた。

「本当だよ、松」と僕は勇気を振い起していった。「磯介は僕を誘ってずっと遅くまで踊っていたんだから」

「そうか」と松はいった。「潔がそういうなら本当やろう」

彼は僕を意味ありげにじろりと見た。

「俺がここのとこ、学校へ余り来なんだわけを、汝らは知っとるか」と松はいった。

みんな黙ったまま松の腫れぼったい瞼をした顔を見た。

「ずるけていると思うとったら大間違いやぞ。俺の姉さまの命よりも大事な人が兵隊に取られたんや。そんな時に学校へ行けるか。汝らはよう俺の姉さまのことを、妙ちきりんな歌に唄いよったな。今こそ思い知らせてやるからな」

そういうなり松はまた一人一人に猛烈な平手打ちを喰らわした。進に対しては一回では済まなかった。進の顔が歪んでしまうのではないかと思われる程激しいパンチを数回喰らわしたのである。進はしかしなぐられてしまうと、

「もういいがか」と冷たくいい放って、さっさと歩き出した。松は呑まれたように進を先へ行かせたまま、なすすべを知らなかった。

「あんな奴は、除け者や」やがて松は進の後ろ姿を見送りながらいった。

「みんなもこれから一切口を利くじゃねえがいぞ」

今度も僕はなぐられなかった。

最後に松はみんなを睨《ね》めまわしていった。

「今日から俺が浜見の大将やぞ。文句のある者はいうてみい」

誰も何もいわなかった。

「明日から俺は学校へ出るがな、往きも帰りも、俺がいる限り、ばらばらに帰るのは、許さんからな。よう覚えとけ」

そういうと松は歩き出した。みんなが松について歩き出した。

「早う俺の周りに来んかい」と松はいった。

みんながばらばらと走って松の両側についた。松の右側に洋一、左側に善男が並び、その向う側に、山田と秀、小沢と一郎がそれぞれついた。僕は磯介と共に一列あとを歩いていた。すべては一時の夢だったのだ、と僕は、たった今起ったことを恐怖の念と共に思い起しながら考えていた。進が勢力を握っていた時こんなにあらわに暴力が振るわれたことはなかった。もしかするともっと悪い日々が訪れることになるかも知れないのだ。

みんなは黙ったまま歩いていた。松の振舞はみんなに拭うことのできない恐怖を植えつけたようだった。

しばらくして松がいった。

「潔、俺の隣に来んかい」

僕は精一杯の抵抗のつもりでいった。

「なぜよ」

「まあ、来いっちゃ」

松は善男を押しやって僕が入れるだけの隙間を作った。端の方で一郎がうしろにこぼれた。さっきまで前方に見えた進の姿はもう見えなかった。四つ角を曲ってしまったのだろうか。僕は除け者にされた進に限りない羨望を覚えた。

僕がかたわらに並ぶのを見届けると松は、

「何か面白い話をしてくれんか」と打って変ったやさしい声でいった。

「何か面白くてぞくぞくするような話よ。竹下にしたやろう。怪人二十面相とかいう話よ、ああいった奴よ」

「ああ」と僕は答えた。

「どんな話にしようか」

これでは何もかも元の木阿弥だった。ひょっとすると前よりももっと悪いかも知れない、と僕は考えた。

「早う話せま」と少し声を荒げて松が迫った。

「一度した話でもいいか」と僕はなるべく平静を保とうとしながらいった。

「いいわい」と松はいった。「何か早うせんかい」

「それじゃあ」と僕はいった。「大金塊の話でもするわ。やっぱり江戸川乱歩の小説よ」

僕は話し出した。みんなが聞き入った。四つ角に着いた時には、話しはまだ三分の一位しか進んでいなかった。小沢と秀は惜しそうに別れて行った。

松の家の前まで来ると、

「最後まで話して行けま」

あとは明日の続きにしよう、といってそこからまっすぐ家に帰ろうと思っていた僕はあてが外れて、がっかりした。断ったら、という考えが一瞬心を掠めたが、さっきの松の振舞がまだ生々しく記憶の中にあった。

僕はできるだけ筋をはしょって早く切り上げようと思い、松のいう通り残ることにした。

松の家の前の川にかかった石の橋の欄干に、松と並んで腰をおろすと僕は話を続けた。ほかの者たちも残ろうとしたが松に追い払われ、一緒に話を聞くことを許されたのは、松の子分の善男と洋一だけだった。僕は話をしながら、進の時代とちっとも事態を変えることのできない自分に対して嫌悪と憐憫の情を覚えた。

話し終ると、松は大きなあくびを一つついていった。

「もう終りか。その話は一度聞いたことあったなあ。思い出したわ。一度した話でなくてよ、新しい話ないがか」

「考えてみるわ」と僕はいった。「でも今日はこれで帰るよ。家の手伝いをしなくてはならんから」

「もう帰らあか」と松は険しい顔をしたが、やがてつき放すように、

「いいわい、帰れ」といった。

歩き出すと、僕のうしろから僕の替え歌が三人によって唄われた。僕は口惜しさに唇を嚙んだ。引き返して抗議する勇気はなかった。僕は新しい課題の前に立たされたことを知った。進のように毅然と振舞うことはできないだろうか、と僕は考えた。しかしそのためには、進のように何度か松になぐられ、しかもそれにじっと耐えるという勇気を持たなくてはならないだろう。しかしなぐられることを思うと恐怖のために目が眩むのを感じた。松をやっつけることはできないだろうか。けれども松の強さ、松の武器、怒った時の松の怖しさを考えると、そんなことは夢想に過ぎないということが分っていた。

その日家に帰ると母から手紙が来ていた。祖母の身体がよくなって来たので、秋になったら無理をしてでもぜひ行きたいと思っていると書いてあった。そして東京の様子をいくつか報せたのち、こんな注意が書かれてあった。

〈これから悪い病気が出ます。エキリやチブスやセキリにかからぬようにして下さい。川の水を飲んではいけませんよ。また食べ物はお祖母さまの家か、なみ叔母さまの家のほかはなるべ

く食べないようになさいね。ではまた三、四日中に書きます。くれぐれも身体に気をつけて下さい。もう泳いでいるそうですが、充分波に気をつけて沖に出過ぎないようにね〉

この注意を読みながら、母には僕の苦しみは何も分っていない、と僕は思った。僕はまったく孤独だった。誰にも助けを求めることができないのだ。こんなに苦しい思いを続ける位なら川の水を飲んでエキリかチブスにかかって死んでしまうか、海で溺れ死んだ方がよさそうだった……

次の朝十字路にさしかかると、進の没落以前にそうだったように、小沢と秀が屯ろしていた。僕は決断に苦しんだ。二人が前日の松の言葉に従っていることは確かだった。僕もまた松に忠実にそこに留まるべきだろうか。それとも自己に忠実に、そのままそこを通り越し、さっさと学校へ行くべきだろうか。

僕が選んだのは前者だった。僕は小沢と秀のそばに近づき、それ以上その問題に心を煩わさないようにするために、二人に向かって話しかけた。

「もうじき学校は休みやな」

「まだ一月あるわい」と小沢がいった。

「休みになったら汝ァ勉強せんならんのう」と秀がいった。

「何の勉強よ」と僕はいった。

「中学に入る勉強よ」

「汝だって商船学校に入るため勉強せんならんやろう」

「何の」と秀は皮肉たっぷりにいった。「俺ァ、高等科よ。潔や竹下みたいに出来んからのう」

僕は黙ってしまった。

「潔」と小沢がいった。

「汝ァ、竹下君と夏休みに一緒に勉強せんがか？」

その瞬間僕は久しく忘れ去っていた進との約束を忽然と思い起した。

いつの間にか来ていた磯介が僕の代りにその返事を引取った。

「進如き奴と、潔がなぜ勉強する必要あらあ。潔は勉強せんでも中学に入るっちゃ。何が竹下君よ。汝ァ、まだ進の家来か？」

「俺ァ、竹下君というた？　竹下っていうたぜ」と小沢が慌てていった。

「いうたわい」と磯介は落着き払って答えた。

その時向うから松を中心に据えた一隊がやって来た。進が松に替った点を除けば、何もかも同じだった。その中にいないのは進だけだった。

松は両側に、善男と洋一を控えさせて、得意そうだった。

「行かんか」と彼は近づきながらいった。

みんなばらばらと駆け出し、その隊伍に加わった。僕にできた抵抗といえば、できるだけゆっくり歩いて、その隊伍のうしろについたということだけだった。

家並みが尽き、杉の並木が終った頃、松がうしろを振向いていった。

「潔、俺の隣へ来んかい」

ああ、何もかも繰り返しだ、と再び僕は思った。すべてが変ったと思ったのは浅はかな思い過しに過ぎなかったのだ。

僕は松と洋一の間に入った。

「潔、何か話さんか。一度もまだ話したことなくて、とびきり面白い奴よ」

「そうだなあ」と僕はいった。「ちょっと待ってくれよ」

僕は考え込むふりをした。しかし実際には何かを思い出そうとしているのではなかった。そうやって時を稼いでいるに過ぎなかった。

「早う話さんかい」と松が焦れったそうにいった。僕は時を稼いでも仕様のないことを悟り、何か思い出そうとした。しかしいくら考えても一度もしていない話などというのはもう思いつかなかった。知る限りの話を全部してしまっていたのである。

僕は何か話を拵えることにした。しかしその作り話は失敗に終った。松はつまらなそうに聞きながら何度もあくびをした。そして線路を越えた頃、僕の作り話は終ってしまったが、それ以上話をせがもうとしなかった。

帰りに、松は再び僕を隣に来させた。

「今度よ」と彼はやさしさを籠めた声でいった。「恵子が来た時によ、汝を呼びにやるから、恵子に何か面白い話をしてやってくれんか。一度した話でもいいわい」

「うん」と僕は答えたが、そう答えざるを得ない自分の非力を限りなく恥ずかしく思っていた。

松は奇妙に僕にだけ温和しかった。その温和しさは、松がほかの者たちには苛烈に、時には残忍に振舞うために、余計目立った。松は僕には気味が悪くなる程優しかった。

その日の夕方風呂に行く途中で僕は磯介に会った。磯介に僕はある負い目を感じていた。松に磯介だけなぐられたこと、僕も磯介と行動を共にしたにも拘わらず、なぐられなかったこと、松に対してであった。

「風呂へ行かあ?」と磯介はいった。

僕は頷いた。

「俺ァ、今入って来たところよ」と磯介はニヤニヤ笑いながらいった。「松と一緒になってなあ、奴の一物《いちもつ》をよう見て来たわ。あいつはもう半分大人やわ」

「どうして」と僕はいった。

「毛もはえとるし、半分もけて来たわ。半分もけて来たっていうことはな」

と磯介は声を小さくしていった。

「やっぱり女を知っとるということじゃわ」

磯介がいっている意味はもうよく分った。この土地に疎開して来た頃、あんなにも認めようとしなかったことを、この頃になってなしくずしに認めるようになって来ていたのだ。みんながいっている事の方が真実に近く、僕の考えていた事は絵空事に違いない、といつの間にか考えるようになっていたのだ。男と女がある行為をする結果、子供が出来るのだということを認めざるを得ないようになっていたのである。そしてそれを認める過程で、色々なものが自分の中で変ってしまったことを僕は感じていた。僕はもう無邪気な子供ではなかった。少くとも余りに多くの事を知り過ぎていた……

「この間は痛くなかったかい」と僕は聞いた。

「何や」と磯介はいったが、すぐに僕が何をいっているのかを理解したようだった。

「急所を外れとったからな、それ程でもなかったわい。わざと痛そうな顔をしてみせてやったれどなあ」

「そうかい、それならいいけど」と安堵して僕はいった。

急に声をひそめて磯介はいった。

「松はなあ、汝もあの日、浜の舟小屋にいたことを知っとるかも知れんぞ」

「どうして」と僕は恐怖のために胸の動悸が高鳴るのを覚えながらいった。

「なもよ、気にせんこっちゃ。しかしもし聞かれても、絶対に知らんというがやぞ」

「どうしても見たろうと攻められたら」

「飽くまで知らんと頑張るこっちゃ」

風呂に行くと、もう松は上ったらしくていなかった。

月曜日に松は学校に来なかった。僕たちは松が来るのを空しく待って学校に遅れそうになった。しかしその日僕は久しぶりに解放されたような気持を感じた。そしてこれからもずっと松が学校に来ないことを心ひそかに願わないではいられなかった。松がいなければ、少くとも登校下校に関して、支配する者と隷属する者は存在しないのだった。学校にいる間は、相変らず、野沢や河村や昇が横暴な振舞を重ねていたけれども、それは学校にいる間だけのことだったし、休み時間には、もう全員が加わらなければならない格闘遊びはなくなっていたから、彼らを避けることはそれ程むずかしいことではなかった。それにあと三週間余りで夏休みに入る筈だった。

その日朝礼で僕たちは校長先生の訓辞を受けた。校長先生はいかめしい顔をして二つのことを僕らに告げた。

一つは本土上陸の危険に備えて竹槍の練習をするから、各自竹槍を一本ずつ用意して来るようにということ、もう一つは来る大詔奉戴日には憎むべきアメリカのマッカーサーをやっつけるために、松かさを拾って来て火にくべ、米英撃滅の意志を更に強固にしようではないかというのであった。大詔奉戴日に縄ないをして売上金を献上するのは四月から廃止になっていたので、長いことその代りになるようなことを考えていたが、ようやくそのような名案を思いついたというのであった。

その週から体操の時間にはかならず竹槍の稽古が行われた。そのほかにも時々在郷軍人会と消防団と国防婦人会が校庭を使って竹槍の練習をした。

竹槍は僕に美那子に逢う機会を作ってくれた。庄どんに屋敷の竹藪の竹を貰いに行ったからである。美那子はツベルクリン反応が陽転したために医師の勧めで七月一杯休学することになり、学校にはずっと行っていなかった。そのことを僕はその日初めて知った。そしてここ一月ばかり美那子の顔を見たくてどこかで美那子とばったり会うのを期待していたが、それはまったく空しい期待だったことが分った。

僕は縁側で彼女としばらく話をした。しばらく会わないでいるうちに、彼女はずい分大人っぽくなったような気がした。長い髪の毛がつややかで美しかった。そして僕は彼女が学校に行かないために最近の僕について知らないのを有難く思った。今また松のいいなりになっている僕のことを知ったら彼女は僕を軽蔑するに違いないと思えたからである。

僕は美那子と一緒にいることを快く思いながら、しかしそれが始終胸に抱いている期待の大きさに充分答えてくれる程の喜びを僕に与えてくれないことを感じ、つまらなく思っていた。

「潔さんももうじき中学の試験ね」帰りがけに美那子のお母さんは僕を門まで送って来ていった。

「ええ」

「進ちゃんと一緒に勉強していらっしゃる」

「いいえ、まだです」と僕は答えた。

「家の美那子も一年遅れないですめば、秋から女学校の受験の勉強をさせたいと思っているのよ。でも浜見には女学校を受ける同級生がいなくてね。またいろいろ教えて頂戴ね」

庄どんの門を出てまもなく僕は向うから善男らしい男の子がやって来るのを認めた。咄嗟に僕は身を隠そうとした。しかし早くも善男は暗がりの中で僕を認めていた。

「潔やないか」と彼はかすれた声でいった。

「庄どんへお招ばれか」

僕は黙ったまま答えなかったが、善男の勘のよさには驚いていた。

「隠さんでもいいわい」と彼はいった。「汝のこれんところへ行ったんやろう」

そういって彼は小指を立てた。

「どうでもいいじゃないか」と僕は怒っていった。美那子のことをそんな風にいわれるのが僕には耐えられなかったのである。

「どうでもよくないっちゃ」と善男はいって、ヒッヒッヒッという気味の悪い笑い声を立てて、僕のそばを擦りぬけてしまった。

松かさ焼きは、七月八日の大詔奉戴日に予定通り校庭で行われた。一人が二十箇ずつ松かさを拾って来ることになっていたから、松かさは校庭にうず高い山を作った。

暑い太陽の下で校長先生の詔書奉読に引き続いていつも同じような調子の長い訓辞があったのち、松かさの山に火がつけられた。しかし二、三日雨が降ったために濡れた松かさが多かったせいか、松かさの山にはなかなか火がつかなかった。校長先生は煙に噎せてせきをしだしたが、そのせきはなかなか止まらず、ふだんから赤ら顔の校長先生の顔色は赤鬼のように真赤になった。職員室に先生の一人が駆け込んで、紙くずを一まとめ持って来たが、それでもまだつかない。また一人の先生が小使室に駆け込んで、枯らしたひばの枝の束を運んで来た。そしてようやく火がついた。

やがて松かさの山はパチパチと音を立てながら激しく燃え始めた。

整列している子供らはその火を前にして、体操の先生の音頭で一斉に歌を唄い始めた。

出て来い　ニミッツ　マッカーサー
出て来りゃあ　地獄に逆落し
出て来りゃあ　地獄に逆落し

松は三日に一度は学校をさぼった。しかし出て来る日には、浜見の者たちは学校の往き帰り長い道を、丁度進が権力を握っていた時にそうだったように松を中心に据えて歩き、松の御機嫌を取り結んだ。松はみんなが反抗しない限り、至極御機嫌がよかった。その代り、松の機嫌を損ずると、恐ろしかった。松は自制を失い、火に油を注いだように猛り狂った。松の怒りが及ばないものは、完全に別行動を取り、それを認められている進だけだった。

ある日学校からの帰り道を浜見の僕らは、松がいないために気楽に三々五々群をなしながら歩いていた。松は昇たちとどこかへ行ってしまったので、僕らは先に来たのである。

「おおい」と後ろの方で呼ぶ声がした。振向いて、それが松だということが分ると、僕らは一斉に立止まった。先に来てしまったために松は怒っているのではないかという恐怖が一様に僕らの心を襲った。

松のうしろから、忠実な子分の洋一がついて来た。二人共甘うりを齧っている。まだ黄色くなっていない青い甘うりだった。それをもらうために松は昇たちについて行ったらしかった。

「松、うまいものを喰うとるじゃあ」と山田が松の御機嫌を伺うようにいった。

「ああ」と松はいった。

「潔と汝に一口ずつ喰わしてやるわい」

松はまず最初に僕に食べさせるために、その甘うりを差出した。食べかけを食べるのは嫌だったけれども、僕は目をつぶるような思いで松が食べていない部分を一噛みした。

「もっと大きく噛めよ」と松はいった。

僕はできるだけ大きく噛み切り、その一片を手にとって食べ始めた。まだ黄色くなっていないにも拘わらず、それは意外に甘くてうまかった。

次に松は山田にその甘うりを渡した。

小沢や秀や一郎は同じことを洋一にねだった。しかし洋一はケチだった。彼は誰にも一口も食べさせようとしなかった。

十字路まで来た時、松は僕に小声で囁いた。

「あとで汝の家に遊びに行くから、俺と海へ行かんか」

「何か用があらあ」

松はどうしたものか答えなかった。僕は不安のために一瞬目が眩みそうになった。

家に帰ると、僕は自分の部屋に坐り込み、なぜ松が僕を呼んで海に連れて行こうとしているか、その意味を探ろうとした。もしかすると松はあの祭の夜のことで僕を追求しようとするのかも知れない。磯介に忠告されたように、あくまでシラを切ることができるだろうか。磯介のように背中を鉄の剣つばでなぐられても。もしそれに耐えれば松と手を切ることができるだろうか。ともかく二つの道しかないのだ。勇気をもって決然と松と手を切るか、松の御機嫌をとるのに汲々として、これからずっと松のいいなりになるかの二つの道しか……

僕は机の抽出を開けて、めぼしいものを捜した。もう僕が人にやれるものはほとんどなくなっていた。いいものはほとんど進の手に渡っていたのだ。

もしも松に追求された時、松の怒りを解き松の歓心を買うのに役立ちそうだと考えられる物は、叔母にもらった三色のシャープ・ペンシルしかなかった。それは僕が大切に蔵っているものの一つだった。しかしこの際それを犠牲にすることも止むを得ないのだ。

僕は万一の場合に備えて、そのシャープ・ペンシルをポケットの中に入れた。

庭の方で口笛を吹く音がした。出てみると松が立っていた。

「海へ行かんか」

「泳ぐのかい」と僕は質した。

「なもよ」と松は怒ったようにいった。「黙ってついて来いま」

僕は藁草履をひっかけて、松のうしろに従った。できることなら何か理由を設けて行かないで済ませたかった。しかし今はそれで済んでも、また明日という日があるのだ。そしてまたその次の日も……

嫌なことは早くケリをつけてしまうことだ。と僕は自分にいい聞かせた。

浜に出ると、松は彼の家の舟小屋と反対の方向に僕を連れて行った。僕は時々ズボンのポケットに入れてある三色のシャープ・ペンシルを握りながらついて行った。

「どこへ行くんだい」という僕の質問に彼は答えようとしない。

彼は舟大工の小屋の前で立止まった。戸口から建造中の真新しい舟が見える。彼は僕を促して中へ入ると初めて口を開いた。

「これ、俺ちの舟よ。七月の末までには完成するがよ。そしたら汝を乗せてやるわい」

僕は進との約束を思い出した。僕らは夏休みから中学を受けるための勉強をすることになっていたのだ。そして息抜きに週に一回か二回位、舟に帆をつけて沖に出ることを予定していたのだ。あの約束は反古になってしまったな、と僕は考えた。

「竹下のとこのボロ舟とちょっと違おうが」

「うん」

「汝よ、もう竹下の家の舟なんかに乗るまい？」

「うん」

「竹下のとこの舟なんかに乗ったら、恐ろしいことになるからな」

と松は脅かすようにいった。

「潔」と突然松は声の調子を和らげていった。

「何だい」

「汝ァよう、飛行機の模型を作っとったろう」

「うん」と僕は答えた。松がよく僕のことを知っているのに驚きながら。

「あの模型に色づけるものよ、あれまだあらあか」

「ラッカーのことかい」

「そいがよ、エナメルみたいな奴よ」

「持ってるよ」と僕は答えた。「赤と黄の二色しかなけれど」

「それでいいわい、それを俺によこさんかい」

「どうするの」

「この舟のへさきを赤く塗らあよ」

「いいよ」と僕は救われたような思いで答えた。

「汝ァ、塗るのうまかろう。ついでに塗ってくれんか」

「いつからだい」

「今すぐによ、へさきだけ赤く塗ってくれんか」

「それじゃあ、家に帰って持って来よう」

「頼むっちゃ」と松はいった。

僕は家に駆け出しながら考えた。何だ、こんなことだったのか。こんなことだったのなら、あんなに怖がらなくてもよかったのだ。シャープ・ペンシルなんか持って来て損してしまった。しかし、とすぐに僕は考え直した。松はあのことを知っているが、わざと隠していわないのかも知れない。これから色々な無理難題を持ち出し僕が聞き届けない時のために、わざと切り出さないでいるのかも知れない……

家に帰って部屋に入り、飛行機の材料を入れた箱を押入れから出すと、僕はその中から赤のラッカーの瓶を取り出した。その瓶の中にはまだ半分位ラッカーが入っていた。これだけあれば、へさきを全部塗ることができるだろう、と僕は考えた。その代り、これから模型の飛行機を作っても、日の丸を描くことができなくなってしまうけれども、それは仕方がない……

「どこかへ行かっしゃるが」と僕が家を出て行こうとするのを見咎めて、祖母がいった。

「ええ」と僕は曖昧に返事した。

その時口笛の音がした。松が迎えに来たのだ。

「精作さのあんぼの進ちゃんかい」と祖母がいった。

「いいえ」

「磯介かいの」

僕はそれに返事をしないで家を出た。しかし筆と紙ヤスリを忘れたことに気づいてすぐにまた戻らなくてはならなかった。部屋で筆を出していると祖母が入って来た。

「潔ちゃん、外にいるのは産婆の甚兵衛さの松やないかいの」

「ええ」

「ありゃあ、どうしようのう」と祖母はいった。

「ありゃあ、村でも評判の悪いあんぼや。あにな子とつき合うのは、頼むから止めてくれっしえ。この頃は進ちゃんがとんと遊びに来んけど、何か仲違《たが》いでもしたのと違うかいのう」

「いいえ」と僕はいった。

「ちょっと行って来ます。これをちょっと貸すだけですから、すぐに戻って来ます」

そういって僕は祖母を振り切るようにして外へ出た。

松は僕を見つけると近づいて来た。

「これか」

彼は僕が差出したラッカーの瓶をとると、それを日に透かして見て吟味した。

「これだけあれば充分やろうか」

「充分だと思うけれど、もし充分でなかったら、半分は黄色を塗ったらどうやろう」と僕はその時思いついたことを口にした。

「それは名案やわ」と松はいった。

その日僕は薄暗くなるまでかかって、へさきを赤と黄に塗った。途中で赤の塗色が足りないことが分ったので、一旦家に帰って黄のラッカーをまた取って来たのだ。松も手伝ってくれた。塗る部分を紙やすりでなめらかにしてくれたのである。

松は御満悦の態だった。

「いいじゃあ」と彼はへさきを前からためつすがめつ眺めながらいった。

「こんないい色をへさきに塗った舟は俺ちの舟が初めてじゃが」と彼はいった。「やっぱり、潔は色一つ塗らしてもうまいもんじゃのう」

その日から松の御機嫌はずっと続いた。僕はこのまま休みに入ってしまえば、松の魔手を脱れることができるに違いない、と考えた。

それからも時々僕は松に呼び出された。僕は色々な口実を考え出して、松の呼出しに応じなかったが、それでも三度に一度は松の呼出しに応ぜざるを得なかった。

松の口笛は思い出した頃に庭から聞えて来て僕を脅かした。

組では、昇と河村と野沢と松がだんだん横暴になり、その横暴さは僕にも発揮されるようになった。僕を含めた弱者たちは、今や一人の主人の代りに、四人の横暴な専制君主たちの顔色を伺わなくてはならなかった。一人の御機嫌を伺う代りに、四人も五人もの御機嫌を伺うという事態は、考えようによっては進の支配していた頃よりもっと悪いかも知れなかった。進はそれを見透かしていたように、弱者たちの苦境を冷笑しているようなところがないでもなかった。

群雄たちはしばしば仲間割れした。また新顔が加わって、昨日の群雄が今日は力を失うという事態も生れた。

たとえば川瀬が昇と組んで天下を握ったことがあった。しかし彼の天下は三日間続いただけだった。川瀬は再び昇が河村と野沢と松と連合を組んだために没落しなくてはならなかった。川瀬は一週間除け者にされ、ついしばらく前あんなに威勢がよかったのが嘘のようにしょげ込んでしまった。しかしまた三人組が割れ河村が除け者にされるという新たな事態も生じた。河村は一日学校を休み、二日目からは誰にも口を利いてもらえなくなった。しかし一週間後には再び勢力を回復した。

そんな風だったから、弱い者たちは勢力が失墜した者に対しては慎重な態度をとらなければならなかった。いつまた勢力を回復するか分らなかったからである。そしてその時没落していた間彼を冷たくあしらった者たちは手ひどい復讐を覚悟しなくてはならなかったからである。しかし進だけはもう永久に勢力を回復しそうに見えなかった。彼が勢力を回復しそうになったら、たとえ仲間割れしていても、群雄たちはたちまち一致団結してしまうに違いなかった。

ともかく進の専制政治ののち級を支配していた自由で平等の状態は一時の夢に過ぎなかったことが、もう誰にも分って来た。進の没落後級にみなぎっていた一揆の興奮と一体感と自己の力を恃む昂揚した気分はもうすっかり消えてなくなってしまっていた。それがいつまでも、永久的に続くと思ったのは幻想に過ぎなかったのだ。代りに今級の中を支配しているのは戦国時代の群雄割拠の無秩序だったのである。

松はその後も僕には至極親切だった。しかし松の周囲には何か禁じられた空気が漂っていた。それは悪の匂いがした。松の呼出しに応じて三回に一度松のいるところに顔を出した時、大抵僕を待っているのは、恐ろしい計画の協議だった。たとえば、どこか鶏舎へ忍び込んで卵を盗んで来る計画だったり、どこそこの畑のサツマイモを掘って来る下相談だったり、誰それの家の庭のスモモを籠に一杯とって来る手筈の打合せだったりしたのだ。僕は実行の段になって理由を設けて帰って来てしまうのが常だったが、実行に加わらざるを得ない羽目に陥ったことも何度かあった。参加しないことが卑怯で臆病で意気地なしのようにいわれると、参加しないわけには行かなくなってしまうのだった。

それに実際に参加してみるとスリルがあって面白かった。事が成功すれば分前にあずかれ、普通ならば絶対に食べられないような物を食べることもできた。

こうした事件はその頃松の一味の手によってだけでなく、ほかの者たちによっても、村一帯で行われていた。学校には頻々と苦情が持込まれ、ある日月曜日でもないのに、全校の生徒が講堂に集められ、校長から厳重に説諭され、犯人は見つかり次第、警察につき出すといっておどされた。

この講堂での説諭以来僕は松の誘いを拒《は》ねつけることに成功した。その週の日曜日の午後庭の方から口笛が聞えるので出てみると松が善男と共に立っていた。そして二人がどこそこの家の鶏舎の卵を盗りに行かんかという計画の下相談のために来たのだと分ると、僕は校長先生の説諭を引き出し、副級長でもあるしこれからは自重することにしたい旨を、松の顔色を窺いながら告げ、彼にその代償という意味でまだほとんど使っていない色鉛筆のセットを差出した。

「汝ァ、副級長やったな」

松は今初めてそのことを思い出したようにいった。

「汝のいうことよう分ったわ。堪忍しといてやるわい」

「これからやらんでも、潔が今までやったことは警察に呼ばれたらいわんならんのう」という言葉を善男は捨台詞のようにいい残して、松と出て行った——。

その日からしかし毎晩のように僕は警察に呼ばれる夢に脅かされた。日中でも、自分はいつ何時これまでの悪事が発覚して、警察に引き渡されるか分らない身なのだ、ということに思いが行くと、僕はまったく不幸になってしまった。恐怖と不安が僕をさいなんだ。過去に盗みの仲間に加わったという点で僕は進や磯介と根本的に違うのだった。進はそんな僕の事情を知っていると見え、時々憐れみの籠った目で僕を見ているように思われることさえあった。

ある時磯介は僕にこんな警告をひそかに発した。

「松には気をつけんといかんぞ。あれはなあ、怒り出すと何をするか分らんからのう。それに刃物をいつも持っとるからのう。今まで松が温和しかったのは、進にうまく押さえられていたからや。しかしこの頃の松だったら、昔の進でもよう押さえられまい。奴はこの頃えらく変って来たからのう。女を知ったためやという専らの噂やわ。兵隊に行く前の若衆たちの間でも奴は怖がられているからのう」

僕にとって世界は再び混沌の様相を帯び始めた。女を知るということがどういうことかは僕にも今では理解できるようになっていた。しかしそれでも松がそれを本当に体験しているということはやはり信じがたく恐ろしかった。

沖縄の地上部隊が全滅してから、本土決戦は時間の問題とされていた。ことによったら日本中が戦場になるかも知れなかった。その時の決意の程を、幼年学校に行っている兄は、もう何度か僕に手紙で書いて来ていた。日本中が戦場になること、それは僕の望んで止まないことだった。

そうしたら僕は学校に行かないで済むだろう。戦に参加した僕は敵弾にあたって斃れるだろう。それこそ僕の望むところだった……

七月も中旬に入ると授業は半分中止になった。県庁所在地のT市が空襲でやられてから、T聯隊の一部が僕らの学校を兵舎代りに使うようになったからである。彼らは教室の半分と講堂に寝泊りした。

しかしどの兵隊も元気がなかった。半分位の兵隊が下痢をしていて、講堂にごろごろ横になっていた。兵隊専用にあてられた便所は、未消化の大豆の一杯入った下の物で汚れて話にならないという噂だった。豆が大部分の御飯を食べさせられているためだということだった。彼らのうち満足な銃を持っている者はほとんどいなかった。短剣はすべて竹光だった。

高学年の僕らは午前中二時間授業をするだけだった。あとは炎天下で、学校の農場で勤労奉仕をさせられた。

一度進が僕に言葉を掛けて来たことがある。掃除当番で、二人でバケツに水を汲みに行った時だった。

「潔、写真が出来たんや」と進はあの含羞んだ笑いを浮かべていった。

「そう」と僕は関心をまったく覚えずにいった。「取って来たのかい」

「ああ」と進は答えた。「この間町に一寸用があって出たもんやから」

「どうだった」

「よう撮れてるわ」と進はいった。「暇な時に一度取りに来んか」

「うん」と僕は冷淡に答えた。

その時だけだった、僕が進と口を利いたのは。

松はいつの間にか組でもっとも恐れられる存在となっていた。松が短刀をいつも持っていることを知っているので、誰も松に刃向かう者はいないのだ。あの晴れがましい自由がみなぎっていた日々はもうどこかに飛び去っていた。今組を支配しているのは悪しき無政府状態、混乱と無秩序だった。ものをいうのは直接的な暴力とあからさまな貢物だった。進の治政をなつかしむ者がいないとは、きっと誰もいえなかっただろう。

七月も下旬にさしかかった頃だった。庭で口笛がするので出てみると、松が立っていた。

「汝に用があって来たあよ」と松はいった。

「何の用」と僕は内心の恐怖を一生懸命に抑えながらいった。

「まあ来いま」と松はいった。

「汝、俺ちの舟小屋知っとろう」と松について歩き出してからしばらくして突然松がいった。

「いいや」と僕は危うく知っていると答えそうなのを押えていった。

「知らんが」

「ああ」

「そうか」と松はいって黙った。僕は胸が早鐘のように鳴るのを意識した。

僕らは黙って歩いていた。僕は松が僕が嘘をついていることを仮借なく追求し、そして本当のことをいうと、僕を磯介のように剣つばでなぐるのではないか、しかも片端になる程背中をなぐるのではないかという恐怖に突然襲われた。その恐怖はどうすることもできない程大きかった。

松の家の舟小屋が段々と近づいて来た。それは容赦なく近づいて来た。

松は舟小屋の正面の戸を開けた。中に二隻の舟が入っている。古いのと新しいのが並んでいる。新しいのは僕が赤と黄のラッカーで塗ったへさきの色で、この間まで舟大工の小屋にあった舟だということが分った。中は冷んやりし砂もしめっていた。

この間磯介と僕が覗いたと覚しい隙間から陽がこぼれている。松の姉さんが抱かれて泣いていたのは、古い方の舟だった。

松に従っておずおずと小屋の中に入った僕には覚悟ができていた。もうこうなったら、どんなことがあっても、磯介のいった通り否定し切らなくてはいけない。

「あのなあ」と松が口を開いた。僕は彼の唇を見まもった。

「この舟に名前をつけたいんや」

「名前を」と僕は気ぬけがしたように答えた。

「そしてな、このへさきの下に墨で書いて欲しいのや」

「だけど、どんな名前をつけるんだい」

「それよ」と松はいった。

「俺はな、名前をつけることを任されとるんよ、それでな」

松はしばらく黙っていたが、やがて秘密を打明けるようにいった。

「恵子の名前をつけたいんよ。恵子丸っていうのは、どうや」

「うん、そうだねえ」と僕はしばらく考え込んでからいった。

「恵松丸っていうのはどうだい」

「ケイショウ丸？」と松はいった。「どういう字を書くがよ」

「恵子の恵っていうのは、恵むという字だろう」

「そういう字やったわ」と自信のなさそうな調子で松がいった。

「その恵むという字に、汝の松という字を組み合せた名前よ。恵みに満ちた松という意味にもなるしな」

「それでケイショウと読めるんか」

「そうだよ」

「いい名前やわ」と松は満足したようにいった。

「汝ァ、やっぱり副級長だけあって頭がいいのう」と松は感心したようにいった。

「それ書いてくれるか」

「今から？」

「あしたでいいっちゃ」

「墨や筆はどうしょう」

「汝ァ、いいの持っとろうが」

「うん」と僕は答えた。

「それでやってくれま」

「あしたいつ書こうか」

「学校から帰ったら、ここへ来いま」

「今日でもいいよ」

「今日はこれから行くところあらあよ」

出来ることなら今日中に仕上げて、もう松と関わり合いを持ちたくないと思っていた僕は失望した。明日まで僕はこの約束のために確実に不幸だろう。

小屋から出ると七月の太陽はまぶしかった。どうやって松から逃れることができるだろうかと考えながら、僕は小石の上を歩いて行った。

翌日家に帰ると、僕は誰にも咎められないように、そっと墨汁と筆と最後の紙やすりを持って家を出た。松の小屋に行くと、まだ松は来ていなかった。僕は拍子ぬけがしたようにがっかりした。墨汁と筆を小屋の中に入れると、僕は海を眺めるために堤防へ出た。

堤防に立って僕はじっと海を見ていた。海は限りなく青かった。それは僕を吸い込みそうな青い色をしていた。ずっと彼方に能登半島がぼうっと霞んで見えた。

突然僕はうしろから名前を呼びかけられてドキッとした。振返ると進が立っていた。

「何だ、君か」と僕はいった。

「何しとらあ」と進はいった、あの含羞んだような笑いを含んで。違っているのは、唇から覗いているのが、前のように白い歯ではなくて、銀歯だということだった。

「いや、海を見ているだけだよ」と僕はいいながら、その瞬間松が姿を現わして僕がそこにいる本当の理由が進に覚られてしまうことを心でひそかに恐れていた。

「もう中学校の勉強始めたあ」と進はいった。

「いや特に」と僕は答えた。「君は」

「まあ、ボツボツな。夏休みに入ったら、本格的に始めようと思うとる」

そういって進は僕が何かいうのを待ち受けるように口をつぐんだ。僕は進が嘗て僕とした約束に触れたがっているのだということがよく分った。しかし僕は頑なに口を閉ざしたままでいた。しかし心の中で、今こそ進と一緒に勉強できる時ではないかという考えが動いたことも事実だった。

「じゃあまたな」

僕が何もいわないのでとうとう進はそういってその場を去った。僕は進の後姿を見送りながら、常に自分が自己に忠実に振舞えないことを、自己嫌悪と共に意識した。

もうそろそろ松が姿を現わしている頃かも知れない、と思い、僕は再び松の家の舟小屋へ引き返してみることにした。

案の定松は来ていた。松のほかに善男もいた。

「遅かったじゃあ」と善男がいった。

「早く来たんだけど、誰もいなかったものやから」

「汝ァ、竹下と何話しとったあ」と松がいった。

「特に何も」

「竹下は除け者やぜ」と松はいった。「除け者と話をしたらいかんこと位知っとろう」

僕は黙っていた。嘗て自分が同じ境遇におかれたことを、僕は鮮やかに思い出した。僕をそのような目に遭わした進を、僕はあらためて憎み出した。

「松よ」と突然善男がいった。

「あそこの隙間はずい分大きいじゃあ。あの隙間から磯介たちは覗いたと違うかの」

僕は顔が蒼ざめるのを感じた。

「ふさいどかんか」と松はこともなげにいった。「もう一度磯介を懲らしめて泥を吐かせてやらんならん」

もう僕の顔は硬くこわばっていた。何か口に出していわないことには、どうにもならなくなりそうだった。

「磯介がどうしたの」

「汝の知ったことじゃないわい」と松はそっけなく答えた。

「あの晩磯介は潔と一緒に祭に行って踊っといたというたな、本当か、潔」と善男がいった。

「本当だよ」と僕はいった。

「それからどうしたあ」

「二人で家に帰ったよ」

「善男、止めんかい」と松がいった。

「さあ、潔、書いてくれんか」

「うん」と僕はいった。

僕は持参した鉛筆で、へさきの両側に、大体の大きさで恵松丸と書いてみた。

「この位の大きさでいいだろうか」

「いいわい」と松はいった。

僕は紙やすりでよく磨いたのち、筆にたっぷり墨をふくませて書いた。紙に書くようには行かなかったが、それでもかなりうまく書けた。

「うまいじゃあ」と善男がいった。

「こになうまい字でこんないい名前が書かれてある舟は、浜中捜してもないわ」と松が相槌を打った。

「恵みに満ちた松という意味やもんのう」と善男がいった。

「潔、夏休みに入ったら、初乗りをするからのう、汝も乗せてやるわい」と松はいった。

「うん」と僕は答えた。

「これで僕は帰るよ」と僕はいった。

「もう帰らあ」と松は不満げにいった。

「潔は勉強せんならんもん」と善男がいった。

僕は黙って外へ出た。

第十二章

七月二十日に光徳寺に疎開している集団疎開児童三名の脱走事件が起った。それまでにも野見の光泉寺に疎開している学童の脱走事件があったが、すぐその日のうちに見つかってしまったし、浜見の事件ではなかったので、それ程僕の関心を惹かなかったのだ。しかし今度は二日間も行方が知れなかったので、浜見中の話題となった。

僕はひそかに彼ら三名が無事所期の目標を達して東京に逃げ切ることを祈っていた。しかしそんなことはあり得ないのだということも知っていた。駅では切符を売らなかったし、歩いて行くとすれば東京までどんなにかかるかは計り知れなかった。

脱走した日と次の日にかけて、浜見の消防団員が全員手分けして捜索にあたったが、手がかりはつかめなかった。

七月三十一日にようやく三人は三つも先の駅の近くを夜とぼとぼと歩いているところを見つかり、浜見の消防団員が三名、先生と連れ立って迎えに行った。辰男伯父はその三名の一人となった。

夜八時頃伯父が帰って来た。

「どうでしたけ」と祖母が訊ねた。

「どうもこうもないですわ」と伯父はいった。

「よう口も利けんように疲れとってな、持って行った握り飯も食べさせられんでしたわ。危険やからて先生に止められてな。帰りに町の医者に寄って、診てもらって、今ようやく光徳寺に連れて来たところやっちゃ」

「それで握り飯はどうさっしゃった？」と出がけにお握りを作って伯父に持たせた祖母が訊ねた。

「置いて来ましたわ。お粥にして食べさせるっていうとりましたけどなあ」

伯父の話によると、三人の疎開児童は昼は農家の納屋にひそんで、夜を利用して発見された場所まで辿り着いた、もし見つからなければどこまでも歩くつもりだったという。なぜ見つかってしまったりしたのだろう、とその夜床に入ってから僕は考えた。なぜうまく見つからずに東京まで辿り着けなかったのだろう。

翌八月一日から松根油の原料になる松の根を掘りに行かされる高等科の生徒を除いて休みになった。八日の大詔奉戴日には、また松かさを集めて学校へ持って行かなくてはならなかったが、それまでは学校と無縁でいられるのが嬉しかった。

休みに入ると午前中僕は部屋に籠って算数と国語の勉強をした。中学の受験勉強のつもりだった。午後は海へ行った。大抵一人で出かけ、なるべく人の来ないところで、真裸になって泳いだ。土地の子供がみんなそうして泳いだから、褌をつけたのは一回きりで、あとは真裸になって泳ぐようになっていたのである。僕は孤独を愛していた。時たま磯介が誘いに来ることがあった。そうすると僕は磯介と泳ぎに行った。

その後松の呼出しは歇んでしまっていた。ある日突如として口笛が庭から聞えないようになってしまったのである。最初のうち信じられないような気がしたが、そのうちにそれが永久に続くのではないかと思えるようになって来た。松の関心が僕から去ったのだ、と思われるようになったのだ。

戦争がいつ終るかなどということはもう考えないようになっていた。戦争は涯しなく続くような気がして来たのだ。そして汽車で二時間と離れていない県庁所在地のT市が空襲で全焼してしまってからは、もうそう簡単に東京には帰れないと思うようにもなっていた。

その空襲の夜僕はなみ叔母の家に夕飯に招ばれて行っていた。魚の御馳走で夕飯を済ませたのち、西瓜を食べ、お腹が一杯になると、僕は米蔵叔父の勧めで、泊って行くことになった。その夜遅くT市を空襲するための飛行機の大群が舟原村の上空を通過したのだ。

僕は叔父と叔母と共に団扇を持って縁側から庭へ出て空を仰いだ。飛行機の姿は見えなかったが、無気味な爆音だけが聞えた。

「潔、もう東京には永久に帰れんことになったわ」と叔父はその時そういって僕をからかった。

「もうここの子になれ」

「そんなこといわすなよ」と叔母が叔父をたしなめた。

僕はもうこの叔父の口の悪いのには慣れていたから平気だったが、しかし本当にもう東京に永久に帰れないかと思うと悲しかった。

それ以来、東京に帰れるだろうかと思うと、僕の耳にはあの無気味な爆音が聞えて来るようになっていた。

恐らく本土決戦になるだろう。本土決戦で一挙に勝敗を決するまでは戦争は終らないだろう、と僕は思っていた。しかし戦争に勝って（負けることはあり得なかった！）東京に帰れるようになっても僕はもう東京には帰れないだろう。なぜなら僕は竹槍でアメリカ兵と勇敢に戦い、彼らを何人も殺したのち、遂に銃に打たれて死んでしまっているだろうから。

八月六日の昼前磯介が久しぶりに泳ぎに誘いに来た。僕は彼と連れ立って海へ向って歩き出した。

「米屋の兄さまが死んだとよ」と磯介はしばらくしてから不意にいった。

「えっ？」

「米屋の兄さまって、松の姉さんの」

「これよ」といって、磯介は拇指を立てて見せた。

「本当に死んだのかい」

「アメリカの飛行機に撃たれてな。舞鶴で何やら作業しとった時にやられたとよ」

「機銃掃射に会ったんだね」

「それよ」と磯介はいった。「キジュウソウシャに会ったんやと」

「気の毒だね」

「ああ」と磯介はいった。

「可哀想なことしたわ」

僕はあの色白の若者が松と道端で話をしていたことがあったのを思い出した。それから顔こそ定かに見えなかったが、あのお祭りの晩、浜の舟小屋で松の姉さんとひそかに会っていたことを。

「いつ死んだの」

「きのうやと。電報が入ってな、米屋の家では、大変やったらしいわ」

堤防から浜に降りると、僕らはすぐに着ているものを脱いで真裸になり、海に入った。

僕たちはしばらく泳いだのち、浜に上って、小石の上に腹這いになり、甲羅を干した。

「松の家に、恵子っていう女の子が疎開して、しばらくいたこと、汝ァ、知っとろう」と磯介がいった。

「うん」

「どうしていなくなったか知っとるか」

「女学校へ通うためだろう」

「それもあれどな、松と通じたのを見つかったためやという噂やわ」

磯介のいっていることは僕にもう分った。

「松はもう子供じゃないからのう」

「そうだね」と僕は曖昧に答えた。

「この間松はなあ、新兵衛ら、村に残っとる若衆たちと大きさの競争をしたとよ」

「何の」と僕はいった。

「分っとろうが」と磯介はにやにや笑いながらいった。

「ちょっと立ってみいま。汝のも大分大きくなっているのと違うか」

僕は赤くなった。磯介のいうことは図星だったからである。

「松が一番大きくてな、しかも一番遠くまで飛んだとよ」

「何が」

「いずれ分るようになるわい」と磯介は相変らずにやにや笑いながらいった。

「説明してくれよ」

「耳の毒じゃが」

「さあ、もう一浴びせんか」と突然磯介はいって身体をおこした。

「うん」と僕はいって立上った。身体に石の跡が一杯ついていた。

「ほんにえらく大きくなっとるのう」

そういって磯介は僕の下腹部を見た。

「よせよ」といって僕は前を隠した。それはどういうものか、さっきから僕の意志に反して大きくなり、今では怒ったよう脹れているのだ。僕はそれを隠すために急いで海の中へ入って身体を浸けた。

海から上ると磯介がいった。

「今日は風呂の立つ日やったな」

人手不足と燃料不足が重なって、銭湯の立つ日は六月以来それまでの週四日から一週に僅か二日になってしまっていた。

「そやな」

「行くか」と磯介がいう。

「うん、行こう」と僕は答えた。

僕たちは家に寄って手拭いと風呂銭をもらって来た。

「ちょっと遠廻りやれど、託児所の庭を通って行かんか」と磯介がいった。

託児所の庭へ入った時、夏休みに入って託児所は開かれていない筈なのに、オルガンの音が聞えて来た。

「松の姉さまよ」と磯介がいった。僕は初めて磯介が遠廻りした理由が分った。

「今朝からああやって弾いとるのや」

彼女は「庭の千草」を弾いていた。

「ちょっと覗いてみるか」と磯介はいった。

「やめよう」と僕はいった。そんなことをするのは、彼女の悲しみに対する冒瀆のような気がしたのだ。

「そうか」と磯介はつまらなそうにいった。

託児所の庭を出ると、磯介は、

「松の姉さまに子供が出来とらんで、もっけの幸いやったわ」といった。

僕にはもう磯介のいう意味が理解できたが、しかし黙っていることにした。

「何しろあの二人は結婚を約束し合っとった仲というからのう」と磯介はいった。


八月八日の大詔奉戴日に僕らは拾い集めた松かさを持って学校へ行った。僕は十字路で浜見の同級生たちと何となく落合うと、七月末から一度も学校へは姿を現わさない松を待つことなく三々五々、勝手気儘に長い道を歩いて行った。

一定の間隔をおいて立っている電信柱が両側に立っているだけの道は単調で遠く暑かった。八月の太陽は暑く、田の稲は喘いでいるようだったし、道の土は白く乾いていた。

学校へ着くと、僕らは校庭に持参した松かさを積み重ね、校長先生が奉読する大詔を聞いたのち火をつけた。前の時と違って今度は天気続きでよく乾いている松かさは、すぐに燃え出した。僕らはその前にまた整列して「出て来い、ニミッツ、マッカーサー」の歌を唄った。

松かさは三十分で燃えてしまった。これで校長先生の思いついた、その行事は終りだった。式終了後、僕たちは昼まで学校農園の草むしりをさせられた。高等科の生徒によって掘り起されたらしい松の大きな根っこが二つ入口の両脇に置いてあった。

「これでほんとうに飛行機飛ぶんやろうか」と誰かがいった。

「飛ばないでよ」と河村がしたり顔に答えた。

「これから油を取るんやぞ。石油の百倍もいい油やっていうにか」

するとそれに対抗するように、

「まつかさ焼いても、マッカーサーの奴、暑くも寒くもないと違うか」と川瀬がいった。しかし誰もそれに答える者はいなかった。

「このさつまいも、出来たら誰食べるんやろうのう」と善男がいった。

「大方、先生さまやろうが」と先生をわざと先生さまといって河村が答えた。

「俺たちにはくわせてくれんがか」と野沢がいった。

三時間僕らはできるだけ怠けながら草とり作業をした。

「これで九月まで学校へ行かんでもいいやろうが」と帰り道に磯介がいった。

「こんな暑い日に、学校へ行くの、嫌あになったわ」と山田がいった。

僕らは愚にもつかないことを喋り合いながら炎天下の長い道を歩いた。進だけが一言も口を利かなかった。彼は黙って歩いていた。

次の日に庭で口笛が吹かれた。進かも知れない。そう思って出てみると、松が立っていた。

「何か用かい」と僕はようやく平静を保ち、できるだけ素気なくいった。

「ああ」と松は答えた。

「こないだの色鉛筆よ、もう一箱ないか」

「ないな」

「今度祭にな、恵子が来るんじゃ、何か恵子に贈り物をしたいんやれどなあ」

「ないなあ」と僕は恐る恐るいった。「でも捜しておくよ」

「頼むわい」

「じゃあ」と僕が引込もうとすると、松は僕の腕をつかんでいった。

「これから俺ちの舟出すんや、汝も乗らんかい」

「うん、でも」

「いいにか、ちょっとだけやわ」

「それじゃ、乗せてもらおうか」

松と連れ立って僕は歩いた。松は僕よりも十糎位背が高かった。身体つきもがっしりしていた。それもこの頃になって際立って頑丈になったように見えた。もう一対一で進は松に敵わないに違いなかった。

松の家の新造の舟はすでに渚に出ていた。善男と洋一と新兵衛が松の来るのを待っていた。新兵衛がいるので僕はちょっと気が安まった。彼は高等科を卒業して、漁の手伝いをしている若い衆だったが、すこぶる気のいい男だった。潜りの名人でよく魚をついたり、貝をとって来たりした。気前がよくて、一人で僕が甲羅を乾していると、よくついて来た魚をくれたり、とって来た貝を食べさせてくれたりした。ただ彼は年に一、二度てんかんを起した。それで赤紙をもらわないですんでいるという噂だった。もし潜っている時に、てんかんを起したら、一巻の終りでおだぶつじゃ、と磯介が僕に語ってくれたことがある。

「この字、潔が書いたやってな」と新兵衛は、へさきに僕が墨で書いた「恵松丸」という船名を指でさしていった。

「うん」と僕は答えた。

「やっぱり東京の者はうまいこと書くのう」と彼はしきりに感心した。

「そうやろう」と松が嬉しそうにいった。

「浜見に舟はたんとあれど、こんなうまい字を書いた舟はないぞ」

「そうやなあ」と新兵衛は相槌を打った。

僕を除いた四人で舟を出した。僕は新兵衛の忠告で舟が海に出るまで、危くないところで見ていることにした。舟が海に出ると僕はズボンを濡らせて海の中へ入り艫《とも》から上った。まず新兵衛が櫓を漕いだ。

「祭の時にな」と新兵衛と櫓を交代すると松がいった。「舟に色々なものを積んでな、沖へ行こうと思うんや。潔も来んかい」

「うん、出来たら」と僕は曖昧に答えた。

「かならず来んかい」と松が怒ったようにいった。

「この間よ、潔は庄どんの家へ行ったやぜ」

と善男がいった。

「汝ァ、庄どんの美那子と仲よしやろう」と松が突然思いついたようにいった。

「今度の祭の時に庄どんの美那子を誘って来いま」

松はこともなげにそういい放った。

「そんなことはできないよ」と僕は蒼褪めていった。

「どうしてできんことあらあ」と善男がいった。「汝ァ、美那子と仲よしやろうが」

「恵子一人じゃ、淋しいからよ、汝も美那子を連れて来るこっちゃ」と松が続けていった。

僕は黙ったままだった。この無理難題にどう対したらよいか分らなかった。

「誘ったって来ないよ」とややあって僕は答えた。「それに今身体を悪くして休学中だっていうし」

「汝ァ何いうとらあ」と松が怒ったようにいった。「この間の祭にやって来とったぜ」

すると善男が突然いった。

「松、磯介に泥を吐かせるのはいつにするか」

「米屋の兄さまも死んだしのう。一度磯介を取っちめてやらねばならんと思うとれど、まあ少し様子を見んか」と松はゆっくりした口調でいった。

僕は顔を硬張らせたまま、豆粒のように小さくなった浜の舟小屋を見ていた。この世界からどうにかして脱れなくてはならない、と僕は思った。松たちが無理難題を持ちかけて、僕を脅迫していることは事実だった。彼らはそうやって僕を苛め、僕から何かを巻き上げようとしているのに違いない。しかし僕にはもうほとんど何もなかった。目ぼしいものは全部進と松に貢いでしまっていたのだ。僕は今度こそきっぱりした態度をとって、意のままにならないところを示し、今後の脅迫を思いとどまらせなくてはならない。そしてこの悪循環を絶たなくてはならないのだ……

僕らは沖で錨をおろし、泳いだり、もぐって牡蠣をとって来たりした。新兵衛はさざえもとって来た。僕も牡蠣のついている石を一つだけとった。しかし僕の頭を片時も離れないのは、松の脅迫に対して今後自分がどんな態度をとったらいいかという問題だった。

その日から僕は十五日の盆踊りの迫って来るのを恐れるようになった。いかに振舞うべきかという問題が常に頭から離れなかった。想像の中の僕は、ある時は毅然として振舞い、松の脅迫を却けた。しかしある時は松の脅迫に抗し切れずに、全財産を投げ出して、その無理難題を引込めて欲しいと乞うた。もちろん美那子を連れ出すというのは論外だった。そんなことは絶対にできなかった。またよし試みたとしても、美那子がそれに従うとは考えられなかった。しかしある夜僕は恐ろしい夢を見た。美那子をだまして海に連れ出し、松の舟に乗せたのだ。しかし松は僕を置いてきぼりにして、美那子だけを舟に乗せて沖へ出て行ってしまう。松が美那子に対して何を企んでいるのか僕には想像できた。僕は泳いで舟を追おうとする。そこで僕は目を覚した。僕はぐっしょり汗を掻いていた。

祭が二日後に迫った十三日の午後、伯母が僕の部屋に入って来て、声を低くしていった。

「庭に松が来ていますが、何の用でしょうね」

「今行きます」

「あんな子と付合いなさんなよ」と伯母は気づかわしげな顔をしていった。

僕は伯母の注意を聞き流して部屋を出て行った。

僕の顔を見るなり、松はいった。

「今日な、これから舟を出すんや、来んか」

「ちょっと家に入って聞いてみるよ」

そういって僕は家の中に入ったが、誰かに聞いてみるつもりは初めからなかった。僕は部屋に入って戸棚から、急いで兄からもらったスベスベの紙のノートのうちまだ一冊だけ残っているのをつかんで出て来た。

「今日は午後から手伝いをしなくちゃならないんだ」と僕はいった。

「いいにか、それまでに帰してやるわい」と松はいったままどんど歩き出した。

「松」と僕はいった。「やっぱり、今日は止めておくよ」

「そうか」と松はいって立止まった。

「祭の時は待っとるからな。かならず美那子を連れて来んと、承知せんぞ。三時やからな」

「松」と僕はいった。「これを君に上げるよ」

「何よ」と松は急にやさしい声を出した。

「綺麗な紙の帳面やな」と松は感心していった。「つるつるしとるわ。こんな綺麗な紙の帳面見たことないわ」

「そうだろう。戦争が始まらない頃のだからね」

「これ、恵子にやったら喜ぶやろうのう」と松はいって、それを持つと、お礼もいわずに立去った。

その日僕は一日中外にも出ないで家にひっそりと閉じこもっていた。

次の日海で泳いだのち、石浜で身体を乾していると、善男が僕を目敏く見つけてやって来た。

「潔」と善男は遠くからいった。「祭の日にな、松が庄どんの美那子を連れて来いというとったぞ」

僕は返事をしなかった。善男は近づいて来た。

「恵子はな、潔が好きなやといい。松はな、恵子と美那子をかえっこしてもいい、というとるぞ」

「松にいってくれ」と僕は勇気を振い起していった。

「あした舟に乗るのは止めるって。お客さんがあって駄目なんだ。庄どんの美那子を連れて来ることはもちろんできないよ。美那子と二人きりで話したことなんかないんだから」

「汝ァ、そんなこというていいが」と善男は狡そうな目を光らせていった。

「何だい」

「松はな、汝の隠しとること、ちゃんと知っとるがやぞ」

「何のことをいっているんだい」

「知っとろうが、胸に手をあててよう考えてみい」

「分らないな」と僕は身を起して答えた。

「磯介みたいな目に遭いたくなかったら、来るこっちゃ」と善男はいった。

「汝ァ、何いうとらあにゃ」と善男の背後から声がした。

いつの間にか磯介が来ていた。

「さっさと行かんかい」と磯介はいった。

「根も葉もないことをいうて、潔をいじめるな」

「松は怒ると怖いぞ」と善男は捨台詞のようにいって立去ってしまった。

「泳がんか」と磯介はいった。

「うん」といって僕は立上った。

僕は磯介と一緒に沖へ泳いで行った。かもめが飛んでいる。戦争などどこにもないように平和でのどかな海と空だった。松のことがなかったら、今自分はどんなに幸福だろう、と僕は思った。決心を固める時が来たのだ。松になぐられてもそれに耐えればいい。そうすれば、僕は松から逃れることができるに違いない。

「松はね」と僕は泳ぎながらいった。「僕があの晩汝と一緒にいたことを本当に知っているのだろうか」

「分らんな」と磯介はいった。「知っとるという気もするな。あの日汝が、俺と一緒に踊った、というてくれたろう。あれで感づかれたかも知れん」

「そうかな」

「何でや」

「いや」

「おどされたんか」

「うん」

「知らんふりをするこっちゃ。弱身を見せたらあかんぞ。松からはできるだけ遠ざかることや」

「どうやったらいいだろう」

「汝ァ、もうじき中学校に行こうが。そうすれば一緒に学校へ行かんでもいいし、自然に遠ざかるわい。それまでは気をつけて我慢せい」

「そうだね」と僕は失望を覚えながら答えた。磯介のいえることはわずかそれだけのことに過ぎなかったのか。もっと妙案を教えてくれることを期待していたのに。ともかく問題を解決するすべての鍵は自分自身の中にあるのだ、ということを今僕ははっきりと悟った。

「進がやられてから、松をうまくおさえる者がいなくなってのう」と磯介はいった。

「あれァ、村中のもてあまし者になるぞ」

「そうだろうね」

「近所の果樹は荒すし、鶏の卵は盗むしのう」といって磯介は笑った。彼は僕がその行為に何度か加わったことを知っているのだ。


その日の夕方伯母にたのまれて配給の醬油をとりに行った時、僕は松にばったり会い呼び止められてしまった。松は恵子を連れていた。恵子は派手な模様のワンピースを着ていた。

「恵子、汝の好きな潔よ」と松はいった。

「あら、嫌やわ」と恵子は松をぶつ真似をした。

「汝ァ、そういうたにか」そういって松はそのやりとりを聞いてどぎまぎしている僕の方を向いていった。

「あした三時やぞ。分っとるな」

「もしかすると行けないかも知れないよ」と僕は勇気を出していった。

「なぜよ」と松は怖い顔をしていった。

「東京からお客さんがあるかも知れないんだ」と僕は嘘をついた。

「そんなものいいにか」と松はいった。「絶対に来んかい。来んかったらこっちにも覚悟がぁるぞ」

僕が黙って行こうとすると、松の声が僕を追い駆けて来た。

「汝ァ、もう美那子に聞いたあ」

僕はうしろを振向き、首を振った。

「恵子を貸してやるから、一緒に行って誘って来んかい。汝がいえば、かならず来るわい」

僕は振向いて、「駄目だよ」といって、ずんずん歩き出した。後から松の声が追って来た。

「潔、いいか、本当やぞ」


十五日の午前十時頃、正午までに学校に集合するようにという報せがあった。回覧板がまわって来たのだ。その回覧板には、玉音放送があるから学童以外の者も最寄りのラジオのある家に行って放送を聞くようにとあった。

その日の正午僕らは校庭に集められ、炎天下に整列して壇の上に据えられた拡声器から聞える放送に聞き入った。生れて初めて聞く陛下の玉音は雑音が入ってよく聞きとれなかった。何をいっているのかほとんど分らなかった。ただ一個所分った文句があった。それは「忍び難きを忍び耐え難きを耐え」という文句だった。

放送が終ると校長先生の訓話があった。校長先生は厳めしい顔をして、戦争が天皇陛下の御聖断によって終ったことを告げた。校長先生はいった。

われわれはよく隠忍自重してこの事態に対処しなくてはならない、まず祖国日本の再建に全力を注ぐことだ、それができるかできないかは、われわれ一人一人の肩にかかっているのだ、諸君、少国民の責任は今までになく大きい……

僕たちはばらばらになって、お腹を空かし、長い道をじりじりと太陽に照りつけられながら歩いて帰った。磯介が僕のうしろへやって来て、後方から美那子たちが来ていることを教えた。美那子は夏休みが終るまで休学している筈だった。しかし振返ってみると、たしかに美那子の姿があった。そうだとするともう完全によくなったのだろうか。それとも特別な集まりなのでわざわざ出て来たのだろうか。美那子は戦争が終ったことについてどう考えているだろうか、それを僕は美那子に聞いてみたかった。

「早う今日のことを聞かんかい」と善男が僕に催促した。

僕は善男の言葉を無視することにした。そして松との約束を破ることも心にしっかりと決めた。松の舟には乗らない、美那子を連れて来るなどということは問題にならない……

家に帰ると、伯父が囲炉裏端で煙管で煙草をふかしていた。

「戦争が終りましたね」と僕はいった。

「ああ」と伯父はいって放心したように煙草を吸っていた。

「どうして終ったのでしょう」

「負けたんや」

「だって日本は神州不滅じゃありませんか」

「それでも負けたのや」

僕は遅い昼飯を食べるとすぐなみ叔母の家へ行った。米蔵叔父なら戦争が終ったことについて別の説明が聞けるかも知れないと思ったのだ。

しかし米蔵叔父の説明も同じだった。僕には信じられなかった。叔父さんは嘘つきだ、叔父さんは非国民だ、と僕はいった。無口な辰男叔父と違って、口が悪いけれども話好きなこの叔父には勝手なことがいえるのだった。

「まあ、今に分るわい」といって叔父は僕に逆らわなかった。

「負けたあよ。それははっきりしとるわい」

「僕は絶対に信じない」

「信じようが信じまいが、負けたあよ。しかしこれで潔も晴れて東京に帰れるかも知れんのう」

と叔父は僕を慰めるようにいった。

東京に帰れる！　この言葉は僕にとって正に青天の霹靂だった。もう長いこと東京に帰れるなどということを夢のようにしか考えないでいたのである。僕は迂潤にも、戦争の終結がそういう事態を可能にするとは思いもしないでいたのである。東京に帰れる、ということは、と次の瞬間僕は考えていた。この田舎から脱出できることなのだ、松の手からも脱れられることなのだ……

東京に帰れるなら、戦争に敗けてもよい。次の瞬間そう考えたのち、僕は恐ろしいことを考えている自分に愕然とした。お前はひどい奴だ、お前は恐ろしい利己主義者、非国民だ、という非難が僕の心にまき起った。僕は米蔵叔父の家を出て、また祖母の家に帰ることにした。自分の部屋に入って落着いて考えてみようと思ったのである。

家に帰ると芳江伯母が、盆踊りが中止になった旨を僕に告げた。たった今そういう触れがまわって来たというのである。

これで松に断わる大義名分ができた！　真先に僕が考えたのはそのことだった。

次の日の新聞を仔細に読んで、僕は辰男伯父たちの言葉が正しいことを知った。日本は本当に戦争に敗けたのだ。

玉音放送の三日後に、東京の高商に行っていた米蔵叔父の長男である従兄の富穂が帰郷した。彼は僕の家に寄って来て、父の伯父にあてた手紙を託されていた。

その手紙には、この新事態にあたっての父の感想が述べられたのち、これまでの世話に対する御礼の言葉と共に僕を新学期に間に合うように東京へ引きとるようにしたいと書いてあった。そして最後に、朝鮮にいる良造の一家も引揚げて来ると思われるからどうか受入れ準備を始めて欲しいと書いてあった。良造というのは伯父や父の末弟で、県の農学校を卒業したのち、朝鮮に渡り、今は朝鮮の全羅南道というところにある農事試験場の技師をしているのだったが、まだ僕は会ったことがなかった。

追い駆けるように母から手紙が来て、八月の末に迎えに行くと書いてあった。

学校へは一度学校農園の勤労奉仕があって行ったが、もう僕たちは怠け放題だった。学校農園の入口の両端に置き放しになっている松の根っこは長い間太陽に照りつけられて、からからに枯れていた。

「もう一滴も松根油とやらは出まい」と川瀬がその一つを足で蹴りながら大きな声でいった。

作業後学校に戻ると校庭では将校が書類を山と積み上げて一人で焼いていた。彼は火の熱さと太陽の熱の両方で汗にまみれていた。彼が長靴をぴかぴかに光らせて、よく馬に颯爽と乗っていた将校と同じ人物とは到底信じられなかった。

みんなはもう僕が九月早々東京に帰るということを知っていた。

誰もが変によそよそしい口を利いた。そして揃って妙に親切だった。

「また時々来るやろう」という者もいれば、

「たまには俺のことを思い出してくれや」という者もいた。

教室で先生の話を聞くために待っている間に、勝は彼には似合わないしんみりした調子で僕にこんなことをいった。

「汝ァよ、東京に帰ったら、俺のことなどその日から忘れてしもうが」

「そんなことはないよ、勝」と僕は答えた。

「本当か？」

「本当よ」

「たまには俺という人間がいたことも思い出してくれや。汝ァ、中学から大学まで出て偉うなろうが。俺ァ、高等科出たら百姓じゃが。俺が東京へ行ったら逢うてくれるか」

「あたり前だよ、勝」

「まあ、しかも、東京へ出て行くこともあるまい。しかし汝も長い間戦争のお蔭で苦労したのう。汝ァ、出来るもんやから竹下には随分いびられたのう」

不意に僕は涙ぐんだ。

「しかし何もかも水に流せや。みんな戦争のせいよ。俺も、汝をよ、ずい分嫌な目に合わせているのかも知れん。知らず知らずにな」

「そんなことないよ」

「いやあるわい。しかし全部水に流してくれや」

「うん」と僕は答えた。

先生の話は簡単に終って解散となった。解散後僕は職員室に呼ばれ、先生から十五分ばかり話を聞かされた。もうゆっくり話をする機会もないだろうから、と前置きして、先生は僕がよく一年間の疎開生活を頑張り通したといって讃え、これから君の将来を心から期待しているから、どうか祖国再建のために大いに頑張って欲しい、といった。そして時々葉書でいいから近況を報せて欲しい、という希望を述べた。

校庭に出ると、磯介が僕の帰りを待ってくれていた。

「一度駅に行ってみんか」と歩きながら磯介はいった。汽車に鈴なりに人が乗っていて凄いそうだというのだった。僕らは次の日駅へ行ってみることにした。

その日風呂屋の前の広場で僕は祭の前日以来初めて松に会った。彼はその日も学校に来なかったのである。彼は洋一と洋一の一つ違いの妹をお供に引き連れて風呂屋の脇の小道からやって来た。僕は一瞬ぎくりとした。しかし松は僕を呼び止めると、僕の予想に反して、あの日の違約については一言も触れずに、

「汝ァ、東京に帰らあやってな」といった。

「ああ」と僕は答えた。

「いつ帰らあよ」

「九月二日の予定なんだけど」

「また遊びに来いま」と松はいった。そして僕と磯介がすれ違って行こうとすると、

「汝からもろうた色鉛筆よ、恵子にやってえらく喜ばれたわ」といった。

そして悲しそうにこうつけ加えた。

「恵子も秋には東京に帰らあやとい」


次の日磯介と僕とは炎天下を駅まで歩いて汽車を見に行った。長い間待ったのち僕らの見ることのできた汽車は満員どころではなかった。それは異様な光景だった。石炭車の石炭の上にも、客車の上にも、機関車の前までも、およそ身をおくことのできるところは全部カーキ色の兵隊服を着た復員兵に埋められているのだった。こんなに混んでいて東京に帰れるだろうかという不安が一瞬僕の心に兆したが、敢えてその不安には取り合わないことにした。

浜見に帰ると僕らは汗を流しに浜へ一浴びしに行った。

三十分ばかり泳いで磯で甲羅を乾していると、新兵衛が槍を持って近づいて来た。手に一匹魚をぶら下げている。

「潔、東京に帰らあやとな」と彼は僕のそばに腰をおろすと、魚を入れるための池を作りながらいった。

「うん」

「いつ、帰らあ」

「九月の二日よ、そうやろ、潔」と磯介がいった。

僕が頷くのを見て新兵衛はいった。

「なぜ、そんなに早く帰らぁ？　東京は焼野原やあていうし、食べものも何もないというにか」

「お祖父《じじ》の家が残ったから、そこへ帰らあやと」と磯介が僕に代って答えてくれた。

「正月の餅喰って帰りゃあいいがに」

「潔は、母《かか》さんの乳が恋しくなったやと」と磯介が悪戯っぽい顔をしていった。

「そうか、それで分ったわ」と新兵衛はいった。それから、石と砂を掘り起して作った小さな海水の池に入れてあった魚を指さして、

「潔、この魚を汝にやるわい、俺の餞別や」といった。

「有難う」と僕は感激して答えた。

「いつか東京へも遊びに来てよ」と僕は二人にいった。

「東京か」と新兵衛はいった。「東京は遠いからのう」

「俺ちの人でまだ誰も東京へ行っとる者はおらんからのう」と磯介がいった。

「東京はおろか能登半島に行った者も数える程しかおらんからのう」と新兵衛が遠くに見える能登半島の影を見ながらいった。

「でも来てよ。僕の家に泊ればいいよ」

「ああ、いずれできたら行かしてもらうわい」と二人はいった。

「汝も時々来いま」

しばらくして新兵衛が思い出したようにいった。

「光徳寺の集団疎開の子らも、九月の終り頃帰らあやと」

「あの子らの家はほとんど焼けなかったらしいな」と磯介がいった。

「昨日海水浴に来とったわ、先生に連れられてな」

「そいが。俺ァ、まだ一度もあの子らの泳いだの見たことないぜ。東京の子は一人も泳げんのやと思っとったわ。もっとも潔は初めからうまかったけどなあ」

「痩せてな、腕なんぞみんなこんなやったわ」と新兵衛は腕の太さを指で作ってみせた。

「そんなに痩せとらあ」と磯介が驚いたようにいった。

「色も白うてな」

そういって新兵衛は僕の身体をあらためて見た。

「汝ァ、よう黒うなったな。もう土地の子らとほとんど区別のつかんようになったわ」

その日から毎日僕は午後になると磯介と浜辺に行って泳いだ。泳ぎは楽しかった。それから東京へ帰るまでの十日余りの間くらい楽しく毎日を過したことはなかった。一度などは新兵衛に槍を貸してもらって平目に似た魚を突くことができた。その魚は砂そっくりの色をしている半面を上に出し、白い真面を下にして砂の上に寝ているのだが、目だけが光っているのでそれと分るのだ。新兵衛が一緒について行ってくれてその目を見つけ出し教えてくれた。そして僕は潜って行き、その光る目をめがけて槍をさし、みごとにその魚の腹のあたりを貫くことができたのだった。その時の手ごたえを僕は長いこと忘れることができなかった。——しかしそれからも度々新兵衛から槍を貸してもらって試みたが、二度と成功しなかった。

大きな汽船が沖を通ったことがあった。僕と磯介の二人はほかにも集まった子供たちと共に、船に近づこうと思い立ち、海に入って泳ぎ出したが、しかし船が近そうに見えてずっと遠くを走っていることが分ると、無念の思いを嚙みしめながら、船に達するのを諦めてまた帰って来た。

母は九月一日に来ることになった。八月三十一日の夜僕は夕食を済ませてから、磯介に誘われて、夜の海辺へ夕涼みに出かけた。浜辺へ通じる小道が砂地に変って間もなく眼前に開けた海を見て僕は思わずあっと声を立てそうになった。海のかなたに点々と無数の光が点っているのだ。それは海の星のように美しかった。

「きれいだね」と僕は浜辺に立止ると讃嘆の気持を口に出さないではいられなかった。

「あれ、何か知っとるか」と磯介はいった。

「知らないなあ」と僕は答えた。「何だい?」

「いか漁り舟のアセチレン燈やわ。ああやって一晩かけていかを釣らあよ。俺ちの人も今日行かすたわ」

「しかし今まではいつも夜の海は真暗だったけど」

「戦争で禁止されとったあよ」と磯介は物知り顔に答えた。

「もっとも禁止されんでも、若い者は兵隊にとられていなくなってしもうたからな、舟が少ししか出んでもっと貧弱なもんやったろうなあ」

「たくさん帰って来たからねえ」と僕はいった。

「ああ、まだまだ帰るわ。もっともずい分死んどれどのう」

堤防を下りて浜辺の小石の上に坐って腰をおろしてしばらくすると磯介がいった。

「泳ぐか」

「そうだね」と僕は答えた。「もうしばらくこの海ともお別れだから」

「でも時々遊びに来るやろう」

「夏休みには来るつもりだよ」

「その時は俺に声をかけるのを忘れるなよ」

「うん」

僕は遥かかなたに光っている海の星たちを見ながら、夜の海を平泳ぎでゆっくりと泳いだ。

戦争は終ったのだ、ということを僕は今初めて本当に理解したような気がした。

一泳ぎするとしばらく月の光で白く光る渚に寝そべった。そして昼間の太陽のぬくもりがまだかすかに残っているように思える小石で身体を乾かしたのち、僕らは家に帰ることにした。

堤防の上を歩いていると、一組の男女が堤防の上に腰をおろして、団扇《うちわ》を使いながら、頭をくっつけるようにして話しているのが見えた。男はズボンとシャツ姿だが、女はゆかたを着ている。僕らは堤防の上から砂におりて、二人の背後を通り過ぎた。

「潔」と磯介がいった。

「今いた女、誰だか分るか」

「分らないな」

「よう見てみいま」

僕は振向いてみたがよく分らない。

「松の姉さまじゃが」と磯介はいった。

「えっ」

僕は思わずまたうしろを振向いたが、女の顔はやはりよく見えない。

「また新しくお相手ができたらしいわ。たくさんの男どもが帰って来たからのう」

「本当かい」

「本当でなくてよ」と磯介はいった。

「だってこの間恋人が死んだばかりじゃないか」と僕はいった。舟小屋で二人が囁き合っていた言葉が耳の中に蘇って来るようだった。

「恋人?」と磯介はいった。

「だって米屋のあんさまは松の姉さんの恋人だったんだろう」

そういって僕はそんな言葉を使ったことに恥ずかしさを覚え、知らず知らずのうちに赤くなっていた。

「そうよ」と磯介は初めてその言葉の意味が了解できたように答えた。

「だけれどな、潔、人間ちゅうのはこうしたもんじゃが」

僕は心中松の姉さんを許せないと思っていた。見損った、と思っていた。彼女が舞鶴で射撃されて死んだ恋人のために流した涙は、弾いたオルガンは、みんな彼女のいやすことのできない悲しみの表現の筈だ。それなのにこんなに短時日の間に彼女の心が変るとは信じられない気がしたのだ。

汽車が混んで母は来られないのではないかという僕の不安は杞憂に終った。次の朝早く母が着いたからである。午前中母は疲れていたらしく僕の部屋に床を敷いてもらって睡眠をとった。汽車は恐ろしい程の混雑で、兄が長い間立ちん棒をして上野駅で列に並んでくれたお蔭で坐ることは坐れたが、坐ったら最後身体を動かすこともできず、ほとんど眠れなかったらしかった。

翌日僕は母と一緒に学校へ行った。校長室でしばらく増田先生を混え、校長先生と話をしたのち、僕だけ増田先生に連れられて教室へ行った。僕は先生と一緒に前の出入口から入り、先生と並んで、教室の前方に立った。みんなは静かにして僕らを迎えた。

先生は言葉少なく、僕が戦争が終ったのでまた東京の両親のもとへ帰ること、それでみんなに別れの挨拶をしに来たことを告げた。

「ではお辞儀をしてお別れの挨拶をしよう」と先生がいった。

「起立！」と進の号令がかかった。みんなは立ち上った。

「礼！」と進がいった。

三十数人の同級生と僕はお辞儀を交した。

「着席！」と進の号令がかかった。みんなが席へ就いた時僕は進と目が合った。しかし進はきまり悪そうにすぐ目をそらした。

教室を先生に伴われて出ると、再び校長室に戻った。そしてそこでしばらく話をしたのち、母と僕は学校に別れを告げた。

道に出てからも、僕は何度も学校を振り返った。

長い道を僕は母と共にゆっくりと歩いた。

「毎日こんなに遠くまで通って大変だったわね」と母はいった。

「うん」と僕は答えただけだった。

この長い道を歩くこと自体は僕にとってそんなに大変ではなかったのだ。しかしそんなことを母にいってみても始まらないだろう、と僕は思った。今母は僕からずい分遠いところにいた。

その日の午後、美那子が母と一緒に別れを告げにやって来た。彼女らは十月一杯いて、神戸に帰るということだった。幸い彼女らの家は戦災に遭わないで済んだのである。

「お手紙を頂戴ね」と別れしなに美那子の母が僕にいった。

「ええ」と僕は答えた。美那子に、君も僕に手紙を書いて欲しいといいたかったが、それをいい出すことはできなかった。僕は母と共に二人を門まで見送った。

終章

翌日の朝母と僕は、芳江伯母となみ伯母に伴われて伯父の家を出た。荷物は辰男伯父があとから自転車の荷物台につけて運んで来てくれることになっていたので、まったく身軽だった。

浜見から駅に通ずる道は学校へ通ずる道と平行して走っていた。だから学校への長い道の前方遥かに聳え立っていた日本アルプスの山々を、その道からも同じように望み見ることができた。その日に限って日本アルプスの山々は僕の心に深い印象を与えた。毎日こんなにすばらしい山々の姿を前方に望み見ながら、学校までの長い道を歩いていたとは、到底信じられないような気がした。それらの山々の美しい壮麗さにまるでその日初めて目覚めたかのようだった。僕の心はきっと毎日のみじめな自分に関わり合い過ぎ、それらの山々の存在を受けとめるだけの余裕を持たなかったのだ。

「あれから一年経ってしまったのね」と母がいった。

「ええ」と僕は頷いた。

「よかったでしょう。田舎の生活は」

僕は何と答えていいか分らなかったので、聞えないふりをした。

線路を渡って線路伝いの道を駅に向って歩くと、写真館の看板が見えた。僕は写真をとうう進からもらわなかったことに気づいた。疎開中そのほかには一度も撮ったことがなかったから、それは僕が田舎で撮った唯一の写真であった。それで惜しいとも思われたが、一方では進とあのような状況で撮ったその写真は手に入れなくても惜しくも何ともないような気がした。

駅には米蔵叔父が、町の店から直接やって来て姿を現わした。彼は、母にもっとゆっくりしてくれればいいのにと怨み言を述べた。彼は前の日もせめてあと二日位帰京を延ばすように、魚を仕入れて御馳走をたくさんするからといって、僕らを引き留めてくれたのだ。しかし僕は一日も早く東京に帰りたかったし、母も父の世話や両親の世話をしなくてはならなかったので帰京を急いでいたのである。

美那子の母も見送りに来てくれた。しかし美那子の姿はなかった。学校の授業があるのだから、あたり前だったが、僕はちょっとがっかりした。心の片隅で彼女も送りに来てくれることを期待しているところがあったのである。美那子とはもうこれからずっと会えないかも知れないな、と僕は心の中でひっそりと考えていた。それは仕方のないことかも知れなかったが、ひどく悲しいことにも思えた。

発車十分前位に辰男伯父が自転車に乗って現われた。彼は僕らの顔を見るなり、

「良造が舞鶴に一家全員無事着きましたわ」といった。

「よかったのう」となみ叔母が涙声でいった。なみ叔母は戦争が終ってからというもの毎日のように、朝鮮で終戦を迎えた良造叔父の一家の消息を案じていたのである。

「それでいつこっちへ来ると?」と米蔵叔父がいった。

「明日の夜着く汽車やと。電報やからそれしか分らん」

「本当によかったですね」と母がいった。

「予定が狂って弱りましたじゃあ」と辰男伯父は嘆いた。「米を二、三俵用意しとこうと思って、九月末にゆずってもらう約束をしとったのに、早うなって」

「あんたは何いうとらすのじゃ」となみ叔母がいった。

「無事に帰って来れば何よりじゃ。喰扶持位わしも何とかしますわい」

「そんな意味でいったんじゃないわい」と辰男伯父は怒ったようにいった。「まあしかし無事帰れて何よりやっちゃ」

T市発の臨時なのに汽車はひどく混んでいた。母と僕はようやくの思いで、二等車の車輛の端に入ることができた。荷物を窓から全部入れ終るのとほとんど同時に汽車はもう動き出していた。僕は窓から顔を出して伯父や伯母たち、美那子の母に手を振って別れを告げた。

顔を引込めようとした時、僕はもう遠くになってしまったプラットホームに、進によく似た男の子が入って来たような気がした。しかしそう気がついた時には、その姿はみるみるうちに小さくなって、確かめるすべもなかった。進である筈はない、と僕は思った。もう学校がとうに始まっている時刻だった。それに進がわざわざ僕を駅に送りに来るわけもなかった。

長野で僕らは運よく坐ることができた。降りる人が十数人出たが、乗る人はその数倍に及んだ。もうどの席の間の床にも人が坐っていたし、背中をあてる部分の上にまたがって坐った軍人風の男さえいた。

坐れるようになってからしばらくして、母は僕に東京に帰ってからの学校のことを訊ねた。

元の学校に復学するか、祖父の家の近くの学校に転学するかの、二つの方法があるけれども、そのどちらにするか、というのだった。母が行ってみたところ、疎開するまで僕のいた国民学校は全焼であとかたもない、辛うじて焼け残ったプールの脱衣所を職員室にして、秋からの授業開始に備えているが、そこにいた先生の話では、恐らく近くの近衛連隊の兵舎の一部を借りて授業を始めるだろうということだった。一方祖父の家の近くにある小学校は戦争による被害はまったくなく、環境も申し分ないという話だった。母は後者を勧めたかったらしかったが、僕は躊躇なく前者を選びたい旨を答えた。

学校を変えてまた新しい環境に慣れるのは嫌だった。もうこりごりだという気がした。それに卒業まであと半年余りしかないのだ。どうせ卒業するのなら元いた学校に復学して卒業したかった。

続けて母がしてくれた先生たちや僕の同級生の消息はしかし不思議な程僕の興味を呼ばなかった。学校に寄った帰りがけに見て来たという元の家の焼跡の話も僕の関心を惹かなかった。そしてまた、それにつれて母がしてくれた疎開するまでの僕に関する思い出話も、僕には遠い、はるかな過去の自分の話を聞かされるような思いがした。それは自分にも不可解なことだった。疎開するまでの年月と現在の自分の間にはたった一年の歳月が流れただけなのに、計り知れない程長い歳月が流れたような気がしたのだ。そしてその歳月を通して僕はもうすっかり変ってしまったように思われたのだ……

上野駅のプラットホームには二人の兄が迎えに来てくれていた。一番上の兄はK中学の制服を着ていた。それは海軍兵学校の制服に似た蛇腹のついたスマートな服だった。二番目の兄は幼年学校の制服らしい、カーキ色の服を着ていた。肩のところに肩章をとった跡があった。本当にそれが幼年学校の制服かどうか訊ねてみようと思ったが、兄の心中を慮って、止めにした。僕は半ズボンで、短靴下を履いていたが、一年の間に半ズボンは大分窮屈になっていた。短靴下は、「長い靴下に禿《ずべ》がある」と歌に唄われた長い靴下を穴の開いた上の部分を切って短靴下に改良したものだった。

「ずいぶん大きくなったな」

「待っていたよ」

と二人の兄は口々にいって僕の帰京を歓迎してくれた。

上野の駅の悲惨な有様は衝撃的だった。戦争孤児たちの姿、浮浪者の群れ、駅中にたちこめる異様な匂い……

世田谷の郊外にある祖父の家のあたりは、強制疎開に遭った駅の近辺を除いて、完全に昔のままだった。戦争があったとは思えない程なのだ。こんな町が東京の中に残っていたということに、何か僕は裏切られたような気持を感じた。東京が全部焼け、何もかもすっかり破壊されているべきではなかったか、という気がしたのである。

三日後から僕は電車で、近くの近衛連隊の兵舎の一部を借り受けて授業を開始した元の学校に通うようになった。学校ではその後僕が会いたいと思うようになっていた仁科先生には会えなかった。その時初めて僕は仁科先生が勤労動員を引卒して工場に詰めた苦労が祟ったのか、胸を悪くして八月末から休職し郷里の秋田に療養に引き込んだということを知った。仮校舎で学校が始まったといっても、内容はまったくひどかった。疎開した者は僅かしかまだ帰っていず、僕が親しかった友だちはその中には一人もいなかった。僕の学年は嘗て五学級もあったのに今は一学級しかなかった。その一学級も十八名しかいなかった。

雨が降ると雨洩りがし、傘をささないと授業が受けられなかった。ダニが出て、授業中になると身体中がむず搔ゆくてたまらなかった。僕らの学級のうち半数は焼跡に地下壕を利用して建てたバラックから通い、あとの半数は僕と同じような電車通学をしていた。バラックから通っている同級生のうち半数位は昼の弁当を持って来ていなかった。彼らは昼になると姿を消し、授業が始まる頃になるとまた姿を現わした。そのうちに授業は午前中ということになった。そんな具合で、学校の生活はまったく期待を裏切るものだったが、しかしそれにも僕の心はまったく驚かないでいた。僕の心の中で多くのことが変った以上、疎開生活を始める前の楽しかった学校の生活が待っている筈がないのはあたり前過ぎる程あたり前のことだった。

しかし、時々僕はひどく空虚な無力感のようなものに苦しめられることがあった。僕はじっと考え込み、何もする気がなくなり、暗い心に閉ざされるのだった。

そんな時僕はこんなことをぼんやりと考えるのだった。

――結局僕は自分の手で何一つ解決することなく、ただ戦争が終ったという外的な事件の力で、それのみのお蔭で田舎を脱出することができたのではないだろうか。もしも戦争が終らなかったら、僕は一体どうしていただろう。僕は自分も、自分のおかれている世界も、結局何一つとして自分の力で変えることはできなかったのではないだろうか、僕は本当に何一つ克服できずに。ただ逃げて来ただけではないのだろうか……

そんな時、それから進のことを思い出すこともあった。そしてもしかすると進は僕がもっと長く、いや時とすると、永久に彼と一緒に村に留まるような気がしていたのではないだろうか。それなのに僕が突如として村を去ったので、ひどく戸惑っているのではないだろうかと思った。

またこんな意味のことを考えた時もある。

――進にとって僕は闖入《ちんにゅう》して来た異物のような存在だったのではないだろうか、彼の君臨していた秩序は、僕の闖入のために乱され、磯介もいっていたことがあるように、彼は僕に自分の力を誇示するために、必要以上に権力を振るった――そしてそのために私刑《リンチ》に会ってしまった。だから彼の方が僕を怨んでいいのだ。被害者は僕ではなく、彼の方なのだ……

東京に帰って三カ月余り経った頃、一通の手紙が僕あてに届いた。手製の封筒で、宛名は、都内世田谷区W町八十一番地　杉村　潔君行となっており、裏に舟原村　浜見　竹下進出となっている。

開封してみると、ノートから切りとった紙に次のような文章を書いた手紙を添えて、写真が一葉出て来た。

拝啓
その後お元気のことと思います。君がいなくなってから組はすっかり淋しくなりました。あれから組でまた騒動があり、松が昇たち三人になぐられ、とうとう学校に完全に出て来なくなりました。昇たちは相変らず幅をきかせています。

僕は中学の勉強を始めています。

実は君が東京に帰った日、僕は朝そのことを祖父に教えられて、慌てて君を駅まで送りに行ったのです。僕は君がもっと田舎にいると思っていたので、こんなに早く君が東京に帰るとは思っていなかったのだ。踏切を越えた時に汽車が入ったのを見て、走りに走ったのですが、間に合いませんでした。

とってあった写真を同封します。もっと早く出すつもりでいながら、君の東京の住所が分らなかったので遅れました。

夏休みに帰った時に、ぜひ寄って下さい。では、さようなら。

昭和二十年十二月八日

竹下進拝

杉村　潔君

写真には二人の男の子が立っている姿がうつっている。一人の方は少し小さい。それが進だ。進はおろし立てのような学童服を着ている。色が薄いので、紺系統の色ではないということが分る。そうだ、それはカーキ色の配給の学童服だった。もう一人は大輪の牡丹の模様の浮き出ている長ズボンを履き、白い襟のついた学童服の変型の上着を着ている。それが僕だ。長ズボンに花模様が浮き出しているのは、応接間のカーテンを黒く染めて作ったためである。白い襟のついた学童服の上着は兄のお下《さが》りだ。僕はもの憂い、浮かない顔をしている。進は鋭い目を光らせて、直立不動の姿勢で立っている。級長として号令をかける時にとる、あの姿勢である……

「疎開時代の随筆」

富山と私

疎開時代の思い出

（昭和四四年一月）

昭和十九年の四月から、昭和二十年の九月まで、私は父の故郷の富山に疎開していた。まだ叔父や叔母たちが健在なので、今でも時々遊びに行くが、私の心の中にある富山は、疎開した当時の富山である。

今でも私は疎開して父の故郷の駅である入善駅に降り立った時のことを覚えている。私はその時初めて日本北アルプスの偉容に接したのだった。駅から父の生家のある下新川郡上原村吉原（今は入善町吉原となった）までの長い道を歩いた時、私は時々振り返ってはこの北アルプスの山々の雪を頂いた壮厳な美しさを目におさめないではいられなかった。この山々が姿を隠すということは、余程天気が悪くない限り、なかった。それはいつも眼前にあり、その表情を微妙に変化《へんげ》させていた。富山を思い出す時、まっさきに私の眼瞼に泛《うか》んで来るのは、これら北アルプスの美しい姿である。

父の生家は海辺にあったので、夏は海で泳いだ。海岸は砂でなくて、石の浜であった。海はすぐ深くなった。東京の近くの遠浅の海で泳ぎ慣れていた私は、最初このすぐ深くなる海が怖かったが、間もなく慣れてしまった。一旦慣れてしまうと、いつまで経っても背が立つ遠浅の海と違ってまだるっこくなくてよかった。私はプールですでに大分泳ぎを鍛えていたので、この海は泳ぎ甲斐があった。

　海の向うに、能登半島が青く霞んで見える。この能登半島は北アルプスの山々と違って、どんなに天気がよくても、そんなにはっきり見えない。精々濃さを増すだけである。今のように交通が発達し、世を挙げて観光に湧く時代と違って、能登半島も、日本北アルプスも遠い世界だった。それは私の両親や兄たちのいる東京よりもずっと遠い世界だった。私が子供だったからそう感じられたのだろうか。しかし恐らくそれだけではなかったろう。村人の大部分にとっても当時やはりそれは遠い世界だった筈だ……。大学に入ってから能登半島を旅行したことがあるが、その時私は、今自分は昔海の向うに見て憧れていた能登半島に来ているのだと思い、一種の感慨に打たれたものであった。

　今でもその点は変らないが、海の水は実に美しい。私は魚つきを覚えた。かれいに似た魚を突くのが一番易しかった。これは砂そっくりの色をしている半面を出して砂の上に寝ているのだが、目だけが光っているのでそれと分るのだ。それからよく舟を出して牡蠣《かき》をとった。あらかじめ重しをつけたモッコを海底におろしておき、潜《もぐ》って行って、牡蠣の一杯ついた石を起してはそのモッコまで運んで載せ、モッコが一杯になると、舟の上に引き上げる。そしてその石から牡蠣を剝がすと、海の水で洗って食べるのである。

泳ぎ疲れて石の上に寝転がって身体を乾していると、時たま、精々一夏に二度位、大きな汽船が沖にやって来た。そんな時それは子供たちにとっては、大事件そのものであった。私たちは船に近づこうと思い立ち、海に入るが、しかし船は近そうに見えてずっと遠くを走っていることが分る。そして私たちは無念の思いを嚙みしめながらも、船に達することを諦めてまた帰って来るのであった。

海岸には漁師の舟が並んでいた。発動機をつけた舟は一艘もなくて、みんな櫓で漕ぐ小舟ばかりだった。発動機船もあったのだが、戦時用に徴用されてしまってないのである。若い漁師たちはみんな戦争に行って、村に残っているのは老人の漁師たちばかりだったが、彼らは毎日のように舟を出し、そして魚はよく漁れた。

終戦の年の七月は煮干にする鯷《ひしこ》が大漁だった。村中は湧き立った。私の父の生家は農家であったが、煮干を作る大きなかまどを持っていた。昔副業に煮干作りをしていたことがあったのだが、久しく鯷が漁れなくて、宝の持ち腐れとなっていたのである。働き者だった祖母は大喜びだった。彼女は大張切りで煮干作りに精出した。

二日目の夜中に私は目を覚して、彼女が私の部屋の外にあるかまどで、煮干を作る指図を元気のよい声で下しているのを知って驚いた。彼女はそれで二晩徹夜してしまうことになるのを私は知っていたからである。

次の日彼女は眠そうなふうを露程も見せずに、村の若い衆がみんな戦争にとられてしまって、せっかくの大漁の機会を完全に活用できなかったことを嘆いていた。老人の漁師たちがへたばってしまって、三日目に漁に出た舟はほんの数える程しかなかったからである。

父の生家のある村が漁村だったせいかも知れない。魚を実《み》にして飲む機会の多い味噌汁は、魚をたくさん入れられるように、お椀ではなくて、味噌汁専用の特別な深皿につがれる。それはちょっとスープ皿に似ているが、スープ皿よりももっと深く、縁の平らな部分がない。味噌も米麹を使った塩味の強い味噌で、この味噌でどちらかというと薄味に仕立てた味噌汁は非常に魚の味に調和し、しかも魚の味を生かすのである。魚を実にした場合、この味噌で作った味噌汁程うまい味噌汁はない、と今でも私は思う。そしてまたこの味噌汁専用の皿が私にはとてもなつかしい。今度田舎へ行ったら、一揃い買い求めて来ようと思っている程だ。

しかし海岸の風景は、最近は見違えるように変ってしまった。浸蝕がはげしいのである。堤防はたびたび破壊され、壊されるたびに後退を重ねるから、海岸近くの家々はみな上の方へ避難してしまった。そして堤防から海までは僅か数メートルしかなくなってしまい、漁船はみんな堤防の上に上げなくてはならなくなってしまった。私が疎開時代、泳ぎに疲れては身体を乾していた、広々とした石の海辺は海に呑まれてしまってもうない。僅かに残った数メートルの海岸は宇宙の怪奇な生物のようなテトラポッドで埋まっているのである。堤防の近くに軒を連ねていた、板葺きに重しの石を載せた屋根を持った、うらぶれた、しかし北国の家らしい家々もほとんどみな姿を消してしまった。海岸よりずっと上《かみ》の方に新築された家々は、どれも瓦葺きのモダンな家々ばかりである。かや葺きの屋根を持った家々もすっかり珍しくなってしまった。そしてどういうものか、魚が余り漁れなくなってしまい、漁師の数はすっかり減ってしまったようである。ともかく海岸の風景には昔の面影はもうほとんど残っていない。

終戦の年の八月末、海岸に団扇を持って夕涼みに出た晩のことを今でも私はよく覚えている。堤防に腰かけて海を眺めていると、突然海のはるかかなたに点々と光がともり始めたのだ。それは海の星のように美しかった。それはいか釣り舟の点《とも》すアセチレン燈であった。それまで防空のために禁止されていた光なのだ。戦争が終ったのだということをその時私はしみじみと感じた。翌朝叔父はいかをいっぱい買って来て、黒づくりを一樽作った。翌日から海岸には干いかを作るために裂かれたいかをのせた簀子がいっぱい拡げられた。

黒部西瓜のことをここで書くのを逸するわけには行かない。これは普通の西瓜の三、四倍の大きさのある、長楕円形の大きな西瓜で、一個の重さが大体二十キロ位ある。今私の手もとにある「入善町誌」をひもとくと、「外皮は淡緑色の縦の筋が十五条あって、縞皮《しまかわ》西瓜の名をあらわしている。肉質は淡紅色、味は爽快で高尚な風味をもっている。晩生で貯蔵にも堪え、輸送にも強いので、遠隔の親類や友人への贈り物に適している」とある。

この西瓜は少々甘味が足りなくて、淡白過ぎるのが欠点のような気がしないでもないが、いったん食べ慣れると、そうしたところがまたなんともいえずおいしいらしい。

若い頃北海道に渡って、粒々辛苦の末網元になった祖母の甥は、毎年夏になるとかならず暑中見舞をよこして、その中でこの黒部西瓜を送って欲しいとよこして来た。すると祖母は叔父にいって、五個か六個この西瓜を送ってやる。この西瓜は北海道までの汽車輸送にも充分耐えるのである。やがて冬になると、夏送った西瓜の数だけ、よりぬきの荒巻が送られてくる。そんな話を私は疎開していた時祖母から聞かされたものだった。米を生産しなくてはならないので、黒部西瓜を作るわけには行かなかったから、私が疎開した年の夏その北海道の親類にも黒部西瓜を送ることができなかった。そのために年中行事のように食べることのできた荒巻も今年は手に入らないだろうといって祖母はこぼしていたのだが、祖母の愚痴は早過ぎた。その年の冬、網元になった祖母の甥は故郷の村にひょっこり姿を現わし、祖母の家にもお土産にみごとな荒巻を二本置いて行ったからである。

鮭といえば、よく祖母が作ってくれた鮭と蕪《かぶら》のすしも忘れることのできない食べ物である。これは鮭と蕪と米麹と米の飯を混ぜて、重しで漬けた、いずしの一種だが、疎開時代こんなにおいしいものはないと思いながら食べたことを、今でも思い出す。

その後十五年位経って北海道旅行をした時に、私は先に触れた祖母の甥を、北海道の最北端である根室の歯舞村というところに訪ねたことがある。彼は非常に歓迎してくれた。私はその晩酒と料理の御馳走攻めに遭った。翌日私は彼に案内されて燈台見物をし、燈台の近所にある彼の友だちの家で休憩をとり、昼飯を御馳走になったが、その頃になって私はだんだん自分が北海道にいるのではなくて、父の故郷の富山にいるのではないかという錯覚に陥り始めた。どの家にもストーブがあるほかは、家の造りといい、言葉といい、食事といい、たとえば富山にしかない味噌汁用の深い皿で飲む味噌汁の味まで、恐ろしい程富山に似ているのである。それも無理はなかった。私たちが寄った彼の友だちも富山の出身だったからである。北海道には北陸出身の人が多いらしい。気候、その他の条件が似ているから、活躍し易いのであろう。

富山は雪が深い。数年前まで暖冬異変で雪が嘘のように降らなかった冬もあったようだが、近頃はまた雪が多く降るようである。私が疎開した昭和十九年から二十年にかけての冬は、非常に雪の深い冬だった。

私にとって珍しかった富山の雪の風俗は、学童が頭巾のついたマントを着て学校に通う風景だった。一面に雪に蔽われた銀世界の中につけられた一条の道を列をなして、学校まで黒いマントを着て行く姿は印象的だった。それはちょっと雪の中を黒い蝙蝠《こうもり》が歩いて行くように見えた。私は最初外套を着て学校に通ったが、やがて叔母が親類から古いマントを譲り受けて来てくれたので、土地の子供たちと同じようにマントを着て通学できるようになった。そして雪が降る中を歩くにはマントが一番いいと感じた。外套だと肩などに雪が積もってしまい、どうしてもいちいち手で払わないと雪が落ちない。しかしマントだとちょっとマントの下から揺すぶればすぐに雪が落ちてしまう。それに手までマントで蔽われているから、外套のようにポケットに入れるか、手袋をはめるかしないと手が冷たくてやり切れないということもない。私はすっかりこのマントが気に入ってしまった。

雨の時も土地の人々はマントを着て歩いた。傘を使う人はめったにいなかった。学校や駅へ行くには、田圃の中の遮《さえぎ》るもののない道を歩かなくてはならないから、強風をまともにくらうと傘がおちょこになってしまって役に立たないからだろうか、と私は勝手に解釈していたが、最近田舎へ帰って確かめてみたところ、この頃はマントを着る人がすっかりいなくなってしまって、都会のように冬でも外套を着て傘をさすのが普通だそうである。傘の骨がそんなに強くなったわけでもあるまいから、私の解釈は間違っていたようだ。

学童たちは一年中長ズボンをはいていた。私は長ズボンを持っていなかったから、新しく作らなければならなかったので、母はひどく困った。戦争中で材料がなかったのである。母は思案の挙句、洋間のカーテンを外して、黒く染め、それで長ズボンを作って送ってくれた。黒く染めてあったから目立たなかったものの、そのズボンには、カーテンの模様である大輪の牡丹が浮き出していて、私は女の子のモンペをはいているような気がし、慣れるまで恥ずかしくてならなかった。

今はどうか知らないが、当時学童たちはランドセルを背負わないで中学生のように、肩にかけるズックで出来た鞄《かばん》を使っていた。中にはズックの鞄を持たないで、教科書を風呂敷包みでくるんで、背中に斜めに背負い、風呂敷の二つの先端を胸のところで結んで通学する子供も幾人かいた。その風呂敷の中には教科書のほかにいつも子供の頭位大きなお握りが一つ入っているのが常だった。自家製の大きな梅干を入れて握ったもので、当時はもう海苔がなかったから、トロロ・コンブでくるんであるか、藁の焦げ目をつけて焼いてあるかのどちらかであった。トロロ・コンブだけは、どうしたわけか戦争中でも自由に手に入ったのである。

冬になると年寄りたちは数珠を持ってよく寺にお坊さんの説教を聞きに行った。富山は信仰の篤《あつ》い土地である。浄土真宗の盛んな土地で、どの村へ行っても、お寺が実に立派だった。私の父の生家のある村にも、御殿のような寺がある。その寺の屋根は二粁《キロ》も先から輝いて見える。年寄りたちの願いは、ただひたすら念仏を唱え、信仰を守り、寺に詣ってお坊さんの説教を聞いて、大往生を遂げて極楽浄土に召されることにあった。どの家にもかならず実にみごとな仏壇があった。

私の祖母も信仰の篤い点では人後に落ちなかった。彼女は朝晩の仏前の読経は決して欠かさなかったし、近親者の命日にはかならず精進料理を固く守り、よく寺にお説教を聞きに行き、私の父からもらった小遣銭をみんな寺に寄進してしまって、父をがっかりさせていた。

私は一度親類の家で法要のあとにあった説教を聞いたことがある。適当な台がないので、お坊さんは、こたつのやぐらの上に座蒲団を敷いて、その上に坐って説教をした。まだ国民学校(当時小学校はそう呼ばれていた)の五年生に過ぎなかった私には、説教の内容はよく分らなかったが、その説教がそこにいる年寄りたちの心に深く染み通るように語られていることはよく分った。年寄りたちは、申し合せたように、お坊さんの説教が触《さわ》りのところに来ると、「南無阿弥陀仏、南無阿弥陀仏、あいあいそうかいのう」という言葉を繰り返し感に入っていたからである……。

疎開派の「長い道」

（昭和四五年九月）

昭和十五年の四月に私は渋谷区のある尋常小学校に入学した。しかし国民学校令が公布されて、尋常小学校が国民学校に切り換えられ、教育の戦時体制化が行われたのは、次の年の三月だから、小学校一年の末には、学校の名称は尋常小学校から国民学校に変っていたわけである。終戦を迎えたのは国民学校六年の時だったから、卒業した時（疎開から帰ると、私は元の学校に復学した）には再び学校の名称は変っていて、国民学校は小学校となっていた。

こんな風に学校の名称が頻々と変るのは私の世代の運命のようなものだった。旧制中学校に入ってからも、教育制度の改革で旧制中学校は新制高校に昇格したから、その新制高校に進学して卒業するまでに、私は同じ学校に六年いたわけだが、その間にその名前も都立××中学校、都立新制××高等学校併設新制中学校、都立新制××高等学校、都立××高等学校といった具合に四回も変っている始末である。

だからこのあたりの自分の履歴書をもし編年体で書かなければならないとしたら、学校の名称が次から次へと変るのでずいぶん面倒なものとなってしまうだろう。この世に恒常的なものは何もなく、すべてがうつろい易く、うたかたのようなものだという自覚が私の心の底にあるのは、もしかするとこのような事実とも無関係ではあるまい。

私がもの心ついた時、もう日本は中国との戦争を始めていた。謂わば戦争は常態だった。当時のことを思い出すよすがにしようと思って当時のアルバムを取り出して見ると（私の家は焼けてしまったが、弟と二人で父の故郷の富山県に疎開した時に身の周りの品物を持って行ったお蔭で、アルバム類は残っている）、幼稚園で陸軍病院に傷痍軍人を慰問に行った写真が出て来た。それから三越劇場に傷痍軍人を招待して、幼稚園の児童が慰問の演芸を見せている写真などが出て来た。幼稚園の頃の写真はかなりあるが、そのあと戦争中の国民学校時代の写真はクラスで撮った写真が一枚と、弟と二人で疎開する時に家族で写真館へ出かけて撮った写真が一枚と、田舎の国民学校のクラスの級長と町へ出かけて記念に撮った写真の三枚しかない。

今のようにカメラが普及していなかった時代だからスナップ写真がないのは不思議でないとしても、毎年一回クラス全員で撮るのがならわしであった小学校（当時は国民学校といったわけであるが）の写真が一枚しかないのは、だんだん戦争が激しくなって、フィルム類が手に入らなくなり、学年が変るたびに担任の先生とクラス全員で写真を撮るしきたりが中止になったことを物語っている。そんなわけで当時の写真といったらこんなものしかないのだが、しかしこれとても疎開して戦災に免れたからこそあるので、あの時期の写真をまったく持っていないという人々はずいぶん多いに違いない。この間も小学校時代のクラス会があって、六、七人集まったが、そのうち小学校時代の写真を一枚も持っていない者が三人もいた。

ところで弟と二人で疎開する時に家族で撮った写真を見ると、今でも私はある種の感慨を禁じ得ない。それは、こうして家族で写真を撮るのはもしかするとこれが最後かも知れないという気持をめいめいが心の中に抱いて撮られた写真だったからである。いつ戦争が終るか分らなかったし、敵の飛行機が将来本土を頻繁に襲うようになることは予定されたプログラムのようなものだったから、当時再びみんなが全員無事で再会できるという保証のようなものはどこにもなかった。

まだ学童に過ぎなかった私たちの周囲にも死はすでに親しみ深い存在だった。家族の誰かが空襲でいつ死ぬか分らないという可能性は日常性の中に含まれていたし、私たちも遠からず少年飛行兵か、特攻隊を志願して光栄ある、名誉ある死に欣然として赴く筈だった。人間には生きようという意志のほかに死への憧れ、死に対する情熱のようなものがあると思うが、少年の私の心の一部を大きく占めていたのも、この死への憧れであった。

数年前に私はオーストリア・ハンガリー帝国の没落を華麗な筆致で描いたオーストリア文学の傑作と称されるヨーゼフ・ロートの「ラデツキー行進曲」（筑摩書房刊）を訳したが、その中で作中の主人公の一人カール・ヨーゼフが未来の死を夢みる次のような場面がある。

「彼は王室を構成している人々すべての名前を知っていた。彼はその人たちをみんな本当に愛していた。子供らしく熱中した心で。とりわけ皇帝を、慈悲深く、偉大で、気高く、公正で、限りなく遠い存在でありながら非常に親しい、そして軍隊の将校たちには特に好意を持たれている皇帝陛下を愛していた。軍楽を聞きながら皇帝陛下のために死ぬことこそ最高の死であった。ラデツキー行進曲を聞きながら死ぬのだったら死ぬことはどんなにたやすかっただろう。すばやい弾丸が音楽の拍子に合わせてカール・ヨーゼフの頭のまわりをびゅんびゅんと掠めた。彼のサーベルの白刃がきらめく、そしてラデツキー行進曲のやさしい速度に心も頭も満たされて、彼は行進曲の太鼓の音がかもし出す陶酔の中へ沈み込んだ。すると彼の血が深紅の細い一条となって、トランペットの光り輝く黄金の上に、ティンパニーの漆黒の上に、シンバルの勝利に輝く銀の上にしたたり落ちた」

この部分を訳出しながら、私は少年時代の自分がこの状況に共鳴するような時間を多く持っていたことを今さらのように思い出した。私は陸軍幼年学校に進学するか、少年飛行兵になるつもりでいた。戦争が早く終るとすれば、幼年学校、士官学校と進んで軍人になるのでは遅過ぎるから、少年飛行兵になった方がいいかも知れない、などと真剣に考慮したこともあった。そして少年飛行兵になったら、祖国の運命に殉じて死地へ赴くつもりであった。死は崇高なもの、永遠の栄誉につながるもの、ロマンティックなものとして、未来に輝いていた。

ある日突如として(実際にはもう少し幅のある時間だったのかも知れないが)ある種の品物が店頭から消えてしまう、ということは当時の日本では日常の出来事だった。

今でも私はパン屋の前を通ると、子供の頃パン屋の前のからのガラス・ケースを横目で見ながら、ついこの間まであそこのガラス・ケースにはさまざまな種類のパンがあったのに、どうしてこんな風に突如として消えてしまったのだろうか、もっとたくさんあった頃どうしてたくさん食べておかなかったのだろうと思った当時の無念の想いが記憶の中に蘇って来ることがある。そんな風に物が店頭から消えてなくなってしまうのは、子供の目には物が神隠しにあったみたいな印象を与えた。その頃でもそれが統制令という法令の所産であるということはある程度分っていたと思うが、しかし実感としては非合理な神隠しに遭ったのだという感覚の方が強かった。

いつどんな風に世の中が変るか分らない、持続的なものは何一つないのだという感覚は、私の心の奥底には意外に深く根を張っているようである。だから今でも、昭和元禄を謳歌しているように見える（これとても今この時点で多くの影の部分を孕んでいるわけだが）街の中を歩いていても、これはかりそめのものだ、贋の姿だ、いつ何時姿を変えてしまうか分らないのだという思いが、心底には絶えずある。

昭和十九年の春に父の故郷の北陸の海辺の村に疎開して、昭和二十年の秋に引揚げて来た私は空襲を直接に体験したことはない。だから疎開から帰って来た私の前には、空襲を受ける前の東京が空襲を受けていかにその姿を変えたかという結果だけが示されただけである。空襲以前の東京の姿しか知らない者の頭に中間の過程抜きに、空襲で徹底的に破壊された東京が突如として示されたという体験は、ある意味で非常に鮮烈だった。その時私は世田谷の郊外にあって焼け残った祖父の家にいた両親のところへ帰ったのだが、真先に訪ねたのは昔住んでいた町だった。

私の住んでいたあたりは、まったくの焼け野原となっていた。小学校へ行くと、それでもプールの跡に脱衣所だけが焼けずに残っていて、そこが職員室になっていた。私はこの哀れな職員室しかない学校に復学の手続きをとって、満員電車に乗って往復二時間の登校時間をかけて通学した。

最初は文字通りの青空校舎だった。雨が降ると自然休校になった。天気の日は校庭の片隅に車座になって先生を囲み授業する日が続いた。やがて青山の近衛連隊の兵舎の一部を借りることができて、そこへ移ったが、ここでは南京虫と雨洩りに苦しめられた。人数は極端に少なく、嘗ては一学年四組二百人いた生徒が、卒業の時は十七、八人しかいなかった。卒業の日は雨が降ったので、校内で卒業式が行われたが、校長先生の頭の上にボタボタと雨水が洩って来る有様だった。学校の帰りにはよく焼跡をさまよい歩き、闇市を彷徨した。

焼け残った石塀や、大きなドブの縁に、数年前の思い出が結びついているのを発見する瞬間が哀れにも楽しかった。すべてが変ってしまったのだ、この世の中にはその永遠の持続を信頼できるものは何もないのだという私の根元的な感覚は、この時期にもっとも強く作られたのかも知れない。

この時期の記憶は私の心に余程忘れがたく灼《や》き付いていると見えて、その頃の通学径路にあった街の姿が変貌し、モダンな装いを凝らして繁栄を楽しんでいる姿をこの頃目の前にしても、その背景に二十五年前の当時の姿が二重映しに泛んで来るのをどうすることもできない。繁栄の街の姿の背後に、蜃気楼のように敗戦直後の姿が浮んで来てしまうのである。

去年の夏私はアメリカに船で旅行する機会があり、途中二日ばかりハワイに滞在したが、ハワイの町を散歩していた時、新聞売りからその日の夕刊の早刷りを買って、日本、大地震に襲われるという大見出しを見た時の感慨を未だに忘れることができないでいる。——詳細は不明であるが、関東大震災級の地震が北海道の一部か東京を襲ったらしいというのである。そしてその報道内容の貧しさを補うように、参考として関東大震災の死傷者の人数、破壊家屋数などが皮肉にも詳細に過ぎる程付せられていた。

船に帰って、船が行なった無線連絡の結果、北海道の礼文島の先の海底にたしかに関東大震災級の地震があったことはあったけれども被害は皆無、という事実が判明したが、それまでの短い時間私は、東京の街を歩くたびにこれはかりそめの姿だと思い、その背後にいつも二重映しのように見た敗戦後の瓦礫の町が、このような形で再び日本を襲うことになったのだろうかという複雑な感慨にひたったものだった。

戦争体験を語るべきなのに、戦後体験を少し長く語り過ぎたようなきらいがないでもないが、戦争体験は、特に私の世代にあっては、八月十五日に終ったのではなくて、戦後体験と奇妙にないまぜになって戦後にも続いていると思うから、戦後の体験にも触れざるを得なかったのである。

私は縁故疎開をした父の生家が農業を営んでいたので、集団疎開の児童が苦しめられたような飢えを経験したことはないが、しかし私の疎開したあたりの農家は、大量の供出割当によってほんとうの喰い扶持《ぶち》しか持っていない場合が多かったし、どの農家も親類縁者の疎開者を抱えて、程度の差こそあれ、食糧不足に悩まされていた。米どころなので、米以外の品の生産は極度に制限されていたから、野菜不足にも苦しめられていた。今でも弟に笑われるのだが、当時さつまいもを祖母がどこからか手に入れて来て、焼いもにしてくれた時、私は、毎日焼いもを一つずつ食べられたらほかに望むものはない、といったことがある。それ程食料には窮乏していた。

この窮乏の感覚は、飢えの苦しみと比較したら恐らく取るに足らないチャチなものであろうが、しかし私の戦争体験の一部を形成してくることは確かである。従って今日の物資のあり余っている状態が、うたかたの夢のように思えてならない感覚がいつも私にはつきまとって離れない。たとえばの話、この頃米が生産過剰になって、米の減産、農地転換などが話題となっているが、一国の食料は少し位高くても自家生産で賄う態勢を作っておかなくてはならないのではないか、そのため少し位高くても我慢しなくてはならないのではないか、そのためにいくらかの余剰米が出ても致し方ないではないかという気持が絶えずしてならない。私たちの予想を越えた事態がいつ何時発生するかも知れない、その時にせめて食料でも自給できなかったら、それこそ由々しい事態に見舞われることなのではないかという不安が、強迫観念のように私の心に巣くっているのである。

終戦の翌年に旧制中学に入ったことはすでに書いた通りであるが、その当時私たちは友人同士で日本の将来についてずいぶん真剣に考えあった。そして文化国家再建と、農業立国という将来の見取図を描いた点では、みんな可笑《おか》しいように一致していた。あの当時の日本の状況から、日本が工業立国できるとは思えなかったのである。

その後日本の産業は目覚ましい発展をとげ、今日の状態を生んだわけだが、しかし終戦直後に私たちが苦しめられた窮乏、特に食料面の窮乏の感覚は、食料品の最低の自給の態勢だけは、どんな犠牲を払っても維持しておかなければならないという思いを、未だに私に強く抱かせずにはおかないでいる。

人間というものはまったく忘れっぽい動物だし、また苦しくて嫌なことはさっさと忘れた方が精神の衛生のためにもいいのだろうが、今の日本人を見ていると、その忘れっぽさが度を越し過ぎているという気がしてならない。私は不幸にして過去の体験を極端に忘れることができず、その不幸な能力によって小説を書いているのかも知れないから、まったくの例外かも知れないが、人間は過去から断絶して何もかも忘れ過ぎてはいけないのだということを、この頃程痛感させられることはない。

話は再び写真のことに戻るが、この間富ケ谷小学校の校医さんが戦争中に学童の集団疎開先を訪れて、撮影した映画フィルムが偶然に見つかって、破損が著しかったが、修復可能だった部分をＮＨＫが放映して、大変反響を呼んだことがある。

私は丁度その頃疎開に材をとった長篇小説「長い道」を脱稿した頃だったので、新聞の広告を見て興味を覚え、ふだんは余りテレビを見ない方なのに、その日に限ってテレビの前に坐ってテレビが始まるのを待つ程の熱心さを発揮した。

実際にそのフィルムが写された時間は僅か三、四十分位のものだったと記憶するが、事実を生の形で伝える迫真性にかけては、さすがに映像というものは大きな力を持っているということを痛感させられた。

不思議なことに疎開を扱った写真というものは、まったく僅かしか残っていないようである。前にも書いたように、フィルムが手に入らなくなってしまったからだろうが、疎開をうつした映画フィルムに至っては、少なくとも私が見たのはこれが初めてだった。その意味では疎開は映像の裏付けを持つこともっとも少ない戦争体験の一つかも知れない。

弟と私が親の手を離れて二人だけで疎開したのは、弟が国民学校一年、私が五年の時であったが、そのテレビを見た時、私は一緒に見ている自分の子供がもう小学校の一年生になっているのに気がついた。あの時代の中にあったから、親たちは子供たちを手放すことができたのだろうが、考えてみるとずいぶん戦争中の子供たちはひどい目に遭ったものだと思わざるを得ない。しかも疎開している間に、疎開しないで東京や大阪などの大都会に残っていた家族を空襲で失ってしまった疎開児童の数も決して少なくない筈である。

いつか終戦記念日のテレビで、集団疎開している間に一家全員が爆死してしまった人が、二十数年後デパートの屋上に上って、目覚ましい復興を遂げた街の姿を見おろしながら、アナウンサーと話をしている場面をたまたま見たことがある。

彼が家族全員の死を聞いた時からそれまでの苦しかったであろう歳月の重さが画面を通じて伝わって来るようで、私にはその画面を見ているのが辛かった。そして当時同じように疎開していた私もまた常にそのような不幸と隣合せで生活していたのだということを、思い出さないではいられなかった。戦争中別離は死別の可能性を常に色濃く含んでいたし、日常性の中に死の可能性はいつも共棲していたのだったから。

考えてみると私の戦争体験の一番大きな部分を占めるものは疎開であった。疎開体験の大きさと重さを考えると、ほかの体験は比べることができない程小さくなってしまい、かすんでしまう程である。しかしここでは疎開については余り語ることもない。私個人としては昨年の末発表した「長い道」という小説の中に、自己の体験を小説という形に昇華して書きつくしてしまったという気がするからである。

これはずっと東京に育った少年が、疎開という日常的な体験のお蔭で、温室のような都会生活から、生々しい土俗性に満ちた北陸の海辺の一寒村の中に放り込まれ、そこで彼を迎えて展開される土地の少年たちの複雑な葛藤にまきこまれて苦しみ耐えながら、終戦によってある日突如としてその世界から脱出するという筋の小説であるが、この小説の世界の基底には私自身の疎開体験がある。

私の疎開体験は集団疎開と違って縁故疎開だから、集団疎開とはまったく異質な部分が多いに違いない。しかし私にとってそれは、しぶとく完結した田舎という文化圏の中へ一人のまったく別の文化圏で育った子供がほうり込まれるという、ふだんではなかなか得られない実験的体験としての意味を持っていた。

その疎開から引揚げて来てからずっと、私は自分の立場からのみその体験の記憶を反芻して来たが、帰京後十五年あまりして、友人と一緒にやっていた同人雑誌で、九州に育った同人が疎開者を迎える側からの疎開小説を書いたのを読んで、私は自分の体験を二つの視点から見ることができるようになった。

その友人の小説では、疎開して来た都会の子供たちを、土地の子供たちが異質の文化の担い手として、遠く離れた東京(その頃都会と田舎とは、特に子供の世界では、今では想像もつかない位隔絶していたものだった)からの使者として最初もてはやすが、次第に、自分たちの秩序を乱す者として、軽佻浮薄な、労働を知らぬ遊民として排撃するに至る過程を描いているのである。

まったく疎開者を迎えた側からすれば、異端者を幾人も彼らの完結した生活圏に迎えなければならなかったことになって厄介な話だったに違いない。疎開という体験が、私の世代にとっては、これを行なった側と、迎えた側の両方に、大きな意味を持っているのだということを特に強く意識するようになったのは、この友人の小説を読んだ時以来だった。

ともかく平時では決して行われないような二つの文化圏のあらわな衝突という状況が、疎開という国家的規模で行われた都会少年たちの地方への移動によって、日本各地で現出し、その状況が当時の少年たちの柔軟で未定形な心にさまざまな波紋をまき起し、濃密な体験の一つとなったことは想像にかたくない。私の戦争体験はまさしく、この疎開体験にほかならなかったが、疎開には両者の側にそのような意味があった筈だということを、私は「長い道」という小説を書きながらも、書き終えてからも絶えず考えさせられたものだった。

しかしもしかするとこれは私の思い過しかも知れない。疎開体験は疎開した側には大きかったし、彼らの心の中にさまざまな形で刻印されたかも知れないが、これを迎えた側にとっては、感受性の強い少数の者を除いてそれ程の意味を持たなかったのかも知れない。

彼らにとって疎開者は勝手に侵入して来た異物に過ぎず、目触りかも知れないが、異物はなくなってしまえばそれ程の痕跡を残さなかったのではないかという気がしないでもないからである。

同級会

叔父の家に帰ってみると、玄関の前にオートバイがあった。玄関の踏石の上には見慣れない靴もある。

「誰かお客さんかな」と私が弟と話していると、土間の戸が開いてセツ叔母が顔を出していった。

「潔さん、お客さんです。疎開していらした時同級生だった津村さんです。盆踊りを見に行くというて出られたすぐあとで見えたので、寺の境内に捜しに行ったんですが、姿が見つからんで。どこへ行っとられました」

「いや、村の中を散歩して来たのです」と私は答え、「そうと知ったら、散歩などしなければよかった」といった。

「津村さん、覚えとられますか」と叔母は小さな声で、少し不安そうに聞いた。

「よく覚えています」と私は答えた。よく覚えているどころではなかった。当時の同級生のほとんど一人一人の顔を私は目をつむれば泛んで来る程まだ記憶の中に留めていた。同姓の者が、同じ組に何人もいるために姓でお互いに呼ぶことは滅多になく、大抵は名前か、仇名で呼び合うのが常だったから、その顔に結びついてちゃんとした氏名を憶えているわけではなかったが。ただ、津村は、順という呼名のほかに津村順平という姓と名もちゃんと覚えていた。彼は私がB賞を受賞した時にお祝いの葉書をくれた一人だった。

津村順平は、座敷のテーブルにきちんと正座して待っていた。

「どうもすみません。お待たせして」と私は近づきながらいった。

「しばらくです、梶さん」といって、津村は座蒲団から降り、昔風の礼儀正しいお辞儀をしたので、私も正座し、それに答えなければならなかった。

「その節はお葉書を頂いて有難うございます」と私はお辞儀をしたのちに、いった。

「覚えていられますか」と津村は嬉しそうに答え、「わざわざ御返事を有難うございました。あのあとすっかり御無沙汰して」といった。

ここで私たちは名刺を交換した。津村順平は汽車で三駅先のU町に住んでいて、町の相互銀行の支店に勤めていた。

「本当に久しぶりですね」と私はいった。

「いや、まったく、あれから全然お会いしてないから、もう二十数年になりますねえ」

「僕が東京に帰ったのは終戦の年の秋でしたから、そういうことになりますねえ」

津村順平の顔を目の前にしている間に、分別臭い顔の背後に二十数年前同級生だった〈順〉の顔が徐々にあらわれて来た。私の目の前にいる津村順平の顔は、たしかにあの子供の頃の〈順〉の顔が生長して出来た顔だった。力が弱いのを茶目でかばっていたあの剽軽者の面影はもうどこにもないようだったが、鼻筋の通った色の白さは昔のままといってよかった。

「やっぱり昔の面影が残っていますね」

「そうですか。当時の僕を覚えていますか」と津村順平は驚いていった。

「覚えていますよ」と私はいった。「当時あなたはいつも黒い天鵞絨の学童服を着ていた」

「よく覚えておられますねえ。あれが一帳羅だったものだから、いつも着ていました」

「しかしあなたが一番いい服を着ていたようでしたよ。清潔で、温かそうで」

「そうでしょうか」

「ええ、そうでしたよ」

実際そうだったのだ。当時私が叔父の家に縁故疎開して編入された五年男組の同級生でいつも清潔な学童服を身につけていたのは、彼と級長でクラスのボスだった永井福雄の二人位だった。そういえば津村順平も永井福雄も教員の家庭の子供だった。そのほかの同級生たちの家は百姓か漁師をしていた。一家の働き手を大抵戦争に取られ、手が足りなかったせいもあるし、戦争中の物資不足のせいもあったろうが、当時北陸の一寒村の国民学校の学童たちの服装はひどいものだった。今となっては信じられないようだが、学校へは春夏秋は、生徒の半分以上が跣で、あとは草履をはいて通っていた。運動靴は買おうにも売っていなかったし、もし古いのがあったとしても、晴着用に取っておかれたのだろう。

叔母がお茶を持って来た。

「すぐに今日は失礼しますから、どうぞお構いなく」と津村はいった。

「ビールでも持って来ましょうか」と叔母がいうと、

「いや、いや、今日はオートバイに乗っていますから」と津村は真剣に断わった。

叔母が引き退ると、津村は「実は今日はお願いがあって参りました」といった。依然として彼が正座なのに気がついて、私は、

「どうぞ楽になさって下さい。僕も失礼しますから」といい、胡坐をかいた。すると彼も膝を初めて崩して、

「今朝、梶さんが叔父さんの家に来ておられると新聞に出ていたと聞いて、実は驚いて上ったんです。ちっとも知りませんでした」

私は少し恨みがましく聞えた津村順平の言葉に対してちょっと疚しいものを感じた。春、B賞をもらった折に受取った祝いの葉書に対して、そちらへ行ったら、ぜひ御連絡してお目にかかりたい、と書いたことを突然思い出したからだった。

「実は梶さんが来られたら、同級生の祝賀会をやろう、とかねがね思っていたんです。今度はいつ東京へお戻りですか」

「あさっての朝、帰ることにしているんです」

「ここを立たれるのをその日の夜にして頂けませんか。実はあさってが、日曜日なので、もし同級会を開くのだったらあさっての午後あたりが丁度いいと、幹事の平島勝人さんと今日の昼電話で話しておったんです」

二十数年前に東京に帰って以来一度も会っていない同級生たちと再び会える機会が思いがけなく提供されるという話が俄かに私の興味を惹き始めた。本当をいうと、その時まで私は疎開

した時代の同級生に再会したいなどと考えたことはなかったのだが、今津村の言葉を聞いた途端に、ある種のなつかしさのような感情にも襲われ出した。一日を争って東京に帰る必要はなかったから、朝の急行の座席指定券をキャンセルすればそれで済むことだった。

終戦の年の九月に疎開から東京に帰ってからも、平均して二年に一度位は、叔父の家に来ていた筈だが、その後どういうものか疎開時代の同級生にはほとんどといっていい位会ったことがなかった。次男、三男以下は故郷の村をあとにして、よその土地へ出稼ぎに行くというのが、この半農半漁のS村の風習だったから、長男であった同級生以外には会えないのがあたり前だったろうし、村に残っている同級生にしても、その数はごく限られていたから、ちょっと遊びに行った位では会えなかったのかも知れない。

「一日延ばしたっていいんですが、こんな突然で集まりますか」

「大丈夫です。この村にいる人たちはすぐに連絡つきますし、後は電話で報せれば。ともかく梶さんが帰ってみえたら、やろうと前々から話していたんですから」

それを聞いて私は津村順平から、受賞後、もし御帰省の節はみんなで久しぶりに集まりたいと願っています、予定がおありだったら教えて下さい、という封書の手紙ももらい、その時にはすぐに父の故郷へ行く予定もなかったものだから、いずれ予定が立ったらお報せしたいといった返事を書いたことをまた思い出した。すっかり忘れていたことだった。

「いや、よかった。それじゃあ、あした午後までに連絡に参りますから、あさって日曜日の午後を明けておいて下さい。では早速連絡しなくてはなりませんから、これで失礼します」

そういって、津村順平は正座し直して挨拶をし、私も慌てて正座して挨拶すると、もう立上っていた。彼は私より二寸ばかり長身だった。

「何のお構いもしませんで」といいながら叔母が挨拶に出て来た。叔母と私は彼を門の前まで送って出た。

オートバイはエンジンがかかるのに少し時間を要したが、首尾よく大きな音を立ててエンジンがかかると、彼はひらりとそれに打ちまたがり、再度お辞儀をすると、たちまち闇の中に消えた。

津村順平が帰ったあと、私は叔父から、彼が青年時代に結核を患い、予後しばらくぶらぶらしたのち、村の農協に勤め、その頃村の農地改良工事関係の責任者になっていた叔父の下で、村の農地改良事業にあたっていたことがあることを聞いた。

「病気で苦労したのか、なかなか誠実で立派な男だ」と滅多に人を褒めることのない叔父がいった。

津村順平は次の日のお昼過ぎにまたやって来て、

「十七人確実に集まることが分りました。みんな梶さんが見えるというので楽しみにしています」と報告した。

「どんな人たちが見えますか」という私の質問に津村順平は指を数えながら次々に名前を挙げ

て行った。正式の名前では分らないものは、当時の呼名を教えてくれたので、彼が挙げた出席の同級生の当時の顔はすべて私の記憶に泛んだ。今も顔がすぐに分るかどうかは実際に会ってみないと見当がつかなかったが、子供時代の顔ならその気になればすぐに頭に泛ぶ程、疎開時代の記憶は依然として鮮明に保たれていることが、少し私を驚かせた。

十七人のうち、どうしても一人津村順平が思い出せない名前があったので、彼はポケットから手帳を出して調べなくてはならなかった。

「あっ、分りました。田原梅吉さんです」

さっきから彼は同級生をみんなさんづけしていた。商売柄か、彼の性質か、丁寧な口の利き方が板についていて、不自然さを感じさせない。

「産婆さの梅吉でしょう」と私はいった。

「そうです」

「今どうしていますか」

「五年前胸を悪くして、病院に入って、肋骨を何本か切る大手術をしたようですが、今は元気になっています」

「町の顔役だそうですが」

「手術後ずいぶん温和しくなったそうです。ふだんわれわれとは没交渉ですが、今度の会には出て来るそうです。梅吉さんも嬉しいのでしょう。昔の同級生が偉くなって」

「いや、僕はひとつも偉くなどありませんよ」

と私は慌てていった。一昨日の晩、親類の玉彦から、私がB賞を受賞した時に、汝《われ》がぐうたらしとった時に、汝の同級生やった潔さんは偉い文学賞をとった、といった姉に対して梅吉が、潔はもの書くことに一生懸命精進やらしたかも知れん、しかし俺がパチンコの腕を上げるのに一生懸命時間をかけたのと何の違いがある、と答えたという話を聞いたのを思い出した。

「今は何をしているのでしょうか」

「どうしているのでしょうか」といって津村順平は言葉を濁した。もう何年も前だが、梅吉が情婦を料理屋に住み込ませ、客を取らせ、後から料理屋に乗り込んで、俺の女をどうしてくれたといって、金をせびり取ったりしているという噂を、何かの機会に、従兄たちの一人から聞いたことを私は思い出した。

「いや、本当に有名になられて」と津村順平はいった。

「僕らも嬉しいですよ。明日を楽しみにしています」

次の日の日曜日の午後三時から、村の小学校の旧作法室であった唯一の畳敷の部屋で、同級会が、津村順平の説明によると、級長の永井福雄が大学時代に帰省した時にしたのが最初で最後だったから、十数年ぶりに開かれることになったのだった。永井福雄は昭和三十一年の夏日本脳炎にかかって死んでいた。京都大学を翌年の春卒業し、日銀に就職が内定していたというのに。

次の日曜日の朝、私が海岸に散歩に出た留守中に、津村順平はまた来てくれて、叔母に、出席者が二人殖えて、十九名になったこと、同級会の名称を、遅蒔きながら、私のB賞受賞祝賀会に変えることに幹事の意見が一致したので、その旨了解して欲しいと、言伝てして行ったそうだった。

学校の同級会に定刻に着くように、土地ではハイヤーと呼んでいるタクシーを頼んであった。〈ハイヤー〉は二時五十分頃やって来た。昔疎開していた頃子供の足では片道に小一時間要した学校までの長い道も、車で行けば、本当にもう何程もなかった。

学校の門の前で車を停めて私は降り、門から運動場を横切るために歩くと、運動場の向うの校舎の正面玄関にこんな長い布が垂れているのが私を驚かせた。

——梶潔氏B賞受賞祝賀同級会

玄関に誰か立っていて、私が車から降りるのを目敏く見つけたらしく、玄関には十人近い出席者が姿を現わした。私は昔生徒たちは使うのを禁じられていたのを不意に思い出しながら、その正面玄関の三和土に立って、

「しばらくです。梶潔です」といって一礼した。

そこに立っていた同級生たちが口々に歓迎の言葉を述べた。

二十数年経っていても子供の頃の面影は不思議なように、どこかしらに宿っているものだった。私は一人一人の顔を見渡しながら、疎開時代の面影を見出し、一人一人の呼名を思い出し、

同時に昨日津村順平から聞かされていた出席者の氏名と結びつけることができた。

「もうみんな忘れてしまったろう」と一人がいった。

「いや、覚えてるよ」と私は答えた。

「じゃあ、俺をあててみい」と傍らの男がいった。

私は立ちどころに彼の名をいうことができた。

「よう覚えとるのう」と彼は驚いたようにいった。

「俺、覚えとるか」とまた一人が、靴を脱いで、スリッパを履いた私にいった。

「覚えているよ」と私は言下に答えた。覚えているどころではない、私は彼に感謝の念を抱いていた。彼は水野勇次といい、組で一番小さかったので豆、豆と呼ばれて馬鹿にされていた。ボスで級長だった永井福雄の御機嫌を損ねて、近くの山に遠足（当時は遠足といわずに徒歩訓練といったが）に行った折、永井の命令で私は除け者にされ、誰も口を利いてくれなかった時、彼だけは口を利いてくれ、永井の非をなじり、私を慰めてくれたのだった。

「水野勇次君だろう」

「仇名は何というた」と誰かがいった。

「たしか」と私は口ごもった。

「構わんからいうてみい」と水野自身がいった。

「豆といった」

「もう豆みたいじゃなかろう」と彼の隣りの男がいった。

本当に水野勇次は昔豆と呼ばれた程小さかったとは思われない程大きくなっていた。そんなに丈の高い程ではないかも知れないが、際立って小さいというわけではない。

「俺は覚えとらっしゃるか」とその隣りの男はいった。

「山田守三君だろう」

「仇名は」

「骸骨だろう」

彼は当時ひどく痩せていたのだ。

「今は骸骨ではなかろう」と彼はいった。本当に彼は少し肥満気味のようだった。

一人一人が順に私をためそうとした。そして私はためした者全部を識別し、当時の通称を問われればあてることに成功した。

「大したもんじゃのう」

「俺などは二十幾年も前のことなどはみんな忘れてしもうた」

「ものを書く人間はやっぱり違うもんじゃのう」

といった声がそこここで洩れた。

みんなを掻き分けるようにして、奥からやって来たらしい津村順平が出て来ていった。

「さあ、お待ちしていました。どうぞ中へお入り下さい。もう準備も完了して、お出を待つばかりにしていました」

私はそれをきっかけにみんなの試験からようやく解放されて彼と肩を並べて歩き出した。

「色々町の料理屋なども考えたのですが、昔と変らぬ学び舎で同級生のみが集まるのもよいだろうということになってここにしたのです。何しろこの校舎はあの当時のままですから」

「そうですね」と私は歩くたびにガタピシいう廊下を意識しながらいった。

「もっとも二、三年中に鉄筋コンクリートの建物に変るそうですが。あっ、それから、東先生、当時一年上の男組の担任の先生が見えて下さっています」

東先生ならよく覚えていた。たしかついこの間まで町の教育委員長をしていて、私がB賞を受賞した時も、お祝いの手紙をくれた人だった。

二階の中央に出ている廊下の突きあたりにあって、丁度中庭を両断する位置にある作法室では、もう準備万端完了していた。二つ席が作ってある正面のテーブルには、私の坐るらしい場所の隣りに東先生がもう坐っていた。机の上には、それぞれ折詰とビール、酒の一合瓶、コップ、お銚子、箸などがきちんと並んでいる。

私は東先生のところへ行き、坐って挨拶した。

「どうも御苦労様です」と東先生はいった。

みんなが机の前に着くと、さっき作法室に入る時に、やはり二十数年ぶりに会った高橋修治が立ち、末席に正座して、その日の挨拶の言葉を述べた。彼は当時目元の涼しい可愛らしい少年で、温和しい性質だった。そして今は県下の高校の体育の教師をしているということを私は昨日津村順平から聞かされて知っていた。彼は今日の同級会が持たれた経緯を語り、その主賓ともいうべき私のB賞受賞に対して、「遅ればせながら」お祝いの言葉を「同級生一同を代表して」述べ、挨拶の言葉を終った。その挨拶の言葉は簡にして要を得て無駄がなく、心のこもった立派なものだった。

その学校を卒業した同級生の中では、日本脳炎で死んでしまった級長の永井福雄を除いては、彼が唯一の大学卒であったために、その役を引受けさせられたらしかった。私たちの年代附近までは、まだ戦前の習慣がそのまま生き続けていて、村の小学校を卒業した同級生は新制中学止まりが大部分で、後は教育を受けたにしても、農業高校か工業高校など職業高校を卒業するまでだった。それから十年経ってみると、同じ小学校の卒業生の大部分が、M町の普通高校か農業高校か、K町の工業高校へ進学し、またその三分の二近くが、大学へ行っているということを、私は叔父の養子となって今度一緒に来た末弟の嗣郎に聞いたことがあった。

高橋修治の同級生を代表した挨拶がすむと、司会者の津村順平の指名で、東先生の音頭で乾盃が行われ、それから自由な歓談の時間に移った。

まず幾人かが私と東先生の席に酒を注ぎに自分の席を立ってやって来た。しかしばらくたつうちに、コの字型に並べられたテーブルの左右の席についていた者は、右の席の真中に着いている一人を除いて全員真中のテーブルの方に集まって来て、東先生の前、私の前に半円形の円座を組んだ。

一人だけ残っている男の名は、どうしたものか私には思い出せなかった。玄関の時の成績を考えると、それはまったく不思議なことだった。

「あそこにいるのは誰だっけ」と私は小さな声で、折しも私のお猪口に酒をついでくれた一人に聞いた。

「産婆さの梅吉よ、覚えとろう、あの乱暴で途中で学校にも出て来なくなった梅吉よ」

そういわれて初めて私は分った。よく見ればその通りだった。三十代の男の顔のうしろに、明らかに、いつもドスを持っていた当時の狂暴な梅吉の面影が宿っていた。

私と東先生を対象とする盃の受け渡しが一わたり済むと、みんなは自分の席に戻った。東先生は今度は自分が立って、コの字型に並んだテーブルの中に入り、下座からテーブルをはさんで出席者の一人一人に酒をついでまわり始めた。それは恐らく土地の流儀なのだろう。私もそれに倣う気になった。

東先生と反対の側に行き、下座から酒を注ぎ始めた私は、やがて三番目に梅吉の前に来た。

「しばらくだったね」と私は梅吉の前にどっかり坐っていった。彼はさっきからその席をいっかな離れようとしないで、しかし誰と話を交すわけでもなく、また酒を飲むでもなく、黙ってぽつねんとつまらなそうに坐っているのだった。

「よう、しばらくじゃったのう」と梅吉は少し嬉しそうな顔をしていった。

「一つどうだい」と私は彼のテーブルにのっていてまだ中身が減っていない重いお銚子を取って勧めた。

「俺は飲まんのや」と彼はニベもなくいった。

「全然飲まないのかい」

「一滴も飲まんのや」

「ビールは」

「駄目や。これだけ飲んどる」といって彼の指すところに、ジュースが三分の一位残ったコップがあった。

「何だか、君らしくないな」

「酒も、煙草も全然やらんのや。やるのは一つだけじゃ」

と彼はいってちょっと笑ってみせた。その笑いはなる程町の顔役といわれるだけあって不敵なものだった。

「さっき汝のところへ注ぎに行こうかと思ったんやれどな、みんながみんな行きよったんで、止めて、わざとここに坐っておったんだ」

と彼はいった。

「元気かい」

何を話題にしていいか分らなかったので、私はそう訊ねた。

「まあ、今はな。三、四年前、半年ばかりK町の病院に入院しとったがな。その時大手術してな、肋骨が三本なくなっとる」

そういえば胸の薄い身体をしている。そんな弱々しそうな身体つきで顔役が続けられるのは、体力を補うような何かがあるに違いない、と私は思った。たとえば命を恐れないような気構えなどが。しかし同時に昔どうして今こんな貧弱な身体をした男に脅かされたのか私には分らない気がした。

「胸の手術をしたのかい」

「ああ、片胸を半分とった」

「大事にしろよ」といって私は隣りに移った。そんな風にして移動する途中今日の幹事役だと津村順平に聞かされていた平島勝人のところで、東先生と一緒になった。津村順平がやって来て、

「梶さん、今日の幹事の平島勝人さんです」とあらためて私に紹介した。「今この小学校のPTAの副会長をしておられます」

「そんなことはいいっちゃ」

平島勝人は照れ屋らしくそういった。

東先生も、

「平島君にはPTAの副会長として本当にお世話になっているな。この人たちはもうこの旧S

村地区の指導者ですからね」といった。

「東先生、そんなことはおっしゃるなよ」と平島勝人は大きな身体を小さくすくめるようにいった。彼は昔もクラスで三番目位に大きな身体の持主だった。

私は彼に酒を勧めた。東先生と津村順平と平島勝人と私の四人の間で一わたり献酬があった。この献酬という習慣は私のもっとも好まないものの一つだったが、さっきから私は土地の根強い習慣らしいこの献酬の習慣に従っていた。そうすることによって昔の同級生たちとの間に、たとえ一瞬のかりそめのものであっても、同級生同士というつながりが生れるのを感じることができるような気がしたからだった。

「校舎はなつかしいですか」と津村順平がいった。

「ええ」と私は答えた。「あとで元の教室や講堂など見せて下さい」

「梶先生よ」と少し酒に酔っているらしい口調で、平島は私にいった。先生を彼はシェンシェイと発音していた。先生などとつけるのは止めてくれよ、と私はいおうとしたが止めにした。彼の呼び方が余りに自然に響いたからである。

「さっき、みんなの前で、昔の呼名をちゃんとあてたそうやけれど、まさか俺のは覚えとらんまい」

彼は玄関に集まっていた同級生たちの中には入っていなかった。私が作法室に入った時、彼は部屋の隅で、酒の入っているらしい薬罐からお盆の上に一杯並べられた徳利に酒を注いでいるところだった。

「覚えているよ」と私はいって、二十数年ぶりに会った彼の顔をつくづく見直した。昔よく鼻の下に二本の洟を垂らしていたことが今となってはまったく信じられない位、立派な顔立ちとなっていた。均斉の取れた体つきで、終戦後しばらくスクリーンを賑わしたフランスの男優のジャン・マレーを思わせるような顔立ちといえた。目が少しく青く、鼻筋が通っていて、細いひきしまった唇のあたりがよく似ていた。

「何というかあててみい」

「へいか」と少し躊躇したのち、私はいった。

「そうだ、よう覚えとるのう」と彼は感心したように、しかし少し悲しい表情を浮べていった。

「そのいわれを知っとるか」

私は言葉につまった。そのいわれを私は、今日の同級会には出ていないが、今川崎の自動車工場に整備工として勤めているという広瀬功にその当時聞かされて知っていた。平島勝人がよく洟を二本鼻の下に垂らしていて、しかもその洟が乾いたあとは、丁度芦野の磯に拡げたよしずの上に並べて乾してある干烏賊《ほしいか》についている二本の軟骨の筋に似ているので、ヒイカという仇名がつけられたのだというのだ。ヒイカというのは干烏賊の土地の名前だが、土地の人はヒをへと発音するので、ヒイカはいつしかヘイカに変ってしまった。本人はその仇名を嫌っていて、その仇名で彼を呼べるのは、ボスで級長の永井と、その取巻連の実力者たち、謂わば幕僚たちに限られていた。それを知らないで、そしてまたそのいわれも知らないで、私は彼を遊びの最中に、へいかと呼び、彼の激怒を買ったことがあった。もっとも気の弱かった彼は、怒ったのちに、急に泣きそうな顔となり、「汝は、そう俺を呼ぶなよ」と哀願するような調子で私にいったものだった……

私が言葉につまってしまったので、彼は、

「それは説明できんか」といった。

「いや、覚えているよ」と私はいった。

「そうか」と彼はまた少し悲しげにいった。

「そんならいうてみっしえ」

私は知っていたことをできるだけかいつまんで簡単にいった。

「潔シェンシェイは、俺の仇名の由来をさすがによう覚えとるようじゃ」と彼は呟くようにいったのち、

「しかし、その由来の前にもう一ついわれがあるのは知らんまい」といった。

「それは知らないな」と私はまったく意外な思いでそういった。本当にそれは全然知らなかった。

「そうか」

「聞かせて欲しいな。もし構わなければ」

「聞かせて進ぜようか」

彼は舌で唇をちょっと濡らした。それは幼い頃からの彼の癖だった。もっとも昔はそうやって鼻の下もなめたりしたのだ。しかし今テレビに出て、中年の美男を演じてもよさそうな整った顔立ちをしている彼からは、そうしたことはもちろん予想もできないことだった。

彼は照れ屋らしく、少しぶっきらぼうな調子で話し始めた。

「それはな、俺の親父が、俺が小学校の二年の時に、戦死なすってな、先生が何かあるたびに、平島君のお父さんは天皇陛下のおんために名誉の戦死を遂げたといわすたのだ。二言目にはそういわすたのだ。俺の親父が今度の戦争ではこの学校で一番早く戦死さっしゃったんで、珍しくもあったんだな。その二、三年後になるともうあんまり珍しくもなくなったがな」

東先生がいった。

「本当に平島君はよくやったよな。お母さんの手伝いをよくして。まだ君の弟さんや、妹さんも小さかったし」

「いや、おふくろは大変でしたよ」と少ししんみりして、平島勝人は答えた。

「よう君は働いた」と東先生は繰返した。

「そうだった。今わたしもようやくそれを思い出した。それで最初へイカ、へイカとみんなが平島さんのことをいうようになったのだな」と津村順平がいった。「どういうものかすっかりそれを忘れていたよ」

平島勝人は続けた。

「それを死んだ級長の永井君が、その意味でヘイカと仇名をつけるのは畏れ多い、あいつの鼻の下の二本の筋は千鳥賊の軟骨みたいだから、そのへいかにしようといったんで、そっちの方へ変ってしまったんだ」

彼は少し口惜しそうにその仇名の由来の説明を締めくくった。

「それはちっとも知らなかった」と私は答えた。

都会の子供、それも温室育ちの多い山の手の子供と違って、私が初めて接したこの土地の子供はずっとレアリストだった。そのレアリズムに性脆弱な私はどんなに驚かされたか、あるいはまた教えられたか分りはしなかった。たとえば土地の子供たちは、赤ん坊は決して橋の下から拾って来るのでもなく、木の俣から生れるのでもなく、コウノトリが運んで来るのでもないことをよく承知していた。それは男女が性器を結合させることによって、男の性器から女の性器の中にミルク状の液体が入ることによって、受精した卵子が女の子宮の中で大きくなり、お腹が割れて生れるのではなく、女の腟が拡がってそこから出て来るのだということを知っていた。そしてそれを知った私は、何という驚天動地の衝撃を受けたものだろうか。それから彼らは松根油などで飛行機を飛ばすような戦争は勝目がないことをよく知っており、神風が吹くなどということも信じていないようだった。そうだった、松の根を上級生が掘り起したあとを埋める作業に行って、そばに掘り起されてあった松根油を足で蹴って、「こんなもので飛行機が飛ぼうかの」といったのは津村順平、つまり〈順〉だった。私が疎開する前の小学校だったらそんなことをいおうものなら国賊呼ばわりされるところだったのに、誰も何ともいいはしなかった。

「さっきシェンシェイは講堂を見たいといっていたな」と平島勝人は急に思い立ったようにいった。

「うん」と私は答えた。

「酔わないうちに、御案内しましょうか」と津村順平がいった。

「ええ、お願いします」と私はいった。それはまったく私の望むところだった。

私と平島勝人と津村順平の三人は連れ立って部屋を出た。

「この建物は昔のままじゃ。もっとも二、三年以内に建て換えて、鉄筋に変る筈じゃけどな。新制中学の建築で大変で、小学校にまで手がまわらなんだからな。当時と変っているのは給食室と理科室ができたくらいだわ」

ＰＴＡの副会長らしく平島勝人は廊下を歩きながら私に説明した。

彼はとある教室の前で立ち止った。

「ここは校史資料室じゃ。生徒の数が少くなって教室が余ったんで、そうしたんや。ちょっと寄って御覧になるか。されどわれらの年だけ卒業写真というのはないけれどなあ。大方終戦後の混乱でフィルムが手に入らなかったのかも知れん」

彼のいう通り、私のいた学年の卒業写真だけなかった。校史資料室といっても、卒業記念写真と学校の年譜と歴代の校長の写真、校舎の写真などが壁に貼りつけられているだけに過ぎなかった。私は自分の学年の前後の卒業記念写真を見た。いくつか生徒の中に見知った顔があった。一緒に写っている先生たちの顔はほとんど覚えていた。

その部屋を出ると、ガタピシいう階段を降りて、講堂に出た。妙なところで記憶が蘇った。たとえば窓しきいの上とか、五年女組の担任の先生に赴任して来た師範学校を卒業したばかりの村野先生に初めて会った階段の踊り場の手すりとか、便所の手洗い場とかである。終戦の年の七月から、学校は空襲にあったT市で焼け出されたT連隊の一部隊の宿舎となったが、大豆ばかり食べさせられ、兵隊の大部分が下痢をしていた。その下痢をしている兵隊たちが、便所へ行く途中洩らす下痢便のために、便所への廊下がよく汚れていたことを、私はくっきりと思い出した。

講堂に入った時、登校した初めての日そこに入った時の記憶が蘇った。それは秋の雨降りの日だった。

外で遊べないものだから、その講堂へ行くみんなのあとについて私も来た。講堂に着くと私は同級生に取り囲まれ、みんなに珍しい見世物のようにじろじろと見られた。

「東京の奴はこんなのをつけとるのか」

と私はいわれ、私の学童服についている白い襟を引張られたりした。それはもうその頃中学生だった次兄が付属小学校に通っていた頃着ていた丸い白い襟がついている洒落た制服のお古だった。私を取り囲む同級生がみな服の袖（中には綿のチャンチャンコを着ている者もいた）を黒光にさせているのに気がついて驚いたのはその時だった。てかてかと右袖も、左袖も光っているのだ。そして間もなくそれが洟を服の袖で直接拭き取るためだということが分った……大体洟を垂らしている子供が多かった。それは田舎だけではなくて都会でもそうだった。一クラスに何人か青洟を垂らした男の子がいた。それがこの頃見られないのは栄養のバランスがよくなったからだという。これは私が最近鼻を悪くして、しばらく近くの耳鼻咽喉科に通って医師から聞いた話だ。

私がその思い出にちょっと耽った時、かたわらで平島勝人がいった。

「この講堂を覚えとらっしゃるか」

「うん、よく覚えている」

「汝は弱虫じゃったのう」と平島勝人は突然いった。

「そうかい」と私は苦笑しながら答えた。

「弱虫じゃったわい。青白い顔をしておってな、俺はな、二、三度汝を鍛えてやろうとしたことがあったわい」

「ふうん」

「憶えていらっしゃるか」

不思議にもそれは私の記憶になかった。平島勝人に関する記憶の中で心に残っている最大のものは、彼をへいかと仇名呼びしてどやしつけられたことだけだった。彼は身体も大きく強そうだったが、決して私に意地悪を働いたということはなかった。その意味で彼はきっと心根のやさしい子供だったに違いなかった。

職員室にちょっと寄って私たちは作法室へ戻った。職員室も昔と余り変っていないといえば変らなかった。炭火がなくなって、オイル・ストーブに変っていることを除いては。日直の先生が二人いたが、二人とも私よりずっと年の若い人たちだった。

作法室に戻ると、私はみんながかたまって酒を飲んでいる幾組かの一組へ仲間入りした。

「あの頃はどうじゃった、先生」と一人がいった。いつの間にか私のことを先生と呼ぶ平島勝人の呼び方がみんなの間に伝染してしまっているようだった。

「いや、いろいろ面白かったですよ」という曖昧な答え方を私はした。

「淋しかったでしょうのう」と一人がいった。

するともう一人が彼に抗議するようにいった。

「そりゃあ、決っとるわい。親兄弟から離れていたもんに」

「そんなでもなかったよ」と私は答えた。

実際そんなに当時私は親兄弟を恋しがったわけではなかった。

「当時のことはよう覚えとるか」と一人が聞いた。

「まあね」

本当をいうと私は異常な位その時代のことを記憶に留めていた。

「そうだろうな。俺たちの名前もみんな覚えていることだしな。しかしわしらはみんな忘れてしもうた。ほかにいく人か疎開子《そかいっこ》がおったが忘れてしもうた。あんたのことはまあ憶えているがな」

「俺もほとんど忘れてしもうた」

「海野というのがおったの」

「舟山というのもいたのう」

しかしきっとそれは驚くにあたらないことだった。ある期間を微細な点についてまで覚えているというのは、覚えている方が余程異常なのだ。覚えていないのがより自然なのだ。忘却というのは人間的な行為なのだ。それに人間の記憶というのはそれ程あてにならない。自分に関わりのあることなら覚えているが、自分に関係の深くないことはまったく忘れてしまっている。たとえば被害者は覚えていることでも、加害者は忘れているものだ。アウシュヴィッツの裁判で、嘗て強制収容所の職員だった被告が、嘗ての囚人であった証人がその被告たちにさまざまな残虐行為を加えられたのを微細な点に至るまで記憶に留めていて証言しているのに、それをまったくけろりとした顔で聞いているのは、彼らが生来残虐なためではもちろんなくて、それらの事実が彼らの記憶の中には全然残っていないので、自分のしたことがリアリティをもって迫って来ないのだ、とあるエッセイで、その裁判を傍聴したドイツのある劇作家が書いていたことを不意に私は思い出した。私だってきっと加害者だったこともあるのだ。被害者として蒙ったことは全部覚えていても、加害者として人に及ぼしたことはみんな忘れているに違いない。たとえば都会からこの地に疎開しみんなの中に闖入して来たということ自体が、一種の加害者の行為だったかも知れないのだ……

「永井を、級長の永井をやっつけたのは覚えているか」と一人がいった。

「覚えているよ」

「あれはやり過ぎだったかも知れんのう」と一人がいった。

「そうかも知れんな。あんなに早く死んでしまうと思ったら、不憫でならん」と一人がいった。

「あの男はしかし情けというものを知らんボスだったのう。あの私刑《リンチ》に遭《お》うまでは」

「しかしあの私刑に遭ってから、たしかに人間が変ったようじゃった。卒業して道で会うてもなつかしそうに声をかけて来たな。別にみんなになぐられたことは覚えとらんみたいだった」

そんなことをみんなはてんでばらばらに喋り合っていた。

どこで用意して来たのか、一人がマジックペンと色紙を十枚ばかり持って来て、何か書いて欲しいと私にいって来た。どうして思いついたアイディアか分らなかったが、別に断わる理由もなかった。しかし何を書いていいか分らなかった。私は「同級会」（クラス会と呼ぶのが普通のような気がしたがここではそういいならわしているらしかった）と書き、その日の年月日と自分の名前を書いた。全員が一枚ずつ欲しがって、職員室からもらって来た半紙にも書きたして、私はその日の出席者の数だけ同じ字を書くことになった。

私はその日の朝かかって来た電話で、その夜六時半の汽車でK町の戦死した富蔵叔父の長男である従弟の家を弟の嗣郎と共に訪れる約束をしていた。そしてその夜の十一時の急行で、その従弟の家から東京へ帰ることにしていた。三時に同級会が始まり、二時間半同席して、その汽車に乗ることにすればそれで丁度いいと思っていた。同級会のために半日明けておくべきかとも思ってみたが、その従弟とほかに会う時間はなかなか作れそうもなかったし、同級会には二時間余りいればそれで丁度いいのだという気がした。みんなは久しぶりに集まったので二次会、三次会となるだろう。長くいればきっとそれにつき合うことになるだろう。しかし私にはまた、二次会、三次会までつき合って、疎開時代の同級生と歓をつくしたいという気持も正直なところなかった。そんなわけで五時半から六時の間に町の〈ハイヤー〉が私を迎えに来ることになっていた。そしてそのことはすでに津村順平に連絡ずみだった。

すでに五時だったので、〈ハイヤー〉が迎えに来るまでにはもう三十分位しかなかった。東先生と私を中心にした記念撮影が行われたあと昔の思い出話に再び花が咲いていた。

私はその頃師範学校を卒業して赴任したばかりの女の先生は今どうしているだろう、といった。さっき階段の踊り場で私はその村野先生のことを思い出したのだ。同学年の女組の先生だったので、直接教えられたわけではないが、桔梗の花のように可憐な感じの先生で、当時私は憧れに似た感情を燃やしていたものだった。

「村野先生じゃろう」と平島勝人がいった。「よう覚えとらすのう」

「あの先生はその後結婚して、もう三人の子持じゃが、今も町の小学校で先生をしとらすじゃろう」と水野勇次がいった。

「梶先生が会いたいんだったら、呼んで来ようか。俺の自動車で乗せて来て進ぜるわ」

と山田守三が言った。

「そんなつもりでいったんじゃない。どうかそんなことは止めて下さい」私はいった。

続けてもう亡くなってしまった担任の先生のことが話題となった。それから再び永井福雄の話が。

「あんなに早く死ぬとは思わなかったなあ」と平島勝人はいい、私に向って、

「先生はその後永井に会ったことがあるか」と聞いた。

「ああ、一度会ったよ」高校時代東京の予備校に受験勉強に来た時訪ねてくれたことがあったのだ。

「別に何とも思わなかったかい」

「もう昔のことだったからね。むしろなつかしさが先に立ったよ。それに彼は見違える程立派になっていたね」

「そうか」と平島はいった。「たしかにあの私刑は効き目があったようじゃのう。思えばしか

し気の毒なことをしたのう」

私を五時半頃、〈ハイヤー〉が迎えに来ることを知っている津村順平が私のところへやって来て、みんなにその旨を告げるから私に一言挨拶をして欲しい、といった。

津村順平から私が五時で退出することを聞くと、みんなは口々に、もっと長くいてくれればよかったのに、とか、今晩は遅くまで行きつけの飲屋に案内してゆっくり飲もうと思っていたのに、とかいった。

私は二十数年ぶりに昔の同級生と会えて、本当に嬉しくなつかしい思いがしたこと、今日は、もう一つ予定があるので、ここで失礼しなければならないことを本当に残念に心苦しく思う、といった。

約束通り車が私を呼びに来てくれたらしい。〈ハイヤー〉の鳴らす警笛の音が聞えて来た。

「では皆さん、これで失礼いたします。今日は本当に有難うございました」と私はいい、立ち上った。

一人酒を飲み過ぎたのか、座敷の真中にぶっ倒れて寝ていた。中垣節だった。私は彼をよく覚えていた。彼は永井福雄をやっつけようとした時に、原動力の最大の一人となった人間だった。みんながひるんだ時にも、彼が勇気を失うことは一度もなかった。そして永井福雄が覇権を失い、革命は成功したものの、今度は多頭支配の暴力政治に移った時、元々腕力の強くない彼は、まるで革命に幻滅した隠者のように、まったく名もない無力な存在の一人にかえってしまった。

玄関まで七、八人が送りに来た。東先生はそれより少し先に姿を消していたから、昔の同級生たちだけだった。

「村野先生を連れて来たぞ」と二、三人の声がした。私が昔なつかしさに語った女の先生を、いつの間にか本当に町まで迎えに行って連れて来たのだ。私は驚き、先生には迷惑な話だったろう、と心の中で申し訳なく思った。

私は先生に挨拶をした。私が疎開した当時師範学校を出たてで二十歳にまだなっていなかったような乙女だった先生は、もう三人の子供の母親で、四十歳をいくつも越えているにもかかわらず、まだ初々しい昔の面影を宿しているように思えた。私は安手の美談の主のように、先生と握手をさせられ、みんなに写真を撮られた。フラッシュをたく者もいく人かいた。

東京に帰ってから私は早速、津村順平に手紙を出して、昔の同級生と会える貴重な機会を作ってくれたお礼を述べた。するとしばらくして、当日うつした記念写真を添えて、丁寧な返事が来た。

写真には、別紙で、写真に入っている同級生の氏名が記された上、現在の生活状況、家族構成などが丹念に解説されていた。それによると当日同級会に出席した同級生の半数は村に留まり農業をやっていたが、半分は主に近くの都市に出て、会社などに勤めて給料生活者になっているほかは、大工、左官など職人になっていた。

東京に帰ってから三週間しかまだ経っていないのに、私は再び父の故郷へ行かなくてはならなくなった。この間訪れた従弟の結婚式に出席することになったからである。最初兄が〈東京の本家〉を代表して行く筈だったが、折悪しく流感に罹ってしまったので、私がピンチヒッターに選ばれたのである。

駅から駅前広場に出ると、折しも広場に国産だが新車の乗用車がすっと停り、助手席から、町の顔役という梅吉が降りて来た。私は彼と目が会った。

「おう」と彼がいったように見え、私の方へ近づいて来た。

「この間はどうも色々と有難う」と私は手に持っていたボストン・バッグを地面において彼が近づいて来るのを待った。

彼は私のその挨拶に答えようとしないで、ずんずん近づいて来た。突然、まったく不意に私の心の中に自分でも信じられないような昔の恐怖が蘇った。それはまるで原始時代の本能的な恐怖が、猛獣の出現によって不意に呼び覚されたかのようだった。その意味でそれは恐怖の痕跡ともいうべきもので、現在の恐怖ではないかも知れなかった。つまりそれは疎開時代の私の抱いていた恐怖の幽霊のようなものだった。私は自分でも自分の中に蘇った恐怖の幽霊の出現に恐れた。それは本当に現在の恐怖というわけでは全然なかったから。

彼は私の顔を一つも見ないで、ただ私の足元を見た。変なことをする奴だな、と現在の私は考えた。何かいいがかりをつけようとしているのだろうか。昔の僕はこうやって彼にいいがかりをつけられ、恐怖にすくんだものだった……

「その靴をちょっと見せい」と彼はいった。

「あっ、そうか」と私は思わず合点の行く思いがした。あの同級会のあったあとあたりから私の靴がどうも履心地が悪いことを私は不思議には思っていた。それでも妻が履き違えを指摘するまでは、自分でははっきりと気づかないという迂闊さだった。それというのも、父の田舎へ赴く二、三日前に近所の質流れの店で買った新品の靴で、自分でも自分の靴は何しろ新品なのが特徴だとしか識別のつかない程馴染みが薄かったのだ。だから同級会の時も学校の玄関を出る際に、何しろ新しい靴が自分のだとひたすら思い、一番新しそうな靴を履いて出て来たのだ。しかし私は同級会で履き違いをしたとは夢にも思わず、帰京して数日目にまた旅行に出た時泊った旅館で間違えたのかも知れないと思っていたのだ。

今初めて私は梅吉も新しい靴を履いて来ていて、自分は彼の靴と自分のと履き違えをして来たのかも知れないと思った。

「これは君の靴だったのか」と私はいった。

梅吉はそれに答えようとせずに、私の靴をしげしげと見た。そして私に靴の底も上げてみせろといった。もう自分の失敗に気づいていた私は、いわれるがままに、靴底を上げた。

彼は私の上げた靴底を見ていたが、やがて、

「間違いないわ。これ俺の靴じゃわ」と、きっぱりと断定を下すようにいった。

「すまない、すまない」と私はいって謝った。

「履き違えて来たらしいことはあとで分ったんだが、別のところで履き違えて来たとばかり思い込んでいたもんだから」

「あの日久しぶりの同級会に履いて行こうと思ってな、前の日に、俺はT市へ行ってその靴を七千円で買ったんや」と彼はいった。

七千円、と私は彼の洒落ぶりに驚くと同時に、そんな靴を私の靴と履き違えたことを申訳なく思った。質流れの品らしく安く、私の靴は千八百円という代物だった。

「ところが帰る頃になってないやろ。一人一人の靴をみな調べたけど、みな違うやろ。三、四人先に帰った者がおるから、その連中に聞いてみる、と津村がいうとったから、その報告を待っていたんやれど、汝が履いて行ったということもあり得ると思うとったところへ、今うまいことばったりと顔を合せたというわけじゃ」と彼はにこりともしないでいった。

「申訳なかった。僕は新品の靴は自分のだとばかり思い込んでいたもんだから」

「ところで」と私は急に不安になっていった。

「僕の靴はどこにあるのだろう」

「最後に一足新しい靴があったから、仕方なしにそれを履いて来たけれど、あれがきっと汝の靴やろう」

「それで今その靴は」

「人の物を履くわけには行かんから家にとってある」

そのせいかどうか、今彼はサンダルを履いている。

「そうか、それは申訳ない。ここでこの靴を君に返してもいいけれど、すると履く物はなくなる」と私はいって、横着と思ったが、彼の出方を待った。

「これからどこへ行く」と彼はいった。

「町の従弟の家へ行く」

「そこへ俺ちにある汝の靴を届けよう」

「そうか、申訳ないな」と私は本当に申訳なく思っていった。本来なら私が彼のいる家を聞き、そこへ取りに行くのが筋だと思ったからである。

従弟の家へ行ってお茶を飲んでいると、叔母がやって来て、私に用があると芦野の梅吉の使いだという男の人が来ている、と小声で、不安気な面持でいった。

玄関に出ると、芦野で、たしか疎開当時私の学年より一年上にいた男（顔を見てすぐ分った）が立っていた。町に出る用があって、芦野を出る時に、梅吉に頼まれたのであろう。彼は私に、私の靴を渡した。私も靴箱に入れておいた梅吉の七千円したという靴を交換に渡した。

私は部屋へ戻ると、叔母と従弟にその失敗談を話した。初めて叔母は納得が行って安心したようだった。

今日の従弟の結婚の仲人は、旧S村出身の町議会議員で町会議長をつとめたこともある鼻の下に髭をたくわえた老人だった。

彼は私と挨拶を交したのち、この間私がB賞を受賞した時は旧S村出身の町会議員の提唱で町ぐるみで祝賀会をする計画だったが、遂に実現できなくて申訳なかった、と詫びるようにいった。

「わしらとしては盛大に受賞記念パーティをしたかったんですが、大方の賛成が得られなくて。それこそオープン・カーにでもあんたを乗せて……」

「いや、いや」と私は慌てていった。

「いや、いや、本当の話です。町の者たちにはまだ文化的なものの価値を認識する力が欠けていますからね。これであんたが大臣にでもなったというなら、みんなこぞって賛成したんですが」

そういって彼は次のような言葉をつけ加えた。

「この頃は大臣の相場もえらく下ってしまったようですが、それでも町にとっては利用価値が大いにありますからな」

（一九七二年二月「文藝」初出）

解説

自分の物語のように

山田太一

柏原兵三さんの「長い道」も藤子不二雄Ⓐさんの「少年時代」も、私にはほとんど自分の物語のようでした。

都会から縁故疎開で農村へ来て、小学校五年で終戦を迎えるという経緯《いきさつ》は、そっくり私の少年時代であり、隅々まで分る世界という気がしました。

篠田正浩さんからお話をいただき、二作品を読了して、よくぞ脚本に私を御指名下さった、「まかせておけよ」と興奮で少し震えました。当時の記憶がせきを切って溢れ、あれも書きたいこれも書きたいこのようにもあのようにも書きたいと一時は原作そっちのけで思いが拡がり、自分を制御するのに時間がかかりました。

頭を冷やして机に向かえば、原作二作品が闇夜の提灯のように二つ、長い道を歩く私の行手にいつもあり、傑作を脚色する至福を何度も感じました。

この物語は多様な分析にこたえる奥深さと広がりを持っています。土俗と近代、都会と農村はもとより、語り部、攻撃心、子供の現実と通念、民主主義の暗部、ファシズムの磁力、子供の政治性に友人関係における相反感情と数え上げたらきりのない思いですが、脚色は無論そのような分析に思弁をもったこたえる作品にすることにはなく、どのような分析からもはみ出してしまう豊かさを持つことが目標でした。ふりかえって、自分の少年時代はそのようなものだったからです。

少年が沢山出て来て、どの少年のキャラクターもよく描き分けられているなどという水準では少年の映画をつくる意味はなく、ひとりひとりがキャラクターをこえた存在であるような作品を目指しました。そして、そのような少年たちの世界ほど、映像にふさわしい素材はないのではないか、と改めてこの企画の着眼に敬意を抱きました。

三十数年前、松竹大船で私は助監督として篠田作品二本につきました。その時の挑戦的でありきたりなところのない演出の新鮮さは長く忘れられずにおります。今度、シナリオハンティングや脚本書き、子供たちのオーディションなどで久し振りで親しく接し、その活力が少しも衰えていないことに感嘆いたしました。

加えて、数々の成果を重ねてこられた自信と円熟をしばしば感じ、この監督の力で、美しい富山平野の四季と少年たちの物語が現前せしめられたら、どんなに魅力のある映画になるだろうと、スタッフの一人であることを忘れて胸が熱くなります。

気楽に見て楽しく面白い、というようないい方は、この節のきまり文句ですが、その水準でもドキドキワクワクし涙なんかもこみ上げていただける作品です。どうか御期待下さいますように。

（作家・脚本家）

〔初出『少年時代』（一九八九年八月）／『長い道』を原作とした映画「少年時代」の公開に寄せた解説文より。〕

P+D BOOKS ラインアップ

人間滅亡の唄 | 深沢七郎 | ●〝異彩〟の作家が「独自の生」を語るエッセイ集

アニの夢 私のイノチ | 津島佑子 | ●中上健次の盟友が模索し続けた〝文学の可能性〟

冥府山水図・箱庭 | 三浦朱門 | ●〝第三の新人〟三浦朱門の代表的2篇を収録

虚構の家 | 曽野綾子 | ●〝家族の断絶〟を鮮やかに描いた筆者の問題作

幼児狩り・蟹 | 河野多恵子 | ●芥川賞受賞作「蟹」など初期短篇6作収録

ウホッホ探険隊 | 干刈あがた | ●離婚を機に始まる家族の優しく切ない物語

P+D BOOKS ラインアップ

海市	福永武彦	●親友の妻に溺れる画家の退廃と絶望を描く
風土	福永武彦	●芸術家の苦悩を描いた著者の処女長編作
夜の三部作	福永武彦	●人間の〝暗黒意識〟を主題に描く三部作
黄昏の橋	高橋和巳	●全共闘世代を牽引した作家〝最期〟の作品
生々流転	岡本かの子	●波乱万丈な女性の生涯を描く耽美妖艶な長篇
長い道	柏原兵三	●映画「少年時代」の原作〝疎開文学〟の傑作

（お断り）

本書は1989年に中央公論社より発刊された文庫『長い道』と、
1972年2月に雑誌「文藝」（河出書房新社）に掲載された「同級会」を底本としております。
あきらかに間違いと思われるものについては訂正いたしましたが、
基本的には底本にしたがっております。
また、底本にある人種・身分・職業・身体等に関する表現で、現在からみれば、
不当、不適切と思われる箇所がありますが、著者に差別的意図のないこと、
時代背景と作品価値とを鑑み、著者が故人でもあるため、原文のままにしております。

柏原兵三（かしわばら ひょうぞう）
1933年（昭和８年）11月10日―1972年（昭和47年）２月13日、享年38。千葉県出身。1968年『徳山道助の帰郷』で第58回芥川賞を受賞。代表作に『兎の結末』『ベルリン漂泊』など。

長い道・同級会

2018年5月14日　初版第1刷発行
2024年6月12日　第5刷発行

著者　柏原兵三
発行人　五十嵐佳世
発行所　株式会社　小学館
〒101-8001
東京都千代田区一ツ橋2-3-1
電話　編集　03-3230-9355
　　　販売　03-5281-3555
印刷所　大日本印刷株式会社
製本所　大日本印刷株式会社
装丁　おおうちおさむ（ナノナノグラフィックス）

ISBN978-4-09-352336-3

P+D BOOKS